**Fantasy**

Herausgegeben von Wolfgang Jeschke

Von Henry Rider Haggard erschienen in gleicher Ausstattung in der Reihe HEYNE SCIENCE FICTION & FANTASY:

Sie · 06/4130
Allan Quatermain · 06/4131
Ayesha – Sie kehrt zurück · 06/4132
Sie und Allan · 06/4133
König Salomons Diamanten · 06/4134
Die heilige Blume · 06/4135
Das Halsband des Wanderers · 06/4136
Tochter der Weisheit · 06/4137
Das Sehnen der Welt · 06/4138
Morgenstern · 06/4146
Als die Welt erbebte · 06/4147
Das Nebelvolk · 06/4148
Das Herz der Welt · 06/4149
Kleopatra · 06/4310
Der Geist von Bambatse · 06/4311
Allan Quatermain der Jäger · 06/4367
Allan Quatermain und die Eisgötter · 06/4368

Weitere Ausgaben sind in Vorbereitung.

## WIDMUNG

*Meine liebe Mutter,*

*seit langen habe ich gehofft, eins meiner Bücher Dir widmen zu dürfen, und nun bringe ich Dir diese Arbeit, denn was immer ihre Unzulänglichkeiten sein mögen, und was für ein Urteil auch über sie gefällt werden mag, sei es von Dir oder von anderen, ist es doch die, von der ich hoffe, daß Du sie von mir annehmen wirst.*

*Ich hoffe, daß Du an meinem Roman ›Kleopatra‹ so viel Freude haben wirst, wie er mir die Arbeit seines Schreibens erhellt hat, und daß er Deinem Verstand ein Bild, mag es auch noch so unfertig sein, des alten und geheimnisvollen Ägypten vermittelt, an dessen untergegangenem Glanz Du so brennend interessiert bist.*

*Dein Dich liebender und gehorsamer Sohn*
*H. Rider Haggard*

*21. Januar 1889*

## Inhalt

## LISTE DER ILLUSTRATIONEN

Die Holzschnitte wurden von Edward Whymper, J. D. Cooper, und B. Lloyd ausgeführt, und die Druckstöcke von dem Hause Walker & Boutall. Die Illustrationen von R. Caton Woodville wurden mit Genehmigung der Eigentümer der ›Illustrated London News‹ reproduziert.

Seite 189: ›Sei gegrüßt, Harmachis, also hat mein Bote dich gefunden‹ M. Greiffenhagen
Seite 203: ›Er blickte Kleopatra gebannt an ... wie ein Mensch in tiefer Trance‹ R. Caton Woodville
Seite 225: ›Sie hielt es ans Licht und stieß einen kleinen Schrei aus‹ M. Greiffenhagen
Seite 234: ›Oh, jene Nächte auf dem Nil!‹ R. Caton Woodville
Seite 247: ›Ich schmetterte ihn auf den Boden‹ M. Greiffenhagen
Seite 262: ›Edler Antonius, du hast mich gerufen, und ich bin gekommen‹ M. Greiffenhagen
Seite 285: ›... und so ließ ich sie zurück‹ M. Greiffenhagen
Seite 292: ›Ich sah eine Spiere und schwamm darauf zu‹ M. Greiffenhagen
Seite 323: ›Vor mir saß Kleopatra, doch oh! wie verändert sie war‹ M. Greiffenhagen
Seite 329: ›Wer ist dieser Mann, der gekommen ist, den gestürzten Antonius anzublicken?‹ M. Greiffenhagen
Seite 343: ›Während sie sprach, gab der Mann mit einem lauten Aufschrei seinen Geist auf‹ M. Greiffenhagen
Seite 369: ›Sie blickte auf, und sie sah die schrecklichen Gestalten‹ M. Greiffenhagen

# VORWORT DES AUTORS

Die Geschichte des Verhängnisses von Antonius und Kleopatra muß vielen Lesern der Dokumente ihrer Zeit als eine der unerklärlichsten Tragödien erschienen sein. Was für böse Einflüsse, welch geheimer Haß waren da am Werke gewesen, hatten ständig an ihrem Glück genagt und ihre Urteilskraft geblendet? Warum war Kleopatra nach Actium geflohen, und warum war Antonius ihr gefolgt – unter Preisgabe seiner Flotte und seiner Armee? In diesem Roman wird der Versuch unternommen, auf diese und einige andere Fragen eine mögliche Antwort zu geben.

Der Leser wird jedoch gebeten, sich vor Augen zu halten, daß die Geschichte nicht aus einem modernen Blickwinkel heraus erzählt wird, sondern von dem eines gebrochenen Herzen, und mit den Lippen eines ägyptischen Patrioten königlichen Geblüts; von keinem Verehren von Tiergötzen, sondern von einem in die innersten Mysterien eingeweihten Priester, der fest an die persönliche Existenz der Götter Khems glaubte, an die Möglichkeit einer Kommunion mit ihnen, und an die Gewißheit des ewigen Lebens, mit seinen Belohnungen und Strafen; für den auch der verwirrende und oft grobe Symbolismus des Osirianischen Glaubens nicht mehr als ein Schleier war, gewoben, um die Geheimnisse des Heiligtums zu verbergen. Welches Maß an Wahrheit in ihren geistlichen Behauptungen und Vorstellungen auch gelegen haben mag, falls überhaupt welche, von Männern wie dem Prinzen Harmachis wird in den Annalen jeder großen Religion berichtet, und, wie durch das Zeugnis monumentaler und heiliger Inschriften belegt wird, waren sie unter den vielen Verehrern der ägyptischen Götter keine Unbekannten und ganz besonders nicht unter denen von Isis.

Bedauerlicherweise ist es kaum möglich, ein Buch dieser Art zu schreiben, ohne eine gewisse Menge an illustrativem Material einzuführen, denn auf keine andere Weise kann die längst gestorbene Vergangenheit mit all ihren Zutaten verblichenen Glanzes und vergessener Mysterien vor den Augen des Lesers wieder zum Leben erweckt werden. Solchen Lesern, die lediglich auf die Geschichte Wert legen und nicht an dem Glauben, den Zeremonien und Bräuchen der Mutter der Religion des antiken Ägypten interessiert sind, wird jedoch der respektvolle Vorschlag gemacht, daß sie die Kunst des Überspringens anwenden und diese Geschichte dann erst von ihrem zweiten Buch an zu lesen beginnen.

Es ist jener Version des Todes Kleopatras der Vorzug gegeben worden, die ihren Tod dem Gift zuschreibt. Nach Plutarch ist die Todesursache sehr umstritten, obwohl der Volksmund dem Biß einer Natter den Vorzug gibt. Sie scheint jedoch ihren Plan nach dem Rat jener schattenhaften Persönlichkeit, ihres Arztes Olympus, durchgeführt zu haben, und es ist mehr als zweifelhaft, daß er auf eine so phantastische und unsichere Methode verfallen wäre, um ein Leben zu beenden.

Es mag erwähnt werden, daß Thronbewerber eingeborenen Blutes, deren einer Harmachis war, sogar noch während der Regierungszeit des Ptolemaios Epiphanes nachweislich ihren Anspruch auf den Thron Ägyptens angemeldet haben. Außerdem gab es ein Buch von Prophezeiungen, das heimlich unter den Priestern kursierte, in dem geweissagt wurde, daß nach den griechischen Völkern der Gott Harsefi den ›König, der kommen wird‹ schaffen würde. Man wird deshalb sehen, daß die Geschichte von dem großen Komplott zur Niederwerfung der Dynastie der mazedonischen Lagidae und der Thronbesteigung von Harmachis, trotz ihres Mangels an geschichtlicher Fundierung in sich nicht unwahrscheinlich ist. Es ist sogar denkbar, daß während der langen Periode der Knechtschaft des Landes viele derartige Komplotts von ägyptischen Patrioten geschmiedet wurden. Doch die alte Geschichte berichtet uns nur wenig über die vergeblichen Kämpfe einer untergegangenen Rasse.

Der Gesang von Isis und der Gesang von Kleopatra, die auf diesen Seiten erscheinen, sind durch Mr. Andrew Lang von der Prosa des Autors in Versform übertragen worden, und das von Charmion gesungene Trauerlied wurde von gleicher Hand aus dem Griechischen des Syrers Meleager übersetzt.

# EINLEITUNG

In den Tiefen der Gebirge Libyens, die hinter dem Tempel und der Stadt Abydus liegen, und in denen sich, wie vermutet wird, die Ruhestätte des Heiligen Osiris befindet, wurde kürzlich eine Grabstätte entdeckt, unter deren Inhalt sich auch die Papyrusrollen befanden, auf denen diese Geschichte niedergeschrieben wurde. Die Grabkammer selbst ist sehr geräumig, sonst aber nur bemerkenswert wegen der Tiefe des Schachts, der von einer in den Fels geschlagenen Höhle, die einst als Begräbniskapelle für die Freunde und Verwandten des Hingeschiedenen diente, senkrecht in die tief darunter liegende Grabkammer führt. Dieser Schacht ist nicht weniger als neunundachtzig Fuß tief. In der an seinem Ende liegenden Grabkammer befanden sich drei Särge, obwohl sie für noch weitaus mehr Platz geboten hätte. Zwei von ihnen, die mit hoher Wahrscheinlichkeit die sterblichen Reste des Hohepriesters Amenemhat und seiner Frau enthielten, Vater und Mutter von Harmachis, des Helden unserer Geschichte, waren von den schamlosen Arabern, die sie dort entdeckt hatten, aufgebrochen worden.

Die Araber hatten auch die Leichen zerstückelt. Mit ungeheiligten Händen hatten sie die Mumie des heiligen Amenemhat und die sterbliche Hülle derer, die zu der Stunde, in der dies niedergeschrieben wurde, von dem Geiste der Hathoren erfüllt war, Arme und Beine ausgerissen und selbst unter ihren Knochen nach Schätzen gesucht – vielleicht auch, um ihrem Brauch entsprechend diese Knochen für ein paar Piaster an den erstbesten dummen Touristen zu verkaufen, der ihren Weg kreuzte, auf seiner Suche nach etwas, das er zerstören könnte. Denn in Ägypten finden die Unglücklichen, die Lebenden, ihr Brot in den Gräbern der Großen, die vor ihnen gelebt haben.

Doch wie es der Zufall wollte, kam kurz danach einer, der dem Schreiber dieser Zeilen bekannt und von Beruf Arzt ist, den Nil herauf nach Abydus und machte die Bekanntschaft der Männer, die diesen Frevel verübt hatten. Sie enthüllten ihm das Geheimnis jenes Ortes und sagten ihm, daß einer der Särge noch unberührt sei. Es schien der Sarg eines Armen zu sein, meinten sie, und deshalb hätten sie ihn, da sie in Eile gewesen waren, nicht aufgebrochen. Angetrieben von der Neugier die Tiefen eines Grabes zu erforschen, das noch nicht von Touristen entweiht worden war, bestach mein Freund die Araber, es ihm zu zeigen. Was dann geschah, will ich mit seinen eigenen Worten wiedergeben, genau so, wie er es mir geschrieben hat:

*Ich schlief in jener Nacht nahe dem Tempel Setis und brach bei Morgengrauen des folgenden Tages auf. In meiner Begleitung befanden sich ein schieläugiger Schurke namens Ali – ich nannte ihn Ali Baba –, der Mann, von dem ich den Ring kaufte, den ich Ihnen beiliegend schicke, und eine kleine aber ausgewählte Bande seiner Diebsgesellen. Knapp eine Stunde nach Sonnenaufgang erreichten wir das Tal, in dem das Grab sich befindet. Es ist eine gottverlassene Gegend, in die die Sonne den ganzen Tag über ihre sengende Hitze ergießt, bis die riesigen braunen Felsblöcke, die dort verstreut liegen, so heiß sind, daß man kaum wagt, sie zu berühren, und der Sand einem die Füße versengt. Es war bereits zu heiß, um zu Fuß zu gehen, also ritten wir auf Eseln ein Stück in das Tal hinein – wo ein weit oben am blauen Himmel kreisender Geier der einzige andere Besucher war –, bis wir zu einem enormen Felsblock gelangten, der im Laufe der Jahrhunderte durch Sonne und Sand glattpoliert worden war. Hier hielt Ali seinen Esel an und sagte, daß das Grab sich unterhalb jenes Felsens befinde. Also stiegen wir ab, ließen die Esel in der Obhut eines Fellachenjungen zurück und gingen zu dem Felsen. Unter ihm befand sich eine kleine Öffnung, gerade weit genug, um einen Mann hineinkriechen zu lassen. Sie war von Schakalen gegraben worden, denn der Zugang und ein großer Teil der Höhle waren längst völlig mit Sand zugeweht, und nur auf dieses von einem Schakal gegrabene Loch war es zurückzuführen, daß die Höhle entdeckt worden war. Ali kroch auf Händen und Knien hinein, und ich folgte ihm, um mich in einem Loche zu fin-*

*den, das mir nach der Sonnenhitze kalt vorkam, und wo, statt des grellen Lichtes völlige Dunkelheit herrschte. Wir zündeten unsere Kerzen an, und nachdem die Schar ausgewählter Diebe zu uns gestoßen war, nahm ich eine erste Untersuchung vor. Wir befanden uns in einer von Menschenhand geschaffenen Höhle von der Größe eines großen Zimmers, deren hinterer Teil fast völlig frei von Sandverwehungen war. An den Wänden befanden sich religiöse Malereien im bekannten ptolemäischen Stil, darunter die Darstellung eines majestätisch wirkenden alten Mannes mit einem langen weißen Bart, der auf einem geschnitzten Sessel saß und einen Stab in der Hand hielt.* Ihm voraus zog eine Prozession von Priestern, die heilige Darstellungen trugen. In der rechten Ecke der Höhle befand sich der zum Mumiengrab hinabführende Schacht, eine quadratische Röhre, die in den schwarzen Fels geschlagen worden war. Wir hatten den Ast eines Dornbaumes mitgebracht, und diesen legten wir über die Öffnung des Schachtes und knüpften ein Seil daran fest. Dann packte Ali – der, um gerecht zu sein, ein recht mutiger Dieb ist – das Seil, und nachdem er mehrere Kerzen in den Brustteil seiner Fellachenrobe gesteckt hatte, stemmte er seine bloßen Füße gegen die glatte Wand und begann rasch hinabzuklettern. Sehr bald war er in der Dunkelheit verschwunden, und nur die Bewegungen des Seils verrieten uns, daß dort unten irgend etwas geschah. Schließlich hörten die Bewegungen des Seils auf, und ein leiser Ruf scholl den Schacht herauf, der uns verkündete, daß Ali gut unten angekommen war. Dann flammte ein winziges Licht in der Tiefe auf. Er hatte eine Kerze angezündet – und dadurch Hunderte von Fledermäusen aufgestört, die in endlosem Strom aus der Tiefe hervorschossen, so lautlos wie Geister. Das Seil wurde wieder hinaufgezogen, und nun war ich an der Reihe; doch da ich mich weigerte, meinen Hals der Hand-über-Hand-Methode des Abstieges anzuvertrauen, wurde das Ende des Seils um meine Mitte verknotet und ich wurde in jene heiligen Tiefen hinabgelassen. Es war alles andere als eine angenehme Reise, denn, wenn die Herren dieser Situation dort oben irgendeinen Fehler gemacht hätten, wäre ich zu Tode gestürzt. Außerdem flogen mir ständig Fledermäuse*

---

* Dieses, vermute ich, ist ein Porträt von Amenemhat selbst. – *Herausgeber*

*ins Gesicht und krallten sich in meinem Haar fest, und ich habe einen starken Widerwillen gegen Fledermäuse. Schließlich, nach mehreren Minuten des Baumelns und Zappelns, stand ich neben dem ehrenwerten Ali in einem niedrigen Gang, bedeckt mit Fledermäusen und Schweiß, und mit aufgeschabten Knöcheln und Knien. Dann kam ein weiterer Mann herab, Hand-über-Hand wie ein Seemann, und da den anderen befohlen war, oben zu bleiben, waren wir nun bereit, weiterzugehen. Ali ging mit seiner Kerze voraus – natürlich hatten wir jeder eine Kerze – und führte uns durch einen langen Tunnel, der mehr als fünf Fuß hoch war. Schließlich wurde diese Passage breiter, und wir befanden uns in der Grabkammer; ich glaube, es war der heißeste und stillste Ort, den ich jemals betreten habe. Es war eine erstickende Atmosphäre. Diese Grabkammer war ein kubischer Raum, der in den Fels geschlagen worden war und keinerlei Malereien oder Skulpturen aufwies. Ich hielt die Kerze empor und sah mich um. Die Deckel der beiden Särge, die die Araber bereits früher aufgerissen hatten, und die Teile zweier zerstückelter Mumien waren im Raum verstreut. Perlenschnüre und nach Gewürzen riechende Bandagen lagen bei diesen Leichen, welche, wie ich sah, die eines Mannes und einer Frau waren.* Der Kopf des Mannes war vom Körper gebrochen worden. Ich hob ihn auf und blickte ihn an. Das Gesicht war glattrasiert – nach dem Tode, allem Anschein nach –, und es war mit Blattgold beklebt, so daß seine Züge ein wenig entstellt waren. Trotzdem und obwohl das Fleisch verdorrt war, möchte ich sagen, daß dieses Gesicht das beeindruckendste und schönste war, das ich jemals gesehen habe. Es war das Gesicht eines sehr alten Mannes, und sein totes Antlitz trug noch immer einen so ruhigen und feierlichen, ich möchte sogar sagen ehrfurchtgebietenden Ausdruck, daß ich ziemlich abergläubisch wurde (obwohl ich, wie Sie wissen, den Umgang mit Toten gewöhnt bin) und den Kopf eilig zu Boden legte. Auf dem Gesicht des anderen Leichnams waren noch ein paar Bandagen zurückgeblieben, und ich wickelte sie nicht ab; doch mußte diese Frau zu ihren Lebzeiten eine große und schöne Erscheinung gewesen sein.*

---

* Zweifellos Amenemhat und seine Frau. – *Herausgeber*

»Dort andere Mumie«, sagte Ali und deutete auf einen großen, soliden Sarg, der nachlässig in eine Ecke geworfen worden zu sein schien, denn er lag auf der Seite.

Ich trat darauf zu und untersuchte ihn. Er war gut gearbeitet, doch aus völlig glattem Zedernholz – nicht eine Inschrift, nicht ein einziges Götterbild befand sich darauf.

»Niemals sehen einen wie den bevor«, sagte Ali. »Begraben in große Eile, er kein ›Mafish‹, kein ›Fineesh‹. Werfen ihn einfach hin, auf Seite.«

Ich examinierte den Sarg weiter, bis endlich mein Interesse wachgerüttelt wurde. Der Anblick der verstreuten Reste der Toten hatte mir einen solchen Schock versetzt, daß ich mich entschlossen hatte, den verbliebenen Sarg nicht zu berühren, doch jetzt gewann meine Neugier die Oberhand und wir machten uns an die Arbeit.

Ali hatte einen Hammer und einen Meißel mitgebracht, und nachdem wir den Sarg mit der richtigen Seite nach oben gekantet hatten, begann er mit dem Eifer eines erfahrenen Grabräubers auf ihn einzuhämmern. Und dann wies er mich auf noch etwas hin. Die meisten Mumiensärge werden durch vier Holzzargen zusammengehalten, zwei auf jeder Seite, die in der oberen Hälfte eingelassen sind und in Öffnungen sitzen, die in den Seitenwänden des unteren Teils ausgespart wurden, wo sie mit Hartholzbolzen befestigt sind. Dieser Mumiensarg hatte jedoch acht solcher Zargen. Offensichtlich hatte man es für richtig gehalten, ihn gründlich abzusichern. Schließlich, unter großen Mühen, gelang es uns, den schweren Deckel abzuheben, der fast drei Zoll stark war, und dort, mit einer dicken Schicht von losen Gewürzen bedeckt (was sehr ungewöhnlich war) lag der Tote.

Ali starrte ihn mit großen Augen an – und das war wahrlich kein Wunder. Denn diese Mumie war nicht so wie die anderen. Mumien liegen gewöhnlich auf dem Rücken, so steif und still, als ob sie aus Holz geschnitzt wären; diese Mumie jedoch lag auf der Seite, und trotz der festen Bandagierung waren ihre Knie leicht gebogen. Außerdem war die Goldmaske, die nach dem Brauch der ptolemäischen Periode auf das Gesicht gelegt worden war, herabgeglitten und unter dem von Bandagen umwickelten Kopf der

Mumie im wahrsten Sinne des Wortes plattgehämmert worden war.

Es war bei dem Anblick dieser Dinge fast unmöglich, nicht zu der Schlußfolgerung zu gelangen, daß die Mumie sich bewegt hatte, nachdem sie in den Sarg gelegt worden war.

»Er sehr komische Mumie. Er nicht ›mafish‹, als er da reinging«, sagte Ali.

»Unsinn«, antwortete ich. »Wer hat schon jemals von einer lebenden Mumie gehört?«

Wir hoben den Leichnam heraus und erstickten dabei fast an Mumienstaub, und dort, unter dem Toten, halb verborgen in der Schicht loser Gewürze, machten wir unseren ersten Fund. Es war eine Papyrusrolle, flüchtig verschnürt und in ein Ende Mumienbandage gewickelt, die allem Anschein nach kurz vor dem Schließen des Deckels in den Sarg geworfen worden war.*

Ali blickte den Papyrus gierig an, doch ich ergriff ihn und steckte ihn in meine Tasche, denn es war ausgemacht worden, daß alles, was entdeckt werden sollte, mir gehören würde. Dann begannen wir, den Toten auszuwickeln. Er war in sehr breite, feste Bandagen gewickelt, die in dicke Lagen roh befestigt worden waren, manchmal lediglich mit einfachen Knoten. Die ganze Arbeit machte den Eindruck, in großer Eile und unter Schwierigkeiten vorgenommen worden zu sein. Auf dem Gesicht befand sich ein dicker Klumpen. Als die ihn verdeckenden Bandagen abgewickelt worden waren, entdeckte ich eine zweite Papyrusrolle. Ich umfaßte sie mit meiner Hand und wollte sie herausheben, doch sie ließ sich nicht lösen. Offensichtlich war sie an dem derben, nahtlosen Tuch befestigt, welches über den ganzen Körper gezogen und unterhalb der Füße zusammengebunden worden war – wie ein Sack. Dieses Tuch, das auch stark mit Wachs durchtränkt war, bestand aus einem Stück und war so gewebt, daß es wie ein Kleidungsstück paßte. Ich nahm eine Kerze zur Hand und sah nach, warum die Rolle sich nicht lösen ließ. Und dann erkannte ich den Grund: Die Gewürze waren erstarrt und hatten sie an das sackartige Leichentuch geklebt. Es

---

* Diese Papyrusrolle war eine Aufzeichnung des dritten, unvollendeten Buches dieser Geschichte. Die anderen beiden waren auf die übliche Weise sauber verschnürt. Alle drei sind von derselben Hand verfaßt. – *Herausgeber*

*war unmöglich, sie davon zu lösen, ohne die äußeren Schichten der Rolle abzureißen.**

*Schließlich gelang es mir jedoch, sie loszudrehen, und ich steckte sie zu der anderen in meine Tasche.*

*Wir setzten unsere furchtbare Arbeit schweigend fort. Mit äußerster Vorsicht rissen wir das sackartige Gewand los, und schließlich lag der Leichnam eines Mannes vor uns. Zwischen seinen Knien befand sich eine dritte Papyrusrolle. Ich stellte sie ebenfalls sicher, dann hielt ich die Kerze tiefer und blickte ihn an. Ein Blick in sein Gesicht war genug, um einem Arzt zu sagen, wie er gestorben war.*

*Dieser Leichnam war nicht stark ausgetrocknet. Offensichtlich hatte er nicht die vorgeschriebenen siebzig Tage lang in Natron gelegen, und deshalb waren Gesichtsausdruck und Gesichtszüge besser als üblich erhalten geblieben. Ohne in Einzelheiten zu gehen, möchte ich nur sagen, daß ich hoffe, nie wieder einen solchen Ausdruck sehen zu müssen, wie er im Gesicht dieses Toten festgefroren war. Selbst die Araber fuhren entsetzt zurück und begannen Gebete zu murmeln.*

*Weiterhin war die übliche Öffnung in der linken Seite des Körpers, durch welche die Einbalsamierer ihre Arbeit verrichteten, hier nicht vorhanden. Die fein geschnittenen Gesichtszüge waren die eines Mannes in mittleren Jahren, obwohl das Haar bereits ergraut war, und der Körper war kräftig und wies außergewöhnlich breite Schultern auf. Mir blieb jedoch keine Zeit für eine eingehendere Untersuchung, denn wenige Sekunden nach seiner Entblößung begann der nicht einbalsamierte Körper durch die Lufteinwirkung zu zerfallen. Nach fünf oder sechs Minuten war nichts mehr von ihm übrig, als eine Haarsträhne, der Schädel und ein paar der größeren Knochen. Ich bemerkte jedoch, daß eines der Schienbeine – ich weiß nicht mehr, ob es der rechte oder der linke war – gebrochen und sehr schlecht eingerichtet worden war. Er muß einen guten Zoll kürzer gewesen sein als der andere.*

*Nun, es gab nichts mehr zu entdecken, und jetzt, wo die Aufre-*

---

* Das erklärt die Lücken in den letzten Bogen der zweiten Rolle. – *Herausgeber*

*gung – hervorgerufen durch die Mumie, die Hitze und den schweren Duft der Gewürze – abgeklungen war, fühlte ich mich mehr tot als lebendig.*

*Ich bin des Schreibens müde, und das Schiff schaukelt. Dieser Brief reist natürlich über Land, und ich komme auf dem langen Seewege, doch hoffe ich, zehn Tage, nachdem Sie dieses Schreiben erhalten haben, in London zu sein. Dann werde ich Ihnen von meinen netten Erlebnissen beim Aufstieg aus der Grabkammer berichten, und wie dieser Fürst der Spitzbuben, Ali Baba, und seine Diebe mich durch Drohungen dazu zu bringen versuchten, ihnen die Papyrusrollen auszuhändigen, und wie ich mit ihnen fertig wurde. Dann auch werden wir die Rollen entziffern lassen. Ich vermute jedoch, daß sie nur das übliche enthalten, Abschriften aus dem ›Totenbuch‹, doch es* könnte *noch etwas anderes darin stehen. Ich brauche nicht zu betonen, daß ich über dieses kleine Abenteuer in Ägypten nichts verlauten lassen werde, denn sonst hätte ich die Leute vom Boulac Museum auf dem Hals. Auf Wiedersehen, und ›Mafish Fineesh‹, wie Ali immer sagte.*

Zu gegebener Zeit traf mein Freund, der Verfasser des Briefes, aus dem ich eben zitiert habe, in London ein, und am nächsten Tage schon suchten wir einen Gelehrten aus unserer Bekanntschaft auf, dem die Hieroglyphenschrift geläufig war. Die Ungeduld, mit der wir ihm zusahen, als er eine der Rollen geschickt befeuchtete und auseinanderzog und durch seine goldgefaßte Brille auf die geheimnisvollen Zeichen blickte, kann man sich sicher vorstellen.

»Hmmm«, sagte er schließlich, »was immer dies auch sein mag, ganz bestimmt ist es *nicht* eine Abschrift des ›Totenbuchs‹. Mein Gott, was ist dies? Kleo ... Kleo ... Kleopatra – Meine lieben Herren, so wahr ich lebe: dies ist die Geschichte eines Menschen, der zur Zeit Kleopatras lebte, *der* Kleopatra, denn hier wird auch Antonius' Name neben dem ihren erwähnt! Da liegen sechs Monate Arbeit vor mir – sechs Monate zumindest!« Und über dieser wunderbaren Aussicht drohte er fast den Kopf zu verlieren; er tanzte durch das Zimmer, drückte uns immer wieder die Hand und sagte: »Ich werde es übersetzen – ich werde es übersetzen, und wenn es mich umbringt, und wir werden es veröffentlichen; und, beim lebenden Osiris, es wird jeden Ägyptologen in Europa vor Neid erblassen lassen! Oh, was für ein Fund! Was für ein herrlicher Fund!«

Und Sie, dessen Augen nun auf diese Buchseiten fallen, sehen, daß die Papyrusrollen übersetzt wurden, daß ihr Text gedruckt wurde und jetzt vor Ihnen liegt: ein unentdecktes Land, in dem Sie ungehindert reisen können!

Harmachis spricht aus seinem unbekannten Grab zu Ihnen. Die Mauern der Zeit fallen zusammen, und so schnell wie der Blitz niederfährt, formt sich ein Bild der Vergangenheit vor Ihren Augen, eingerahmt in das Dunkel der Epochen.

Es zeigt Ihnen jene beiden Ägypten, auf die die schweigenden Pyramiden schon vor vielen Jahrhunderten herabblickten, das Ägypten der Griechen, der Römer, und der Ptolemäer, und jenes andere, ausgelaugte Ägypten des Hierophanten, grau mit den Jahren, schwer von Legenden der Antike und der Erinnerung an eine längst verlorene Ehre.

Er erzählt Ihnen, wie die zerfallende Loyalität des Landes Khem noch einmal aufloderte, bevor sie endgültig erstarb, und wie feurig der alte, von der Zeit geheiligte Glaube gegen die vordringende Flut des Wechsels ankämpfte, die sich erhob wie eine Nilschwemme und die uralten Götter Ägyptens ertränkte.

Hier, auf diesen Seiten, werden Sie von der Pracht Isis' erfahren, der Vielgestaltigen, der Exzentrikerin der Gesetze. Hier werden Sie Bekanntschaft mit den Schatten Kleopatras machen, jenem ›Ding aus Flammen‹, deren Leidenschaft atmende Schönheit das Geschick von Weltreichen formte. Hier sollen Sie lesen, wie die Seele Charmions mit dem Schwert getötet wurde, das ihre Rachsucht schmiedete.

Hier grüßt Harmachis, der dem Untergang geweihte Ägypter, den Tod vor Augen sehend, Sie, der den von ihm getretenen Pfade folgt. In der Geschichte seiner zerbrochenen Jahre zeigt er Ihnen, was bis zu einem gewissen Grade auch Ihre Geschichte sein könnte. Aus jenem düsteren Amenti* rufend, wo er seine lange Zeit des Büßens verbringt, berichtet er in der Geschichte seines Untergangs von dem Schicksal eines, der unter großen Anfechtungen seinen Gott, seine Ehre und sein Land verriet.

* Der ägyptische Hades oder Puragatorium. – *Herausgeber*

## Erstes Buch

# Die Vorbereitung Harmachis'

# 1

## *Über die Geburt Harmachis'; über die Prophezeiung der Hathoren; und über die Ermordung des Unschuldigen Kindes*

Bei Osiris, der bei Abouthis schläft, ich schreibe die Wahrheit.

Ich, Harmachis, Erblicher Priester des Tempels, aufgezogen von dem göttlichen Sethi, ehemals ein Pharao Ägyptens und jetzt in Osiris gerechtfertig und in Amenti herrschend. Ich, Harmachis, durch das Recht göttlich und durch Abkunft des Blutes König der Doppelkrone, Pharao des Oberen und des Unteren Reiches, ich, Harmachis, der die knospende Blüte der Hoffnung fortwarf, der sich vom Pfade des Ruhmes abwandte, der die Stimme Gottes vergaß, weil er auf die Stimme einer Frau hörte. Ich, Harmachis, der Gestürzte, in dem alle Leiden zusammengeflossen sind, so wie die Wasser der Wüste in einem Brunnen zusammenfließen, der jede Schande ausgekostet hat, der durch Betrogenwerden betrogen hat, der im Verlust des Ruhmes, der auf Erden ist, den Ruhm verloren hat, der sein wird, ich, der Verlorene, schreibe, und bei Ihm, der bei Abouthis schläft: ich schreibe die Wahrheit!

O Ägypten! – Geliebtes Land Khem, dessen schwarze Erde meinen sterblichen Teil ernährt hat – Land, das ich verriet – O Osiris! – Isis! – Horus! – Ihr Götter Ägyptens, die ich verraten habe! – O ihr Tempel, deren Pylone den Himmel berühren, deren Glauben ich verraten habe! O königliches Blut der Pharaonen vergangener Zeiten, das noch immer durch diese verdorrten Adern strömt – dessen Tugend ich verraten habe! – O Unsichtbare Essenz alles Guten! Und o Schicksal, dessen Lauf in meiner Hand lag – hört mich! Und seid bis zum Tage des letzten Vergehens meine Zeugen dafür, daß ich die Wahrheit schreibe!

Während ich dies schreibe, fließt der Nil jenseits der fruchtbaren Felder rot, wie mit Blut. Vor mir brennt die Sonne auf die fernen Berge Arabiens nieder und gleißt auf den Steinen Abouthis'. Noch immer murmeln die Priester Gebete in den Tempeln von Abouthis, die mich nicht mehr kennen; noch immer werden dort Opfer dargebracht, und die steinernen Dächer werfen die Echos der Gebete zurück. Von dieser einsamen Zelle meines Gefängnisturmes sehe ich, die Welt der Schmach, deine wehenden Banner, Abouthis, die stolz von den Wänden der Pylone hängen, und höre die heiligen Gesänge, wenn die lange Prozession von Heiligtum zu Heiligtum zieht.

Abouthis, verlorenes Abouthis! Mein Herz trauert um dich! Denn es wird kommen der Tag, da Wüstensand deine heiligen Stätten füllt! Deine Götter sind dem Untergang geweiht, Abouthis! Neue Glauben werden all deiner Heiligkeit spotten, und ein Centurion wird den anderen auf deinen Festungsmauern anrufen. Ich weine – ich weine blutige Tränen, denn mein ist die Sünde, die all diese Übel über dich gebracht hat, und mein ist auf ewig ihre Schmach.

Siehe, sie wird im Folgenden beschrieben.

Hier in Abouthis wurde ich geboren, ich, Harmachis, und mein Vater, der jetzt in Osiris ruht, war der Hohepriester des Sethi-Tempels. Und an demselben Tage, an dem ich geboren wurde, wurde auch Kleopatra, die Königin Ägyptens, geboren. Ich verlebte meine Jugend auf jenen Feldern, sah dem niederen Volk bei seiner Arbeit zu und ging nach Belieben in den großen Höfen der Tempel ein und aus. Von meiner Mutter wußte ich nichts, denn sie starb, als ich noch an ihrer Brust lag. Doch bevor sie starb – in den Tagen des Ptolemaios Aulêtes, der ›der Pfeifer‹ genannt wurde, wie mir die alte Frau Atoua erzählte – nahm meine Mutter den goldenen Uräus, das Schlangensymbol des Königtums, aus einer Elfenbeintruhe, und setzte ihn auf meinen Kopf. Und alle, die sie das tun sahen, glaubten, daß die Götter sie mit Wahnsinn geschlagen hätten und sie in ihrem Wahn voraussähe, daß die Tage der mazedonischen Lagidae zu Ende seien und das ägyptische Zepter wieder in die Hand der wahren königlichen Dynastie Ägyptens kommen sollte. Doch als mein Vater, der alte Hohepriester Amenemhat, dessen einziges Kind ich war – sie, die vor meiner Mutter seine Frau gewesen war, wurde von Sekhet zur Strafe für ein mir nicht bekanntes Verbrechen mit dem Fluch der Unfruchtbarkeit geschlagen – als also mein Vater hereintrat und sah, was die sterbende Frau getan hatte, hob er seine Hände gen Himmel und dankte dem Unsichtbaren für das Zeichen, das er gesandt hatte. Und während er betete, erfüllten die Hathoren* meine sterbende Mutter mit dem prophetischen Geiste, und sie erhob sich von der Lagerstatt und warf sich vor der Wiege, in der ich, mit der königlichen Natter auf dem Kopfe, schlief, dreimal zu Boden und rief:

»Heil dir, du Frucht meines Leibes! Heil dir, du königliches Kind! Heil dir, du zukünftiger Pharao! Heil dir, du Gott, der das Land säubern wird, göttlicher Same von Nekt-nebf, dem Abkömmling Isis'. Halte dich rein, und du wirst Ägypten erretten und nicht zerbrochen werden! Wenn du aber in der Stunde deiner Prüfung versagen solltest, dann mag der Fluch aller Götter Ägyptens auf dich fallen, und der Fluch deiner königlichen Ahnen, der Gerechten, die das Land vor dir seit den Tagen des Horus beherrschten. Dann sollst du im Leben Kummer und Leid erfahren, und nach dem Tode soll Osiris dich zurückweisen und die Richter Amentis ihren Spruch gegen dich fällen, und Set und Sekhet sollen dich foltern, bis zu der Zeit, da deine Sünde gesühnt ist, und die Götter Ägyptens, die bei seltsamen Namen gerufen werden, erneut in den Tempeln Ägyptens verehrt werden, und die Schritte der Fremden ausgelöscht sind, und das Werk vollendet ist, wie du in deiner Schwäche es bewirken wirst.«

Als sie so gesprochen hatte, verließ der Geist der Prophe-

---

* Die ägyptischen Parzen oder Schicksalsgöttinnen. – *Herausgeber*

zeiung sie, und sie fiel tot über die Wiege, in der ich schlief, so daß ich mit einem Schrei erwachte.

Doch mein Vater, Amenemhat, der Hohepriester, zitterte vor Furcht, sowohl wegen der Worte, die der Geist der Hathoren durch den Mund meiner Mutter gesprochen hatte, als auch, weil das, was gesagt worden war, Hochverrat gegenüber Ptolemaios bedeutete. Denn er wußte: wenn die Sache zu den Ohren Ptolemaios' kommen sollte, würde der Pharao seine Wachen aussenden und das Kind töten lassen, von dem solche Dinge prophezeit worden waren. Deshalb verschloß mein Vater die Türen und ließ alle, die anwesend waren, bei dem heiligen Symbol seines Amtes und im Namen der göttlichen Drei und bei der Seele jener, die vor ihnen tot auf den Steinen des Bodens lag, schwören, daß nichts von dem, das sie gesehen und gehört hatten, jemals über ihre Lippen kommen würde.

Nun war jedoch unter ihnen eine alte Frau, Atoua mit Namen, welche die Amme meiner Mutter gewesen war und sie sehr geliebt hatte; und in jenen Tagen – ich kann nicht sagen, wie es in der Vergangenheit gewesen sein mag, noch wie es in der Zukunft sein wird – gab es keinen Eid, der die Zunge einer Frau im Zaume hätte halten können. Und so geschah es, daß sie nach einiger Zeit, als die Angelegenheit den Reiz des Neuen verloren hatte und ihre Angst abgeklungen war, von dieser Prophezeiung ihrer Tochter berichtete, die mich an ihrer Brust säugte, nun, da meine Mutter tot war. Sie tat dies, als sie durch die Wüste gingen, um dem Ehemann der Tochter, der Steinmetz war und die Ebenbilder der heiligen Götter in die Wände der Grabkammern meißelte, die dort in den Fels geschlagen wurden, Essen zu bringen und sie erklärte der Tochter, wie groß ihre Sorge und ihre Liebe zu dem Kind sein müsse, das dereinst Pharao werden und die Ptolemäer aus Ägypten vertreiben würde. Und die Tochter, meine Amme, war über das, was sie gehört hatte, so von Staunen erfüllt, daß sie diese Geschichte nicht in ihrem Busen verschließen konnte und in jener Nacht ihren Ehemann weckte, dem sie nun ihrerseits davon berichtete und dadurch ihren Tod heraufbeschwor, und den Tod ihres Kindes, meines Milchbruders. Denn ihr Ehemann erzählte es einem Freund, und dieser Freund war ein Spion des Ptolemaios, und so kam die Geschichte zu Ohren des Pharao.

Der Pharao aber war sehr beunruhigt darüber, denn wenn er auch in weinseliger Laune der Götter Ägyptens spottete und schwor, daß der römische Senat der einzige Gott sei, vor dem er das Knie beuge, spürte er doch im Innersten seines Herzens große Angst, wie ich es später von einem erfahren habe, der sein Arzt war. Denn wenn er nachts allein war, schrie er und rief mit lauter Stimme den großen Serapis an, der eigentlich kein wahrer Gott ist, und andere Götter, da er in ständiger Furcht war, daß er ermordet und seine Seele den Folterern überantwortet werden würde. Und wenn er den Thron unter sich wanken spürte, schickte er reiche Geschenke an die Tempel und erbat Rat von den Orakeln, besonders von dem Orakel, das in Philæ ist. Als ihm deshalb zu Ohren kam, daß die Frau des Hohepriesters des großen und uralten Tempels von Abouthis mit dem Geiste der Prophezeiung erfüllt war, bevor sie starb, und vorausgesagt hatte, daß ihr Sohn Pharao sein würde, wurde er von großer Furcht gepackt, rief ein paar zuverlässige Männer seiner Garde zu sich – die, da sie Griechen waren, das Sakrileg nicht fürchteten – und sandte sie in einem Boot nilaufwärts, mit dem Befehl, nach Abouthis zu gehen, den Kopf des Kindes abzuschlagen, und diesen in einem Korb vor seinen Thron zu bringen.

Doch, wie der Zufall es wollte, hatte das Boot, mit dem diese Männer kamen, einen großen Tiefgang, und da zu jener Zeit der Nil seinen niedrigsten Wasserstand hatte, lief es auf Grund und saß auf einer Sandbank fest, die sich gegenüber dem Ende einer Straße befand, welche über die Ebene nach Abouthis führte, und da ein scharfer Nordwind wehte, drohte das Boot zu sinken. Deshalb riefen die Männer des Pharao den einfachen Leuten, die am Ufer Wasser schöpften, zu, mit Booten zu kommen und sie abzuholen, doch da die Menschen sahen, daß es Griechen von Alexandria waren, wollten sie es nicht tun, denn die Ägypter lieben die Griechen nicht. Dann riefen die Männer des Königs, daß sie im Auftrag des Pharao kämen, aber noch immer weigerten sich die Leute und fragten, was denn ihr Auftrag sei. Woraufhin ein Eunuche unter jenen, der sich vor Angst betrunken hatte, ihnen sagte, daß sie gekommen seien, um das Kind Amenemhats, des Hohepriesters, zu töten, von dem geweissagt worden sei, daß er Pharao werden und die Griechen aus Ägypten vertreiben würde. Nun bekamen es die Leute mit der Angst zu tun und brachten Boote, ohne zu begreifen, was die Worte des Mannes bedeuteten. Es war jedoch einer unter ihnen – ein Bauer und Aufseher der Bewässerungskanäle – der ein Verwandter meiner Mutter und bei ihr gewesen war, als sie die Prophezeiung gemacht hatte – und er wandte sich um und lief so schnell er konnte drei Viertel einer Stunde lang, bis er zu dem Hause kam, in dem ich lag, und das vor der Nordmauer des großen Tempels steht. Nun wollte es der Zufall, daß mein Vater fortgegangen war, zu jenem Ort der Gräber, der sich zur Linken der großen Festung befindet, als die Männer des Pharao, die auf Eseln ritten, sich näherten. Da rief der Bote der alten Frau Atoua, deren lose Zunge das Unheil über uns gebracht hatte, zu, daß die Soldaten kämen, um mich zu töten. Und sie blickten einander an und wußten nicht, was sie tun sollten; denn wenn sie mich versteckt hätten, würden die Soldaten ihre Suche nicht eher aufgegeben haben, bis ich gefunden worden war. Doch der Mann, der durch die offene Tür ins Haus blickte, sah ein kleines Kind am Boden spielen.

»Frau«, sagte er, »wessen Kind ist das?«

»Es ist mein Enkelsohn«, antwortete sie, »der Milchbruder des Prinzen Harmachis, das Kind, dessen Mutter wir dieses Unheil verdanken.«

»Frau«, sagte er, »du kennst deine Pflicht, tue sie!« und er deutete wieder auf das Kind. »Ich befehle es dir, bei dem Heiligen Namen!«

Atoua begann am ganzen Körper zu zittern, da das Kind

ihres eigenen Blutes war; dennoch aber nahm sie den Jungen und wusch ihn, kleidete ihn in eine seidene Robe und legte ihn in meine Wiege. Mich aber beschmierte sie mit Schlamm, um meine helle Haut dunkler erscheinen zu lassen, zog mir meine königliche Robe aus und setzte mich zum Spielen in den Hof, was mir sehr gefiel.

Dann versteckte sich der Bote, und kurz darauf ritten die Soldaten heran und fragten die alte Frau, ob dies das Haus des Hohepriesters Amenemhat wäre. Und sie bejahte die Frage und forderte sie auf, einzutreten, und sie bot ihnen Honig und Milch an, denn sie waren durstig.

Als sie getrunken hatten, fragte der Eunuch, der bei ihnen war, ob es der Sohn Amenemhats sei, der dort in der Wiege lag, und sie sagte »Ja, ja« und begann den Männern zu erzählen, daß er einmal groß sein würde, denn es sei ihm prophezeit worden, daß er eines Tages über sie alle herrschen sollte.

Doch die Griechen lachten darüber, und einer von ihnen riß das Kind aus der Wiege, zog sein Schwert und schlug dem kleinen Jungen den Kopf ab; und der Eunuch zog das Siegel des Pharao hervor, durch das die Tat rechtmäßig wurde, zeigte es der alten Frau Atoua, und befahl ihr, dem Hohepriester zu sagen, daß sein Sohn ein König ohne Kopf sein werde.

Und als sie fortgingen, sah einer von ihnen mich im Sand spielen und rief den anderen zu, daß in jenem Bengel mehr Rasse stecke als in dem Prinzen Harmachis, und für einen Moment zögerten sie, überlegten, ob sie mich ebenfalls töten sollten, doch schließlich zogen sie weiter und nahmen den Kopf meines Milchbruders mit sich, denn sie mochten es nicht, kleine Kinder zu töten.

Nach einer Weile kam die Mutter des toten Kindes vom Marktplatz zurück, und als sie erfuhr, was geschehen war, wollten sie und ihr Mann Atoua, die alte Frau, töten und mich den Soldaten des Pharao übergeben. Doch mein Vater kehrte zu der Zeit ebenfalls zurück und erfuhr die Wahrheit, und er ließ den Mann und seine Frau ergreifen und bei

Nacht in die dunklen Orte des Tempels sperren, so daß niemand sie je wiedersah.

Und ich würde heute nicht hier sitzen, wenn es der Wille der Götter gewesen wäre, daß ich von den Soldaten getötet worden wäre, und nicht jenes unschuldige Kind.

Danach wurde bekannt gemacht, daß der Hohepriester Amenemhat mich an Sohnes statt angenommen hätte, anstelle jenes Harmachis, der vom Pharao getötet worden war.

## 2

## *Über den Ungehorsam Harmachis'; über die Tötung des Löwen; und über die Rede der alten Frau Atoua*

Nach diesem Geschehen belästigte Ptolemaios, der Pfeifer, uns nicht mehr, und er sandte auch nicht mehr seine Soldaten nach Abouthis, um nach jenem zu suchen, von dem prophezeit worden war, daß er Pharao sein würde. Denn der Kopf des Kindes, meines Milchbruders, wurde zu ihm gebracht, als er in seinem Marmorpalast zu Alexandria saß, voll des Weines, und vor seinen Frauen auf einer Flöte spielte. Auf seinen Befehl hob der Eunuch den Kopf bei den Haaren empor, so daß er ihn ansehen mochte. Dann lachte er und schlug ihm mit seiner Sandale auf die Wange und befahl einem der Mädchen, den Pharao mit Blumen zu krönen. Und er beugte sein Knie und trieb seinen Spott mit dem Kopf des unschuldigen Kindes. Doch das Mädchen, das eine scharfe Zunge besaß – all dies hörte ich erst in späteren Jahren –, sagte zu ihm, daß er gut daran täte, das Knie zu beugen, denn dieses Kind sei in der Tat der Pharao, der größte aller Pharaonen, und sein Name sei *Osiris*, und sein Thron sei *der Tod*.

Aulêtes war von diesen Worten sehr betroffen und begann zu zittern, denn da er ein böser Mensch war, hatte er große Furcht, in Amenti einzugehen. Also ließ er das Mädchen wegen des bösen Omens ihrer Worte töten; und er schrie, daß er sie nun zu jenem Pharao geschickt habe, den sie genannt hatte. Die anderen Frauen jagte er hinaus, und er spielte nicht mehr auf der Flöte, bis er am nächsten Tage wieder betrunken war. Doch die Alexandriner machten ein Lied darüber, das noch immer auf den Straßen gesungen wird. Und dies sind seine ersten Verse:

*Ptolemaios, der Pfeifer, spielte*
*Über den Toten und den Sterbenden;*
*Und er spielte die Flöte gut.*
*Sicherlich wurde seine Flöte*
*Aus dem feuchten, seufzenden Schilfrohr gefertigt,*
*vom Schilf an den Bächen der Hölle.*

*Dort unter den grauen Schatten.*
*Mit den drei Schwestern*
*Wird er noch viele Tage lang flöten.*
*Möge der Frosch sein Kammerdiener sein!*
*Und sein Wein das Wasser jenes Landes –*
*Ptolemaios, der Pfeifer!*

Die Jahre vergingen, und da ich noch sehr klein war, spürte ich nichts von den großen Dingen, die in Ägypten geschahen, und es liegt auch nicht in meiner Absicht, sie hier anzuführen. Denn ich, Harmachis, habe nur noch wenig Zeit vor mir und will allein von den Dingen sprechen, von denen ich selbst betroffen war.

Während die Zeit verging, unterrichteten mich mein Vater und die Lehrer in der alten Weisheit unseres Volkes und in solchen die Götter betreffenden Dingen, die es einem Kinde zu wissen zukam. So wurde ich kräftig und schön, denn mein Haar war so schwarz wie das Haar des göttlichen Nout, und meine Augen waren blau wie der Lotus, und meine Haut weiß wie der Alabaster in den Tempeln. Doch jetzt, wo diese Schönheit geschwunden ist, kann ich nicht ohne Scham davon sprechen.

Ich war auch sehr kräftig. In Abouthis gab es keinen Jungen meines Alters, der sich im Ringkampf mit mir messen konnte, und keinen, der den Speer so weit warf oder den Stein so weit schleuderte. Und es drängte mich, den Löwen zu jagen, doch der, den ich meinen Vater nannte, verbot es mir und sagte, daß mein Leben zu kostbar sei, um so leichtfertig aufs Spiel gesetzt zu werden. Doch als ich mich vor ihm verneigte und ihn anflehte, mir die Bedeutung dieser Worte zu erklären, runzelte der alte Mann die Stirn und antwortete, daß die Götter mir alle Dinge zur gegebenen Zeit klar machen würden. Was mich betraf, so ging ich verstimmt davon, denn es gab einen Jungen in Abouthis, der zusammen mit anderen einen Löwen getötet hatte, als dieser über die Herde seines Vaters hergefallen war, und da er mir meine Kraft und Schönheit neidete, erzählte er überall herum, daß ich im Grunde meines Herzens ein Feigling sei, da ich, wenn ich hinauszog, um zu jagen, nur Schakale und Gazellen tötete. Nun geschah dies, als ich mein siebzehntes Jahr erreichte und ein ausgewachsener Mann war.

Der Zufall wollte es, daß ich, nachdem ich tief gekränkt den Hohepriester verlassen hatte, diesen Jungen traf, der mich anrief und mich verhöhnte, und mir dann verkündete, die Landleute hätten ihm gesagt, daß ein großer Löwe im Schilf am Ufer des Kanals stecke, der an den Tempeln vorbeifließt, etwa dreißig Stadien von Abouthis entfernt. Und immer noch spottend fragte er mich, ob ich mit ihm kommen und ihm helfen wolle, diesen Löwen zu töten, oder ob ich lieber heimgehen und bei den alten Frauen sitzen und ihnen befehlen wolle, mir die Locken zu kämmen. Seine hämischen Worte brachten mich so in Wut, daß ich beinahe über ihn hergefallen wäre. Statt dessen jedoch antwortete ich ihm, im Verstoß gegen die Worte meines Vaters, daß ich mit ihm gehen würde, wenn er diesen Löwen allein jagen würde, und dann sollte er erfahren, ob ich tatsächlich ein Feigling sei. Anfangs weigerte er sich, denn, wie Männer es wissen, ist es bei uns Brauch, den Löwen nur in Gruppen zu jagen; also war jetzt ich an der Reihe, ihn zu verhöhnen.

Dann ging er und holte seinen Bogen und seine Pfeile und ein scharfes Messer. Und ich brachte meinen schweren Speer, der einen Schaft aus Dornbaumholz besaß, und an seinem unteren Ende eine Silberkugel, die verhinderte, daß er einem aus der Hand glitt. Dann gingen wir schweigend, Seite an Seite, zu der Stelle, wo der Löwe lag. Als wir den Ort erreichten, war es kurz vor Sonnenuntergang, und dort, im Schlamm des Kanalufers, fanden wir die Spur des Löwen, die in dickes Röhricht führte.

»Nun, du Großmaul«, sagte ich, »willst du vorangehen, wenn wir ins Schilf eindringen, oder soll ich es tun?« Und ich tat so, als ob ich losmarschieren wollte.

»Nein, nein«, sagte er, »sei doch nicht verrückt! Die Bestie wird dich anspringen und zerreißen. Sieh! Ich werde einen Pfeil ins Schilf schießen. Wenn der Löwe schlafen sollte, mag ihn das vielleicht wecken.« Und er spannte seinen Bogen.

Wie es passiert ist, kann ich nicht sagen, doch der Pfeil traf den schlafenden Löwen, und wie ein Blitz aus dem Bauch einer Wolke fuhr er aus dem Dickicht des Schilfes und stand vor uns, mit gesträubter Mähne und gelben Augen, und der Pfeil zitterte in seiner Flanke. Er brüllte vor Wut, und die Erde erbebte.

»Schieß auf ihn mit einem Pfeil!« schrie ich. »Schieß rasch, bevor er springt!«

Doch der Mut hatte die Brust des Großmauls verlassen. Sein Kiefer sank herab, und seine Finger wurden schlaff, so daß der Bogen zu Boden fiel. Mit einem lauten Schrei warf er sich herum und floh hinter mich, so daß ich dem Löwen allein gegenüberstand. Doch während ich stand und auf mein Ende wartete – denn obwohl ich entsetzliche Angst hatte, wollte ich nicht fliehen –, duckte der Löwe sich zusammen und setzte mit einem gewaltigen Sprung über mich hinweg, ohne mich zu berühren. Er setzte auf und sprang erneut, landete auf dem Rücken des Großmauls und versetzte ihm mit seiner gewaltigen Pranke einen solchen Schlag, daß sein Schädel zerbrach wie ein gegen einen Stein geworfenes Ei. Er fiel tot zu Boden, und der Löwe stand über ihm, hob den Kopf und brüllte. Nun war ich fast verrückt vor Entsetzen, und ohne recht zu wissen, was ich tat, packte ich meinen Speer, und mit einem wilden Schrei stürmte ich auf den Löwen los. Als ich losstürmte, richtete der Löwe sich auf die Hinterbeine, um mich zu begrüßen, so daß sein Kopf ein gutes Stück über dem meinen war. Er schlug mit seiner Pranke nach mir; doch ich stieß ihm mit all meiner Kraft den Speer in die Kehle, und da er durch den plötzlichen Schmerz zurückzuckte, war sein Hieb zu kurz und riß mir lediglich die Haut auf. Er fiel auf den Rücken, den langen Speer tief in der Kehle. Dann richtete er sich auf, brüllte vor Schmerz und sprang senkrecht in die Luft, wobei er mit beiden Vorderpranken nach dem Speerschaft schlug. Zweimal sprang er so empor, und es war ein schrecklicher Anblick, und zweimal stürzte er auf den Rücken. Dann verließ ihn seine Kraft, und mit einem Strom von Blut und stöhnend wie ein Bulle starb er; während ich, der ich nur ein Junge war, jetzt, wo jeder Grund zur Furcht verschwunden war, am ganzen Körper zitternd vor ihm stand.

Doch als ich so stand und auf den toten Körper dessen hinabstarrte, der mich so oft verhöhnt hatte, und auf den Kadaver des Löwen, kam eine Frau auf mich zugelaufen, jene alte Frau Atoua, die – obwohl ich es damals noch nicht wußte – ihr eigen Fleisch und Blut geopfert hatte, damit ich gerettet wurde und am Leben bliebe. Denn sie hatte am Rande des Kanals Heilkräuter gesammelt, worin sie sehr kundig war, ohne zu wissen, daß sich ein Löwe dort aufhielt (denn Löwen werden nur sehr selten auf bebauten Feldern angetroffen, sondern vorzugsweise in der Wüste und in den libyschen Bergen), und hatte aus der Ferne alles mitangesehen, was ich hier beschrieben habe. Als sie nun herangekommen war, erkannte sie mich als Harmachis, verneigte sich tief vor mir und erwies mir einen ehrerbietigen Gruß, nannte mich königlich und aller Ehren wert, und Geliebter, und Auserwählter der Heiligen Drei, ja, und – beim Namen des Pharao! – den Erlöser!

Doch ich, der ich glaubte, daß der Schrecken ihr den Verstand verwirrt habe, fragte sie, was das heißen solle.

»Ist es denn eine solche Heldentat, wenn ich einen Löwen töte?« fragte ich. »Ist das ein Anlaß dafür, daß du solche Reden führst? Es hat Männer gegeben, und es gibt noch immer welche, die viele Löwen getötet haben. Hat nicht der Heilige Amenhotep, der Osirianer, mit eigener Hand mehr als hundert Löwen erlegt? Steht es nicht geschrieben auf dem Skarabäus, der in der Kammer meines Vaters hängt, daß auch er früher Löwen getötet hat? Und haben nicht andere desgleichen getan? Warum also sprichst du solche Worte, o törichte Frau?«

Alles dies sagte ich, da ich, nach Art der Jugend, jetzt, wo ich den Löwen getötet hatte, dies als eine Selbstverständlichkeit darstellen wollte. Doch sie hörte nicht auf, sich zu verneigen und mich bei Namen zu nennen, die zu erhaben sind, um sie niederzuschreiben.

»O Königlicher«, rief sie, »weise hat deine Mutter prophezeit. Gewiß war der Heilige Geist, der Knepth, in ihr, o du von einem Gott Gezeugter! Siehe das Omen! Der Löwe dort – er brüllt in der Hauptstadt des Römischen Reiches – und der tote Mann – er ist der Ptolemäer, der mazedonische Same, der, wie ein ausländisches Unkraut, das Land des Nils überwuchert hat: mit den mazedonischen Lagidae wirst du hinausziehen, um den römischen Löwen zu töten. Doch der mazedonische Köter wird fliehen, und der römische Löwe wird ihn niederstrecken, und du wirst den Löwen erschlagen, und das Land Khem wird wieder frei sein! Frei! Halte dich nur rein, wie es die Götter befehlen, o Sohn des Königlichen Hauses, o Hoffnung Khems! und hüte dich vor Frauen, den Verderbern, dann wird es so kommen, wie ich es gesagt habe. Ich bin arm und alt, und von Gram zerfressen. Ja, ich habe gesündigt, indem ich enthüllte, was verborgen bleiben sollte, und für meine Sünde habe ich mit der Münze dessen bezahlt, das meinem Körper entsprungen war; gern habe ich für dich bezahlt. Doch ist in mir noch die Weisheit unseres Volkes, und die Götter, in deren Augen alle gleich sind, wenden ihre Blicke nicht von den Armen ab; die Göttliche Mutter Isis hat zu mir gesprochen – erst in der vergangenen Nacht geschah dies – und mir befohlen, hierher zu gehen und Kräuter zu sammeln und dir dann die Zeichen zu benennen, die ich sehen werde. Und so wie ich es dir gesagt habe, so wird es geschehen, wenn es dir nur gelingt, das Gewicht der großen Versuchung zu tragen. Komm mit mir, Königlicher!« sagte sie dann und trat zum Ufer des Kanals, wo das Wasser tief und unbewegt und blau war. »Nun blicke in das Gesicht, das vom Wasser zurückgeworfen wird. Ist diese Stirn nicht dafür gemacht, die Doppelkrone zu tragen? Spiegeln nicht jene freundlichen Augen die Majestät eines Königs? Hat nicht Ptah, der Schöpfer, diese Gestalt so geschaffen, daß sie in die herrschaftlichen Roben paßt und die Ehrfurcht von Menschenmengen hervorruft, die durch dich zu Gott aufblicken?

Nein, nein«, fuhr sie mit einer anderen Stimme fort, mit der Stimme einer alten Frau – »ich ... ich darf nicht töricht sein, Junge – der Kratzer einer Löwenpranke ist giftig, schrecklich giftig, ja, so giftig wie der Biß einer Natter – er muß behandelt werden, sonst beginnt er zu eitern und du wirst bis ans Ende deiner Tage von Löwen träumen, ja, und von Schlangen; und außerdem wird dein Fleisch faulen. Aber ich weiß Bescheid – ich weiß. Nicht umsonst bin ich verrückt. Denn wisse: alles im Leben hat sein Gleichgewicht – im Wahnsinn liegt viel Weisheit, und in der Weisheit viel Wahnsinn. *La! La! La!* Der Pharao selbst könnte nicht sagen, wo das eine endet und das andere beginnt. Nun steh nicht da und starr mich an. Du siehst so albern aus wie eine Katze im krokusfarbenen Kleid, wie man in Alexandria sagt, sondern laß mich jetzt dieses grüne Zeug an seinen Platz kleben, dann bist du in drei Tagen wieder so neu wie ein drei Tage altes Kind. Es wird ein wenig brennen, Junge. Bei jenem, der in Philæ schläft, oder in Abouthis, oder in Abydus, wie unsere göttlichen Herren es jetzt nennen, oder wo immer er wirklich schlafen mag, was etwas ist, das wir herausfinden werden, bevor wir das wollen; bei Osiris also sage ich dir, daß du so rein von Narben sein wirst wie ein Opfer für Isis bei Neumond, wenn du mich diese Kräuter auflegen läßt.

Ist es nicht so, ihr guten Leute?« wandte sie sich an einige Menschen, die sich während ihrer Prophezeiungen, von mir ungesehen, versammelt hatten, »ich habe eine Beschwörung über ihn gesprochen, um meiner Medizin einen Weg zu öffnen – *La! La!* – es gibt nichts Besseres als eine Beschwörung. Wenn ihr es nicht glaubt, so kommt nur zu mir, wenn eure Frauen das nächste Mal unfruchtbar sind; es ist besser, als an jeder Säule im Tempel des Osiris zu kratzen, versichere ich euch. Ich mache sie tragend wie eine zwanzigjährige Palme. Aber man muß wissen, was man sagt – darauf kommt es an – alles gelangt schließlich zu seinem Ziel. *La! La!*«

Als ich nun all dies hörte, preßte ich, Harmachis, meine Hand gegen die Stirn, da ich nicht wußte, ob ich träumte. Doch als ich dann aufblickte, sah ich unter denen, die sich um uns versammelt hatten, einen grauhaarigen Mann, der uns scharf beobachtete, und später erfuhr ich, daß dieser Mann ein Spion des Ptolemaios war, sogar derselbe, der daran schuld war, daß ich um ein Haar in meiner Wiege erschlagen worden wäre. Da begriff ich, warum Atoua einen solchen Unsinn redete.

»Du hast seltsame Beschwörungen, alte Frau«, sagte der Spion. »Du sprachst vom Pharao und von der Doppelkrone, und von einer von Ptah geschaffenen Gestalt, die sie tragen soll; ist dem nicht so?«

»Ja, ja – das war ein Teil der Beschwörung, du Narr; und bei was kann man heutzutage besser schwören als bei dem Heiligen Pharao, dem Pfeifer, den, und dessen Musik, die Götter zur Freude dieses glücklichen Landes erhalten mögen? – bei was besser, als bei der Doppelkrone, die er trägt – dank Alexander dem Großen von Mazedonien? Übrigens, eine Frage an dich, der du so gut wie alles weißt: haben sie schon das Chlamys zurückerhalten, das Mithridates nach Kos brachte? Pompeius hat es als letzter getragen, nicht wahr? – und sogar bei seinem Triumphzug, stelle dir das vor! – Pompeius im Umhang Alexanders! – ein Welpe in einem Löwenfell! Und da wir gerade von Löwen sprechen: sieh dir an, was dieser Junge getan hat, er hat jenen Löwen mit seinem Speer getötet, und ihr Dorfbewohner solltet sehr froh darüber sein, denn es war ein gefährlicher Löwe – seht euch nur seine Zähne und seine Klauen an – seine Klauen! – sie sind genug, um eine arme, dumme, alte Frau wie mich aufschreien zu lassen, wenn ich sie nur ansehe! Und dieser Leichnam hier, der tote Körper – der Löwe hat ihn erschlagen. Ja, er ist jetzt ein Osiris*, dieser Körper – und noch vor einer Stunde war er ein ganz gewöhnlicher Sterblicher, wie du oder ich! Aber fort mit ihm zu den Einbalsamierern. Sonst wird er bald in der Sonne aufquellen und platzen, und das würde ihnen die Mühe ersparen, ihn aufzuschneiden. Aber sie werden ohnehin nicht ein Talent Silber an ihn vergeuden. Siebzig Tage in Natron, das ist alles, was er bekommen wird. *La! La!* Wie meine Zunge läuft, und es wird schon dunkel. Kommt, wollt ihr nicht den Leichnam des armen Jungen fortbringen, und auch den toten Löwen? So, mein Junge, laß diese Kräuter auf der Wunde liegen, dann wirst du die Kratzer nicht mehr spüren. Ich weiß schon dies und jenes, auch wenn ich verrückt bin, und ich tu es doch gern für dich, meinen eigenen Enkel! Bei allen Göttern, bin ich froh, daß seine Heiligkeit, der Hohepriester, dich adoptiert hat, als der Pharao – Osiris segne seinen heiligen Namen – seinen Sohn töten ließ. Du siehst so prächtig aus. Ich bin sicher, daß der echte Harmachis keinen Löwen getötet hätte. Gebt mir das Blut der gewöhnlichen Leute, sage ich immer – es ist so kräftig!«

»Du weißt zu viel und du redest zu schnell«, knurrte der Spion, der jetzt völlig verwirrt war. »Aber er ist ein mutiger Junge. Kommt, ihr Männer, tragt diesen Leichnam nach Abouthis zurück, und ein paar von euch bleiben hier und

* Die Seele, wenn sie von der Gottheit aufgenommen worden ist. – *Herausgeber*

helfen mir, den Löwen abzuhäuten! Wir werden dir das Fell zuschicken, junger Mann«, fuhr er dann fort. »Nicht, daß du es verdientest; einen Löwen auf diese Art anzugreifen, war die Tat eines Narren, und ein Narr erhält, was er verdient: den Tod. Greif niemals einen Starken an, ehe du nicht stärker bist als er!«

Ich war sehr nachdenklich, als ich nach Hause ging.

## 3

*Über die Zurechtweisung Amenemhats; über das Gedicht Harmachis'; und über das von den Göttern gegebene Heilige Zeichen*

Während ich so ging, verursachte der Saft der grünen Kräuter, welche die alte Frau Atoua auf meine Wunden gelegt hatte, ein starkes Brennen, doch kurz darauf war der Schmerz vorbei. Und, ehrlich gesagt, glaube ich, daß er geholfen hat, denn nach zwei Tagen waren meine Wunden abgeheilt, und etwas später war keine Spur von ihnen mehr zu entdecken. Doch ich dachte daran, daß ich ungehorsam gegenüber dem Wort des alten Hohepriesters Amenemhat gewesen war, der mein Vater genannt wurde. Denn bis zu jenem Tage wußte ich nicht, daß er in Wahrheit mein leiblicher Vater war, da man mir erklärt hatte, daß sein Sohn getötet worden sei, auf die Art, wie ich es beschrieben habe, und daß es ihm gefallen hätte, mit Erlaubnis des Göttlichen mich als Adoptivsohn anzunehmen und mich aufzuziehen, damit ich eines Tages ein für mich passendes Amt im Tempel übernähme. Deshalb war ich sehr bedrückt, denn ich fürchtete den alten Mann, der in seiner Wut schrecklich war und stets mit der kühlen Stimme der Weisheit sprach. Trotzdem entschloß ich mich, zu ihm zu gehen, meinen Fehler einzugestehen und jede Strafe anzunehmen, die er über mich verhängen mochte. Also schritt ich, den blutigen Speer in meiner Hand, und die roten Wunden an meiner Brust, durch den äußeren Hof des großen Tempels und gelangte zu der Tür des Gemaches, in dem der Hohepriester wohnte. Es ist dies ein großer Raum, dessen Wände ringsherum mit in Stein gehauenen Darstellungen der feierlichen Götter geschmückt sind und in den bei Tage das Sonnenlicht durch eine in die dicke Steindecke geschlagene Öffnung fällt. Bei Nacht aber wird er durch eine aufgehängte Bronzelampe erhellt. Lautlos trat ich ein, denn die Tür war nicht ganz geschlossen, und nachdem ich den schweren Vorhang zur Seite gezogen hatte, stand ich mit klopfendem Herzen in dem Raum, der hinter ihm lag.

Die Lampe war entzündet worden, da es inzwischen dunkel geworden war, und in ihrem Licht sah ich den alten Mann auf einem Stuhl aus Elfenbein und Ebenholz an einem Steintisch sitzen, auf dessen Platte mystische Schriften über Leben und Tod ausgebreitet waren. Doch er las nicht mehr, denn er war eingeschlafen, und sein langer weißer Bart ruhte auf dem Tisch wie der Bart eines Toten. Das sanfte Licht der Lampe fiel auf ihn, auf die Papyri, und auf den goldenen Ring an seiner Hand, in den das Symbol des Unsichtbaren graviert war, doch überall sonst war tiefer Schatten. Der Lichtschein fiel auf den geschorenen Kopf, auf die weiße Robe, auf den Zedernstab des Priestertums an seiner Seite, und auf das Elfenbein des mit Löwenklauen verzierten Stuhles; er beleuchtete die hohe, machtvolle Stirn, die königlichen Gesichtszüge, die weißen Brauen und die dunklen Höhlen seiner tiefliegenden Augen. Ich sah ihn an und begann zu zittern, denn da war etwas um ihn, das mehr war als die Würde eines Menschen. Er hatte so lange mit den Göttern gelebt, war so lange in ihrer Gesellschaft und der göttliche Gedanken gewesen, er war so vertraut mit all den Mysterien, die wir kaum vage erkennen, daß er schon jetzt, vor seiner Zeit, die Natur Osiris' annahm und etwas war, das einen Menschen vor Furcht zittern ließ.

Ich stand und starrte ihn an, und während ich das tat, öffnete er seine dunklen Augen; er sah mich nicht an und wandte nicht den Kopf, dennoch aber sah er mich und sprach.

»Warum bist du ungehorsam gewesen, mein Sohn?« sagte er. »Wie kam es, daß du gegen den Löwen auszogest, nachdem ich dir geboten hatte, es nicht zu tun?«

»Woher weißt du, mein Vater, daß ich gegen den Löwen ausgezogen bin?« fragte ich furchtsam.

»Woher ich es weiß? Gibt es denn keine anderen Wege, etwas in Erfahrung zu bringen, als die der Sinne? Ah, dummes Kind! war nicht mein Geist bei dir, als der Löwe deinen Begleiter ansprang? Habe ich nicht jene, die über dich gesetzt worden sind, angefleht, dich zu beschützen, deinen Stoß sicher zu führen, als du den Speer in die Kehle des Löwen triebst? Wie kam es, daß du hinausgegangen bist, mein Sohn?«

»Das Großmaul hat mich herausgefordert«, antwortete ich, »also ging ich hinaus.«

»Ja, ich weiß es; und wegen deines heißen Blutes in dir vergebe ich dir, Harmachis. Doch jetzt höre mir zu und laß meine Worte in dein Herz eindringen, wie die Wasser Sihors beim Aufgang des Sirius in den durstigen Sand.* Höre mir zu! Das Großmaul wurde nicht zu dir gesandt, um dich zu versuchen, es wurde zu dir gesandt, um deine Kraft auf die Probe zu stellen, und siehe! sie hat sich der Last nicht gewachsen gezeigt. Deshalb wird deine Stunde zurückgestellt. Wenn du dich in dieser Sache als stark genug erwiesen hättest, wäre dein Weg so klar aufgezeichnet worden, daß man ihn schon jetzt hätte erkennen können. Doch du hast versagt, und deshalb ist deine Uhr zurückgestellt worden.«

»Ich verstehe dich nicht, mein Vater«, antwortete ich.

»Was war es dann, mein Sohn, das die alte Frau Atoua dort am Ufer des Kanals zu dir sagte?«

---

* Der Hundestern, dessen Erscheinen den Beginn der Nilschwemme markierte. – *Herausgeber*

Nun berichtete ich ihm alles, was die alte Frau gesagt hatte.

»Und du glaubst es, Harmachis, mein Sohn?«

»Nein«, antwortete ich, »wie könnte ich solche Märchen glauben? Sie ist verrückt. Und die Leute wissen, daß sie verrückt ist.«

Nun blickte er mich zum ersten Male an, der ich im tiefen Schatten stand.

»Mein Sohn! mein Sohn!« rief er, »du irrst dich. Sie ist nicht verrückt. Diese Frau hat die Wahrheit gesprochen; nicht sie selbst war es, die sprach, sondern eine Stimme in ihr, die nicht lügen kann. Denn diese Atoua ist eine Prophetin und heilig. Erfahre nun von der Bestimmung, welche die Götter Ägyptens dir zur Erfüllung gegeben haben, und wehe sei dir, wenn du wegen irgendeiner Schwäche darin versagen solltest! Höre: du bist kein Fremder, der in mein Haus und in den Tempel adoptiert wurde; du bist mein leiblicher Sohn, der mir durch eben diese alte Frau gerettet wurde. Aber, Harmachis, du bist mehr als das, denn allein in dir und in mir fließt noch das herrschaftliche Blut Ägyptens. Du und ich allein unter allen Menschen stammen, ohne jeden Makel oder Bruch der Linie, von jenem Pharao Nekt-nebf ab, den Ochus, der Perser, aus Ägypten vertrieb. Der Perser kam, und der Perser ging, und nach dem Perser kam der Mazedonier, und jetzt haben die Lagidae seit fast dreihundert Jahren die Doppelkrone usurpiert, verunreinigen das Land Khem und korrumpieren die Anbetung seiner Götter. Und merke dir dies: Ptolemaios Neus Dionysos, Ptolemaios Aulêtes der Pfeifer, der dich töten wollte, ist vor zwei Wochen gestorben, und jetzt hat der Eunuch Pothinos, derselbe Eunuch, der vor Jahren hierherkam, um dich zu töten, den letzten Willen seines Herrn, des toten Aulêtes, gebrochen und den jungen Ptolemaios auf den Thron gehoben. Daraufhin ist seine Schwester Kleopatra, jenes stolze und schöne Mädchen, nach Syrien geflohen; und dort wird sie, wenn ich mich nicht sehr irren sollte, ihre Armeen zusammenrufen und Krieg gegen ihren Bruder Ptolemaios führen, denn nach dem Testament ihres Vaters sollte sie mit ihm zusammen regieren. Und merke dir auch dies, mein Sohn: der römische Adler schwebt hoch in der Luft, wartet mit ausgestreckten Krallen auf einen günstigen Moment, um sich auf den fetten Hammel Ägypten zu stürzen und ihn zu zerreißen. Und merke dir auch dies: Das Volk Ägyptens ist des fremden Joches müde; es haßt die Erinnerung an die Perser, und es macht die Menschen im Herzen krank, auf den Märkten Alexandrias ›Menschen Mazedoniens‹ genannt zu werden. Das ganze Land murrt und stöhnt unter dem Joch des Griechen und dem Schatten des Römers.

Werden wir nicht unterdrückt? Sind unsere Kinder nicht abgeschlachtet und unsere Reichtümer uns nicht entrissen worden, um die unerschöpfliche Gier und Lust der Lagidae zu stillen? Sind unsere Tempel nicht verlassen worden? – ja, sind nicht die Majestäten der Ewigen Götter von diesen griechischen Schwätzern gelästert worden, die es wagten, die unsterblichen Wahrheiten anzuzweifeln und den Allerheiligsten bei einem anderen Namen zu nennen – dem Namen Serapis' – und so die Substanz des Unsichtbaren zu zerstören? Schreit Ägypten nicht laut nach Freiheit? – und soll dieser Schrei vergeblich sein? Nein, nein, denn du, mein Sohn, bist dazu ausersehen, den Weg der Erlösung aufzuzeigen! Dir habe ich meine Rechte übereignet. Schon jetzt wird dein Name in vielen Tempeln geflüstert, von Abu bis Athu; schon jetzt schwören Priester und Menschen, selbst bei den heiligen Symbolen, jenem die Treue, der ihnen erklärt werden wird. Doch noch ist die Zeit nicht reif; noch bist du ein zu grüner Trieb, um die Gewalt eines solchen Sturmes aushalten zu können. Erst heute bist du auf die Probe gestellt worden und hast versagt.

Er, der den Göttern dienen will, Harmachis, muß alle Gefühle des Menschlichen abtun. Keine Herausforderung darf ihn beeinflussen, und auch keine fleischlichen Gelüste. Eine große Aufgabe ist dir anvertraut worden, doch dies mußt du wissen: Wenn du sie nicht erlernst, wirst du sie nicht erfüllen, und dann wird mein Fluch auf dich fallen! und der

Fluch Ägyptens, und der Fluch der gestürzten Götter Ägyptens! Denn wisse dies: Selbst die Götter, die unsterblich sind, mögen in der ineinanderverwobenen Ordnung der Dinge sich auf einen Menschen stützen, welcher ihr Werkzeug ist, so wie ein Krieger sich auf sein Schwert stützt. Und wehe dem Schwert, das in der Stunde des Kampfes zerbricht, denn es soll fortgeworfen werden, um zu rosten, oder vielleicht, um mit Feuer geschmolzen zu werden! Deshalb mache dein Herz rein und edel und stark, denn dein ist nicht ein gewöhnliches Schicksal, und dein sind keine sterblichen Bedürfnisse. Triumphiere, Harmachis, und du wirst im Lichte des Ruhmes gehen – hier und in der Nachwelt! Versage, und Leid – unendliches Leid wird über dich kommen!«

Er schwieg eine Weile und neigte den Kopf, bevor er fortfuhr: »Über diese Dinge sollst du später mehr erfahren. Inzwischen aber hast du viel zu lernen. Morgen werde ich dir einige Schreiben übergeben, und du sollst den Nil hinabreisen, vorbei an der weißummauerten Stadt Memphis nach Annu. Dort sollst du mehrere Jahre verweilen und im Schatten jener geheimnisvollen Pyramiden, deren erblicher Priester du ebenfalls sein wirst, mehr von unserer alten Weisheit erlernen. Währenddessen werde ich hier sitzen und warten – denn meine Stunde ist noch nicht gekommen – und mit Hilfe der Götter das Netz des Todes spinnen, mit dem du die mazedonische Wespe fangen sollst.

Komm her, mein Sohn! Komm her und küß mich auf die Stirn, denn du bist meine Hoffnung und die ganze Hoffnung Ägyptens! Sei dir selber treu! Flieg zu dem Adlerhorst des Schicksals empor, und du sollst hier und in der Nachwelt Ruhm ernten! Sei falsch, versage, und ich werde auf dich spucken, und du sollst verflucht sein, und deine Seele soll in Knechtschaft liegen bis zu jener Stunde, da im langsamen Wandel der Zeit das Böse wieder zum Guten wird und Ägypten wieder frei ist!«

Ich näherte mich ihm zitternd und küßte ihn auf die Stirn. »Mögen alle diese Dinge über mich kommen, und noch mehr«, sagte ich, »wenn ich dich enttäuschen sollte, mein Vater!«

»Nein!« rief er, »nicht mich, nicht mich, sondern jene, nach deren Willen ich es tue. Und nun gehe, mein Sohn, und denk über alles nach, und grab meine Worte in die tiefsten Tiefen deines Herzens ein; beobachte alles, was du sehen wirst, und sammle den Tau der Weisheit, der dich auf den Kampf vorbereitet! Fürchte nicht um dich, denn du bist vor allem Unheil geschützt. Keine von außen kommende Gefahr kann dir etwas anhaben; nur du selbst kannst dein Feind sein. Ich habe gesprochen.«

Dann ging ich hinaus, vollen Herzens. Die Nacht war sehr still, und nichts rührte sich in den Tempelhöfen. Ich eilte über sie hinweg und erreichte die Öffnung der Pylone, die bei dem äußeren Tor steht. Dann, da ich die Einsamkeit suchte und auch dem Himmel näher sein wollte, stieg ich die zweihundert Stufen der Pylone hinauf, bis ich endlich auf deren massivem Dach stand. Hier lehnte ich mich gegen die Brüstung und blickte auf das Land hinaus. Und während ich hinaussah, stieg der rote Rand des vollen Mondes hinter den Arabischen Bergen empor, und seine Strahlen fielen auf die Pylone, auf welcher ich stand, und auf die hinter ihr liegenden Tempelmauern, wo sie die Gesichter der in Stein gemeißelten Götter beleuchteten. Dann fiel sein kaltes Licht auf die Weite der wohlbestellten Felder, die jetzt der Ernte entgegenreiften, und während die himmlische Lampe Isis' höher stieg, krochen ihre Strahlen langsam das Tal hinab, wo Sihor, der Vater des Landes Khem, dem Meere zufließt.

Jetzt küßten die hellen Strahlen das Wasser, das zur Antwort zurücklächelte, und dann wurden Berge und Tal, Strom, Tempel und Ebene von weißem Licht überflutet, denn Mutter Isis war aufgestanden und breitete ihre gleißende Robe über den Busen der Erde. Es war wunderbar, von der Schönheit eines Traumes, und so feierlich wie die Stunde nach dem Tode. Machtvoll erhoben sich die Tempel vor dem Antlitz der Nacht. Noch nie waren sie mir so gewaltig erschienen wie zu dieser Stunde – jene ewigen Schreine, vor denen selbst die Mauern der Zeit zu schrumpfen scheinen. Und mir sollte es beschieden sein, über dieses mondbeschienene Land zu herrschen, mir, diese heiligen Schreine zu erhalten und die Ehre ihrer Götter zu bewahren; mir, die Ptolemäer zu verjagen und Ägypten von dem fremden Joch zu befreien. In meinen Adern rann das Blut jener großen Könige, die auf den Tag der Wiederauferstehung warteten und bis dahin in den Gräbern des Tales von Theben schliefen. Meine Seele schwoll in meiner Brust, als ich an dieses große Schicksal dachte; ich legte die Hände zusammen, und dort, auf der Spitze der Pylone, betete ich, wie ich noch nie zuvor gebetet hatte, zu der Gottheit, die bei vielen Namen gerufen wird und sich in vielen Gestalten manifestiert.

»O Amon«, betete ich, »Gott der Götter, der von Anbeginn gewesen ist; Herr der Wahrheit, der ist, und aus dem alle sind, der seine Gottheit vergibt und sie wieder zurücknimmt; der in dem Kreise, in welchem sich die Göttlichen bewegen und sind, von Anbeginn der Selbstgezeugte war und es bleiben wird bis zum Ende der Zeit – höre mich an.*

O Amon-Osiris, du Opfer, durch das wir gerechtfertigt wurden, Herr der Religionen der Winde, Herrscher der Zeiten, Bewohner des Westens, Oberster in Amenti, höre mich an.

O Isis, große Muttergöttin, Mutter des Horus – Geheimnisvolle Mutter, Schwester, Gemahlin, höre mich an. Wenn ich in der Tat der von den Göttern Auserwählte sein sollte, der die Ziele der Götter erreichen soll, so laßt mir ein Zeichen geben, jetzt, sofort, um mein Leben mit dem Leben über mir zu versiegeln. Streckt eure Arme nach mir aus, o ihr Götter, und enthüllt mir die Schönheit eures Antlitzes. Hört! o hört mich!« Und ich warf mich auf die Knie und hob meine Augen himmelwärts.

---

* Für eine irgendwie ähnliche Definition der Gottheit vgl. den Begräbnis-Papyrus von Nesikhonsu, einer Prinzessin der einundzwanzigsten Dynastie. – *Herausgeber*

Und als ich so kniete, wuchs eine Wolke vor das Angesicht des Mondes und bedeckte es, so daß die Nacht dunkel wurde, und die Stille rings umher sich vertiefte – selbst die Hunde in der tief unter mir liegenden Stadt hörten auf zu heulen, während die Stille wuchs und wuchs, bis sie so schwer war wie der Tod. Ich spürte, wie der Geist in mir angehoben wurde und das Haar auf meinem Kopfe sich aufrichtete. Dann, plötzlich, schien die mächtige Pylone unter meinen Füßen zu wanken, ein starker Wind blies mir ins Gesicht, und eine Stimme in meinem Herzen sagte:

»Siehe das Zeichen! Faß dich in Geduld, o Harmachis!«

Und während die Stimme so sprach, berührte eine kalte Hand die meine und ließ etwas in ihr zurück. Dann verzog sich die Wolke vom Angesicht des Mondes, der Wind erstarb, die Pylone hörte auf zu schwanken, und die Nacht war wieder so, wie sie gewesen war.

Als das Mondlicht zurückkam, blickte ich auf das, was in meiner Hand zurückgelassen worden war. Es war eine Knospe des heiligen Lotus, die sich eben zur Blüte entfaltete, und von der ein unbeschreiblich süßer Duft aufstieg.

Und während ich sie anblickte, siehe! glitt der Lotus aus meinen Fingern und verschwand.

## 4

*Über die Abreise Harmachis' und sein Treffen mit seinem Onkel Sepa, dem Hohepriester von Annu el Ra; über sein Leben zu Annu; und über die Worte Sepas*

Bei Dämmerung des nächsten Tages wurde ich von einem Priester des Tempels geweckt, der mir die Aufforderung brachte, mich für die Reise vorzubereiten, von der mein Vater gesprochen hatte, da sich für mich eine Gelegenheit ergeben hatte, den Nil hinab nach Annu el Ra zu fahren. Es ist

dies das Heliopolis der Griechen, wohin ich mich in Begleitung einiger Priester des Ptah aus Memphis begeben sollte, die nach Abouthis gekommen waren, um den Leichnam eines ihrer Großen in ein Grab zu legen, das in der Nähe der Ruhestatt des gesegneten Osiris vorbereitet worden war.

Also machte ich mich reisefertig, und am Abend dieses Tages, nachdem ich einige Schreiben entgegengenommen und meinen Vater sowie andere Bewohner des Tempels, die mir teuer waren, umarmt hatte, ging ich zum Ufer des Sihor hinab, und wir segelten mit dem Südwind davon. Als der Schiffsführer im Bug stand und mit einem Stab, den er in seiner Hand hielt, seinen Leuten das Zeichen gab, die Holzpflöcke loszuschlagen, mit denen das Schiff am Ufer festgemacht war, kam die alte Frau Atoua herangehumpelt, ihren Korb mit Kräutern in der Hand, und während sie mir ihr Lebewohl zurief, warf sie eine ihrer Sandalen als Glücksbringer vor die Füße, und diese Sandale habe ich viele Jahre lang aufgehoben.

Also segelten wir los und fuhren sechs Tage lang den wunderbaren Fluß hinab, wobei wir allabendlich an geeigneter Stelle am Ufer festmachten. Doch als ich nicht mehr die vertrauten Dinge erblicken konnte, die mir bekannt waren, seit ich Augen hatte, um zu sehen, und mich allein unter fremden Gesichtern fand, wurde mir das Herz sehr schwer und ich hätte geweint, wenn ich mich dessen nicht geschämt haben würde. Und von all den wunderbaren Dingen, die ich sah, will ich nicht schreiben, denn obwohl sie für mich neu sein mochten, waren sie nicht den Menschen bekannt, seit jenen Zeiten, da die Götter über Ägypten herrschten? Doch die Priester, die mit mir waren, erwiesen sich als sehr ehrerbietig und erklärten mir alles, was ich sah.

Am Morgen des siebenten Tages erreichten wir Memphis, die Stadt der Weißen Mauern. Hier ruhte ich mich drei Tage lang von meiner Reise aus und wurde von den Priestern des wunderbaren Tempel Ptahs, des Schöpfers, betreut, die mir auch die Schönheiten jener großen und herrlichen Stadt zeigten. Außerdem wurde ich von dem Hohepriester und zwei anderen heimlich zu der heiligen Gegenwart des Gottes Apis geführt, des Ptah, der sich herabläßt, in der Gestalt eines Stieres unter den Menschen zu weilen. Der Gott war schwarz, und auf seiner Stirn befand sich ein weißes Quadrat, auf seinem Rücken war eine weiße Markierung, die wie ein Adler geformt war, unter seinem Kinn eine in Gestalt eines Skarabäus, in seinem Schwanz wuchsen Doppelhaare, und zwischen seinen geschwungenen Hörnern hing eine Platte aus purem Gold. Ich betrat den Ort, an dem der Gott lebte, und der Hohepriester und jene, die bei ihm waren, traten zur Seite und beobachteten aufmerksam, als ich zu ihm betete. Und als ich zu Ende gekommen war und die Worte gesprochen hatte, die man mich gelehrt hatte, ging der Gott in die Knie und legte sich dann vor mir zu Boden. Nun traten der Hohepriester und jene, die mit ihm waren – einige der Großen Oberägyptens, wie ich später erfuhr – verwundert näher und verneigten sich schweigend vor mir wegen dieses Omens. Und noch viele weitere Dinge sah ich in Memphis, doch würde es zu lange dauern, über sie zu schreiben.

Am vierten Tage erschienen einige Priester aus Annu, um mich zu meinem Onkel Sepa zu bringen, dem Hohepriester von Annu. Nachdem ich mich von den Menschen in Memphis verabschiedet hatte, überquerten wir den Fluß und ritten auf Eseln zwei Drittel einer Tagesreise durch viele Dörfer, in denen wegen der Unterdrückung durch die Steuereinnehmer große Armut herrschte. Während dieses Rittes erblickte ich auch zum ersten Mal die großen Pyramiden, die hinter dem Bildnis des Gottes Horemkhu stehen, jenes Sphinx, den die Griechen Harmachis nennen, und dem Tempel der Göttlichen Mutter Isis, Königin des Mamnonia, und dem des Gottes Osiris, Herr von Rosatou, von deren Tempeln, wie von den Tempeln des Göttlichen Menkau-ra, ich, Harmachis, durch göttliches Erbrecht der Hohepriester bin. Ich sah sie und war voller Verwunderung über ihre Größen und über die Schönheit der reichverzierten Mauern aus weißem Kalkstein und rotem Granit aus Syene, welche die Strahlen der Sonne zum Himmel zurückwarfen. Zu jener Zeit aber wußte ich noch nichts von dem Schatz, der in ›*Her*‹ verborgen lag, der dritten Pyramide – und ich wünschte, ich hätte niemals davon erfahren!

So gelangten wir endlich nach Annu, das mir, nachdem ich Memphis gesehen hatte, als keine besonders große Stadt erschien, doch sie steht auf einer Anhöhe, vor der sich mehrere Seen befinden, die durch einen Kanal mit Wasser gespeist werden. Jenseits der Stadt befinden sich die umfriedeten Felder, die zum Tempel des Gottes Ra gehören.

Wir stiegen vor der Pylone von unseren Eseln und wurden dort von einem Manne erwartet, der zwar nicht von hoher Statur war, doch von edler Erscheinung; er hatte einen geschorenen Kopf, und seine dunklen Augen funkelten wie Sterne.

»Halt!« rief er mit lauter Stimme, die nur schlecht zu dem schmächtigen Körper zu passen schien. »Halt! Ich bin Sepa, welcher den Mund der Götter öffnet!«

»Und ich«, sagte ich, »bin Harmachis, Sohn des Amenemhat, des Erblichen Hohepriesters und Herrschers der Heiligen Stadt Abouthis, und ich bringe Briefe für dich, o Sepa!«

»Tritt ein!« sagte er und betrachtete mich sehr aufmerksam mit seinen funkelnden Augen. »Tritt ein, mein Sohn!« Und er nahm mich beim Arm und führte mich in einen Raum in der inneren Halle, schloß die Tür und dann, nachdem er einen Blick auf die Briefe geworfen hatte, die ich mitführte, fiel er mir um den Hals und drückte mich an sich.

»Willkommen!« rief er. »Willkommen, Sohn meiner Schwester und Hoffnung Khems! Nicht vergebens habe ich zu den Göttern gefleht, daß ich leben möge, um dein Angesicht zu sehen und an dich das Wissen weitergeben zu können, das vielleicht ich allein von allen Lebenden noch besitze. Es gibt nur wenige, die zu lehren mir durch das Gesetz erlaubt ist. Doch dein ist ein großes Geschick, und deine Ohren sollen die Lehren der Götter hören.«

Und er umarmte mich noch einmal, gebot mir, zu baden

und zu essen, und sagte, daß er am folgenden Tage weiter mit mir sprechen würde.

Dies tat er, und in solcher Ausführlichkeit, daß ich es mir versagen möchte, alles niederzuschreiben, was er dann und auch später zu mir sagte, denn wenn ich das tun wollte, wäre nach Beendigung dieser Arbeit in ganz Ägypten kein Papyrus mehr übrig. Deshalb, und da ich so viel zu sagen habe und mir nur so wenig Zeit verbleibt, es zu sagen, will ich die Ereignisse der nun folgenden Jahre übergehen.

Dies war der Ablauf meiner Tage: Ich stand früh auf, besuchte die Gottesdienste des Tempels und widmete mich für den Rest der Zeit ganz meinen Studien. Ich lernte über die Riten der Religion und ihre Bedeutungen, und über die Ursprünge der Götter und die Ursprünge der Oberen Welt. Ich lernte die geheimnisvollen Gesetze, nach denen sich die Sterne bewegen, und wie die Erde zwischen ihnen rollt. Ich wurde in das uralte Wissen eingeweiht, welches Magie genannt wird, und in der Kunst der Traumdeutung unterwiesen, und in der Annäherung an Gott. Man lehrte mich die Sprache der Symbole und ihre äußeren und inneren Geheimnisse. Ich wurde vertraut mit den ewigen Gesetzen von Gut und Böse, und mit dem Mysterium jenes Glaubens, der den Menschen innewohnt; außerdem erlernte ich das Geheimnis der Pyramiden – das ich wünschte, niemals erfahren zu haben. Weiterhin las ich die Aufzeichnungen über die Vergangenheit, und über die Taten und Worte der alten Könige, die seit der Herrschaft Horus' auf Erden waren; und ich wurde in allen Künsten der Staatsführung unterwiesen, in der Geschichte der Erde, und in der Geschichte Griechenlands und Roms. Außerdem lernte ich die griechische und die römische Sprache, von denen ich bereits einige Kenntnisse besaß – und währenddessen, fünf lange Jahre hindurch, hielt ich meine Hände und mein Herz rein und tat kein Unrecht im Angesichte Gottes oder der Menschen, sondern arbeitete schwer, um alles dies zu erlernen und mich für das Schicksal vorzubereiten, das mir bestimmt war.

Zweimal im Jahr erreichten mich Grüße und Briefe meines Vaters Amenemhat, und zweimal im Jahr schickte ich meine Antworten zurück und fragte ihn, ob die Zeit gekommen sei, mit der Arbeit aufzuhören. Und so verging die Zeit meiner Bewährung, bis ich ihrer in meinem Herzen überdrüssig und müde wurde, denn da ich nun ein Mann war, und gelehrt, verlangte es mich, das Leben eines Mannes zu beginnen. Und oft fragte ich mich, ob dieses Gerede und diese Prophezeiungen über die Dinge, die da kommen würden, nicht nur Träume waren, geboren aus den Gehirnen von Männern, bei denen das Wünschen Vorrang vor dem Denken hat. Ich war in der Tat königlichen Geblütes, das stellte ich fest, denn mein Onkel, Sepa, der Priester, zeigte mir eine geheime Aufzeichnung meiner Abkunft, die sich ohne jede Unterbrechung von Sohn zu Vater zurückverfolgen ließ und mit mystischen Symbolen in eine Tafel aus dem Stein von Syene eingemeißelt war. Doch was nützte es, rechtmäßig königlichen Geblütes zu sein, wenn Ägypten, mein Erbe, versklavt war – ein Sklave, der dem Willen und dem Luxus der mazedonischen Lagidae dienstbar sein mußte – ja, und es war schon seit so langer Zeit ein Knecht, daß es vielleicht vergessen hatte, wie man das untertänige Lächeln des Sklaventums verliert und die Welt wieder mit den glücklichen Augen des Freien anblickt.

Dann erinnerte ich mich an mein Gebet auf der Pylone von Abouthis, und an die Antwort, die ich auf dieses Gebet erhalten hatte, und fragte mich, ob auch das nur ein Traum gewesen sei.

Und eines Nachts, als ich, des Studierens müde geworden, durch den heiligen Hain schritt, welcher der Garten des Tempels ist, und über diese Dinge nachdachte, begegnete ich meinem Onkel Sepa, der sich dort ebenfalls erging, um nachzudenken.

»Halt!« rief er mit seiner lauten Stimme. »Warum ist dein Gesicht so traurig, Harmachis? Hat das letzte Thema, das wir durchgingen, dich so bedrückt?«

»Nein, mein Onkel«, antwortete ich. »Ich bin in der Tat bedrückt, doch nicht wegen jenes Themas; das war leicht aufzufassen. Mein Herz ist schwer, weil ich des Lebens innerhalb dieser Mauern müde bin, und weil das angehäufte Gewicht an Wissen mich erdrückt. Es ist unnütz, Kräfte anzusammeln, die nicht gebraucht werden können.«

»Ah, du bist ungeduldig, Harmachis«, antwortete er; »aber das ist nun einmal die Art der törichten Jugend. Du möchtest den Kampf schmecken; du bist es müde, die Brecher an den Strand branden zu sehen, du möchtest dich in sie hineinstürzen und das gefährliche Risiko des Krieges erleben. Also möchtest du fortgehen, Harmachis? Der Vogel fliegt aus dem Nest, wenn er ausgewachsen ist, und die Schwalbe schwirrt aus den Höhlungen des Tempels. Nun gut, es soll so sein, wie du es wünschst; die Stunde ist gekommen. Ich habe dich alles gelehrt, das ich erlernt habe, und ich glaube, daß der Schüler den Meister überholt hat.« Er machte eine Pause und fuhr mit der Hand über seine funkelnden, schwarzen Augen, da ihn der Gedanke an meinen Abschied sehr traurig stimmte.

»Und wohin soll ich mich wenden?« fragte ich, innerlich jubelnd, »zurück nach Abouthis, um dort in die Mysterien der Götter eingeweiht zu werden?«

»Ja, zurück nach Abouthis, und von Abouthis nach Alexandria, und von Alexandria zum Thron deiner Väter, Harmachis! Höre nun – dies ist der Stand der Dinge: Du weißt, daß Kleopatra, die Königin, nach Syrien geflohen ist, als jener falsche Eunuch, Pothinus, den Willen ihres Vaters, Aulêtes, mißachtete und ihren Bruder Ptolemaios zum alleinigen Herrscher über Ägypten ernannte. Du weißt auch, daß sie zurückgekommen ist, und wahrlich wie eine Königin, mit einer großen Armee in ihrem Gefolge, und bei Pelusium lagerte, und daß zu diesem Zeitpunkt der mächtige Caesar, jener große Mann, der größte aller Männer, Pompeius verfolgend vom blutigen Schlachtfeld Pharsalias kommend, mit einer schwachen Begleitung nach Alexandria segelte. Aber er fand Pompeius bereits tot, meuchlings ermordet von Achillas, dem General, und Lucius Septimus, dem Heerführer der römischen Legionen in Ägypten, und du weißt, wie aufgebracht die Alexandriner über sein Kommen waren und seine Liktoren töten wollten. Dann, wie du sicher gehört hast, bemächtigte Caesar sich des Ptolemaios, des jungen Königs, und seiner Schwester Arsinoë, und befahl der Armee Kleopatras und der Armee des Ptolemaios unter Achillas, welche bei Pelusium einander gegenüberstanden, sich aufzulösen und ihrer Wege zu gehen. Zur Antwort marschierte Achillas gegen Caesar und belagerte ihn im Bruchium von Alexandria, und so standen die Dinge für eine Weile, und niemand wußte, wer in Ägypten regierte. Doch da nahm Kleopatra die Würfel auf und warf sie, und der Wurf, den sie tat, war ein sehr mutiger. Denn sie ließ ihre Armee bei Pelusium zurück, fuhr bei Anbruch der Nacht zum Hafen, landete dort und ging in die Stadt, nur von dem Sizilianer Apollodoros begleitet. Dort wickelte Apollodoros sie in ein Bündel kostbarer Teppiche, wie sie in Syrien hergestellt werden, und schickte diese Teppiche als Geschenk zu Caesar. Als nun diese im Palast aufgerollt wurden, siehe! In dem Bündel befand sich das schönste Mädchen der ganzen Welt – ja, und das beredtsamste und gebildetste. Und sie verführte den großen Caesar – selbst die Last seiner Jahre vermochte nicht, ihn vor ihren Reizen zu schützen – so daß er als Frucht seiner Torheit beinahe sein Leben eingebüßt hätte, und all den Ruhm, den er in hundert Kriegen errungen hatte.

»Dieser Narr!« rief ich, »dieser Narr! Du nennst ihn groß; aber wie kann dieser Mann wirklich groß sein, der nicht die Kraft hat, den Listen einer Frau zu widerstehen? Caesar, an dessen Wort die Welt hängt! Caesar, auf dessen Atmen vierzig Legionen marschierten und das Schicksal ganzer Völker veränderten! Caesar, der Kühle! der Weitsichtige! der Held! – Caesar fällt wie eine reife Frucht in den Schoß einer ränkespinnenden Frau! Aus welch schlechtem Lehm ist dieser Caesar gemacht, und wie schändlich hat er hier versagt!«

Doch Sepa blickte mich nur an und schüttelte den Kopf. »Urteile nicht so voreilig, Harmachis, und gebrauche keine so stolzen Worte. Weißt du nicht, daß in jeder Rüstung ein

Scharnier sitzt? Und wehe dem, der diese Rüstung trägt, wenn das Schwert nach dieser Öffnung sucht! Denn die Frau ist, trotz all ihrer Schwäche, dennoch die stärkste Macht auf Erden. Sie ist das Steuer aller menschlichen Dinge; sie erscheint in vielerlei Gestalt und klopft an viele Türen; sie ist schnell und geduldig, und ihre Leidenschaft ist nicht unbeherrschbar wie die des Mannes, sondern wie ein gezähmtes Pferd, das sie lenken kann, wohin sie will, und das sie, je nachdem, wie es die Gelegenheit erfordert, einmal scharf zügeln und einmal freien Lauf lassen kann. Sie hat das Auge eines Feldherrn, und stark muß die Festung jenes Herzens sein, in dem sie keine Bresche finden kann. Pulsiert dein Blut rasch in der Jugend? Sie wird es einholen und ihrer Küsse niemals müde werden. Bist du dem Ehrgeiz verfallen? Sie wird das Innere deines Herzens erschließen und dir die Straße weisen, die zum Ruhme führt. Bist du abgespannt und müde? Sie hat Trost in ihrem Busen. Bist du gestürzt? Sie kann dich aufheben und dir Illusionen vorgaukeln, indem sie die Niederlage mit Sieg vergoldet. Ja, Harmachis, sie kann all dies tun, denn die Natur kämpft immer auf ihrer Seite; und während sie es tut, kann sie dich betrügen und geheime Pläne schmieden, an denen du keinen Anteil hast. Und so regiert die Frau die Welt. Für sie werden die Kriege geführt; für sie verbrauchen Männer ihre Kräfte beim Sammeln von Reichtümern; für sie tun sie Gutes und Böses; für sie suchen sie Größe und finden den Untergang. Trotzdem sitzt sie wie jener Sphinx und lächelt; und kein Mann hat jemals das Rätsel ihres Lächelns ganz lösen können, noch alle Geheimnisse ihres Herzens. Spotte nicht! Spotte nicht, Harmachis!, denn er muß wahrlich groß sein, der der Macht der Frau trotzen kann, die sich wie die unsichtbare Luft von allen Seiten an ihn preßt und oft am stärksten ist, wenn die Sinne sie am wenigsten spüren.«

Ich lachte laut auf. »Du sprichst so ernst, mein Onkel Sepa«, sagte ich, »daß man fast glauben könnte, du habest diese schlimmen Versuchungen nicht unbeschadet überstanden. Nun, was mich betrifft, so fürchte ich die Frauen

und ihre Listen nicht; ich weiß nichts über sie, und ich will auch nichts über sie wissen; und ich bin nach wie vor der Meinung, daß Caesar ein Narr war. Wenn ich an Caesars Stelle gewesen wäre, so hätte ich dieses Teppichbündel, um seine Heißblütigkeit zu kühlen, die Palasttreppe hinabgerollt, und in den Schlamm des Hafens geworfen.«

»Halt ein, halt ein!« rief er laut. »Es ist von Übel, so zu reden; mögen die Götter dieses Omen abwenden und dir die kühle Kraft erhalten, deren du dich rühmst. Oh! du kennst es nicht! – du in all deiner Kraft und Schönheit, die ohnegleichen sind, mit der Macht deines Wissens und der Gewandtheit deiner Rede – du kennst es nicht! Die Welt, in die du trittst, ist kein Heiligtum, wie das der göttlichen Isis. Nur dort – mag es so sein! Bete darum, daß deines Herzens Eis niemals schmelzen möge, damit du groß und glücklich wirst und Ägypten erlöst wird. Doch jetzt laß mich meine Rede fortsetzen. Du siehst, Harmachis, daß selbst in einer so ernsten Situation eine Frau ihren Platz behaupten kann. Der junge Ptolemaios, Kleopatras Bruder, der sich von dem Druck Caesars befreit sah, wandte sich verräterisch gegen ihn. Da stürmten Caesar und Mithridates das Lager des Ptolemaios, der über den Fluß floh. Doch sein Boot war so mit Flüchtlingen überladen, daß es sank, und das war das elende Ende von Ptolemaios' Macht.

Nachdem der Krieg so sein Ende gefunden hatte, ernannte Caesar den jüngeren Ptolemaios zum Mitregenten Kleopatras und zu ihrem nominellen Ehemann, obwohl diese ihm inzwischen einen Sohn geboren hatte, Caesarion, und er selbst kehrte nach Rom zurück, unter Mitnahme der schönen Prinzessin Arsinoë, die in Ketten gefesselt in seinem Triumphzug mitgeschleppt wurde. Doch der große Caesar ist nicht mehr. Er starb so, wie er gelebt hatte: blutig und königlich. Kleopatra, die Königin, wiederum hat, wenn meine Informationen zuverlässig sind, Ptolemaios, ihren Bruder und Ehemann, mit Gift umgebracht und ihren Sohn Caesarion zum Erben des Thrones ernannt, den sie dank der römischen Legionen innehat, und, wie behauptet wird, dank Sextus Pompeius, der Caesars Nachfolger in der Liebe wurde. Aber, Harmachis, im ganzen Lande kocht und brodelt es gegen sie. In allen Städten Khems sprechen die Menschen von dem Erlöser, der kommen soll – und der bist du, Harmachis. Die Zeit ist fast reif. Deine Stunde wird sehr bald kommen. Geh du zurück nach Abouthis, ergründe die letzten Geheimnisse der Götter, und treffe jene, die den Ausbruch des Sturmes dirigieren werden. Dann handle, Harmachis – handle, sage ich, und führe Khem zum Siege, säubere das Land von den Römern und von den Griechen und nimm deinen Platz auf dem Throne deiner göttlichen Väter ein, und sei der König der Menschheit! Für dieses Ziel bist du geboren worden, o Prinz!«

## 5

*Über die Rückkehr Harmachis' nach Abouthis; über die Feier der Mysterien; über den Gesang Isis'; und über die Warnung Amenemhats*

Am nächsten Tage umarmte ich meinen Onkel Sepa, und mit freudigem Herzen machte ich mich auf die Rückreise nach Abouthis. Um es kurz zu machen: Ich erreichte es heil und gesund nach einer Abwesenheit von fünf Jahren und einem Monat und war nun nicht mehr ein Junge, sondern ein erwachsener Mann, und mein Kopf war mit dem Wissen über die Menschen und über die uralten Weisheiten Ägyptens angefüllt. So kam es, daß ich die bekannten Landschaften wiedersah, und die vertrauten Gesichter, obwohl ich einige von denen vermißte, da Osiris sie zu sich genommen hatte. Jetzt, als ich über die Felder ritt und mich dem Templtor näherte, strömten die Priester und die Leute heraus, um mich willkommen zu heißen, und mit ihnen kam die alte

Frau Atoua, die, abgesehen von den zusätzlichen Falten, welche die Zeit in ihre Stirn gegraben hatte, noch genau so war wie an jenem Tage vor fünf langen Jahren, als sie mir die Sandale zugeworfen hatte.

»*La! La! La!*« rief sie. »Da bist du endlich, mein hübscher Junge, noch hübscher, als du es damals warst! *La!* Was für ein Mann! Was für breite Schultern, und was für ein Gesicht, was für eine Gestalt! Ah, es gereicht einer alten Frau zur Ehre, dich auf ihren Knien gehalten zu haben! Aber du bist sehr blaß; jene Priester in fernen Annu haben dich hungern lassen, so wahr ich lebe! Du darfst nicht hungern; die Götter lieben keine Gerippe. ›Leere Mägen machen leere Köpfe‹, sagen sie in Alexandria. Aber dies ist eine glückliche Stunde; ja, eine sehr glückliche Stunde. Komm herein – komm herein!« Und als ich von meinem Esel abstieg, umarmte sie mich.

Doch ich schob sie von mir. »Mein Vater! Wo ist mein Vater?« rief ich. »Ich sehe ihn nicht!«

»Nein, nein, hab keine Furcht«, beruhigte sie mich. »Seiner Heiligkeit geht es gut; er erwartet dich in seinem Haus. Los, geh schon. O glücklicher Tag! O glückliches Abouthis!«

Also ging ich, oder lief ich vielmehr, und gelangte in den Raum, von dem ich bereits schrieb, und dort, am Tisch sitzend, fand ich meinen Vater, Amenemhat, so wie ich ihn in meiner Erinnerung hatte, doch sehr alt geworden. Ich trat auf ihn zu, kniete vor ihm nieder und küßte seine Hand, und er segnete mich.

»Blick auf, mein Sohn!« sagte er. »Laß meine alten Augen dein Gesicht sehen, damit ich in deinem Herzen lesen mag.«

Also hob ich den Kopf, und er blickte mich lange und ernst an.

»Ich lese in dir«, sagte er schließlich, »daß du rein und stark an Weisheit bist; ich habe mich nicht in dir getäuscht. Oh, die Jahre sind einsam gewesen, doch ich habe wohl daran getan, dich dorthin zu schicken. Nun erzähl mir von deinem Leben, denn die Briefe haben mir nur wenig gesagt, und du kannst dir nicht vorstellen, mein Sohn, wie hungrig das Herz eines Vaters ist.«

Und so berichtete ich ihm. Wir saßen bis tief in die Nacht und sprachen miteinander. Am Ende erklärte er mir, daß ich mich jetzt darauf vorbereiten müsse, in die letzten jener Mysterien eingeführt zu werden, welche von den Auserwählten der Götter erlernt werden.

Und so geschah es, daß ich mich Monate lang nach den heiligen Regeln vorbereitete. Ich aß kein Fleisch. Ich verbrachte viel Zeit in den Tempeln, beim Studium der Geheimnisse des Großen Opfers und des Leides der Heiligen Mutter. Ich wachte und betete vor den Altären. Ich erhob meine Seele zu Gott, ja, und in meinen Träumen sprach ich mit dem Unsichtbaren, bis schließlich die Erde und alle irdischen Begierden von mir abzufallen schienen. Mich verlangte nicht länger nach dem Ruhm dieser Welt; mein Herz schwebte über ihm, wie ein Adler auf seinen ausgebreiteten Flügeln, und die Stimme weltlicher Verlockung konnte es nicht bewegen, und der Anblick ihrer Schönheit brachte kein Glücksgefühl. Denn über mir war das gewaltige Himmelsgewölbe, wo die Sterne in unveränderbarer Prozession vorübergleiten und Menschenschicksale hinter sich herziehen; wo die Heiligen auf ihren Flammenthronen sitzen und die Wagenräder des Schicksals beobachten, wie sie von Sphäre zu Sphäre rollen. O ihr Stunden geheiligter Kontemplation! Welcher Mensch, der nur einmal euer Glück empfunden hat, könnte wünschen, wieder auf der profanen Erde zu kriechen? Oh, schnödes Fleisch, das uns hinabzieht! Ich wünschte, du wärest ganz von mir abgefallen und hättest meinen Geist freigegeben, um Osiris zu suchen!

Die Monate der Bewährung vergingen nur zu schnell, und dann näherte sich jener heilige Tag, an dem ich wahrhaftig mit der Universellen Mutter vereinigt werden sollte. Noch nie hat die Nacht sich so sehr nach dem Versprechen des Morgens gesehnt; noch nie hat das Herz eines Liebenden so sehnsüchtig der Ankunft der Braut entgegengeharrt, wie es mich verlangte, dein herrliches Antlitz zu erblicken, o

Isis! Selbst heute noch, da ich treulos an dir gehandelt habe und du mir fern bist, o Göttliche! quillt meine Seele dir entgegen, und ich weiß wieder. – Doch da mir geboten ist, den Schleier zu lüften und von Dingen zu sprechen, die seit Anbeginn dieser Welt ungesagt geblieben sind, laßt mich fortfahren und demutsvoll die Ereignisse jenes heiligen Morgens aufzeichnen.

Sieben Tage lang war das große Fest gefeiert worden, hatte man der Leiden des Herrn Osiris gedacht und die Trauer der Mutter Isis besungen, und das Gloria war begangen worden, und die Ankunft des Göttlichen Kindes, Horus, des Sohnes, des Rächers, des Gottgezeugten. Alle diese Dinge waren gemäß der uralten Riten gefeiert worden. Die Boote waren im heiligen See geschwommen, die Priester hatten sich vor dem Allerheiligsten gegeißelt, und die Götterbilder waren während der Nacht durch die Straßen getragen worden.

Und jetzt, als die Sonne über dem siebenten Tage versank, versammelte sich wieder eine große Prozession, um das Leid Isis' zu singen und zu berichten, wie das Böse gerächt wurde. Wir verließen schweigend den Tempel und gingen durch die Straßen der Stadt. Als erstes gingen jene, die den Weg freimachen mußten, dann folgte mein Vater, Amenemhat, in seiner feierlichen Priesterrobe, den Zedernstab in der Hand. Hinter ihm schritt ich, der Neophyt, allein, und nach mir kamen die Priester in weißen Roben, die Banner und Embleme der Götter emporhielten. Ihnen folgten jene, die das heilige Boot trugen, und danach kamen die Sänger und die Musikanten; und so weit das Auge reichte, sah man marschierende Menschen, in melancholisches Schwarz gekleidet, weil Osiris nicht mehr war. Schweigend schritten wir durch die Straßen der Stadt, bis wir schließlich das Tor des Tempels erreichten und hineingingen. Und als mein Vater, der Hohepriester, unter dem Bogen der äußeren Pylone hindurchschritt, begann eine Sängerin mit sanfter Stimme das Heilige Lied zu singen. Und so sang sie:

*»Singen wir den Tod Osiris',*
*Beweinen wir das gefallene Haupt;*
*Das Licht hat die Welt verlassen, die Welt ist grau,*
*Über die bestirnten Himmel*
*Fliegt das Netz der Finsternis,*
*Und Isis beweint das Hinscheiden Osiris'.*
*Vergießt eure Tränen, ihr Sterne, ihr Flüsse!*
*Weint, Kinder des Nils, weint, denn euer Herr ist tot!«*

Sie machte eine Pause, und dann fiel die ganze Menge in den melancholischen Trauergesang ein:

*»Behutsam schreiten wir, unsere gemessenen Schritte*
*Fallen nieder auf den Boden des Siebenfach Heiligen;*
*Sanft rufen wir dem Toten, der am Leben ist, zu:*
*›Kehre zurück, Osiris, aus dem Königreich der Kälte!*
*Kehre zurück zu denen, die dich von Anbeginn anbeteten.‹«*

Der Stimmenchor verklang, und wieder sang sie:

*»Über den göttlichen Hof schreiten wir*
*Zu dem Siebenfach geheiligten Schrein,*
*Während die Echos der Tempelwand*
*Den langen Trauergesang wiederholen.*
*Die Laute der Trauer hallen an den unvergänglichen*
*Wänden empor,*
*Wo, eine in den Armen der anderen, die Schwestern weinen,*
*Isis und Nephthys, über seinen unerweckbaren Schlaf.«*

Und dann erscholl wieder der feierliche Chor von tausend Stimmen:

*»Behutsam schreiten wir, unsere gemessenen Schritte*
*Fallen nieder auf den Boden des Siebenfach Heiligen;*
*Sanft rufen wir dem Toten, der am Leben ist, zu:*
*›Kehre zurück, Osiris, aus dem Königreich der Kälte!*
*Kehre zurück zu denen, die dich von Anbeginn anbeteten!‹«*

Der Chor verklang, und die Frauenstimme setzte wieder ein:

*»O Bewohner des Westens,*
*Geliebter und Herrlichster,*
*Deine Liebe, deine Schwester Isis, ruft dich zurück!*
*Komm aus deiner aschgrauen Kammer,*
*Du Herr der Sonne,*
*Deiner düsteren Kammer tief unterhalb der Wellen!*
*Mit müden Flügeln und erschöpft*
*Suche ich dich nah und fern,*
*Durch das ganze Firmament,*
*Durch alle schrecklichen Wege der Hölle,*
*Von Stern zu wanderndem Stern,*
*Unter den Toten, die in Amenti wohnen.*
*Ich suche in der Höhe und in der Tiefe, auf dem Land und auf dem Meere,*
*Erhebe dich von den Toten und lebe, unser Herr Osiris, erhebe dich!«*

*»Behutsam schreiten wir, unsere gemessenen Schritte*
*Fallen nieder auf den Boden des Siebenfach Heiligen;*
*Sanft rufen wir dem Toten, der am Leben ist, zu:*
*›Kehre zurück, Osiris, aus dem Königreich der Kälte!*
*Kehre zurück zu denen, die dich von Anbeginn anbeteten!‹«*

Nun sang die Sängerin in einer höheren Tonlage und mit hellerer Stimme:

*»Er erwacht – aus dem Gefängnis.*
*Wir singen dem Auferstandenen Osiris,*
*Wir singen dem Kinde, das Nout empfing und trug.*
*Deine Liebe, Isis, wartet auf dich,*
*Die Hüterin des Tores.*
*Sie atmet den Atem des Lebens auf Brust und Haar,*
*Und an ihrer Brust, in ihrem Atem,*
*Siehe! erwachet er.*

*Siehe! endlich erhebt er sich aus seiner Ruhe,*
*Von ihren heiligen Händen berührt,*
*Der Herr aller Reiche;*
*Er regt sich, er erhebt sich durch ihren Atem, ihre Brust!*
*Doch du, böser Typhon, fliehe!*
*Der Tag des Gerichtes ist nahe.*
*Rasch auf deiner Spur wie eine Flamme, rast Horus vom Himmel herab.«*

*»Behutsam schreiten wir, unsere gemessenen Schritte*
*Fallen nieder auf den Boden des Siebenfach Heiligen;*
*Sanft rufen wir dem Toten, der am Leben ist, zu:*
*›Kehre zurück, Osiris, aus dem Königreich der Kälte!*
*Kehre zurück zu denen, die dich von Anbeginn anbeteten!‹«*

Wieder, während wir uns vor dem Heiligtum verneigten, sang sie und sandte den vollen Klang ihrer frohen Stimme aus, die zu den ewigen Mauern emporschallte, bis die Stille um die runden Töne ihrer Melodie zu vibrieren begann, und die Herzen derer, die zuhörten, wurden seltsam berührt. Und so, während wir weiterzogen, sang sie das Lied des auferstandenen Osiris, das Lied der Hoffnung, das Lied des Sieges:

*»Singen wir der Dreifaltigkeit,*
*Singen wir der Heiligen Drei,*
*Singen und preisen wir und beten wir den Thron an,*
*Den Thron, den unser Herr aufgestellt hat:*
*Dort sind Frieden und Wahrheit mein!*
*Allein hier, in den Hallen des Heiligen!*
*Dort in dem schattigen Fächer der gefalteten Schwingen,*
*Dort werden wir leben und uns unserer Ruhe freuen.*
*Wir, die wir deine Diener sind!*
*Horus vertreibt alle Übel!*
*Weit fort in den Schoß der Finsternis des Westens!«*

Wieder, als ihre Stimme erstarb, setzte der hallende Chor aller Stimmen ein:

*»Behutsam schreiten wir, unsere gemessenen Schritte*
*Fallen nieder auf den Boden des Siebenfach Heiligen;*
*Sanft rufen wir dem Toten, der am Leben ist, zu:*
*›Kehre zurück, Osiris, aus dem Königreich der Kälte!*
*Kehre zurück zu denen, die dich von Anbeginn anbeteten!‹«*

Der Gesang hörte auf, und als die Sonne versank, hob der Hohepriester die Statue des lebenden Gottes empor und hielt sie der Menschenmenge entgegen, die nun im Hofe des Tempels zusammengeströmt war. Und mit einem gewaltigen Ruf:

*»Osiris, unsere Hoffung! Osiris! Osiris!«*

... rissen die Menschen ihre schwarzen Tücher von sich und enthüllten die weißen Roben, die sie darunter trugen, und dann verneigten sie sich gemeinsam vor dem Gott, und das Fest war zu Ende.

Doch für mich hatte die Zeremonie gerade erst begonnen, denn dieses war die Nacht meiner Einführung in die Priesterschaft. Ich verließ den inneren Hof, badete und schritt, in reines Leinen gekleidet, wie es die Vorschrift gebietet, in ein inneres, jedoch nicht das innerste Heiligtum und legte die üblichen Opfergaben auf den Altar. Dann erhob ich meine Hände gen Himmel und verharrte viele Stunden lang in tiefer Andacht, versuchte, durch heilige Gedanken und durch Gebete die Kraft für den gewaltigen Augenblick der Prüfung zu erlangen.

Langsam verstrichen die Stunden in der absoluten Stille des Tempels, bis sich schließlich die Tür öffnete und mein Vater, Amenemhat, der Hohepriester, hereintrat, ganz in Weiß gekleidet, und an seiner Hand den Priester der Isis führend. Denn da er verheiratet gewesen war, durfte er das Mysterium der Heiligen Mutter nicht betreten.

Ich erhob mich und trat ergeben vor sie hin.

»Bist du bereit?« fragte der Priester und hob die Lampe, die er in der Hand trug, höher, so daß ihr Licht in mein Gesicht fiel. »O Auserwählter, bist du bereit, die Pracht der Göttin von Angesicht zu Angesicht zu schauen?«

»Ich bin bereit«, antwortete ich.

»Bedenke dich«, sagte er wieder mit ernster Stimme, »es ist kein leichtes Unterfangen. Wenn du dir diesen, deinen höchsten Wunsch erfüllen willst, so begreife, königlicher Harmachis, daß du in dieser Nacht für eine Weile im Fleische sterben mußt, während welcher Zeit deine Seele auf geistige Dinge blicken wird. Und sollte, so du gestorben bist, irgendein Böses in deinem Herzen gefunden werden, wenn du schließlich vor die Erhabene trittst, dann wehe dir, Harmachis, denn der Lebensodem soll dann nicht mehr in den Torweg deines Mundes eintreten, dein Körper soll zu Staub zerfallen, und was mit deinen anderen Teilen geschehen wird, wenn ich es weiß, so darf ich es nicht sagen.* Bist du also rein und frei von sündigen Gedanken? Bist du bereit, an die Brust Ihrer gelegt zu werden, die War und Ist und Sein wird, und in allen Dingen Ihren heiligen Willen zu tun, für Sie, so sie es befiehlt, jeden Gedanken an irdische Frauen von dir zu weisen, und stets zu Ihrem Ruhme zu wirken, bis schließlich dein Leben zu Ihrem ewigen Leben heimgeholt wird?«

»Ich bin es«, sagte ich, »sprich weiter!«

»Es ist gut«, sagte der Priester. »Edler Amenemhat, wir werden allein hineintreten.«

»Lebe wohl, mein Sohn«, sagte mein Vater; »sei stark und siege auf dem Gebiete des Geistigen, so wie du auf dem des Irdischen siegen wirst. Er, der wirklich die Welt beherrschen will, muß zuvor über die Welt erhoben werden. Er muß eins sein mit Gott, denn nur so kann er die Geheimnisse des Göttlichen erfahren. Doch hüte dich! Die Götter verlangen

---

* Nach der ägyptischen Religion besteht der Mensch aus vier Teilen: dem Körper, dem Doppelgänger bzw. der astralen Gestalt *(Ka)*, der Seele *(Bi)*, und dem der Gottheit entsprungenen Lebensfunken *(Khou)*. – *Herausgeber*

viel von solchen, die es wagen, in den Kreis ihrer Göttlichkeit einzutreten. Wenn sie aus ihm zurückkehren, werden sie nach einem strengeren Gesetz beurteilt, und mit einer stärkeren Rute geschlagen, denn so groß wie ihr Glanz ist, soll auch ihre Schmach sein. Deshalb stähle dein Herz, königlicher Harmachis! Und wenn du den Weg der Nacht hinabeilst und das Allerheiligste betrittst, so denke daran, daß von ihm, dem große Dinge gegeben worden sind, auch große Dinge abverlangt werden. Und jetzt – wenn du ehrlich dazu entschlossen bist – gehe dorthin, wohin dir zu folgen mir nicht erlaubt ist! Lebe wohl!«

Für einen Augenblick, als mein Herz diese schwerwiegenden Worte abwägte, wurde ich schwankend, was wohl mehr als verständlich ist. Doch war ich von der Sehnsucht erfüllt, in die Gesellschaft der Göttlichen aufgenommen zu werden, und ich wußte, daß kein Böses in mir war und ich allein danach strebte, das Gute zu tun. Deshalb, nachdem ich mit so viel Mühe die Sehne des Bogens gespannt hatte, war ich entschlossen, den Pfeil abzuschießen. »Führe mich!« rief ich mit lauter Stimme. »Führe mich, o heiliger Priester! Ich werde dir folgen!«

Und wir schritten weiter.

## 6

*Über die Einführung Harmachis'; über seine Visionen; über seinen Heimgang zu der Stadt, welche sich am Orte des Todes befindet; und über die Erklärung Isis', der Botin*

Schweigend traten wir in den Schrein der Isis. Er war dunkel und kahl – nur das schwache Licht der Lampe spiegelte sich matt auf den mit Reliefs geschmückten Wänden, wo, in einhundert Darstellungen, die Heilige Mutter das Heilige Kind säugte.

Der Priester schloß die Tür und verriegelte sie. »Noch einmal«, sagte er, »bist du bereit, Harmachis?«

»Noch einmal«, antwortete ich, »ich bin bereit.«

Er sagte nichts mehr, sondern erhob die Hände zum Gebet und führte mich ins Heiligste des Heiligen und löschte mit einer raschen Bewegung die Lampe.

»Blicke vor dich, Harmachis!« rief er, und seine Stimme klang hohl in diesem Raum.

Ich blickte vor mich, sah jedoch nichts. Doch aus der Nische, die hoch oben in der Wand sitzt und in der das heilige Symbol der Göttin verborgen ist, das nur wenigen zu sehen vergönnt ist, kam ein Laut wie von den rasselnden Stäben eines Sistrums.* Und während ich ehrfurchtsvoll lauschte, siehe! erblickte ich die Umrisse des Instruments wie mit Feuer in die Schwärze der Luft gezeichnet. Es hing über meinem Kopf und rasselte dort. Und als ich mich umwandte, sah ich klar und deutlich das Gesicht der Mutter Isis, das in eine der Seitenwände der Nische eingemeißelt ist und die nie endende Geburt symbolisiert, und das Gesicht ihrer heiligen Schwester, Nephthys, das auf der anderen eingemeißelt ist, und das Ende allen Gebärens im Tode symbolisiert.

Langsam drehte das Sistrum sich herum und begann zu pendeln, als ob irgendein mystischer Tänzer über mich hinwegschritte und es in seiner Hand schüttelte. Doch schließlich erlosch das Licht und das Rasseln verstummte.

Dann, plötzlich, wurde das Ende der Kammer von einem Leuchten erfüllt, und in jenem weißen Licht sah ich ein Bild nach dem anderen. Ich sah den uralten Nil, der durch Wüsten dem Meere zuströmte. Es waren keine Menschen an seinen Ufern, und es gab auch keinerlei Spuren von Menschen, noch irgendwelche Tempel zu Ehren der Götter. Nur wilde Vögel schwammen auf dem einsamen Angesicht Sihors, und mächtige Tiere wateten durch den Schlamm seiner Ufer. Die Sonne versank majestätisch in der Libyschen

* Ein Musikinstrument, das Isis besonders heilig ist, und dessen Form und Stäbe eine mystische Bedeutung haben. – *Herausgeber*

Wüste und färbte die Wasser rot; die Berge strebten dem schweigenden Himmel zu, doch auf Berg, Wüste und Fluß gab es kein Anzeichen menschlichen Lebens. Da erkannte und sah ich die Welt, wie sie war, bevor der Mensch wurde, und ein Schrecken von Einsamkeit trat in meine Seele ein.

Das Bild verblaßte, und ein anderes erschien an seiner statt. Wieder sah ich die Ufer des Sihor, und auf ihnen drängten sich wilde Kreaturen, welche eher den Affen ähnlich waren, denn den Menschen. Sie kämpften und töteten einander. Die wilden Vögel stoben angstvoll auf, als Flammen aus ihren Schilfhütten schlugen, die von Feinden geplündert und gebrandschatzt wurden. Sie raubten und zerstörten und mordeten, schlugen Kindern die Schädel mit Steinäxten ein. Und obwohl keine Stimme es mir sagte, wußte ich doch, daß ich den Menschen sah, so wie er vor Tausenden von Jahren gewesen war, als er zum ersten Male über die Erde zog.

Ein neues Bild: Wieder sah ich die Ufer des Sihor, doch jetzt blühten auf ihnen schöne Städte, wie Blumen. Durch ihre Tore gingen Männer und Frauen aus und ein, schritten auf weite, wohlbestellte Felder hinaus. Ich sah keine Wachen oder Armeen, und auch kein Kriegsgerät. Alles war Weisheit, Wohlstand und Frieden. Und während ich dieses Bild ehrfürchtig anblickte, erschien eine prächtige Männergestalt, in eine Robe gehüllt, die aus Flammen gewebt schien, aus der Tür eines Schreines, umschwebt von den Klängen einer Musik. Die Gestalt erstieg einen elfenbeinernen Thron, der auf einem am Flußufer gelegenen Marktplatz stand; und als die Sonne sank, rief sie die Menschen zum Gebet. Mit *einer* Stimme sprachen sie und verneigten sich in Anbetung. Und ich verstand, daß hierin die Herrschaft der Götter auf Erden dargestellt wurde, lange vor den Tagen von Menes.

Die Vision veränderte sich. Noch immer dieselbe schöne Stadt, doch andere Menschen – Menschen mit dem Ausdruck von Gier und Bösem auf ihren Gesichtern – welche die Fesseln rechtschaffenen Tuns haßten und ihre Herzen der Sünde geöffnet hatten. Es wurde Abend; die prächtige Männergestalt setzte sich auf den Thron und rief zum Gebet, doch niemand verneigte sich in Anbetung.

›Wir sind deiner Müde!‹ riefen sie. ›Macht das Böse zum König! Tötet ihn! Tötet ihn! Löst die Bande des Bösen! Macht das Böse zum König!‹

Der prächtige Mann erhob sich und blickte mit milden Augen auf die sündigen Menschen hinab.

»Ihr wisset nicht, was ihr da sagt«, rief er, »doch wie ihr es wollt, so soll es sein! Doch obwohl ich sterbe, werdet ihr durch mich, nach viel Mühsal und Leid, den Weg wiederfinden, der zum Reich des Guten führt.«

Und noch während er so sprach, sprang eine andere Gestalt, gräßlich und widerlich anzusehen, auf ihn, erschlug ihn unter Flüchen und riß seinen Leichnam in Stücke, und dann setzte sie sich unter dem Jubel der Menge selbst auf den Thron und herrschte. Doch eine Gestalt, deren Gesicht von einem Schleier verhüllt war, schwebte auf schattenhaften Flügeln vom Himmel herab und sammelte unter Wehklagen die zerfetzten Teile des göttlichen Wesens zusammen. Einen Moment lang stand sie über sie gebeugt, dann hob sie sie auf in ihren Händen und weinte. Und während sie weinte, siehe! entsprang ihrer Lende ein bewaffneter Krieger, mit einem Gesicht wie das Gesicht von Ra zur Mittagsstunde. Er, der Rächer, stürzte sich mit einem wilden Schrei auf das Monster, das den Thron usurpiert hatte, und sie begannen zu kämpfen und stiegen, verbissen miteinander ringend, zum Himmel empor.

Dann erschien ein Bild nach dem anderen. Ich sah Mächte und Menschen, in unterschiedliche Gewänder gekleidet und in vielerlei Zungen sprechend. Ich sah sie vorbeiziehen und vorbeiziehen, zu Millionen und Abermillionen – sah sie lieben, hassen, sterben. Einige wenige von ihnen waren glücklich, und manche zeigten Züge des Leidens auf ihren Gesichtern; die meisten von ihnen trugen jedoch weder das Siegel des Glückes noch das des Leides, sondern vielmehr das der Geduld. Und während sie dahinschritten, von einem Zeitalter zum anderen, kämpfte hoch über ihnen der Rächer mit dem Bösen, und die Waagschale des Sieges neigte sich einmal zu dieser Seite, und dann zur anderen. Doch keiner der beiden siegte, und es wurde mir auch nicht zu wissen gegeben, wie dieser Kampf endete.

Und ich begriff, daß das, was ich sah, eine heilige Vision des Kampfes zwischen den Mächten des Guten und des Bösen war. Ich sah, daß der Mensch böse erschaffen wurde, doch jene, welche über uns sind, Mitleid mit ihm hatten und herabstiegen, um ihn gut und glücklich zu machen, da diese beiden Dinge eines sind. Doch der Mensch kehrte auf seinen Weg der Sünde zurück, und da opferte sich der strahlende Geist des Guten, der von uns Osiris genannt wird, jedoch viele Namen hat, für die Sünden jener Rasse, die ihn entthront hatte. Und von ihm und der Göttlichen Mutter, aus welcher die ganze Natur ist, entsprang ein anderer Geist, welcher unser Beschützer auf Erden ist, wie es Osiris in Amenti ist.

Denn dies ist das Mysterium des Osiris.

Plötzlich, während ich diese Visionen sah, wurden diese Dinge mir klar. Die Mumienbinden der Symbolik und der Zeremonie, welche Osiris umkleiden, fielen von ihm ab, und ich verstand das Geheimnis der Religion, das Opfer ist.

Die Bilder verschwanden, und wieder sprach der Priester, mein Führer, zu mir.

»Hast du verstanden, Harmachis, was dir zu sehen gewährt wurde?«

»Ich habe es verstanden«, sagte ich. »Sind die Riten nun zu Ende?«

»Nein, sie haben erst begonnen. Das, was nun folgt, mußt du allein durchstehen. Siehe, ich verlasse dich jetzt, um beim ersten Licht des Morgens zurückzukehren. Doch noch einmal will ich dich warnen. Das, was du sehen wirst, ist nur wenigen vergönnt zu sehen, um dann weiterzuleben. In meinem ganzen Leben habe ich nur drei gekannt, die es wagten, sich dieser schrecklichen Prüfung zu stellen, und von diesen dreien wurde nur einer beim Grauen des Morgens lebend gefunden. Was mich selbst betrifft, so bin ich diesen Weg nicht gegangen. Er ist zu steil für mich.«

»Geh!« sagte ich. »Meine Seele dürstet nach Wissen. Ich werde es wagen.«

Er legte seine Hand auf meinen Kopf und segnete mich. Er ging hinaus. Ich hörte, wie er die Tür hinter sich schloß, und dann das allmählich verklingende Geräusch seiner Schritte.

Dann fühlte ich, daß ich allein war, allein an dem Heiligen Ort mit Dingen, die nichts Irdisches hatten. Stille senkte sich herab – eine Stille, so tief wie das Dunkel, das um mich war. Die Stille senkte sich herab, ballte sich zusammen, wie die Wolke sich zusammenballte, als ich in jener Nacht, damals noch ein Junge, auf der Pylone des Tempels betete. Sie ballte sich dichter zusammen, und noch dichter, bis sie in mein Herz zu kriechen und darin laut zu schreien schien; denn die absolute Stille hat eine Stimme, die schrecklicher ist als jeder Schrei. Ich sprach, und die Echos meiner Worte hallten von den Wänden zurück und schienen auf mich einzuschlagen. Die Stille war leichter zu ertragen als ein Echo wie dieses. Was würde ich in dieser Nacht sehen? Würde ich sterben, jetzt, in der Blüte meiner Jugend und meiner Kraft? Furchtbar waren die Warnungen, die mir erteilt worden waren. Ich wurde von Angst gepackt und dachte an Flucht. Flucht! – Flucht wohin? Die Tür war verschlossen; ich konnte nicht fliehen. Ich war allein mit der Gottheit, allein mit der Macht, die ich beschworen hatte. Nein, mein Herz war rein – mein Herz war rein. Ich würde dem Schrekken, der da kommen sollte, ins Angesicht blicken, ja, selbst wenn ich dabei sterben müßte!

»Isis, Heilige Mutter«, betete ich. »Isis, Gemahlin des Himmels, komm zu mir! Sei jetzt bei mir! Mir schwinden die Sinne. Sei jetzt bei mir!«

Und dann spürte ich, daß die Dinge nicht mehr so waren, wie die Dinge gewesen waren. Die Luft um mich herum geriet in Bewegung, sie rauschte, wie die Schwingen eines Adlers rauschen, sie erwachte zum Leben. Helle Augen blickten mich an, seltsames Flüstern ließ meine Seele erschauern. Streifen von Licht zeigten sich im Dunkel. Sie veränderten sich, wieder und immer wieder, bewegten sich hin und her und woben mystische Symbole, die ich nicht entziffern konnte. Schneller und schneller flog das Weberschiffchen von Licht hin und her: Die Symbole gruppierten sich, ballten sich zusammen, verblaßten, wurden wieder klar, schneller und immer schneller, bis mein Auge nicht mehr folgen konnte. Nun schwamm ich auf einem Meer von Pracht; es wogte und wallte wie ein Ozean; es schleuderte mich hoch empor, und dann in die tiefsten Tiefen hinab. Pracht war auf Pracht gehäuft, Herrlichkeit auf Herrlichkeit, und ich schwebte auf dem allen!

Bald begann das Licht in dem wogenden Luftmeer zu verblassen. Breite Schatten schossen hindurch, Streifen von Dunkel zogen sich durch die Helligkeit und trafen an ihrer Brust zusammen, bis ich zuletzt nur noch eine Flammengestalt war, wie ein Stern an den Busen der unendlichen Nacht gesetzt. Ein Schwall unirdischer Musik drang von ferne auf mich ein. Aus weiter, weiter Ferne hörte ich diese Klänge, die vage durch das Dunkel tönten. Sie kamen heran, näher und näher, lauter und lauter, bis sie vorbeitönten, über mich hinweg, unter mir hindurch und um mich herum, auf rauschenden Schwingen, und sie versetzten mich in Schrecken und in Entzücken. Sie flossen vorbei, wurden schwächer und schwächer, bis sie im Raume erstarben. Dann kamen andere, und nicht zwei von ihnen glichen einander. Manche rasselten wie tausend Sistren, die gleichzeitig geschüttelt werden. Andere klangen wie die Bronzekehlen unzähliger Trompeten. Einige jubilierten mit einem lauten, süßen Gesang von Stimmen, die mehr waren als die von Menschen; und manche rollten in dumpfem Dröhnen wie von einer Million Trommeln. Sie verstummten; ihre Klänge verloren sich in ersterbenden Echos; und die Stille senkte sich erneut auf mich herab und erdrückte mich.

Die Kraft, die ich in mir hatte, begann zu erlahmen. Ich spürte mein Leben an seiner Quelle verebben. Der Tod näherte sich mir, und in seiner Gestalt war *Stille*. Er drang in mein Herz ein, mit einem Gefühl betäubender Kälte drang er hinein, doch mein Verstand war noch am Leben; ich konnte noch denken, und ich wußte, daß ich mich der Grenze des Totenreichs näherte. Ja, ich starb sehr schnell, und oh! welch ein Schrecken das war! Ich versuchte zu beten und konnte es nicht; es war keine Zeit mehr zum Beten. Ein kurzer Kampf, und dann kroch die Stille in mein Gehirn. Das Entsetzen ging vorüber; ein unermeßliches Gewicht von Schlaf drückte mich nieder. Ich starb, ich starb, und dann – *Nichts!*

*Ich war tot!*

Eine Veränderung: Das Leben kehrte in mich zurück, doch zwischen dem neuen Leben und dem Leben, das vergangen war, klaffte ein Abgrund der Andersartigkeit. Wieder stand ich in der Dunkelheit des Schreins, doch sie bedrückte mich nicht mehr. Sie war so klar wie das Licht des Tages, obwohl sie nach wie vor schwarz war. Ich stand; und doch war es nicht ich, der da stand, sondern vielmehr mein geistiges Teil, denn mir zu Füßen lag mein totes Ich. Dort lag es, starr und reglos, mit dem Siegel einer furchtbaren Ruhe auf dem Gesicht, auf das ich hinabblickte.

Als ich noch starrte, von Staunen erfüllt, wurde ich von Flammenschwingen fortgetragen – weiter und weiter! – und schneller als das Zucken eines Blitzes. Ich stürzte hinab, durch die Tiefen leeren Raumes, die hier und dort mit Kronen glitzernder Sterne durchsetzt waren. Hinab – zehn Millionen Meilen und zehn mal zehn Millionen Meilen hinab, bis ich schließlich über einem Orte unveränderlichen Lichtes schwebte, an dem Tempel, Paläste und Häuser standen, wie sie ein Mensch selbst in den Träumen seines Schlafes noch niemals sah. Sie waren aus Flammen erbaut, und sie waren aus Finsternis erbaut. Ihre Türme reichten hoch hinauf, und ihre Höfe waren riesig. Und während ich über ihnen schwebte, veränderten sie für das Auge ständig ihr Aussehen: was jetzt Flamme war, wurde Finsternis, was Finsternis war, wurde Flamme. Hier war das Aufblitzen von Kristall, und dort drang das Funkeln von Juwelen selbst durch den Glanz, der diese Stadt einhüllte, welche der Ort des Todes ist. Es gab dort Bäume, und das Rascheln ihrer Blätter war die Stimme der Musik; und die Luft, die dort wehte, war wie das Klingen einer Melodie.

Gestalten, immer wieder verändert, geheimnisvoll, wunderbar, eilten auf mich zu, drängten sich um mich und drückten mich nieder, bis ich auf einer anderen Erde zu stehen schien.

»Wer kommt?« rief eine machtvolle Stimme.

»Harmachis«, antworteten die Gestalten, die sich ständig veränderten. »Harmachis, welcher von der Erde gerufen wurde, um in das Antlitz Derer zu blicken, die War, die Ist, und die Sein Wird. Harmachis, ein Kind der Erde!«

»Öffnet das Tor und stoßt seine Flügel weit auf!« dröhnte die machtvolle Stimme. »Öffnet das Tor und stoßt seine Flügel weit auf; versiegelt seine Lippen mit Schweigen, damit seine Stimme nicht die Harmonien des Himmels verletze, nehmt ihm das Augenlicht, damit er nicht sehe, was nicht gesehen werden darf, und laßt Harmachis, der gerufen wurde, den Pfad entlangschreiten, der zu dem Unveränderlichen führt. Tritt näher, Kind der Erde; doch bevor du den Pfad betrittst, blicke hinauf, auf daß du erfahrest, wie weit du von der Erde fort bist.«

Ich blickte hinauf. Jenseits des Glanzes, der die Stadt umhüllte, war schwarze Nacht, und hoch oben, in ihrer Mitte, blinkte ein winziger Stern.

»Siehe! Das ist die Welt, die du verlassen hast«, sagte die Stimme. »Siehe und zittere!«

Dann wurden meine Lippen und Augen berührt und mit Stille und mit Dunkelheit versiegelt, so daß ich stumm und blind war. Die Torflügel schwangen auf, und ich wurde in die Stadt gewirbelt, welcher der Ort des Todes ist. Ich wurde rasch fortgewirbelt, ohne zu wissen, wohin, bis ich schließlich auf meinen Füßen stand. Wieder sprach die machtvolle Stimme:

»Zieht den Schleier der Schwärze von seinen Augen, entfernt das Siegel des Schweigens von seinen Lippen, auf daß Harmachis, das Kind der Erde, sehen und sprechen mag, und verstehen, und den Schrein Derer anbeten kann, die War, die Ist, und die Sein Wird.«

Und meine Lippen und meine Augen wurden erneut berührt, so daß mein Sehen und mein Sprechen zurückkehrten.

Siehe! Ich stand inmitten einer Halle aus schwärzestem Marmor, deren Decke so hoch war, daß selbst bei dem rosigen Licht mein Blick sie kaum erreichte. Musik klang durch den ganzen Raum, und entlang all seinen Wänden standen geflügelte Geister, aus lebenden Flammen geformt, und so hell waren ihre Gestalten, daß ich sie nicht anblicken konnte. In der Mitte der Halle befand sich ein Altar, klein und quadratisch, und ich stand vor diesem Altar.

Und wieder rief die Stimme: »O Du, die War, die Ist, und die Sein Wird; Du, die viele Namen hat und doch namenlos ist; Messerin der Zeit; Botin Gottes; Wächterin der Welten und der Rassen, die auf ihnen leben; Universale Mutter, die aus dem Nichts geboren wurde; ungeschaffene Schöpferin; Lebende Pracht ohne Gestalt; Lebende Form ohne Substanz; Dienerin des Unsichtbaren; Kind des Gesetzes; Hüterin der Waagschale und des Schwertes des Schicksals; Gefäß des Lebens, durch das alles Leben fließt, und in dem es sich wieder sammelt; Verzeichnerin der Taten; Vollstreckerin der Gesetze: *Höre!*

Harmachis, der Ägypter, der durch Deinen Willen von der Erde gerufen wurde, wartet vor Deinem Altar, mit geöffneten Ohren, mit unversiegelten Augen, und mit offenem Herzen. Höre und steige herab! Steige herab, o Vielgestaltige! Steige in Flammen herab! Steige in Musik herab! Steige im Geiste herab! Höre und steige herab!«

Die Stimme schwieg, und es war still. Dann kam durch die Stimme ein Laut wie das Tosen des Meeres. Er verklang, und, von einer unerklärlichen Macht dazu bewegt, hob ich das Gesicht, das ich im Gebet versunken mit meinen Händen bedeckt hatte, und sah über dem Altar eine kleine

Wolke schweben, aus der eine feurige Schlange hervorkroch.

Nun warfen sich all die in Licht gekleideten Geister zu Boden und beteten mit *einer* Stimme; doch was sie sagten, konnte ich nicht verstehen. Siehe! Die dunkle Wolke senkte sich auf den Altar herab, die Schlange aus Feuer streckte sich mir entgegen, berührte meine Stirn mit ihrer gespaltenen Zunge und war verschwunden.

Aus dem Inneren der Wolke aber sprache eine Stimme, sanft und leise, und mit einem himmlischen Klang: »Hebet euch fort, ihr Geister, laßt Mich allein mit Meinem Sohn, den ich zu Mir gerufen habe.«

Wie von der Bogensehne abgeschossene Pfeile sprangen die flammengekleideten Geister vom Boden auf und hasteten davon.

»O Harmachis«, sagte die Stimme, »hab keine Furcht! Ich bin Sie, die du als die Isis der Ägypter kennst; doch was Ich sonst bin, bitte Ich dich, nicht erfahren zu wollen, es geht über deine Kräfte hinaus. Denn Ich bin alle Dinge, Leben ist Mein Geist, und Natur ist Mein Kleid. Ich bin das Lachen des Kindes, Ich bin des Mädchens Liebe, Ich bin der Mutter Kuß. Ich bin das Kind und die Dienerin des Unsichtbaren, das Gott ist, und Schicksal und Gesetz. Wenn Winde wehen und Ozeane auf Erden wallen, hörst du Meine Stimme; wenn du zum sternenbesäten Himmel emporblickst, erblickst du Mein Angesicht; wenn der Frühling die Blumen zum Blühen bringt, so ist das Mein Lächeln, Harmachis. Denn Ich bin die Natur selbst, und alle ihre Gestalten sind Gestalten von Mir. Ich atme alles, das atmet. Ich bin abnehmend und zunehmend, wie der ewig veränderliche Mond; Ich wachse und hole die Gezeiten herein; Ich erhebe mich mit den Sonnen; Ich zucke mit dem Blitz und grolle mit dem Donner der Gewitter. Nichts ist zu groß als Maßstab Meiner Majestät, nichts ist zu klein, um nicht sein Heim darin zu finden. Ich bin in dir, und du bist in Mir, o Harmachis. Das, was dich gerufen hat, rief auch Mich. Deshalb, obwohl ich groß bin und du klein, hab keine Furcht. Denn wir sind miteinander verbunden durch das gemeinsame Band des Lebens – jenes Lebens, das durch Sonnen und Sterne und Räume fließt, durch die Geister und durch die Seelen der Menschen und alle Natur zu einem Ganzen verschweißt, das sich stets verändert und doch auf ewig dasselbe ist.«

Ich neigte den Kopf – sprechen konnte ich nicht, da ich zu große Furcht hatte.

»Getreu hast du Mir gedient, o mein Sohn«, fuhr die leise, sanfte Stimme fort; »groß war dein Verlangen, Mir hier, in Amenti, Angesicht zu Angesicht gegenüberzustehen; und vieles hast du gewagt, deinen Wunsch Wirklichkeit werden zu lassen. Denn es ist keine Kleinigkeit, das Tabernakel des Fleisches von sich zu werfen, bevor die Zeit dazu gekommen ist, sei es auch nur für eine Stunde, und das Gewand des Geistes anzulegen. Und sehr, o Mein Diener und Mein Sohn, habe auch Ich gewünscht, dich hier zu sehen, wo Ich bin. Denn die Götter lieben jene, die *sie* lieben, doch mit einer größeren und tieferen Liebe, und unter Einem, dem Ich so fern stehe wie du, der Sterbliche, Mir stehst, bin Ich eine Göttin unter Göttern. Deshalb habe Ich dich heraufholen lassen, Harmachis; und deshalb spreche Ich zu dir, mein Sohn, und befehle dir, Angesicht zu Angesicht mit Mir zu sprechen, so wie du es in jener Nacht auf der Pylone des Tempels von Abouthis tatest. Denn Ich war dort bei dir, Harmachis, so wie Ich in zehntausend anderen Welten war. Ich war es, Harmachis, die den Lotus in deine Hand legte, um dir das Zeichen zu geben, nach dem dich verlangte. Denn du bist des königlichen Blutes Meiner Kinder, die Mir von einem Zeitalter zum anderen dienen. Und wenn du nicht versagst, sollst du auf jenem königlichen Thron sitzen und Meine uralte Anbetung in all ihrer Reinheit wiedererrichten und Meine Tempel von den Verunreinigungen säubern. Doch wenn du versagst, dann wird der Ewige Geist Isis' in Ägypten nur noch eine Erinnerung sein.«

Die Stimme schwieg, und alle Kraft zusammenraffend sprach ich endlich:

»Sage mir, o Heilige, werde ich versagen?«

»Frage Mich nicht«, antwortete die Stimme, »nach dem, das Mir zu enthüllen nicht erlaubt ist. Vielleicht kann Ich lesen, was dir geschehen wird, vielleicht ziehe Ich vor, es nicht zu lesen. Was kann es dem Göttlichen nützen, das alle Zeit hat, um die Dinge abwarten zu können, wenn es auf die Blume blickt, die noch nicht erblüht ist, sondern erst als Same im Schoße der Erde ruht und zur gegebenen Zeit blühen wird? Wisse, Harmachis, daß Ich die Zukunft nicht forme; die Zukunft gehört dir, und nicht Mir, denn sie ist aus dem Gesetz geboren und aus der Herrschaft des Unsichtbaren. Dennoch bist du frei, darin zu handeln; und du wirst siegen, oder du wirst versagen, gemäß deiner Kraft und dem Maße der Reinheit deines Herzens. Dein ist die Bürde, Harmachis, so wie später der Ruhm oder die Schande dein sein werden. Nur wenig kümmert Mich diese Sache, Mich, die Ich nur die Vollstreckerin dessen bin, das geschrieben steht. Doch jetzt höre Mich: Ich werde immer bei dir sein, Mein Sohn, denn Meine Liebe, einmal gegeben, kann nie wieder fortgenommen werden, obwohl du ihrer durch Sünde verlustig zu gehen scheinen magst. Denke stets an dies: Wenn du siegen solltest, wird dein Lohn unermeßlich sein; wenn du versagst, wirst du eine Strafe erleiden, die wahrlich hart ist, sowohl im Fleische, als auch in dem Lande, das ihr Amenti nennt. Doch dies zum Trost: Schmach und Qualen werden nicht ewig dauern. Denn ganz gleich, wie tief der Fall aus der Höhe des Rechten sein mag, wenn nur Reue das Herz umfaßt, dann ist auch ein Weg da – ein steiniger und grausamer Weg – über den der Gipfel wieder erklommen werden mag. Laß es nicht dein Los werden, ihm folgen zu müssen, Harmachis!

Und nun, weil du Mich liebst, Mein Sohn, und weil du bei deinen Wanderungen durch das Labyrinth der Fabel, in dem Menschen sich auf Erden verirren, indem sie die Substanz für den Geist halten, und den Altar des Gottes für den Gott, zumindest einen Zipfel der Wahrheit des Vielgesichtigen erfaßt hast; und weil Ich dich liebe und dem Tage entgegenblicke, der vielleicht kommen mag, wenn du gesegnet in Meinem Lichte leben und Meine Arbeiten verrichten wirst; aus diesem Grunde, wie gesagt, soll es dir, Harmachis, gegeben sein, das Wort zu vernehmen, durch das Ich von einem, der mit mir kommuniziert hat, aus dem Letztendlichen gerufen werden kann, damit er das Antlitz Isis' erblicke – in die Augen der Botin sehe, und nicht des Todes sterbe.

*Siehe!«*

Die sanfte Stimme schwieg; die dunkle Wolke auf dem Altar veränderte sich, wieder und immer wieder: Sie wurde weiß, sie begann zu leuchten, und schien zuletzt die Gestalt einer verschleierten Frau anzunehmen. Dann kroch wieder die goldene Schlange aus ihr hervor und wand sich wie ein Diadem um die wolkige Stirn der Gestalt.

Dann, plötzlich, rief eine Stimme das machtvolle Wort, und die Wolke zerbarst und verwehte, und mit meinen eigenen Augen erblickte ich jene Herrlichkeit, an deren bloße Erinnerung mir noch heute die Sinne schwinden. Doch was ich dort sah, darf ich nicht beschreiben. Denn obwohl mir befohlen wurde, niederzuschreiben, was ich hier über diese Geschichte berichte, auf daß vielleicht eine Aufzeichnung davon überdauere, in diesem Punkte bin ich verwarnt worden, und ich halte mich an diese Warnung – ja, selbst nach so vielen Jahren. Ich sah, und was ich sah, kann niemand sich vorstellen; denn es gibt Herrlichkeiten, und es gibt Gestalten, die jenseits der Vorstellungskraft des Menschen liegen. Ich sah – und dann, mit dem Echo jenes Wortes und der Erinnerung an jenen Anblick tief in mein Herz gesiegelt, verließ mich mein Geist, und ich sank vor dieser Herrlichkeit zu Boden.

Und während ich fiel, schien die riesige Halle zu zerbersten und um mich herum in Staub und Feuer aufzugehen. Dann erhob sich ein starker Wind; es war ein Geräusch, als ob Welten die Flut der Zeit entlangrasen – und dann wußte ich nichts mehr!

# 7

*Über die Erweckung Harmachis'; über die Zeremonie seiner Krönung zum Pharao über das Obere und das Untere Ägypten; und über die Opfer, die dem Pharao dargebracht wurden*

Wieder erwachte ich – und fand mich ausgestreckt auf dem Steinboden des Heiligen Schreines der Isis liegend, der in Abouthis ist. Bei mir stand der alte Priester der Mysterien, und er hielt eine Lampe in seiner Hand. Er beugte sich über mich und blickte ernst in mein Gesicht.

»Es ist Tag – der Tag deiner neuen Geburt, und du lebst, um ihn zu sehen, Harmachis!« sagte er schließlich. »Ich sage Dank. Erhebe dich, königlicher Harmachis – nein, erzähle mir nicht von dem, das dir widerfahren ist. Erhebe dich, Geliebter der Heiligen Mutter. Trete hervor, du, der du durch das Feuer gegangen bist und erfahren hast, was hinter dem Dunkel liegt. Trete hervor, o Neugeborener!«

Ich stand auf und ging, ein wenig unsicher auf den Beinen, mit ihm; aus der Dunkelheit der Schreine, die mit Weisheit und Wundern gefüllt sind, trat ich in das klare Licht des Tages. Und dann zog ich mich in meine Kammer zurück und schlief; und keine Träume störten meinen Schlummer. Doch kein Mensch – nicht einmal mein Vater – stellte mir Fragen nach dem, was ich in jener schrecklichen Nacht gesehen, oder auf welche Art ich mit der Göttin kommuniziert hatte.

Nach all dem, worüber ich hier geschrieben habe, bewarb ich mich um einen Platz im Dienste der Mutter Isis, und für ein weiteres Studium der äußerlichen Form jener Mysterien, zu denen ich jetzt den Schlüssel besaß. Außerdem wurde ich in politischen Dingen unterwiesen, denn viele große Männer, die uns nahe standen, kamen von nah und fern, aus allen Teilen Ägyptens, um mich zu sehen, und sie berichteten mir vieles über den Haß der Menschen auf Kleopatra, die Königin, und von anderen Dingen. Schließlich näherte sich die Stunde; es war drei Monate und zehn Tage nach jener Nacht, da ich für eine Weile das Fleisch verlassen hatte, und dennoch lebend an die Brust Isis' genommen worden war, wobei man mir zugesagt hatte, daß ich mit den vorgeschriebenen und üblichen Riten, obwohl in aller Heimlichkeit, auf den Thron von Ober- und Unterägypten berufen werden sollte. So geschah es, daß beim Nahen der feierlichen Stunde große Männer aus allen Teilen Ägyptens – es waren ihrer siebenunddreißig – in Abouthis zusammenkamen. Sie kamen in vielerlei Verkleidungen: einige von ihnen als Priester, andere als Pilger, die den Schrein aufsuchen wollten, und manche als Bettler. Unter ihnen war auch mein Onkel, Sepa, der, obwohl als reisender Arzt verkleidet, große Schwierigkeiten hatte, sich nicht durch seine dröhnende Stimme zu verraten. Ich erkannte ihn sofort daran, als ich in Gedanken versunken am Ufer des Kanals entlangging, obwohl es zu der Zeit dunkel war und das wallende Cape, das er sich nach Art der Ärzte über den Kopf geworfen hatte, sein Gesicht halb verbarg.

»Die Pest soll dich holen!« schrie er, als ich seinen Namen rief. »Kann ein Mensch nicht einmal eine Stunde lang aufhören, er selbst zu sein? Weißt du, wieviel Mühe es mich gekostet hat, diese Rolle spielen zu lernen – und nun erkennst du mich sogar im Dunkeln!«

Und dann, noch immer mit seiner dröhnenden Stimme sprechend, erzählte er mir, wie er zu Fuß hierher gereist war, um sich den Spionen zu entziehen, die an den Ufern des Flusses umherstreunen. Doch sagte er, daß er auf dem Wasserwege zurückkehren oder aber eine andere Verkleidung wählen würde, denn da er als Arzt gereist sei, sei er gezwungen gewesen, auch die Rolle eines Arztes zu spielen, doch wisse er nur wenig über die medizinische Kunst; und wie er befürchtet hatte, gab es zwischen Annu und Abouthis viele Menschen, die unter ihr zu leiden hatten.* Und er

* Im alten Ägypten wurde ein ungeschickter oder nachlässiger Arzt schweren Strafen unterworfen. – *Herausgeber*

lachte schallend und schloß mich in die Arme, ohne Rücksicht auf die Rolle, die er spielte. Denn er war zu offenherzig, um Schauspieler zu sein, oder irgend etwas anderes als er selbst, und er wäre Hand in Hand mit mir in Abouthis eingezogen, wenn ich ihn nicht wegen seines Leichtsinns zurechtgewiesen hätte.

Schließlich waren alle versammelt.

Es war Nacht, und die Tore des Tempels waren verschlossen. Niemand befand sich mehr darin, außer den siebenunddreißig, meinem Vater, dem Hohepriester Amenemhat, dem alten Priester, der mich zum Schrein Isis' geführt hatte, der alten Frau Atoua, die, einem alten Brauche gemäß, mich für die Salbung vorbereiten mußte, und fünf weitere Priester, die durch jenen Eid, den niemand brechen darf, zum Schweigen verpflichtet worden waren. Sie versammelten sich in der zweiten Halle des großen Tempels, ich jedoch blieb, in meine weiße Robe gekleidet, im Korridor zurück, in dem die Statuen der sechsundsiebzig Könige stehen, die vor dem Tage des göttlichen Sethi waren. Dort stand ich im Dunkel, bis schließlich mein Vater, Amenemhat, mit einer Lampe in der Hand zu mir trat, sich tief vor mir verneigte, mich bei der Hand nahm und in die große Halle führte.

Da und dort, zwischen den mächtigen Säulen, brannten Lichter, welche die Götterbilder an den Wänden matt erleuchteten, und deren Schein auf die lange Reihe der siebenunddreißig Edlen, Priester und Fürsten fiel, die auf geschnitzten Stühlen saßen und schweigend auf meinen Eintritt warteten. Vor ihnen, den sieben Schreinen abgewandt, war ein Thron aufgestellt worden, um den herum jene Priester standen, welche die heiligen Bildnisse und Banner in ihren Händen hielten. Als ich den dämmerigen und heiligen Ort betrat, erhoben sich die Würdenträger und verneigten sich vor mir, ohne ein Wort zu sprechen; während mein Vater mich zu dem Thron führte und mir mit leiser Stimme befahl, mich vor ihn zu stellen.

Dann sprach er.

»Edle, Priester und Fürsten der uralten Ordnung des

Landes Khem – Herren aus dem Oberen und aus dem Unteren Reich, meinem Rufe folgend hier zusammengekommen, höret mich! Ich stelle euch, mit so geringer Formalität, wie die Situation sie erzwingt, den Prinzen Harmachis vor, den rechtmäßigen Erben und wahren, blutsmäßigen Abkommen der alten Pharaonen unseres unglücklichen Landes. Er ist Priester des innersten Kreises der Mysterien der Göttlichen Isis, Meister der Mysterien, Erbpriester der Pyramiden zu Memphis, Gelehrter der Feierlichen Riten des Heiligen Osiris. Ist unter euch einer, der die wahre Linie seines Blutes anzweifelt?«

Er machte eine Pause, und mein Onkel Sepa erhob sich von seinem Sitz und sagte: »Wir haben die Urkunden sorgsam geprüft, und es gibt keinen Grund zum Einspruch, Amenemhat. Er ist des königlichen Blutes, seine Abkunft ist zweifelsfrei.«

»Ist einer unter euch«, fuhr mein Vater fort, »der bestreiten kann, daß dieser königliche Harmachis kraft Sanktion der Götter selbst zu Isis gerufen wurde, daß ihm das Sein Osiris' gezeigt wurde, und daß er zugelassen wurde, der Erbliche Priester der Pyramiden in Memphis und des Tempels der Pyramiden zu sein?«

Nun erhob sich jener alte Priester, der mein Führer im Schrein der Mutter gewesen war, und antwortete: »Es ist niemand unter uns, o Amenemhat; ich weiß all dies aus eigener Anschauung.«

Wieder sprach mein Vater. »Ist einer unter euch, der gegen diesen königlichen Harmachis vorzubringen hat, daß er durch Sündhaftigkeit seines Herzens oder seines Lebens, durch Unreinheit oder Falschheit nicht würdig ist, von uns zum König über alle Länder gekrönt zu werden?«

Nun erhob sich der alte Priester des Tempels und antwortete: »Wir haben all dieses gründlich überprüft; er ist ohne Fehl, o Amenemhat.«

»Es ist gut«, sagte mein Vater, »dann ist nichts gegen den Prinzen Harmachis, Same des Nekt-nebf, des Osirianers, einzuwenden. Laßt die Frau Atoua vortreten und dieser

Versammlung von den Dingen berichten, die geschahen, als sie, die meine Frau war, in der Stunde ihres Todes, erfüllt von dem Geiste der Hathoren, prophezeit hat.«

Daraufhin humpelte die alte Atoua aus dem Schatten der Säulen hervor und berichtete mit ernster Stimme, was geschehen war.

»Ihr habt gehört«, sagte mein Vater. »Glaubt ihr, daß jene, die meine Frau gewesen ist, mit der göttlichen Stimme sprach?«

»Wir glauben es«, antworteten sie.

Nun erhob sich mein Onkel Sepa und sagte:

»Königlicher Harmachis, du hast gehört. Wisse nun, daß wir uns hier versammelt haben, um dich zum König des Oberen und des Unteren Reiches zu krönen – dein heiliger Vater, Amenemhat, hat auf seinen Anspruch verzichtet. Wir sind hier wahrlich nicht mit dem Pomp und dem Prunk zusammengekommen, die eigentlich einer solchen Zeremonie gebühren – denn das, was wir tun, muß in aller Heimlichkeit geschehen, damit wir nicht mit unserem Leben und mit unserer Sache, die uns teurer ist als das Leben, dafür bezahlen müssen – doch mit solcher Würde und Beachtung der uralten Riten, wie die Umstände es erlauben. Erfahre nun, wie die Dinge stehen, und wenn du, nachdem du dies erfahren hast, dazu entschlossen bist, dann besteige deinen Thron, o Pharao – und schwöre den Eid!

Lange hat Khem unter dem Schwerte des Griechen gestöhnt und im Schatten des römischen Speeres gezittert; lange ist die Anbetung seiner alten Götter entweiht worden, hat sein Volk Unterdrückung erlitten. Doch glauben wir, daß die Stunde der Erlösung gekommen ist, und mit der feierlichen Stimme Ägyptens und der uralten Götter Ägyptens, deren Sache du vor allen anderen Menschen verpflichtet bist, rufen wir dich auf, Prinz, das Schwert der Erlösung zu sein! Höre! Zwanzigtausend gute und treue Männer haben geschworen, auf dein Wort zu warten und sich auf dein Zeichen hin gemeinsam zu erheben, um die Griechen dem Schwerte zu überantworten, und mit ihrem Blut und ihren

Leibern einen Thron für dich zu erbauen, der fester auf dem Boden Khems steht, als seine alten Pyramiden – einen Thron, der sogar die römischen Legionen zurückbranden lassen wird. Und das Zeichen soll der Tod jener hochmütigen Metze, Kleopatra, sein. Du mußt ihren Tod herbeiführen, Harmachis, auf die Art, wie sie dir gezeigt werden wird, und mit ihrem Blute den königlichen Thron Ägyptens salben.

Kannst du dich dem verweigern, o unsere Hoffnung? Läßt die Liebe zu deinem Lande dir nicht das Herz in der Brust schwellen? Kannst du den Pokal der Freiheit von deinen Lippen schlagen und ertragen, den bitteren Trunk der Sklaverei zu trinken? Das Wagnis ist groß; vielleicht wird es mißlingen, und du wirst mit deinem Leben – wie wir mit dem unseren – für unsere mutige Tat bezahlen. Doch was kommt es darauf an, Harmachis? Ist das Leben denn wirklich so schön? Sind wir auf dem steinigen Bett der Erde so sanft gebettet? Sind Bitterkeit und Leid in ihrer Summe ein so Geringes und Belangloses? Atmen wir hier eine so göttliche Luft, daß wir fürchten müssen, den Atem zu verlieren? Was besitzen wir denn hier, außer Hoffnungen und Erinnerungen? Was sehen wir denn hier, außer Schatten? Müssen wir uns also fürchten, mit reinen Händen dorthin zu gehen, wo die Erfüllung ist, wo die Erinnerung an ihrer eigenen Quelle verloren geht, und die Schatten in dem Licht sterben, das sie wirft? O Harmachis, der Mann allein ist wahrlich gesegnet, der sein Leben mit dem schönsten Kranz des Ruhmes krönt. Denn da der Tod allen Wesen dieser Erde seine Blumen reicht, ist nur der wirklich glücklich, dem Gelegenheit gegeben wird, die Blumen des Todes zu einer Krone des Ruhmes zu flechten. Und wie könnte ein Mann besser sterben, als bei dem großen Versuch, die Fesseln von den Gliedern seines Landes zu schlagen, auf daß es wieder im Angesicht des Himmels stehen und den gellenden Ruf der Freiheit hinausschreien möge, und, wieder in das Gewand der Kraft gekleidet, die Ketten seiner Knechtschaft mit den Füßen zertreten und die Tyrannennationen der Welt herausfordert, ihm ihr Siegel auf seine Stirn zu drücken?

Kehm ruft dich, Harmachis! Komm also, du Erlöser! Spring gleich Horus vom Firmament, zerbrich seine Ketten, vertreibe seine Feinde, und herrsche als Pharao auf dem Thron der Pharaonen …«

»Genug, genug!« rief ich, während zustimmendes Murmeln zwischen den Säulen und den massiven Mauern erklang. »Genug! Ist es denn nötig, mich so zu bitten? Wenn ich hundert Leben hätte, würde ich sie nicht mit Freuden für Ägypten hingeben?«

»Gut gesprochen, gut gesprochen«, antwortete Sepa. »Nun geh mit jener Frau, daß sie deine Hände reinige, bevor sie die heiligen Symbole berühren, und deine Stirn salbe, bevor das Diadem sie umschließt.«

Also ging ich mit der alten Frau Atoua in einen Nebenraum. Dort goß sie, Gebete murmelnd, reines Wasser über meine Hände aus einer goldenen Kanne, und fuhr mit einem Tuch, das sie zuvor in Öl getaucht hatte, über meine Stirn.

»O glückliches Ägypten!« sagte sie. »O glücklicher Prinz, der du gekommen bist, um über Ägypten zu herrschen! O königlicher Jüngling – zu königlich, um ein Priester zu sein – mag so manche schöne Frau denken. Doch vielleicht wird man für dich die priesterlichen Gesetze lockern, denn wie sonst könnte die Rasse der Pharaonen weiterbestehen? O glückliche Atoua, die dich auf ihren Knien wiegte und ihr Fleisch und Blut hergab, um dich zu retten! O königlicher, schöner Harmachis, aus der Herrlichkeit geboren, aus dem Glück, und aus der Liebe!«

»Hör auf, hör auf!« sagte ich, denn ihre Worte waren wie Hammerschläge; »nenn mich nicht glücklich, bevor du mein Ende kennst, und sprich zu mir nicht von der Liebe, denn mit der Liebe kommt das Leid, und mir ist ein anderer, höherer Weg bestimmt.«

»Ja, ja, das sagst du so richtig – doch der des Glückes auch, das die Liebe bringt. Sprich niemals leichthin von der Liebe, mein König, denn sie hat dich hierher gebracht! *La! La!* doch gibt es immer … ›Die in den Lüften fliegende Gans lacht der Krokodile‹, wie sie in Alexandria sagen, doch wenn die Gans auf dem Wasser sitzt und schläft, sind es die Krokodile, die lachen. Nicht daß Frauen nur hübsche Krokodile wären. Die Männer in Anthribis beten die Krokodile an – sie nennen die Stadt jetzt Krokodilopolis, nicht wahr? –, doch die Frauen beten sie überall auf der Welt an! *La!* wie meine Zunge läuft und läuft, und du wirst doch jetzt zum Pharao gekrönt. Habe ich es dir nicht prophezeit? So, du bist rein, Herr der Doppelkrone. Nun geh!«

Also verließ ich die Kammer, das närrische Geschwätz der alten Frau noch immer in den Ohren, obwohl in ihren törichten Worten ein Körnchen Wahrheit steckte.

Als ich in die große Halle trat, erhoben die Würdenträger sich wieder und verneigten sich vor mir. Dann trat mein Vater auf mich zu, legte mir ein goldenes Abbild der göttlichen Ma, der Göttin der Wahrheit, und goldene Abbilder der Barke des Gottes Amon-Ra, des göttlichen Mout und der göttlichen Khons auf die Hände und sprach mit feierlicher Stimme:

»Schwörst du bei der lebenden Majestät Mas, bei der Majestät Amon-Ras, bei Mout und bei den Khons?«

»Ich schwöre«, sagte ich.

»Schwörst du bei dem heiligen Lande Khem, bei der Flut Sihors, bei den Tempeln der Götter und bei den ewigen Pyramiden?«

»Ich schwöre.«

»Im Gedenken an deine schreckliche Verdammnis, wenn du dabei versagen solltest, schwörst du, daß du in allen Dingen Ägypten nach seinen uralten Gesetzen regieren wirst, daß du die Verehrung der Götter erhalten wirst, daß du Gerechtigkeit walten lassen wirst, daß du nicht unterdrücken wirst, daß du keinen Verrat begehen wirst, daß du keinen Bund mit den Römern oder den Griechen schließen wirst, daß du die fremden Idole zerschlagen wirst, daß du dein Leben der Freiheit des Landes Khem widmen wirst?«

»Ich schwöre es.«

»Es ist gut. Besteige nun den Thron, damit ich dich vor

diesen Männern, deinen Untertanen, zum Pharao kröne.«

Ich setzte mich auf den Thron, dessen Fußbank ein Sphinx war, und dessen Baldachin die ausgebreiteten Schwingen der Ma. Dann trat Amenemhat wieder auf mich zu und setzte das Pshent auf meine Stirn, und auf mein Haupt die Doppelkrone, legte die königliche Robe um meine Schultern und in meine Hände das Zepter und die Geißel.

»Königlicher Harmachis«, rief er, »durch diese äußeren Zeichen und Symbole kröne ich, der Hohepriester des Tempels von Ra-Men-Ma zu Abouthis, dich zum Pharao des Oberen und des Unteren Reiches. Herrsche und gedeihe, o Hoffnung Khems!«

»Herrsche und gedeihe, Pharao!« riefen die Würdenträger und verneigten sich vor mir.

Dann schworen sie mir die Treue, einer nach dem anderen, bis sie alle geschworen hatten. Nachdem sie geschworen hatten, nahm mein Vater mich bei der Hand und führte mich in feierlicher Prozession in jedes der sieben Heiligtümer, die sich in dem Tempel von Ra-Men-Ma befinden; in jedem von ihnen brachte ich Opfer dar, schwang den Weihrauchkessel und waltete meines Amtes als Priester. In die königlichen Gewänder gekleidet brachte ich Opfer in dem Schrein von Horus, und im Schrein von Isis, im Schrein von Osiris, im Schrein von Amon-Ra, im Schrein von Horemku und im Schrein von Ptah dar, bis ich schließlich den Schrein der königlichen Gemächer erreichte.

Hier wurden mir Opfer dargebracht, als dem göttlichen Pharao, und das Ende der Zeremonie sah mich sehr ermüdet – doch als König.

*(Hier endete die erste und dünnste der Papyrusrollen. – Herausgeber)*

# Zweites Buch

# Der Sturz Harmachis'

## 1

*Über den Abschied Amenemhats von Harmachis; über das Kommen Harmachis' nach Alexandria; über die Ermahnungen Sepas; über das Vorbeiziehen der als Isis verkleideten Kleopatra; und über den Sturz des Gladiators durch Harmachis*

Die lange Zeit der Vorbereitung war vorüber, und mein Tag war angebrochen. Ich war in das Priestertum eingeführt worden, und ich war gekrönt worden, und, auch wenn das gewöhnliche Volk mich nicht kannte, oder nur als Priester der Isis, gab es doch in Ägypten tausende, die sich innerlich vor mir als dem Pharao verneigten. Mein Tag war angebrochen, und meine Seele warf sich ihm entgegen. Denn ich sehnte mich danach, den Fremden zu stürzen, Ägypten zu befreien, den Thron zu besteigen, der mein Erbe war, und die Tempel meiner Götter zu säubern. Ich sehnte den Kampf herbei und zweifelte niemals an seinem Ausgang. Ich blickte in den Spiegel und sah den Sieg auf meine Züge geprägt. Die Zukunft erstreckte sich als ein Ruhmesweg vor meinen Füßen – ja, er gleißte mit Ruhm wie Sihor im Licht der Sonne. Ich kommunizierte mit Mutter Isis; ich saß in meinem Zimmer und beriet mich mit meinem Herzen; ich plante neue Tempel; ich erdachte neue Gesetze, welche die Wohlfahrt meines Volkes sicherstellen sollten; und in meinen Ohren klangen schon die Jubelrufe, die dem siegreichen Pharao auf seinem Thron entgegenhallen würden.

Dennoch verblieb ich noch eine Weile in Abouthis und ließ, da mir dieses angeraten wurde, mein Haar, das geschoren gewesen war, wachsen, bis es lang und schwarz wie Rabenschwingen herabhing, während ich mich in allen männlichen Waffenkünsten übte. Außerdem vervollkommnete ich mich, zu einem Zwecke, den man noch erkennen wird, in den magischen Künsten der Ägypter und in der Astrologie, worin ich bereits große Kenntnisse besaß.

Dies nun war der Plan, der gefaßt worden war: Mein Onkel Sepa hatte den Tempel von Annu für eine Weile verlassen, unter dem Vorwand, bei schlechter Gesundheit zu sein. Er war von dort in ein Haus in Alexandria gezogen, um in der Seeluft wieder zu Kräften zu kommen, wie er sagte, und auch, um dort die Wunder des großen Museums zu sehen, und die Pracht von Kleopatras Hof. Dort, so war es geplant, sollte ich ihn treffen, denn in Alexandria wurde das Ei des Komplotts ausgebrütet. Als nun der Ruf kam und alles vorbereitet war, brach ich auf, nachdem ich vorher ins Gemach meines Vaters gegangen war, um vor der Abreise seinen Segen zu empfangen. Dort saß der alte Mann, wie einst zuvor, als er mich zurechtgewiesen hatte, weil ich hinausgezogen war, um den Löwen zu töten, sein langer, weißer Bart auf der Steinplatte des Tisches ruhend, und heilige Schriften in den Händen. Als ich zu ihm trat, erhob er sich von seinem Stuhl und wollte mit dem Ruf »Heil dir, Pharao!« vor mir niederknien, doch ich ergriff seine Hand.

»Es ist nicht ziemlich, mein Vater«, sagte ich.

»Es ist ziemlich«, antwortete er, »es ist ziemlich, daß ich mich vor meinem König verneige; doch es sei, wie du es willst. Jetzt also gehest du, Harmachis. Mein Segen geht mit dir, mein Sohn. Und mögen jene, denen ich diene, mir vergönnen, daß meine alten Augen dich auf dem Thron sehen! Ich habe lange gesucht, Harmachis, in meinem Bemühen, die Zukunft zu lesen, die da kommen wird; doch bei all meiner Weisheit war mir das nicht möglich. Sie ist mir verborgen, und manchmal wird mir das Herz schwer. Doch höre dies: Es ist Gefahr auf deinem Wege, und sie kommt in der Gestalt einer Frau. Ich weiß es schon seit langem, und aus diesem Grunde bist du zum Dienste der himmlischen Isis berufen worden, die ihren Geweihten befiehlt, jeden Gedanken an Frauen zu unterdrücken, bis zu jener Zeit, zu der sie es für richtig befinden mag, dieses Gesetz zu lockern. Oh, mein Sohn, ich wollte, daß du nicht so kräftig und schön wärest – stärker und schöner, wahrlich, als jeder andere Mann in Ägypten, wie ein König es sein sollte – doch liegen in dieser Stärke und Schönheit viele Fallen, die Unglück herbeiführen können. Hüte dich also vor jenen Hexen von Alexandria, auf daß nicht eine von ihnen wie ein Wurm in dein Herz krieche und sein Geheimnis herausfresse.«

»Fürchte nichts, mein Vater«, antwortete ich und runzelte die Stirn, »mein Denken ist auf andere Dinge gerichtet als auf rote Lippen und lächelnde Augen.«

»Es ist gut«, antwortete er; »so mag es geschehen. Und nun lebe wohl! Wenn wir uns wiedersehen, möge es zu jener glücklichen Stunde geschehen, da ich, zusammen mit allen Priestern des Oberen Reiches, von Abouthis hinabziehe, um mich vor dem Pharao auf seinem Throne zu verneigen.«

Also schloß ich ihn in die Arme und ging. Ah! Ich ahnte nicht, wie wir uns wiedersehen sollten!

So geschah es, daß ich wieder den Nil hinabfuhr, und ich reiste als mittelloser Wanderer. Und denen, die Neugier an mir zeigten, wurde erklärt, daß ich der Adoptivsohn des Hohepriesters von Abouthis und zur Priesterschaft erzogen worden sei, jedoch letztendlich den Dienst an den Göttern verweigert habe und nun nach Alexandria ginge, um dort mein Glück zu suchen. Denn man mag sich daran erinnern, daß ich noch immer für den Enkelsohn der alten Frau Atoua gehalten wurde, und die Wahrheit nur einigen wenigen bekannt war.

Mit einem guten Winde segelnd erreichten wir am zehnten Abend die mächtige Stadt Alexandria, die Stadt der tausend Lichter. Über allem thronte der weiße Pharos, das Weltwunder, von dessen Krone sein Feuer wie das Licht der Sonne über Hafen und Meer gleißte, um den Seeleuten den Weg über das Wasser zu zeigen. Nachdem das Schiff sicher am Kai vertäut worden war, denn es war bereits Nacht geworden, trat ich an Land und blickte staunend auf die gewaltige Masse von Häusern, verwirrt von dem Lärmen in vielen Sprachen. Denn hier schienen sich alle zusammenzufinden, und jeder sprach nach der Art seines Landes. Und als ich so stand, trat ein junger Mann zu mir, berührte mich an der Schulter und fragte, ob ich von Abouthis käme, und ob mein Name Harmachis sei. Ich sagte: »Ja.« Da beugte er sich nahe zu mir, flüsterte mir das geheime Wort ins Ohr und winkte zwei Sklaven heran, denen er befahl, mein Gepäck vom Schiff zu holen. Dies taten sie und kämpften sich einen Weg durch eine Horde von Trägern, die sich um Arbeit balgten. Dann folgte ich ihm den Kai entlang, der von Gasthäusern gesäumt war, in denen sich Männer aller Art versammelt hatten, die Wein tranken und den Tanzmädchen zuschauten, von denen einige nur sehr dürftig bekleidet waren, ein paar von ihnen sogar überhaupt nicht.

Und so gingen wir zwischen den von Lampen erhellten Häusern, bis wir schließlich das Ufer des großen Hafens erreichten, wo wir uns nach rechts wandten und eine breite, mit Granit gepflasterte Straße entlangschritten, welche zu beiden Seiten von festen Häusern gesäumt wurde, an deren Fronten sich Kreuzgänge befanden; Häuser, wie ich sie noch nie gesehen hatte. Wir wandten uns noch einmal nach rechts und gelangten in einen ruhigeren Teil der Stadt, dessen Straßen still waren, wenn man von ein paar Gruppen fröhlicher Menschen absah, die auf ihnen entlangschlenderten. Schließlich blieb mein Führer vor einem aus weißem Stein erbauten Hause stehen. Wir gingen hinein, überquerten einen kleinen Innenhof und traten in einen Raum, in dem Licht brannte. Und hier endlich fand ich meinen Onkel, Sepa, der glücklich war, mich heil und gesund vor sich zu sehen.

Als ich mich gewaschen und etwas gegessen hatte, berichtete er mir, daß alles wie geplant verliefe, und daß man bei Hofe noch keinerlei Verdacht geschöpft habe. Außerdem, sagte er mir, habe die Königin, als ihr zu Ohren gekommen sei, daß der Priester von Annu nach Alexandria gekommen sei, nach ihm geschickt und ihn sehr eingehend verhört habe, doch nicht nach irgendeinem Komplott, denn darauf sei sie nicht gekommen, sondern wegen eines Gerüchtes, von dem sie gehört habe, wonach ein großer

Schatz in der Pyramide verborgen sei, welche bei Annu steht. Denn da sie sehr verschwenderisch lebte, war sie in ständiger Geldnot, und so war ihr der Gedanke gekommen, diese Pyramide aufzubrechen. Doch er hatte nur gelacht und ihr erklärt, daß jene Pyramide das Grab des göttlichen Khufu sei, und daß er nichts von ihren Geheimnissen wisse. Daraufhin wurde sie zornig und schwor, so wahr sie über Ägypten herrsche, würde sie die Pyramide schleifen lassen, Stein für Stein, und das Geheimnis ihres Herzens ergründen. Wieder lachte er und erklärte ihr mit den Worten eines Sinnspruchs, den sie hier in Alexandria haben, daß ›Berge länger leben als Könige‹. Sie lächelte über seine schlagfertige Antwort und ließ ihn gehen. Mein Onkel sagte mir auch, daß ich am nächsten Tage Kleopatra sehen solle. Denn es war ihr Geburtstag (und auch der meine) und sie würde an diesem Tage, in die Gewänder der Heiligen Isis gekleidet, in feierlicher Prozession von ihrem Palast auf den Lochias zum Serapis-Tempel ziehen, um im Schrein des falschen Gottes, der in dem Tempel sitzt, ein Opfer darzubringen. Und er sagte, daß danach ein Weg gefunden werden würde, durch den ich Zugang zum königlichen Haushalt erhalten könne.

Da ich sehr müde war, ging ich anschließend zu Bett, konnte jedoch lange nicht einschlafen, weil ich mich in einer unvertrauten Umgebung befand, wegen der Geräusche, die von der Straße hereindrangen, und wegen der Gedanken an die Zukunft. Noch vor dem Morgengrauen stand ich wieder auf, stieg die Treppe zum Dach des Hauses hinauf und wartete dort. Wenig später schossen die Strahlen der Sonne wie Pfeile über den Horizont und beleuchteten das weiße Wunder des aus Marmor errichteten Pharos, dessen Feuer daraufhin sofort zusammensank und erstarb, als ob die Sonne es getötet hätte. Nun fielen ihre Strahlen auf die Lochias, wo Kleopatra in ihrem Bette lag, und tauchten die Paläste in helles Licht, bis sie wie Juwelen leuchteten, die an dem dunklen, kühlen Busen des Meeres gesteckt sind. Weiter flog das Licht, küßte die heilige Kuppel des Soma, unter der

Alexander schläft, berührte die hohen Dächer von tausend und mehr Palästen und Tempeln, glitt über die Säulenhallen des großen Museums, das in der Nähe stand, fiel auf den hohen Tempel, in dem, aus Elfenbein geschnitzt, die Statue des falschen Gottes Serapis steht, und schien sich schließlich in der riesigen, düsteren Nekropolis zu verlieren. Dann, als die Dämmerung zum Tage wurde, ergoß sich das Licht, die Schüssel der Nacht überflutend, in die tiefergelegenen Teile des Landes und der Straßen, und zeigte Alexandria rot im Sonnenaufgang, wie in den Mantel eines Königs gehüllt. Die etesianischen Winde wehten aus dem Norden und fegten den Nebel vom Hafen, so daß ich seine blauen Wasser sah, auf denen tausend Schiffe sich wiegten. Ich sah auch das gewaltige Heptastadion; ich sah die Hunderte von Straßen, die unzähligen Häuser, den unermeßlichen Reichtum und die unvorstellbare Pracht Alexandrias, das wie eine Königin zwischen dem Mareotis-See und dem Meer thronte, beide dominierte und voller Wunder war. Dies also war eine der Städte in meinem Erbe von Ländern und Städten! Ja, sie waren des Kampfes wert. Und nachdem ich mich sattgesehen und mein Herz mit dem Anblick dieser Pracht angefüllt hatte, betete ich zur Heiligen Isis und stieg wieder vom Dache herab.

In seiner Kammer fand ich meinen Onkel, Sepa. Ich erzählte ihm, daß ich die Sonne über der Stadt Alexandria aufgehen gesehen habe.

»So!« sagte er und blickte mich unter seinen struppigen Brauen hervor an. »Und was hältst du von Alexandria?«

»Ich denke, es ist wie eine Stadt der Götter«, antwortete ich.

»Ja!« erwiderte er hitzig, »eine Stadt der infernalischen Götter – ein Sumpf von Verderbtheit, ein stinkender Pfuhl der Ungerechtigkeit, ein Heim falschen Glaubens, der aus falschen Herzen entspringt. Ich wünschte, daß nicht ein Stein davon auf dem anderen gelassen würde, und daß all sein Reichtum tief unter jenen Wassern läge! Ich wünschte, daß die Möwen über diesem Orte schrien, und daß der

Wind, unbeschmutzt durch einen griechischen Atem, vom Meere bis Mareotis über seine Ruinen striche! O königlicher Harmachis, laß dir deine Sinne nicht durch den Luxus und die Schönheit Alexandrias vergiften; denn in ihrer tödlichen Luft stirbt der Glaube, und die Religion kann darin ihre himmlischen Schwingen nicht entfalten. Wenn die Stunde kommt, da du herrschen sollst, Harmachis, so reiße diese verfluchte Stadt nieder und setze deinen Thron zwischen die weißen Mauern von Memphis, wie es deine Väter taten. Denn ich sage dir, daß Alexandrien für Ägypten nichts anderes ist als ein prächtiges Tor zu seinem Untergang, und solange es steht, werden alle Völker der Erde durch dieses Tor hereinstürmen, um das Land auszuplündern, und alle falschen Götter werden sich darin niederlassen und den Sturz der Götter Ägyptens ausbrüten.

Ich antwortete nicht, denn es lag Wahrheit in seinen Worten. Und dennoch erschien diese Stadt mir von großer Schönheit. Nachdem wir gefrühstückt hatten, teilte mein Onkel mir mit, daß es nun an der Zeit sei, hinauszugehen, um die Prozession Kleopatras zu sehen, wenn sie im Triumph zum Serapis-Schrein zöge. Denn obwohl sie erst zwei Stunden vor Mittag vorbeikommen würde, hatten diese Einwohner Alexandrias so viel Freude an Schauspielen und am Herumlungern, daß wir sehr zeitig aufbrechen mußten, da wir uns später unmöglich einen Weg durch die dichtgedrängten Massen bahnen könnten, die sich schon jetzt am Rande der Straßen zu sammeln begannen, durch die die Königin fahren würde. Also gingen wir hinaus, um unseren Platz auf einer aus Holz erbauten Tribüne einzunehmen, die am Rande der breiten Straße errichtet worden war, welche die ganze Stadt durchschneidet und zum Kanopischen Tore führt. Denn mein Onkel hatte für uns bereits das Recht erkauft, dort sitzen zu dürfen, und das sehr teuer.

Nach vieler Mühe und Gedränge erzwangen wir unseren Weg durch die große Menschenmenge, die bereits zusammenzuströmen begann, bis wir schließlich die Holztribüne erreichten, die von einer Plane überdacht und mit fröhlichroten Tüchern geschmückt war. Hier setzten wir uns auf eine Bank und warteten mehrere Stunden lang, beobachteten die Massen von Menschen, die sich schreiend, singend und in vielen Sprachen redend vorbeidrängten. Schließlich erschienen Soldaten, um die Straße zu räumen, nach römischer Manier in Brustharnische aus Kettenpanzer gekleidet. Ihnen folgten Herolde, die Ruhe geboten (woraufhin die Menschenmassen nur noch lauter schrien und sangen) und verkündeten, daß Kleopatra, die Königin, käme. Es folgte eine Kolonne von tausend cicilischen Plänklern, tausend Thrakern, tausend Mazedoniern und tausend Galliern, jeweils nach der Art ihres Landes bewaffnet. Dann zogen fünfhundert jener Männer vorbei, die Gepanzerte Reiter genannt wurden, denn Mann und Roß waren völlig mit Eisen umkleidet. Als nächstes kamen prachtvoll gewandete Jünglinge und Mädchen, die goldene Kronen trugen und Statuen mit sich führten, die Tag und Nacht, Morgen und Mittag, den Himmel und die Erde symbolisierten. Ihnen folgten Gruppen schöner Frauen, die Parfüm auf die Straße versprengten, während andere Blumen streuten. Und dann erscholl der laute Ruf: »Kleopatra! Kleopatra!«, und ich hielt den Atem an und beugte mich vor, um sie zu sehen, die es wagte, die Gewänder Isis' anzulegen.

Doch in diesem Moment drängte sich die Menschenmenge so dicht vor meinen Platz, daß ich kaum noch etwas sehen konnte. In meinem Eifer sprang ich über die Balustrade der Tribüne, und da ich überaus kräftig war, gelang es mir, mich bis zur vordersten Reihe der Menschenmenge durchzudrängen. Während ich das tat, kamen nubische Sklaven, mit Efeuranken geschmückt und derbe Knüppel in den Händen, herbeigeeilt und schlugen auf die Menschen ein. Einer von ihnen, der mir besonders auffiel, denn er war ein Riese und aufgrund seiner Kraft von einer unerträglichen Überheblichkeit, prügelte ohne jeden Grund auf Menschen ein, wie es so oft der Fall ist, wenn Menschen niederer Abkunft Autorität verliehen wird. Neben mir stand eine Frau, eine Ägypterin, ihren Gesichtszügen nach zu urteilen, die ein Kind auf ihren Armen trug, und dieser Nubier, der sah, daß sie wehrlos war, schlug ihr mit seinem Knüppel auf den Kopf, so daß sie zu Boden stürzte, und die Menschen zu murren begannen. Dieser Anblick brachte mein Blut in Wallung und erstickte jede Vernunft. Ich hielt einen Stab aus zyprischem Olivenholz in der Hand, und als diese schwarze Bestie angesichts der zu Boden geschlagenen Frau und des über den Boden rollenden Kindes zu lachen begann, schwang ich meinen Stab über den Kopf und schlug zu. So kräftig war mein Schlag, daß das zähe Holz auf der Schulter des Riesen zerbrach und Blut aus einer klaffenden Wunde seinen herabhängenden Efeuschmuck rot färbte.

Mit einem Schrei von Schmerz und Wut – denn solche, die gerne schlagen, lieben es nicht, selbst geschlagen zu werden – fuhr er herum und sprang mich an! Und alle Menschen wichen zurück, mit Ausnahme jener Frau, die nicht aufstehen konnte, so daß wir beide uns in einer Art Ring gegenüberstanden. Er stürzte sich auf mich, und in meiner Wut schlug ich ihm die Faust zwischen die Augen, da ich sonst nichts hatte, mit dem ich zuschlagen konnte, und er taumelte wie ein Ochse unter dem ersten Schlag der Axt des Priesters. Nun begannen die Leute zu brüllen, denn sie lieben es, einem Kampf zuzusehen, und der Mann war ihnen als Gladiator bekannt, der bei den Spielen immer Sieger blieb. Jetzt sammelte dieser Schurke seine Kräfte, stürzte sich mit über den Kopf geschwungenem Knüppel laut fluchend auf mich, und ließ ihn mit einer solchen Wucht niederfahren, daß er mich zweifellos erschlagen hätte, wenn ich nicht seinem Schlag geschickt ausgewichen wäre. So aber schmetterte er den Knüppel mit aller Wucht auf den Boden, so daß er in mehrere Teile zersplitterte. Daraufhin schrie die Menge wieder, und der riesige Mann stürzte sich, jetzt blind vor Wut, auf mich, um mich mit seinen Fäusten zu Boden zu schlagen. Doch mit einem Schrei sprang ich ihm direkt an die Kehle – denn er war zu schwer, als daß ich darauf hoffen konnte, ihn zu Boden zu werfen – ja, und drückte zu. Ich klammerte mich daran fest, und drückte ihm, obwohl seine Fäuste auf mich einhieben wie Hämmer, meine Daumen in seinen Kehlkopf. Herum und herum wirbelten wir, bis er sich schließlich zu Boden warf, um mich abzuschütteln. Doch ich hielt fest, und wir rollten am Boden herum und herum, bis die Atemnot schließlich seine Kräfte schwinden ließ. Jetzt stieß ich, der ich auf ihm lag, ihm das Knie in die Brust, und hätte ihn in meiner Wut sicher auf diese Weise getötet, wenn mein Onkel und andere, die sich herangedrängt hatten, sich nicht über mich geworfen und von ihm gerissen hätten.

Währenddessen war der Wagen, in welchem die Königin saß – vor dem mehrere Elefanten schritten, und hinter dem einige Löwen geführt wurden – ohne daß ich etwas davon bemerkte, herangekommen und hatte wegen des Tumultes gehalten. Ich blickte auf, und so, mit zerfetzter Kleidung, keuchend, mit dem Blut besudelt, das dem gewaltigen Nubier von Mund und Nase troff, sah ich zum ersten Male Kleopatra von Angesicht zu Angesicht. Ihr Wagen war aus reinem Gold und wurde von milchweißen Rossen gezogen. Sie saß darin, während zwei hübsche Mädchen, die beiderseits von ihr standen, ihr mit glitzernden Fächern Luft zufächelten. Auf ihrem Kopfe saß das Symbol Isis', die goldenen Hörner, zwischen denen die runde Mondscheibe hängt; darunter befand sich das Emblem von Osiris' Thron, um das sich der Uräus wand. Darunter trug sie eine Geierkappe aus Gold, mit blau emaillierten Flügeln und der Geierkopf hatte Juwelen als Augen, unter der ihr langes schwarzes Haar bis auf dem Boden des Wagens floß. Um ihren Hals lag ein breiter Kragen aus Gold, der mit Smaragden und Korallen verziert war. Um ihre Arme und Handgelenke spannten sich Reifen aus Gold, ebenfalls mit Smaragden und Korallen besetzt; in einer Hand hielt sie das heilige Kreuz des Lebens, das aus Kristall gearbeitet war, und in der anderen den goldenen Stab des Königtums. Ihre Brüste waren nackt, doch unter ihnen schloß sich eine Robe, die über und über mit Juwelen bestickt war, so daß sie glitzerte wie die schuppige Haut einer Schlange. Unter dieser Robe war ein Rock aus

Goldstoff, halb verdeckt von einem Schal aus bestickter Seide von Kos, der in vielen Falten bis auf die Sandalen fiel, welche, durch große Perlen befestigt, ihre weißen, winzigen Füße schmückten.

All dies erfaßte ich mit einem Blick. Dann sah ich auf das Gesicht – auf jenes Gesicht, das Caesar verführt und Ägypten verdorben hatte und dem es bestimmt war, Octavian das Zepter der Welt zu überreichen. Ich blickte auf die makellosen griechischen Züge, das gerundete Kinn, die vollen, schwellenden Lippen, die schmale Nase, die Ohren, die wie feine Muscheln geformt waren. Ich sah die Stirn, hoch, breit und schön, das schimmernde, schwarze Haar, das in schweren Wellen herabfiel, die geschwungenen Brauen, und die gebogenen Wimpern. Dort vor mir war der Glanz ihrer königlichen Erscheinung. Dort brannten ihre wunderbaren Augen, welche die Farbe zyprischer Veilchen hatten – Augen, die zu schlafen und über geheime Dinge nachzubrüten schienen, so wie die Nacht über der Wüste brütet, und auch wie die Nacht zu wechseln, sich zu verändern, und aus deren sternengleicher Tiefe plötzlich ein strahlendes Leuchten auszustrahlen schien. Alle diese Wunder sah ich, doch verfüge ich nicht über die Gabe, sie zu beschreiben. Aber schon in jenem Augenblick wußte ich, daß es nicht diese Reize allein waren, auf denen die Macht von Kleopatras Schönheit beruhte. Sie lag vielmehr in einem Glanz, den ihre feurige Seele durch den Mantel des Fleisches strahlte. Denn sie war eine Flamme, wie sie keine Frau jemals gewesen ist oder je wieder sein wird. Selbst wenn sie vor sich hinbrütete, leuchtete das Feuer ihres rasch schlagenden Herzens aus ihr. Doch wenn sie hellwach war und plötzlich Blitze aus ihren Augen schossen und die leidenschaftsgeladene Musik ihrer Stimme von ihren Lippen tönte – ah! wer konnte dann sagen, wie Kleopatra ihm erschien? Denn in ihr vereinte sich alle Schönheit, die jemals einer Frau gegeben wurde, und alles Genie, das der Mensch jemals dem Himmel abgerungen hatte. Und mit ihnen wohnte in ihr alles Böse jener größeren Art, das nichts fürchtend und allen Gesetzen Hohn spre-

chend Imperien zu seinen Spielplätzen macht und lächelnd seinen Durst mit dem Blut von Menschen stillt. In ihrer Brust war all dies vereint und bildete jene Kleopatra, die kein Mann die seine nennen durfte, und die doch kein Mann, der sie sah, vergessen konnte. Es formte sie so herrisch wie die Macht des Gewitters, so schön wie einen Blitz, so grausam wie die Pestilenz, und doch mit einem Herzen; und was sie angerichtet hat, ist bekannt. Wehe der Welt, wenn eine zweite wie sie kommen sollte, um sie zu verderben!

Für einen Moment trafen meine Blicke die Kleopatras, als sie sie gelangweilt umherschweifen ließ, um den Grund für diesen Tumult zu erkennen. Zuerst waren sie ernst und düster, als ob sie zwar mit ihnen sähe, jedoch ohne daß ihr Gehirn die Eindrücke läse. Dann, plötzlich, erwachten sie, und selbst ihre Farbe schien sich zu verändern, so wie die Farbe des Meeres wechselt, wenn das Wasser aufgewühlt wird. Im ersten Moment stand Zorn in ihnen, dann eher desinteressiertes Wahrnehmen; dann, als sie auf den riesigen Körper des Mannes blickte, den ich besiegt hatte, und ihn als den Gladiator erkannte, ein Ausdruck, der vielleicht an Verwunderung grenzte. Auf jeden Fall wurden sie sanfter, obwohl sich das Gesicht nicht mit ihnen veränderte. Doch jemand, der Kleopatras Gedanken lesen wollte, mußte auf ihre Augen achten, denn ihr Gesichtsausdruck veränderte sich nur wenig. Sie wandte den Kopf und sagte etwas zu ihren Leibwächtern. Sie traten auf mich zu und brachten mich zu ihr, und die Menschenmenge wartete schweigend darauf, mich getötet zu sehen.

Ich stand vor ihr, die Arme vor der Brust verschränkt. Obwohl von ihrer Schönheit überwältigt, haßte ich sie doch aus tiefstem Herzen, diese Frau, die es wagte, sich in die Gewänder und Symbole Isis' zu kleiden, diese Usurpatorin, die auf meinem Thron saß, diese Verschwenderin, die den Reichtum des Landes für Wagen und Parfums vergeudete. Nachdem sie mich von Kopf bis Fuß in Augenschein genommen hatte, sprach sie mit einer vollen, leisen Stimme und in der Sprache der Khemi, die sie allein von allen Lagidae erlernt hatte.

»Und wer und was bist du, Ägypter – denn daß du ein Ägypter bist, sehe ich –, der du es wagst, meinen Sklaven niederzuschlagen, wenn ich durch meine Stadt fahre?«

»Ich bin Harmachis«, antwortete ich mit lauter Stimme, »Harmachis, der Astrologe, Adoptivsohn des Hohepriesters und Gouverneurs von Abouthis, der hergekommen ist, um sein Glück zu suchen. Ich habe deinen Sklaven niedergeschlagen, o Königin, weil er ohne jeden Anlaß jene Frau dort zu Boden schlug. Befrage jene, die es sahen, Königin von Ägypten!«

»Harmachis«, sagte sie, »der Name hat einen vornehmen Klang, und du hast ein vornehmes Aussehen«; dann wandte sie sich an einen Soldaten, der alles mitangesehen hatte, und befahl ihm, ihr zu berichten, was geschehen sei. Dieses tat er auch der Wahrheit gemäß, denn er war mir wohlgesonnen, weil ich den Nubier zu Boden gestreckt hatte. Daraufhin wandte sie sich um und sprach zu dem Mädchen mit dem Fächer, das neben ihr stand. Das Mädchen – eine Frau mit dunklen Locken und scheuen, schwarzen Augen – antwortete irgend etwas. Dann befahl Kleopatra, den Sklaven zu ihr zu bringen. Also führten sie den Riesen, der inzwischen wieder zu Atem gekommen war, heran, und mit ihm die Frau, die er niedergeschlagen hatte.

»Du Hund!« sagte sie, mit derselben leisen Stimme. »Du Feigling!, der du in all deiner Kraft diese Frau niedergeschlagen hast, und, da du ein Feigling bist, von diesem jungen Manne besiegt wurdest. Doch warte, du, ich werde dir Manieren beibringen. Wenn du in Zukunft wieder Frauen schlägst, wird es dich den linken Arm kosten. He, Wachen! Packt diesen schwarzen Sklaven und schlagt ihm die rechte Hand ab.«

Nachdem sie ihren Befehl gegeben hatte, lehnte sie sich wieder in ihrem goldenen Wagen zurück. Die Wachen packten den Riesen, und ohne auf seine Schreie und sein Betteln um Gnade zu achten, preßten sie seinen rechten Arm auf das Holz der Tribüne und hackten mit dem Schwert die Hand ab. Dann schleppten sie den laut stöhnenden Mann fort, und die Prozession setzte sich wieder in Bewegung. Als der Wagen anrollte, wandte das schöne Mädchen mit dem Fächer den Kopf, suchte meinen Blick und nickte mir lächelnd zu, wie in geheimer Zustimmung, worüber ich ein wenig verwundert war.

Die Menschen jubelten ebenfalls und riefen mir scherzhafte Bemerkungen zu, mit denen sie andeuteten, daß ich bald meine Astrologie im Palaste praktizieren würde. Doch mein Onkel und ich flohen, sobald es uns möglich war, und eilten zum Hause zurück. Während des ganzen Weges machte er mir Vorwürfe wegen meiner Unbesonnenheit, doch als wir im Hause waren, umarmte er mich glücklich, weil ich den Riesen besiegt hatte, ohne selbst ernsthaften Schaden zu nehmen.

## 2

## *Über das Kommen Charmions; und über den Zorn Sepas*

An demselben Abend, als wir im Hause beim Essen saßen, klopfte es an die Tür. Sie wurde geöffnet, und eine Frau trat herein, die von Kopf bis Fuß in einen weiten dunklen Peplos oder Umhang gehüllt war, auf eine solche Art, daß ihr Gesicht nicht klar zu erkennen war.

Mein Onkel erhob sich, und als er das tat, sprach die Frau das geheime Wort.

»Ich bin gekommen, mein Vater«, sagte sie mit einer warmen, klaren Stimme, »obwohl es, ehrlich gesagt, nicht leicht war, dem festlichen Trubel im Palast zu entkommen. Doch ich habe der Königin erklärt, daß die Sonne und das Lärmen auf den Straßen mich ganz krank gemacht hätten, und deshalb ließ sie mich gehen.«

»Das ist gut«, antwortete er. »Entschleiere dich! Hier bist du sicher.«

Mit einem kleinen Seufzer der Erschöpfung löste sie das Peplos und ließ es von ihren Schultern gleiten, so daß ich ihr Gesicht sehen konnte, und ich erkannte sie als das Mädchen, das mit dem Fächer neben Kleopatra in dem Wagen gestanden hatte. Sie war sehr schön, und ihre griechischen Gewänder betonten ihre schlanken Glieder und ihre knospende Gestalt. Ihr ungebändigtes Haar, das in hundert winzigen Locken auf ihre Schultern floß, war mit Goldfäden zusammengebunden, und ihre Füße steckten in mit Goldknöpfen geschlossenen Sandalen. Ihre Wangen röteten sich wie eine Blume, und sie schlug ihre sanften, dunklen Augen nieder, wie aus Bescheidenheit, doch um ihre Lippen spielte ein Lächeln.

Mein Onkel runzelte die Stirn, als sein Blick auf ihre Kleidung fiel.

»Warum kommst du in diesen Kleidern, Charmion?« fragte er zornig. »Ist das Gewand, das deine Mütter trugen, nicht gut genug für dich? Dies ist weder Ort noch Zeit für weibliche Eitelkeiten. Du bist nicht hier, um zu erobern, sondern um zu gehorchen.«

»Nein, zürne mir nicht, mein Vater«, antwortete sie mit sanfter Stimme; »vielleicht weißt du nicht, daß sie, der ich diene, keine ägyptische Kleidung um sich duldet; sie ist aus der Mode gekommen. Sie zu tragen, hieße, Verdacht auf sich zu lenken – außerdem war ich in Eile.« Und während sie sprach, sah ich, daß sie mich ständig unter den langen Wimpern ihrer bescheidenen Augen hervor aufmerksam beobachtete.

»Gut, gut«, sagte er scharf und musterte ihr Gesicht mit seinen funkelnden Augen, »sicherlich sprichst du die Wahrheit, Charmion. Doch sei dir immer deines Eides bewußt, Mädchen, und der Sache, der du dich verschworen hast. Sei nicht leichtfertig, und ich befehle dir, die Schönheit zu vergessen, mit der du geschlagen bist! Denn merke dir dieses, Charmion: wenn du auch nur um eine Haaresbreite vom Wege abweichen solltest, wird die Rache über dich kommen – die Rache der Menschen und die der Götter! Für diesen Dienst«, fuhr er fort und steigerte sich immer weiter in seinen Zorn hinein, bis seine machtvolle Stimme von den Wänden des kleinen Raumes widerhallte, »bist du geboren worden; für dieses Ziel hat man dich erzogen und dich an die Stelle gebracht, an der du jetzt bist, um das Ohr jener sündhaften Metze zu haben, der du zu dienen scheinst. Hüte dich, daß du dies niemals vergißt; hüte dich, daß der Luxus jenes Hofes nicht deine Reinheit verdirbt und dich von deinem Wege abbringt, Charmion.« Und seine Augen glühten, und sein kleiner Körper schien zu wachsen, bis er die Größe von Würde erreichte – ja, fast die von Grandeur.

»Charmion«, fuhr er fort und trat mit ausgestrecktem Finger auf sie zu, »ich sage dir offen, daß ich dir manchmal nicht traue. Erst in der vorgestrigen Nacht träumte ich, dich in der Wüste stehen zu sehen. Ich sah dich lachen und deine Hand gen Himmel strecken, und vom Himmel fiel ein Regen von Blut; dann senkte sich der Himmel auf das Land Khem herab und bedeckte es. Woher kam dieser Traum, Mädchen, und was ist seine Bedeutung? Ich habe noch nichts gegen dich, Mädchen, doch höre! In dem Augenblick, da ich etwas gegen dich finden sollte, werde ich – obwohl du mir verwandt bist und ich dich liebe – in dem Augenblick, wie gesagt, werde ich diese schönen Glieder, die du so vorzuzeigen liebst, den Geiern und Schakalen überantworten, und die Seele in dir allen Foltern der Götter! Unbegraben sollst du liegen, und verflucht sollst du nach Amenti wandern! – ja, für immer und ewig!«

Er schwieg, denn sein plötzlicher Zornesausbruch hatte ihn erschöpft. Doch durch ihn erkannte ich, was für ein leidenschaftliches Herz unter dem Mantel seiner Fröhlichkeit und seines einfachen Gehabes schlug, und wie gewaltig sein Wille auf sein Ziel gerichtet war. Was das Mädchen betraf, so wich es furchtsam vor ihm zurück, schlug die Hände vor ihr hübsches Gesicht und begann zu weinen.

»Nein, sprich nicht so zu mir, mein Vater«, sagte sie unter Schluchzen. »Was habe ich denn getan? Ich kann nichts für das wilde Wandern deiner Träume. Ich bin keine Wahrsagerin, um sie deuten zu können. Habe ich nicht alles getan, was du mir befohlen hast? Bin ich nicht immer jenes schrecklichen Eides eingedenk gewesen? Habe ich nicht das Herz der Königin gewonnen, so daß sie mich liebt wie eine Schwester und mir nichts abschlägt – ja, und die Herzen derer, die um sie sind? Warum also ängstigst du mich so mit solchen Worten und Drohungen?« Und sie weinte von neuem, und in ihrem Kummer sah sie noch schöner aus als zuvor.

»Genug, genug«, antwortete er. »Was ich gesagt habe, habe ich gesagt. Sei gewarnt und beleidige unsere Augen nicht wieder mit diesem unzüchtigen Kleid. Bildest du dir etwa ein, wir wollen uns an dem Anblick deiner wohlgeformten Arme weiden – wir, deren Ziel ein freies Ägypten ist, und die den Göttern Ägyptens verschworen sind? Mädchen, blick deinen Vetter und König an!«

Sie hörte auf zu weinen, wischte die Augen mit ihrem Chiton, und sie schienen mir noch sanfter mit den Tränen.

»Ich glaube, königlicher Harmachis und geliebter Vetter«, sagte sie, während sie sich vor mir verneigte, »daß wir bereits miteinander bekannt sind.«

»Ja, Base«, sagte ich nicht ohne Hemmungen, da ich noch nie mit einem so schönen Mädchen gesprochen hatte, »du warst bei Kleopatra im Wagen, als ich mit dem Nubier kämpfte, nicht wahr?«

»Gewiß«, sagte sie mit einem Lächeln und einem plötzlichen Aufleuchten ihrer Augen. »Es war eine mutige Tat, und wunderbar hast du diese schwarze Bestie niedergeworfen. Ich habe den Kampf gesehen, und obwohl ich nicht wußte, wer du warst, hatte ich doch große Furcht um einen, der so tapfer ist. Doch ich habe ihm meine Angst zurückgezahlt. Ich war es, die Kleopatra den Einfall gegeben hat, ihm von den Wachen die rechte Hand abschlagen zu lassen – jetzt, da ich weiß, wer du bist, hätte ich seinen Kopf verlangt.« Und sie warf mir einen raschen Blick zu und lächelte dann.

»Genug!« unterbrach mein Onkel Sepa. »Die Zeit verrinnt. Berichte, was du uns zu sagen hast, Charmion, und dann geh!«

Ihre Haltung veränderte sich, sie faltete ergeben ihre Hände und sprach.

»Der Pharao möge seiner Dienerin zuhören. Ich bin die Tochter von des Pharaos Onkel, des Bruders seines Vaters, der nun schon lange tot ist, und deshalb fließt auch in meinen Adern das königliche Blut Ägyptens. Ich bin auch des alten Glaubens und hasse diese Griechen, und dich auf dem Thron Ägyptens zu sehen, ist seit vielen Jahren mein größter Wunsch. Für dieses Ziel habe ich, Charmion, meinen Rang abgelegt und bin eine Dienstfrau Kleopatras geworden, damit ich eine Kerbe schneide, in die du deinen Fuß setzen kannst, wenn deine Stunde gekommen ist, den Thron zu erklimmen. Und, Pharao, diese Kerbe ist jetzt geschnitten.

Dies nun ist unser Plan, königlicher Vetter. Du mußt dir Zugang zum Palast verschaffen und den königlichen Haushalt und seine Geheimnisse kennenlernen, und, soweit das möglich ist, die Eunuchen und Heerführer auf deine Seite ziehen, von denen ich einige bereits in Versuchung gebracht habe. Wenn das getan und alles vorbereitet ist, mußt du Kleopatra töten und mit meiner Hilfe und derer, die mir untergeben sind, bei der dadurch entstehenden Verwirrung die Tore öffnen und jene unserer Gruppe hereinlassen, die vor ihm warten, die loyal gebliebenen Soldaten dem Schwerte zu überantworten und das Bruchium einzunehmen. Wenn das getan ist, solltest du dieses wankelmütige Alexandria innerhalb von zwei Tagen in deiner Hand haben. Zur selben Zeit werden sich alle, die dir verschworen sind, in den anderen Städten Ägyptens erheben, und zehn Tage nach dem Tode Kleopatras wirst du in Wahrheit der Pharao sein. Dies ist der Plan, der geschmiedet worden ist, und du siehst, königlicher Vetter, daß ich, obwohl dein Onkel so schlecht von mir denkt, meine Rolle gelernt habe – ja, und sie spiele.«

»Ich habe deine Worte vernommen, Base«, antwortete ich

voller Verwunderung, daß eine so junge Frau – sie war erst zwanzig Jahre alt – einen so wagemutigen Plan entwickeln konnte, denn seine Grundkonzeption stammte von ihr. Doch in jenen Tagen kannte ich Charmion noch nicht.
»Sprich weiter! Wie soll ich mir Zugang zum Palast Kleopatras verschaffen?«

»So wie die Dinge stehen, ist das sehr einfach, Vetter. Du machst es so: Kleopatra mag Männer, und – verzeihe mir – dein Gesicht und deine Gestalt sind schön. Heute hat sie das bemerkt, und zweimal sagte sie, sie wünschte, daß sie gefragt hätte, wo jener Astrologe gefunden werden könne, denn sie ist der Meinung, daß ein Astrologe, der einen nubischen Gladiator beinahe mit bloßen Händen töten konnte, wahrhaftig ein Meister der glücklichen Sterne sein muß. Ich sagte ihr, daß ich Nachforschungen anstellen lassen würde. Also höre, königlicher Harmachis. Um die Mittagsstunde schläft Kleopatra in ihrer inneren Halle, deren Fenster auf die Gärten und den Hafen hinausgehen. Zu jener Stunde werde ich dich morgen beim Tor des Palastes treffen, wohin du kommen und nach der Hofdame Charmion fragen wirst. Ich werde für dich ein Treffen mit Kleopatra arrangieren, so daß sie mit dir allein ist, wenn sie erwacht. Alles weitere liegt dann bei dir, Harmachis. Denn sie spielt gern mit den Geheimnissen der Magie, und ich habe erlebt, daß sie ganze Nächte damit verbrachte, die Sterne zu beobachten und sich den Anschein gab, sie deuten zu können. Und erst kürzlich hat sie Dioscorides, den Arzt, fortgeschickt, weil er, der arme Narr, aus einer Konjunktion der Sterne prophezeite, daß Cassius Markus Antonius besiegen würde. Daraufhin erteilte Kleopatra dem Feldherrn Allienus den Befehl, die Legionen, die sie nach Syrien entsandt hatte, gegen Antonius zu schicken, damit er die Armee Cassius' verstärke, dessen Sieg – nach der Ansicht Dioscorides' – in den Sternen geschrieben sind. Es geschah jedoch, daß Antonius erst Cassius schlug, und dann auch Brutus, also wurde Dioscorides entlassen, und er hält jetzt im Museum Vorträge über Heilkräuter und haßt selbst das Wort ›Sterne‹. Doch seine

WHYMPER

Stelle ist freigeblieben, und du sollst sie füllen, dann werden wir im geheimen und im Schatten des Zepters arbeiten. Ja, wir werden wie der Wurm am Herzen der Frucht nagen, bis die Zeit des Pflückens gekommen ist und durch den Stich deines Dolches, königlicher Vetter, die Substanz dieses griechischen Thrones zu nichts zerfällt, und der Wurm, der sie zerfressen hat, seine Hülle der Dienstbarkeit sprengt und im Angesicht der Herrschaft seine königlichen Schwingen über Ägypten ausbreitet.«

Wieder blickte ich dieses seltsame Mädchen verwundert an und sah, daß ihr Gesicht in einem Licht erstrahlte, wie ich es noch nie bei einer Frau gesehen hatte.

»Ah«, sagte mein Onkel, der sie genau beobachtete, »ah, so gefällst du mir, Mädchen; das ist die Charmion, die ich kenne und aufgezogen habe – nicht das Hofmädchen, das ich nicht mag, in Seide aus Kos gewickelt und nach Essenzen duftend. Laß dein Herz in dieser Form erhärten – ja, präge es mit dem heiligen Eifer patriotischen Glaubens, und dein Lohn wird dich finden. Und nun bedecke dieses schamlose Gewand und verlaß uns, denn es wird spät. Morgen wird Harmachis zu dir kommen, wie du es gesagt hast, also lebe wohl!«

Charmion neigte den Kopf, wandte sich um und hüllte sich in das dunkelfarbene Peplos. Dann nahm sie meine Hand, berührte sie mit den Lippen und ging ohne ein weiteres Wort hinaus.

»Eine seltsame Frau«, sagte Sepa, als sie uns verlassen hatte, »eine sehr seltsame Frau und eine sehr unberechenbare!«

»Ich denke, mein Onkel«, sagte ich, »daß du ein wenig hart mit ihr warst.«

»Das stimmt«, antwortete er seufzend, »doch nicht ohne Grund. Höre, Harmachis! Hüte dich vor dieser Charmion. Sie ist zu leichtfertig und kann, fürchte ich, leicht vom Wege fortgeführt werden. Offen gesagt: Sie ist zu sehr Frau und wählt, wie ein unruhiges Pferd, den Weg, der ihr gefällt. Sie besitzt Verstand und Feuer, und sie liebt unsere Sache, doch bete ich darum, daß sie niemals ihren persönlichen entgegenstehen möge, denn was ihr Herz sich vornimmt, das wird sie tun, um jeden Preis wird sie es tun! Deshalb habe ich ihr jetzt Angst gemacht, während mir das noch möglich ist, denn wer kann wissen, was geschehen mag, wenn sie meiner Macht entgleitet? Ich sage dir, daß unser aller Leben in den Händen dieses Mädchens liegt; und wenn sie falsch spielt, was dann? Ach, daß wir Werkzeuge wie diese benutzen müssen! Doch war es notwendig; es gab keine andere Möglichkeit; und doch hege ich Zweifel, ob ich richtig gehandelt habe. Ich bete, daß es gut gehen wird; doch zeitweise fürchte ich meine Nichte Charmion – sie ist zu schön, und das Blut der Jugend pulsiert schnell in ihren blauen Venen.

Ah, wehe der Sache, die ihre Kraft auf der Treue einer Frau erbaut; denn Frauen sind nur dann treu, wenn sie lieben, und wenn sie lieben, wird ihre Treulosigkeit zu ihrer Treue. Sie sind nicht in sich gefestigt, wie Männer es sind; sie steigen höher – und sie fallen tiefer; sie sind stark – und veränderlich wie die See. Harmachis, hüte dich vor dieser Charmion! – denn, wie der Ozean, mag sie dich nach Hause tragen; oder, wie der Ozean, mag sie dich scheitern lassen, und mit dir die Hoffnung Ägyptens!«

## 3

*Über das Kommen Harmachis' zum Palast; über die Art, wie er Paulus durch das Tor brachte; über die schlafende Kleopatra; und über die Magie Harmachis', welche er ihr zeigte*

So geschah es, daß ich mich am nächsten Tag in ein langes fließendes Gewand kleidete, wie es bei einem Magier oder Astrologen der Brauch ist, und mich auf den Weg machte.

Ich setzte eine Kappe auf den Kopf, in die Sternbilder eingestickt waren, und steckte in meinen Gürtel eine Schreibtafel und eine Papyrusrolle, die mit magischen Beschwörungen und Symbolen bedeckt war. In meiner Hand hielt ich einen Stab aus Ebenholz mit einer Spitze aus Elfenbein, wie er von Priestern oder Meistern der Magie mitgeführt wird. Unter diesen nahm ich ja wirklich einen hohen Rang ein, und mein Wissen um Geheimnisse, die ich in Annu erlernt hatte, glich meinen Mangel an Geschicklichkeit aus, die aus der Praxis erwächst. Und so – mit einem Gefühl von Scham, denn mir liegt eine solche Verstellung nicht, und ich verachte diese gewöhnliche Magie – brach ich auf und ging von meinem Onkel Sepa geführt, durch das Bruchium zum Palast auf den Lochias. Schließlich, nachdem wir die Allee der Sphinxe entlanggegangen waren, gelangten wir zu dem großen Marmortor mit seinen Torflügeln aus Bronze, in dem sich das Wachhaus befindet. Hier verließ mich mein Onkel, nachdem er viele Gebete für meine Sicherheit und meinen Erfolg geflüstert hatte. Ich jedoch ging beschwingten Schrittes zum Tor, wo ich von den gallischen Wachen in barschem Ton angerufen und nach Namen, Stand und dem Grund meines Kommens gefragt wurde. Ich sagte ihnen, ich sei Harmachis, der Astrologe, und ich sei hier, um mit Charmion, der Hofdame der Königin, zu sprechen. Daraufhin wollten die Männer mich hindurchlassen, doch der Hauptmann der Wache, ein Römer namens Paulus, trat auf uns zu und verbot es. Nun war dieser Paulus ein kräftiger Mann mit einem Frauengesicht und Händen, die vom Weintrinken zitterten. Doch er erinnerte sich an mich.

»Höre!« rief er in der lateinischen Sprache einem zu, der mit ihm gekommen war, »das ist der Bursche, der gestern mit dem nubischen Gladiator gerungen hat, dem, der jetzt unter meinem Fenster seiner verlorenen Hand nachjammert. Verflucht sei diese schwarze Bestie! Ich habe für die Spiele eine Wette auf seinen Sieg abgeschlossen! Ich habe bei seinem Kampf gegen Cassius auf ihn gesetzt, und jetzt wird er nie wieder kämpfen, und ich verliere mein Geld, und alles durch diesen Astrologen. Was ist es, das du gesagt hast? – Du hast mit der Hofdame Charmion zu sprechen? Nein, daraus wird nichts! Ich lasse dich nicht hindurch, Bursche! Ich verehre die Hofdame Charmion – ja, wir alle verehren sie, wenngleich sie uns mehr Abfuhren als Seufzer gibt. Und glaubst du, wir ließen es zu, daß ein Astrologe mit solchen Augen und einer solchen Brust wie der deinen, sich bei dem Spiel einmischen kann? – Bei Bacchus, nein! Sie muß schon herauskommen, um dich zu treffen, denn du wirst nicht zu ihr gehen!«

»Herr«, sagte ich mit Bescheidenheit und Würde, »ich bitte, der Hofdame Charmion Nachricht von meinem Kommen zuzuleiten, meine Geschäfte dulden keinen Aufschub.«

»Ihr *Götter!*« rief der Narr. »Wen haben wir denn hier, daß er nicht warten kann? Einen verkleideten Caesar? Nein, geh – geh! – wenn du nicht erfahren willst, wie sich eine Speerspitze in deinem Hintern anfühlt.«

»Nein«, sagte der andere Mann, »er ist Astrologe; er soll uns wahrsagen – laß ihn uns seine Kunst vorführen.«

»Ja«, riefen andere, die herbeigeschlendert waren, »laßt diesen Burschen uns seine Kunst zeigen. Wenn er ein Magier ist, kann er passieren, ob Paulus es will oder nicht.«

»Mit Vergnügen, ihr guten Herren«, antwortete ich, denn ich sah keine andere Möglichkeit, Einlaß zu erlangen. »Würdest du, junger und edler Herr« – so sprach ich jenen an, der mit Paulus gekommen war –, »mir erlauben, in deine Augen zu blicken? Vielleicht kann ich lesen, was dort geschrieben steht.«

»Gerne«, antwortete der junge Mann, »doch ich wünschte, daß Charmion die Magierin wäre. Ich würde sie anstarren, daß sie die Fassung verliert, wette ich.«

Ich nahm seine Hand und blickte ihm tief in die Augen. »Ich sehe«, sagte ich, »ein nächtliches Schlachtfeld, auf dem viele Toten liegen – und *du* befindest dich unter ihnen, und eine Hyäne zerreißt deinem Leichnam die Gurgel. Edler Herr, du wirst innerhalb eines Jahres durch das Schwert sterben.«

»Bei Bacchus!« sagte der junge Mann und erbleichte. »Du bist ein Zauberer schlechten Omens!« Und er trollte sich davon – um wenig später von dem vorausgesagten Schicksal ereilt zu werden, denn er wurde nach Zypern geschickt und dort getötet.

»Nun zu dir, großer Hauptmann«, sagte ich, an Paulus gewandt. »Ich werde dir zeigen, daß ich dieses Tor auch ohne deine Einwilligung passieren kann – ja, und dich mit hindurchziehen. Sei so gut, deinen fürstlichen Blick auf die Spitze dieses Stabes zu fixieren, den ich in meiner Hand halte.«

Von den anderen dazu gedrängt, tat er dies, wenn auch höchst widerstrebend, und ich ließ ihn auf die Spitze des Stockes starren, bis ich seine Augen so leer werden sah wie die einer Eule in der Sonne. Dann zog ich den Stab plötzlich zurück und schob mein Gesicht an seine Stelle, und ich packte ihn mit meinem Willen und meinem Blick, drehte mich herum und herum und zog ihn dabei hinter mir her, wobei sein verzerrtes Gesicht fast das meine berührte. Nun begann ich langsam rückwärts zu gehen, bis ich das Tor passiert hatte, wobei ich ihn noch immer hinter mir herzog, und dann riß ich mein Gesicht plötzlich zur Seite. Er stürzte zu Boden, fuhr verwirrt mit der Hand über die Stirn, als er sich erhob, und er wirkte sehr lächerlich.

»Bist du zufrieden, edler Hauptmann?« sagte ich. »Du siehst, daß wir das Tor passiert haben. Möchte einer der anderen edlen Herren mehr von meinen Künsten sehen?«

»Bei Taranis, dem Herrn des Donners, und bei allen Göttern des Olymps, nein!« stöhnte ein alter Centurion, ein Gallier namens Brennus. »Ich mag dich nicht. Ein Mann, der unseren Paulus bei den Augen durch dieses Tor ziehen kann, ist keiner, mit dem man sein Spiel treibt. Ausgerechnet Paulus, der immer dorthin geht, wohin er nicht gehen soll – folgt ihm wie ein Esel! Mann, du mußt eine Frau im einen Auge haben und einen Weinbecher im anderen, um unseren Paulus so hinter dir herziehen zu können!«

In diesem Augenblick wurde das Gerede unterbrochen,

denn Charmion kam den marmorbelegten Weg herab, gefolgt von einem bewaffneten Sklaven. Sie schritt ruhig und gelassen, die Hände hinter ihrem Rücken verschränkt, den Blick ins Leere gerichtet. Doch immer dann, wenn Charmion so ins Leere starrte, sah sie am meisten. Als sie herankam, traten die Männer der Wache respektvoll zur Seite und verneigten sich, denn, wie ich später erfuhr, besaß dieses Mädchen, Kleopatra ausgenommen, die größte Macht im Palast.

»Was hat dieser Tumult zu bedeuten, Brennus?« fragte sie, an den alten Centurion gewandt, und tat, als ob sie mich nicht sähe, »weißt du nicht, daß die Königin zu dieser Stunde schläft, und wenn sie gestört wird, du dafür zur Rechenschaft gezogen wirst, und das gehörig?«

»Es ist so«, antwortete der Centurion demütig. »Wir haben hier ...« – und er deutete mit dem Daumen auf mich – »einen Magier der unangenehmsten – hmm, ich bitte um Vergebung – der besten Art, denn er hat erst eben, nur indem er seine Augen dicht an die Nase von Hauptmann Paulus heranbrachte, ihn, den besagten Paulus, durchs Tor gezogen, das, wie Paulus schwor, dieser Magier niemals passieren sollte. Und dieser Magier behauptet, mit dir sprechen zu müssen – was mich deinetwillen dauert.«

Charmion wandte sich um und blickte mich gleichgültig an. »Ja, ich erinnere mich«, sagte sie, »dem ist so – zumindest möchte die Königin seine Künste sehen; aber wenn er nicht mehr kann, als einen Trunkenbold ...« – sie warf einen verächtlichen Blick auf den erstaunten Paulus – »seiner Nase durch das Tor folgen zu lassen, das er bewachen soll, sollte er lieber dorthin zurückgehen, woher er gekommen ist. Folge mir, Magier! Und was dich betrifft, Brennus, so rate ich dir, deinen geschwätzigen Haufen ruhig zu halten. Und du, höchst ehrenwerter Paulus, nüchtere dich aus, und wenn wieder jemand am Tor nach mir fragen sollte, so höre ihn an!« Und mit einem königlichen Nicken ihres Kopfes wandte sie sich um und schritt davon, in geziemendem Abstand gefolgt von mir und dem bewaffneten Sklaven.

Wir gingen den mit Marmor gepflasterten Weg entlang, der durch die Gärten führt, und zu beiden Seiten von Marmorstatuen gesäumt wird, zumeist solchen von heidnischen Göttern und Göttinnen, mit denen diese Lagidae sich nicht schämten, ihren königlichen Palast zu schmücken. Schließlich gelangten wir in eine herrliche offene Halle mit kannelierten Säulen im griechischen Stil, wo weitere Wachen standen, die Charmion den Weg freigaben. Nachdem wir diese Säulenhalle durchquert hatten, traten wir in ein Marmor-Vestibül, wo ein Springbrunnen sanft plätscherte, und von dort durch eine niedere Tür in einen zweiten Raum, der die Alabasterhalle genannt wurde und von großer Schönheit war. Sein Dach wurde von dünnen Säulen aus schwarzem Marmor getragen, doch alle ihre Wände waren mit Alabaster bekleidet, in den Szenen griechischer Legenden eingemeißelt waren. Ihr Boden bestand aus vielfarbigen Mosaiksteinen und zeigte eine Darstellung der Leidenschaft Psyches für den griechischen Gott der Liebe, und darum herum standen Stühle aus Elfenbein und Gold. Charmion befahl dem bewaffneten Sklaven, vor der Tür dieses Raumes stehenzubleiben, so daß wir allein hineintraten, denn es befand sich sonst niemand dort, mit der Ausnahme von zwei Eunuchen, die mit blanken Schwertern vor dem Vorhang am anderen Ende des Raumes standen.

»Ich bin betrübt, mein Gebieter«, sagte sie mit leiser, scheuer Stimme, »daß man dich am Tor auf eine so beleidigende Weise empfangen hat; doch die Wachen dort hätten eigentlich schon von denen abgelöst werden sollen, deren Hauptmann ich meine Befehle gab. Diese römischen Offiziere sind entsetzlich aufsässig, da sie zwar zu dienen scheinen, jedoch genau wissen, daß Ägypten ihr Spielzeug ist. Doch war dies nicht ohne Vorteil, denn diese rohen Soldaten sind sehr abergläubisch und werden dich jetzt fürchten. Nun warte eine Weile hier, während ich in das Gemach Kleopatras gehe, in dem sie schläft, und wenn sie wach ist, werde ich dich rufen, denn sie erwartet dein Kommen.« Und ohne ein weiteres Wort glitt sie davon.

Kurze Zeit später kehrte sie zurück, trat zu mir und sagte flüsternd: »Willst du die schönste Frau der Welt im Schlafe sehen? Wenn du es willst, so folge mir! Nein, hab keine Furcht; wenn sie erwacht, wird sie höchstens lachen, denn sie hat mir befohlen, dich sofort zu ihr zu bringen, ob sie schliefe oder wach sei. Siehe, ich trage ihr Siegel.«

Also schritten wir durch die herrliche Halle, bis wir zu dem Vorhang kamen, vor dem die Eunuchen mit gezogenen Schwertern standen, und diese wollten mir den Weg vertreten. Doch Charmion runzelte unwillig die Stirn, zog das Siegel hervor, das sie an einer Goldkette an ihrem Busen trug, und hielt es ihnen vor die Augen. Nachdem sie die Schriftzeichen gelesen hatten, die in die Platte des Ringes eingraviert waren, verbeugten sie sich, ließen ihre Schwerter sinken, und wir schritten durch den Vorhang, dessen schwerer Stoff mit Goldstickerei verziert war, in das Ruhegemach Kleopatras. Es war von unvorstellbarer Schönheit – schön von verschiedenfarbigem Marmor, von Gold und Elfenbein, Juwelen und Blumen – alles, was die Kunst herstellen kann, und alles, was der Luxus sich zu erträumen vermag, war hier. Hier gab es Bilder, die so lebensecht wirkten, daß Vögel nach den gemalten Früchten picken mochten; hier waren Statuen von zu Stein gewordener Frauenschönheit; hier waren Draperien, so fein wie die weichste Seide, doch aus Goldfäden gewoben; hier waren Diwane und Teppiche, wie ich sie noch nie gesehen hatte. Und die Luft war süß von Parfum, während durch das offene Fenster das Murmeln der See tönte. Und am anderen Ende des Raumes, auf einem Diwan aus schimmernder Seide und geschützt von einem Netz feinster Gaze, lag Kleopatra schlafend. Dort lag sie, das Schönste, das ein Mensch jemals sah, schöner als ein Traum, und die Flut ihrer schwarzen Haare lag um ihren Körper herum ausgebreitet. Ihr Kopf ruhte auf einem ihrer weißen, runden Arme, der andere hing über den Rand des Diwans zu Boden. Ihre vollen Lippen waren zu einem Lächeln geöffnet und gaben die Elfenbeinreihen der Zähne frei; und ihre rosigen Glieder waren in ein so dünnes, durch einen goldenen, mit Juwelen besetzten Gürtel zusammengehaltenes Gewand bedeckt, daß man den Körper hell durchschimmern sah. Ich stand wie versteinert, denn obwohl mein Denken nicht in eine solche Richtung lief, traf mich der Anblick ihrer Schönheit wie ein Schlag, so daß ich mich durch die Macht dieses Bildes für einen Augenblick verlor, und es schmerzte mich tief, etwas so Schönes töten zu müssen.

Als ich mich rasch von diesem Anblick abwandte, sah ich, daß Charmion mich mit ihren wachen Augen beobachtete – mich anblickte, als ob sie mein Herz erforschen wollte. Und in der Tat muß etwas von meinen Gedanken auf meinem Gesicht geschrieben gestanden haben, und in einer Sprache, die sie gut zu lesen verstand, denn sie flüsterte mir ins Ohr: »Ja, sie ist schön, nicht wahr? Harmachis, da du ein Mann bist, wirst du, glaube ich, all deine geistige Kraft brauchen, um dich zu der Tat zu stählen!«

Ich runzelte die Stirn, doch bevor ich eine Antwort formulieren konnte, berührte sie mich leicht am Arm und deutete auf die Königin. Eine Veränderung war bei ihr eingetreten; ihre Hände waren zu Fäusten geballt, und über ihr vom Schlafe rosiges Gesicht glitt eine Wolke der Angst. Ihr Atem ging in raschen Stößen, sie hob die Arme, wie um einen Schlag abzuwehren, dann richtete sie sich mit einem unterdrückten Stöhnen auf und öffnete die Augen. Sie waren dunkel, dunkel wie die Nacht, doch als das Licht sie traf, wurden sie blau wie der Himmel, wie der Himmel vor dem Dämmern des Morgens.

»Caesarion?« sagte sie. »Wo ist mein Caesarion? – War es also nur ein Traum? Ich träumte, daß Julius – Julius, der tot ist – zu mir kam, seine blutige Toga vors Gesicht geschlagen, und das Kind in seine Arme riß und es fortbrachte. Dann träumte ich, daß ich gestorben sei – in Blut und Schmerzen gestorben sei; und einer, den ich nicht sehen konnte, spottete meiner, als ich starb! Ah! – wer ist denn dieser Mann?«

»Beruhige dich, Königin«, sagte Charmion. »Er ist nur der

Magier Harmachis, den du mir zu dieser Stunde zu dir zu bringen befohlen hast.«

»Ah! der Magier – jener Harmachis, der den Riesen besiegte? Ich erinnere mich jetzt. Er ist willkommen. Sage mir, Magier, kann dein magischer Spiegel mir eine Deutung dieses Traumes geben? Nein, was für ein eigen Ding der Schlaf doch ist, daß er den Verstand in ein Netz von Dunkelheit hüllt und ihn so seinem Willen unterwirft! Woher also kommen jene Bilder der Angst, die am Horizont der Seele auftauchen, wie ein unzeitlicher Mond an einem mittäglichen Himmel? Wer verleiht ihnen die Macht, so lebensecht aus den Hallen der Erinnerung zu treten, und, auf ihre Wunden deutend, die Gegenwart mit der Vergangenheit zu konfrontieren? Sind sie etwa Boten? Gewährt der Halbtod des Schlafes ihnen einen Halt in unseren Gehirnen, so daß er den Faden des Menschseins herauslösen und durchschneiden kann? Das war Caesar selbst, der eben vor mir stand und durch seine vors Gesicht geschlagene blutige Toga warnende Worte murmelte, an die ich mich nicht mehr erinnern kann. Löse mir dieses Rätsel, du ägyptischer Sphinx,* und ich werde dir einen rosigeren Weg zu deinem Glücke weisen, als alle deine Sterne ihn dir deuten könnten. Du hast dieses Omen mit dir gebracht, also löse nun auch sein Rätsel.«

»Ich bin zu einer guten Stunde gekommen, mächtige Königin«, antwortete ich, »denn ich besitze einige Kenntnisse über die Mysterien des Schlafes, der, wie du so richtig errietest, eine Treppe ist, über die jene, die zu Osiris gerufen wurden, von Zeit zu Zeit durch den Torweg unserer lebenden Sinne eintreten, und mit Zeichen und Worten, welche von kundigen Sterblichen gelesen werden mögen, die Echos jener Halle der Wahrheit wiederholen können, die ihre Heimstatt ist. Ja, der Schlaf ist eine Treppe, über die der Bote der Wächtergötter in vielerlei Gestalt zum Geist des

---

* Eine Anspielung auf seinen Namen. Harmachis war der griechische Titel der Göttlichkeit der Sphinx, wie Horemkhu der ägyptische war. – *Herausgeber*

von ihnen Erwählten herabzusteigen vermag. Denn, o Königin, für solche, die den Schlüssel besitzen, kann der Wahnsinn unserer Träume ein klareres Bild zeichnen und eine deutlichere Sprache sprechen, als alle Weisheit unseres wachen Lebens, das ja nur ein Traum ist. Du hast also den großen Caesar in seiner blutigen Toga gesehen, und er hat den Prinzen Caesarion in seine Arme gerissen und ihn fortgebracht. Höre nun das Geheimnis deiner Vision! Es war Caesar selbst, den du von Amenti zu dir kommen sahest, in einer solchen Kleidung, daß kein Irrtum möglich war. Als er das Kind Caesarion in seine Arme schloß, tat er das zum Zeichen dafür, daß auf ihn, und auf ihn allein, seine Größe und seine Liebe übergegangen seien. Als er ihn fortzubringen schien, führte er ihn aus Ägypten hinaus, damit er im Capitol gekrönt werde, gekrönt zum Imperator Roms und zum Herren aller Länder. Was den Rest betrifft, so weiß ich nichts. Es ist vor mir verborgen.«

So also deutete ich die Vision, obwohl sie mir eine düstere Auslegung zu haben schien. Doch ist es nicht ratsam, Königen Ungutes zu prophezeien.

Inzwischen hatte Kleopatra sich erhoben, und nachdem sie den Mückenschleier zurückgeschlagen hatte, saß sie auf der Kante des Diwans, ihren Blick auf mein Gesicht geheftet, während ihre Finger mit den juwelenbesetzten Enden ihres Gürtels spielten.

»Wahrhaftig«, rief sie, »du bist der beste aller Magier, denn du liest in meinem Herzen und ziehst verborgene Süße aus der rauhen Schale eines bösen Omens!«

»Ja, o Königin«, sagte Charmion, die mit gesenktem Blick neben mir stand, und ich glaubte zu spüren, daß ein bitterer Unterton in ihren sanften Worten mitschwang; »mögen keine rauheren Worte jemals deine Ohren beleidigen, und kein böses Omen jemals eine weniger glückliche Auslegung finden.«

Kleopatra verschränkte die Hände hinter dem Kopf, beugte sich zurück und blickte mich aus halbgeschlossenen Augen an.

»Komm, zeig mir deine Magie, Ägypter!« sagte sie. »Es ist noch heiß draußen, und ich bin dieser hebräischen Botschafter müde, mit ihrem ständigen Gerede über Herodes und Jerusalem. Ich hasse diesen Herodes, wie er noch erfahren wird – und will heute keinen dieser Botschafter sehen, obwohl es mich reizt, mein Hebräisch an ihnen auszuprobieren. Was also kannst du tun? Kennst du einen neuen Trick? Bei Serapis! Wenn du genausogut zauberst, wie du prophezeien kannst, sollst du einen Platz bei Hofe haben, mit guter Bezahlung und Nebeneinkünften, falls deine erhabene Seele Nebeneinkünfte nicht verschmäht.«

»Nein«, antwortete ich, »alle meine Tricks sind alt, doch gibt es einige Formen der Magie, die nur selten angewandt werden, und die – mit allem Respekt – dir vielleicht neu sein mögen, o Königin. Hast du Furcht, dich in den Zauber zu wagen?«

»Ich fürchte nichts. Fang an und tu, was du willst! Komm, Charmion, setz dich neben mich! Doch warte, wo sind die anderen Mädchen? – Iras und Merira? – Sie haben auch Freude an der Magie.«

»Rufe sie nicht«, sagte ich, »denn Zaubersprüche wirken nur schlecht vor so vielen. Nun sehet!« Und ich blickte die beiden Frauen an, warf meinen Stab auf den Marmorboden und murmelte eine Beschwörung. Einen Augenblick lag der Stab reglos, doch dann, während ich die Beschwörungsformel murmelte, begann er sich langsam zu winden. Er bog sich, er stellte sich auf und bewegte sich aus eigener Kraft. Dann bildeten sich Schuppen auf ihm, und siehe! Er wurde zu einer Schlange, die über den Boden kroch und drohend zischte.

»Pfui über dich!« rief Kleopatra und schlug die Hände zusammen. »Nennst du das Magie? Das ist doch ein uralter Trick, den jeder Wander-Zauberer beherrscht. Ich habe ihn sicher schon hundertmal gesehen.«

»Warte, o Königin«, sagte ich, »das war noch nicht alles.« Und während ich sprach, zerbrach die Schlange in Stücke, und aus jedem Fragment wuchs eine neue Schlange. Und diese brachen ebenfalls in Stücke, aus denen neue Schlangen wurden, bis nach kurzer Zeit der Raum von Schlangen wimmelte, die umherkrochen, zischten und sich zu Knoten wanden. Dann machte ich ein Zeichen, und die Schlangen sammelten sich um mich und schienen sich langsam um meinen Körper und meine Glieder zu winden, bis ich von Kopf bis Fuß – das Gesicht ausgenommen – mit einer dicken Schicht zischender Schlangen bedeckt war.

»Oh, entsetzlich! entsetzlich!« schrie Charmion und verbarg ihr Gesicht im Gewand der Königin.

»Genug, Magier, genug!« sagte die Königin. »Deine Magie überwältigt uns.«

Ich winkte mit meinen schlangenumwundenen Armen, und alle Schlangen waren verschwunden. Zu meinen Füßen lag der schwarze Stab mit seiner Elfenbeinspitze, und sonst nichts.

Die beiden Frauen blickten einander an und hielten vor Staunen den Atem an. Ich nahm meinen Stab auf und stand mit über der Brust verschränkten Armen vor ihnen.

»Ist die Königin mit meiner armseligen Kunst zufrieden?« fragte ich sehr demütig.

»Ja, das bin ich, Ägypter; noch nie habe ich so etwas gesehen! Von diesem Tage an bist du der Hofastrologe, mit dem Recht des Zutritts zur Königin. Hast du noch mehr solcher Magie, die du herbeirufen kannst?«

»Ja, Königin Ägyptens; gestatte, daß der Raum ein wenig verdunkelt wird, dann will ich dir noch etwas zeigen.«

»Fast habe ich Angst davor«, antwortete sie, »doch tu, worum Harmachis gebeten hat, Charmion.«

Also wurden die Vorhänge zugezogen und der Raum wirkte wie im Dämmerlicht des Abends. Ich trat vor und stellte mich neben Kleopatra. »Blicke dorthin!« sagte ich energisch und deutete mit meinem Stab auf die Stelle, an der ich gestanden hatte, »dann wirst du dort das sehen, was in deinen Gedanken ist.«

Es herrschte Stille, während die beiden Frauen intensiv und halb verängstigt auf die Stelle starrten.

Und während sie starrten, bildete sich eine Wolke vor ihnen. Sehr langsam nahm sie Form und Gestalt an, und die Gestalt, die sie annahm, war die eines Mannes, und obwohl die Umrisse im Dämmerlicht nur vage auszumachen waren, schien sie erst deutlicher zu werden, und dann zu zerfließen.

Da rief ich mit lauter Stimme: »Schatten, ich beschwöre dich: *Erscheine!*«

Und als ich das rief, sprang das *Ding*, in jeder Einzelheit perfekt ausgebildet, so plötzlich wie ein Blitzschlag vor unseren Augen ins Sein. Seine Gestalt war die des königlichen Caesar, die Toga vors Gesicht geschlagen und mit dem Blut aus hundert Wunden durchtränkt. Einen Augenblick stand er so, dann machte ich ein Zeichen mit meinem Zauberstab, und er war verschwunden.

Ich wandte mich den beiden Frauen auf dem Diwan zu und sah, daß Kleopatras schönes Gesicht einen Ausdruck des Entsetzens zeigte. Ihre Lippen waren aschgrau, ihre Augen starrten weit aufgerissen ins Leere, und sie zitterte am ganzen Körper.

»Mann!« flüsterte sie kaum hörbar, »Mann! Wer und Was bist du, daß du die Toten vor unsere Augen bringen kannst?«

»Ich bin der Königin Astronom, Magier, Diener – was immer die Königin befiehlt«, antwortete ich lachend. »War es diese Gestalt, welche die Königin in ihren Gedanken hatte?«

Sie antwortete nicht, sondern verließ den Raum durch eine andere Tür.

Nun erhob Charmion sich ebenfalls und löste die Hände von ihrem Gesicht, denn auch sie war starr vor Entsetzen.

»Wie tust du solche Dinge, königlicher Harmachis?« flüsterte sie. »Sag es mir; denn, um ehrlich zu sein, ich fürchte dich!«

»Du brauchst keine Angst zu haben«, antwortete ich. »Du hast nichts gesehen als das, was in meinem Kopfe war. Alle Dinge sind Schatten. Wie also kannst du unterscheiden, was ist, und was nur zu sein scheint? Doch auf welche Art es geschieht? Denk daran, Charmion, daß dieses Spiel zu einem bestimmten Zwecke gespielt wird!«

»Und es läuft gut«, sagte sie. »Bis zum Dämmern des neuen Tages werden diese Geschichten im Palast ihre Runde gemacht haben, und man wird dich mehr fürchten als jeden anderen Mann in Alexandria. Folge mir nun, bitte!«

## 4

## *Über das Wesen Charmions; und über die Krönung Harmachis' zum König der Liebe*

Am folgenden Tag erhielt ich meine schriftliche Ernennung zum Astrologen und Erzmagier der Königin, mit dem Gehalt und den Nebeneinkünften dieses Amtes, welche nicht gering waren. Mir wurden Räume im Palaste zugewiesen, einschließlich solcher, durch die ich nächtens zu dem hohen Wachtturm gelangen konnte, um von dessen Zinnen aus die Sterne zu beobachten und ihre Augurien zu deuten. Denn zu jener Zeit wurde Kleopatra von ernsten Sorgen über politische Angelegenheiten bedrückt, und da sie nicht wußte, wie der große Kampf zwischen den Faktionen Roms ausgehen würde, jedoch entschlossen war, auf der Seite des Siegers zu stehen, holte sie beständig meinen Rat ein, um zu erfahren, welche Warnungen die Sterne ihr erteilten. Diese las ich ihr auf solche Weise, wie sie den hohen Interessen meines Zieles am förderlichsten schienen. Denn Antonius, der römische Triumvir, befand sich jetzt in Kleinasien, und er war sehr zornig, wie Gerüchte besagten, da er erfahren hatte, daß Kleopatra dem Triumvirat feindlich gesonnen war und ihr Heerführer, Serapion, Cassius beigestanden hatte. Kleopatra verkündete daraufhin mir und anderen gegenüber mit lauter Stimme, daß Serapion gegen ihren Willen gehandelt habe. Doch erfuhr ich von Charmion, es sei, genau wie bei Allienus, auf eine Prophezeiung des unglücklichen Dioscorides zurückzuführen, daß sie Serapion insgeheim den Befehl gegeben hatte, auf Seiten Cassius' zu kämpfen. Doch das Bestreiten ihres Befehls dazu rettete Serapion nicht, denn um Antonius zu beweisen, daß sie daran unschuldig war, ließ sie den Heerführer aus dem Heiligtum zerren und ihn töten. Wehe jenen, die den Willen der Tyrannen ausführen, wenn sich die Waagschale gegen sie heben sollte! Und so starb Serapion.

Währenddessen standen die Dinge für uns sehr gut, denn Kleopatra und alle, die um sie waren, hatten zu viel mit den Geschehnissen außerhalb des Landes zu tun, als daß sie oder andere an eine Revolte in Ägypten dachten. Doch Tag um Tag gewann unsere Partei in den Städten Ägyptens an Kraft, selbst in Alexandria, das für Ägypten wie ein anderes Land ist, da alles dort fremdartig ist. Tag für Tag wurden solche, die noch zweifelten, für uns gewonnen und durch den Eid, der nicht gebrochen werden kann, unserer Sache verschworen, und Tag für Tag wurden unsere Pläne genauer festgelegt. Und an jedem zweiten Tag verließ ich den Palast, um mich mit meinem Onkel Sepa zu beraten, und traf dort, in seinem Hause, die Edlen und die großen Priester des Landes, die zur Partei Khems standen.

Ich sah Kleopatra, die Königin, sehr häufig, und war immer mehr erstaunt über den Reichtum und den Horizont ihres Denkens, dessen Schönheit und Vielfalt wie ein aus Gold gewobenes Tuch war, das alles Licht von seiner veränderlichen Oberfläche zurückwirft. Sie fürchtete mich ein wenig und wollte mich deshalb zum Freund gewinnen; deshalb fragte sie mich nach vielen Dingen, die jenseits der Kompetenzen meines Amtes zu liegen schienen. Auch Charmion sah ich sehr häufig, genauer gesagt, war sie fast ständig in meiner Nähe, so daß ich kaum bemerkte, wann sie kam und wann sie ging. Denn sie näherte sich mit ihren sanften Schritten, und wenn ich mich umwandte, sah ich sie in meiner Nähe stehen und mich durch die langen Wimpern ihrer niedergeschlagenen Augen beobachten. Es gab keine Arbeit, die ihr zu schwer war, und keinen Dienst, der ihr zu lange dauerte; Tag und Nacht arbeitete sie für mich und für unsere Sache.

Doch als ich ihr für ihre Treue dankte und ihr versicherte, daß sie zu gegebener Zeit nicht unbelohnt bleiben würde, stampfte sie mit dem Fuß auf und schmollte mit den Lippen wie ein trotziges Kind, und sagte mir, daß unter all den Dingen, die ich gelernt habe, ich dieses nicht erfahren hätte: daß der Dienst der Liebe nicht nach Bezahlung fragt, sondern sich selbst der Lohn ist. Und ich, der ich in solchen Dingen unerfahren war, und in meiner Torheit annahm, daß die Art der Frauen von geringer Wichtigkeit sei, verstand ihre Worte in dem Sinne, daß ihr Dienst für die Sache Khems, das sie liebte, sich selbst der Lohn sei. Doch als ich sie wegen einer so edlen Haltung lobte, brach sie in Tränen aus und ließ mich verwundert allein. Denn ich ahnte nichts von dem, was ihr Herz bedrückte. Ich wußte damals nicht, daß diese Frau mir ihre Liebe darbrachte und sie von den Qualen der Leidenschaft aufgewühlt und zerrissen war, die wie Pfeile in ihre Brust stachen. Ich wußte es nicht – und wie konnte ich es auch wissen, da ich sie nie als etwas anderes gesehen hatte, denn als ein Werkzeug unserer gemeinsamen und heiligen Sache? Ihre Schönheit hatte mich nie erregt – nein, selbst nicht, als sie sich einmal über mich beugte und ihr Atem mein Haar streichelte, dachte ich anders über sie, wie ein Mann etwa an die Schönheit einer Statue denkt. Was hatte ich denn auch mit solchen Freuden zu schaffen, ich, der ich Isis verschworen und der Sache Ägyptens hingegeben war? O ihr Götter, seid meine Zeugen, daß ich unschuldig bin an diesen Dingen, welche die Quelle all meines Leides wurden, und des Leides von Khem!

Was für ein eigen Ding ist doch die Liebe einer Frau, die zu ihrem Beginn so klein ist, und so gewaltig zu ihrem Ende! Seht, am Anfang ist sie wie eine winzige Quelle, deren Wasser aus dem Herzen eines Berges rinnen. Und am Ende, was ist sie dann? Sie ist ein mächtiger Strom, der Flotten der Freude trägt und weite Länder zum Lächeln bringt. Oder, vielleicht, ist sie ein Wildbach, dessen Fluten die Felder der Hoffnung überschwemmen, die Dämme aller Pläne zerbrechen und die Behausungen der Reinheit des Menschen und die Tempel des Glaubens zusammenstürzen lassen. Denn als der Unsichtbare die Ordnung des Universums schuf, setzte Er den Samen der Frauenliebe in seinen Plan ein, auf daß sie durch ihr unregelmäßiges Wachsen dazu bestimmt sei, das Gleichgewicht der Gesetze aufrechtzuerhalten. Denn jetzt hebt sie das Niedere zu ungeahnter Höhe empor, und dann stürzt sie das Edle in den Staub. Und deshalb können, solange es die Frau gibt, jene große Überraschung der Natur, Gut und Böse nicht voneinander geschieden werden. Denn noch immer steht Sie da, läßt, blind vor Liebe, das Weberschiffchen unseres Schicksals hin und her schießen, gießt süßes Wasser in den Becher der Bitterkeit und vergiftet den gesunden Atem des Lebens mit dem Verhängnis ihres Verlangens. Du magst dich in diese Richtung wenden oder in jene, stets ist Sie da, um dir zu begegnen. Ihre Schwäche ist ihre Stärke, ihre Macht ist dein Unheil. Von ihr bist du, und zu ihr gehst du. Sie ist deine Sklavin, und doch hält sie dich gefangen; durch ihre Berührung verwelkt die Ehre, öffnen sich Schlösser, fallen Barrieren. Sie ist so unendlich wie der Ozean, sie ist so veränderlich wie der Himmel, und ihr Name ist das Unvorsehbare. Mann, versuche nicht, der Frau zu entkommen, und der Liebe der Frau, denn du magst fliehen, wohin du willst, Sie ist und bleibt dein Schicksal, und was immer du erbauen magst, erbaust du für sie!

Und so geschah es, daß ich, Harmachis, der solche Dinge stets weit von sich gewiesen hatte, doch dazu verdammt war, durch jenes, das ich für unwesentlich hielt, zu Fall zu kommen. Denn seht: diese Charmion liebte mich, aus welchem Grunde, weiß ich nicht. Aus ihrem eigenen Selbst wurde diese Liebe zu mir geboren, und aus dieser Liebe erwuchs das, was hier berichtet werden soll. Ich jedoch, der davon nichts ahnte, behandelte sie wie eine Schwester, schritt Hand in Hand mit ihr, sozusagen, unserem gemeinsamen Ziele zu.

Und so verging die Zeit, bis endlich alles bereit war.

Es war die Nacht vor jener Nacht, in der der Schlag fallen sollte, und im Palast wurde gefeiert. Am selben Tage hatte ich mit Sepa gesprochen, und mit den Hauptleuten einer Truppe von fünfhundert Mann, die morgen um Mitternacht in den Palast stürmen würden, nachdem ich Kleopatra, die Königin, getötet hatte, um die römischen und gallischen Legionäre dem Schwert zu überantworten. An jenem Tage auch hatte ich den Hauptmann Paulus auf meine Seite gezogen, der seit dem Tage, da ich ihn durch das Tor gezogen hatte, der Sklave meines Willens war. Halb aus Angst und halb verlockt durch Versprechen hoher Belohnungen hatte er sich mir ergeben, denn er war dafür vorgesehen, jenes kleine Tor zu öffnen, das nach Osten führt, wenn morgen das Zeichen gegeben wurde.

Alles war nun bereit: die Blumen der Freiheit, die fünfundzwanzig Jahre lang gewachsen waren, knospten jetzt zur Blüte. In allen Städten, von Abu bis Athu waren bewaffnete Männer versammelt, und Spione spähten über ihre Mauern, in Erwartung des Boten, der die Nachricht bringen sollte, daß Kleopatra nicht mehr war, und daß Harmachis, der königliche Ägypter, den Thron in Besitz genommen habe.

Alles war vorbereitet worden, Triumph lag in der Reichweite meiner Hand, wie eine reife Frucht in der Hand des Pflückers. Doch als ich bei dem königlichen Bankett saß, war mir das Herz schwer, und eine Vorahnung kommenden Unheils lastete kalt auf meinen Gedanken. Ich saß dort auf dem Ehrenplatz, nahe der Majestät Kleopatras, und blickte die Reihen der Gäste entlang, die mit Juwelen und Blumenkränzen geschmückt waren, und markierte in Gedanken jene, denen ich den Tod bestimmt hatte. Dort vor mir lag Kleopatra in all ihrer Schönheit, die den Beschauer erregte, so wie er von einem mitternächtlichen Sturm erregt wird, oder von dem Anblick der tosenden See. Ich sah sie an, als sie ihre Lippen mit Wein netzte und mit dem Rosenkranz spielte, der ihre Stirn schmückte, und ich dachte dabei an den Dolch, den ich unter meiner Robe barg, und den ich geschworen hatte, in ihre Brust zu stoßen. Immer wieder blickte ich sie an und versuchte, sie zu hassen, Glück bei dem Gedanken zu empfinden, daß sie sterben würde – doch ich konnte es nicht. Und dort, hinter ihr – den Blick ihrer dichtbewimperten Augen wie immer auf mich gerichtet – war auch die schöne Charmion. Wer würde, wenn er in dieses unschuldige Gesicht blickte, glauben, daß sie die Falle gestellt hatte, in der die Königin, die sie liebte, auf eine so elende Art zu Tode kommen sollte? Wem würde auch nur im Traum das Geheimnis vielfachen Todes einfallen, das in ihrer mädchenhaften Brust verschlossen war? Ich blickte sie an, und mein Herz schmerzte mir, weil ich meinen Thron mit Blut salben und das Böse durch Böses aus dem Lande fegen mußte. Zu jener Stunde wünschte ich, wahrlich, daß ich nicht mehr wäre als irgendein bescheidener Bauer, der sät, wenn die Zeit dafür gekommen ist, und dann, zu seiner Zeit, die goldene Ernte einbringt. Ach! die Saat, die zu säen ich verurteilt war, war die Saat des Todes, und jetzt würde ich die rote Frucht seiner Reife ernten!

»Was ist, Harmachis, was fehlt dir?« fragte Kleopatra lächelnd. »Haben die goldenen Lichter der Sterne sich verworren, mein Astronom? Oder ersinnst du eine neue Kunst deiner Magie? Sage mir, was ist der Grund, daß du unser Fest mit so finsterer Miene zierst? Wenn ich nicht wüßte, nachdem ich gewisse Erkundigungen eingeholt habe, daß so geringe Wesen wie wir armen Frauen weit unter deiner Würde liegen, würde ich schwören, daß Eros' Pfeil dich gefunden hat, Harmachis.«

»Nein, davon bin ich verschont geblieben, o Königin«, antwortete ich. »Der Diener der Sterne bemerkt nicht das schwächere Licht in den Augen von Frauen, und darin ist er glücklich.«

Kleopatra beugte sich mir zu und blickte mich lange unverwandt an, auf eine solche Art, daß mir, gegen meinen Willen, das Blut zu Herzen schoß.

»Prahle nicht, du stolzer Ägypter«, sagte sie mit so leiser Stimme, daß nur ich und Charmion sie hören konnten, »auf daß du mich nicht reizest, meine Magie gegen die deine zu setzen. Welche Frau könnte es vergeben, daß ein Mann uns als etwas Unwesentliches abtut? Das ist eine Beleidigung unseres Geschlechtes, welche die Natur selbst herausfordert.« Und sie lehnte sich zurück und lachte hell auf. Doch als ich aufblickte, sah ich, daß Charmion die Zähne in ihre Unterlippe gegraben hatte und zornig die Stirn runzelte.

»Vergebung, Königin Ägyptens«, antwortete ich kühl, doch mit soviel Geist, wie ich aufbringen konnte, »doch vor der Königin des Himmels verblassen selbst die Sterne.« Ich sprach so von dem Mond, welcher das Symbol der Heiligen Mutter ist, mit der Kleopatra zu rivalisieren wagte, indem sie sich die zur Erde herabgestiegene Isis nannte.

»Sehr gut ausgedrückt«, antwortete sie und klatschte in die Hände. »Hier haben wir einen Astronomen, der Geist besitzt und ein Kompliment zu formulieren weiß! Wahrlich, ein solches Wunder darf nicht unbelohnt bleiben, auf daß die Götter sich nicht erzürnen. Charmion, nimm diesen Kranz von Rosen aus meinem Haar und setz ihn auf die gelehrte Stirn unseres Harmachis'! Er soll damit zum *König der Liebe* gekrönt werden, ob er das nun will oder nicht.«

Charmion hob den Kranz von Kleopatras Haar, trat auf mich zu und setzte mir ihn, der noch vom Haare der Königin warm und duftend war, freundlich lächelnd aufs Haupt, jedoch so heftig, daß sie mir ein wenig wehtat. Sie tat es, weil sie wütend war, obwohl sie mit ihren Lippen lächelte und mir zuflüsterte: »Ein Omen, königlicher Harmachis.« Denn obwohl sie so sehr eine Frau war, benahm sie sich doch, wenn sie wütend oder eifersüchtig wurde, wie ein Kind.

Nachdem sie mir nun den Kranz aufgesetzt hatte, verneigte sie sich tief vor mir, und nannte mich in dem sanftesten Ton des Spottes, in der griechischen Sprache, »Harma-

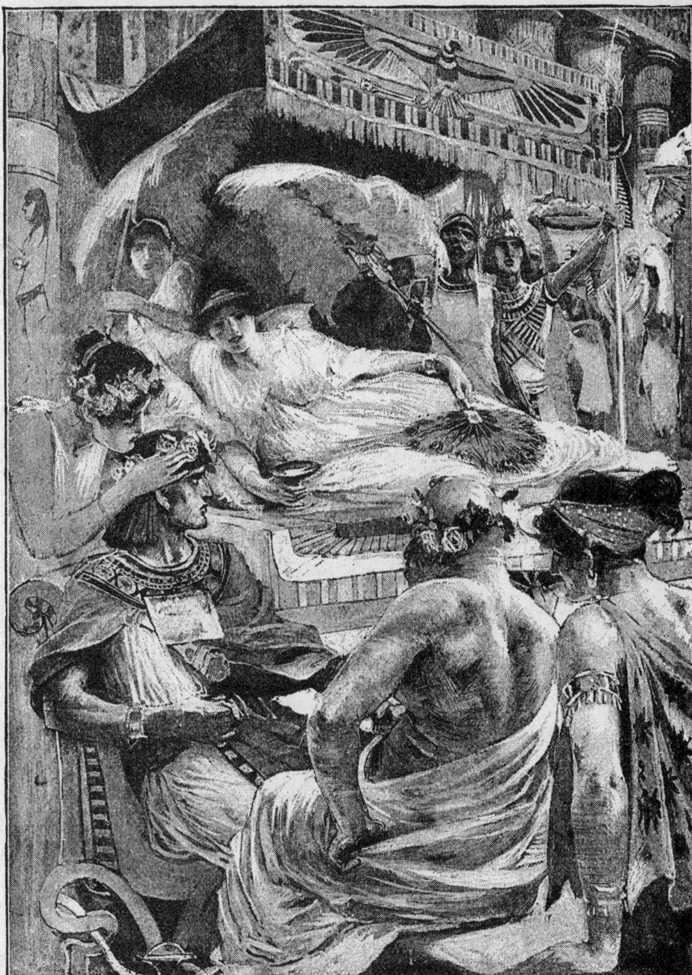

chis, König der Liebe.« Da lachte Kleopatra und trank mir als ›König der Liebe‹ zu, und alle anderen taten es ihr nach, da sie den Scherz höchst geistreich fanden. Denn in Alexandria liebt man jene nicht, die ihres geraden Weges gehen und sich von den Frauen abwenden.

Doch ich saß da, ein Lächeln auf den Lippen und schwarze Wut im Herzen. Denn im Bewußtsein dessen, wer und was ich war, härmte es mich, zur Belustigung der frivolen Herren und der leichtlebigen Schönheiten von Kleopatras Hof zu dienen. Am meisten aber war ich auf Charmion ergrimmt, weil sie am lautesten lachte, und damals wußte ich noch nicht, daß Lachen und Verbitterung oft die Schleier sind, mit denen ein verletztes Herz seine Schwäche vor der Welt verbirgt. ›Ein Omen‹ sei es, hatte sie gesagt, diese Krone aus Blumen, und als das sollte sie sich wahrlich erweisen. Denn ihr war es bestimmt, die Doppelkrone des Oberen und des Unteren Reiches für den Rosenkranz der Leidenschaft einzutauschen, einen Kranz jener Rosen, die welken, bevor sie voll erblüht sind, und das Bett des Pharao für das Kissen des Busens einer arglistigen Frau.

Zum ›König der Liebe‹ krönten sie mich in ihrem Spott; ja, und zum König der Schande! Und ich, mit den parfumierten Rosen auf der Stirn – ich, durch Herkunft und Bestimmung der Pharao Ägyptens – dachte an die unvergänglichen Hallen von Abouthis und an die andere Krönung, welche morgen nacht vorbereitet werden sollte.

Doch immer noch lächelnd trank ich ihr zu und antwortete mit einem Scherz. Dann erhob ich mich, verneigte mich vor Kleopatra und erbat die Erlaubnis, gehen zu dürfen. »Venus«, sagte ich und sprach damit von dem Planeten, den wir am Morgen als Donaou bezeichnen, und am Abend als Bonou, »befand sich in der Aszendenz. Deshalb muß ich, als frisch gekrönter König der Liebe, nun gehen, um meiner Königin meine Verehrung darzubringen.« Denn diese Barbaren nennen Venus die Königin der Liebe.

Und so, unter ihrem Gelächter, zog ich mich auf meinen Wachtturm zurück, und nachdem ich den schmachvollen

Blumenkranz zwischen die Gerätschaften meiner Kunst geschleudert hatte, gab ich vor, den Kreislauf der Sterne zu beobachten. So wartete ich dort, und dachte an die vielen Dinge, die sein würden, bis Charmion mit der letzten Liste derer käme, die zum Tode verdammt waren, und mit den Nachrichten meines Onkels Sepa, den sie an jenem Abend gesehen hatte.

Endlich öffnete sich lautlos die Tür, und sie trat herein, mit Juwelen geschmückt und in der weißen Robe, die sie bei dem Bankett getragen hatte.

## 5

## *Über das Kommen Kleopatras zur Kammer Harmachis'; über das Wegwerfen von Charmions Tuch; über die Sterne; und über Kleopatras Gabe der Freundschaft an ihren Diener Harmachis*

»Endlich kommst du, Charmion«, sagte ich. »Du hast dich sehr verspätet.«

»Ja, mein Gebieter; aber es war mir nicht möglich, eher von Kleopatra loszukommen. Sie ist heute nacht in einer seltsamen Stimmung: Ich weiß nicht, was das bedeuten mag. Seltsame Launen und Wünsche wehen über sie hinweg, wie die leichten, ständig wechselnden Winde über dem sommerlichen Meere, und ich kann ihren Sinn nicht enträtseln.«

»Gut, gut; genug von Kleopatra. Hast du mit unserem Onkel gesprochen?«

»Ja, königlicher Harmachis.«

»Und hast du die endgültigen Listen?«

»Ja, hier sind sie.« Und sie zog sie aus dem Ausschnitt ihres Gewands. »Dies ist die Liste derer, die nach dem Tode der Königin dem Schwerte überliefert werden müssen. Unter ihnen ist auch, wie du sehen wirst, der alte Gallier Brennus. Es tut mir leid um ihn, denn wir waren Freunde; doch es muß sein. Es ist eine lange Liste.«

»Das ist es in der Tat«, antwortete ich bedrückt, während ich sie überflog. »Wenn Menschen ihre Rechnung aufsetzen, vergessen sie keinen einzigen Posten, und unsere Rechnung ist hoch. Doch was sein muß, muß sein. Nun zu der nächsten.«

»Hier ist die Liste derer, die verschont werden sollen, da sie uns freundlich gesonnen sind, oder zumindest neutral; und dies ist die Liste jener Städte, die sich ganz bestimmt erheben werden, sobald der Bote mit der Nachricht vom Tode Kleopatras ihre Tore erreicht.«

»Gut. Und jetzt ...« – ich machte eine Pause – »jetzt zu der Art von Kleopatras Tod. Wie habt ihr darüber entschieden? Muß es denn durch meine Hand geschehen?«

»Ja, mein Gebieter«, antwortete sie, und wieder bemerkte ich jenen Unterton von Bitterkeit in ihrer Stimme. »Zweifellos wird der Pharao frohlocken, daß seine Hand es ist, die das Land von dieser falschen Königin und buhlerischen Frau befreien soll, und er so mit einem einzigen Schlage die Ketten zerbricht, die um den Hals Ägyptens geschmiedet sind.«

»Sprich nicht so, Mädchen!« sagte ich. »Du weißt sehr wohl, daß ich nicht frohlocke, sondern allein durch bittere Notwendigkeit und durch den Zwang meines Eides zu dieser Tat getrieben werde. Könnte sie nicht vergiftet werden? Oder könnte man nicht einen der Eunuchen dazu bringen, sie zu töten? Meine Seele scheut vor diesem blutigen Werk zurück! Ich verwundere mich wahrlich, daß du, wie schwer ihre Verbrechen auch sein mögen, so leichthin von der hinterlistigen Tötung einer sprechen kannst, die dich liebt!«

»Der Pharao ist überempfindlich und vergißt die Größe des Augenblickes und alles, das von seinem Dolchstoß abhängt, der den Faden von Kleopatras Leben durchtrennen wird. Höre, Harmachis! *Du* mußt es tun, *du* allein! Ich würde es selbst tun, wenn mein Arm die Kraft dazu hätte, doch er hat sie nicht. Es kann nicht durch Gift geschehen, denn jeder Tropfen, den sie trinkt, und jeder Bissen, den ihre Lippen berühren, wird nacheinander von drei Vorkostern geprüft, die wir nicht für uns gewinnen können. Und auch die Eunuchen der Wache sind nicht zuverlässig. Zwei von ihnen habe ich zwar auf unsere Seite bringen können, doch an den dritten komme ich nicht heran. Er muß nach ihrem Tode sofort niedergestochen werden; doch wenn so viele Männer sterben müssen, was kommt es da auf einen Eunuchen mehr oder weniger an? So wird es also geschehen: Morgen nacht, drei Stunden vor Mitternacht, sollst du das letzte Orakel für den Stand des Krieges erstellen. Dazu wirst du, wie abgemacht, mit mir allein zu ihr gehen, und, da du das Siegel für die äußeren Räume der königlichen Gemächer besitzt, dort Zugang finden. Denn das Schiff, das neue Befehle zu den Legionen bringen soll, wird Alexandria am kommenden Morgen verlassen. Du wirst mit Kleopatra allein sein, da sie diese Sache so geheim halten will wie das Meer, und ihr die Botschaft der Sterne verlesen. Und wenn sie diese über den Papyrus gebeugt liest, mußt du sie in den Rücken stechen, so daß sie stirbt; und sorge dafür, daß dein Wille und dein Arm dich nicht im Stiche lassen! Nachdem diese Tat vollbracht ist – und das dürfte wahrlich nicht schwer sein –, wirst du das Siegel nehmen und zu dem Eunuchen hinausgehen – denn die anderen beiden werden verschwunden sein. Falls du irgendwelche Schwierigkeiten mit ihm haben solltest – doch du wirst keine Schwierigkeiten haben, da er es nicht wagt, das Privatgemach der Königin zu betreten, und die Laute des Todes nicht so weit hörbar sind – mußt du ihn niederstechen. Dann werde ich mich mit dir treffen, und wir werden hinausgehen zu Paulus. Ich werde dafür sorgen, daß er weder trunken noch besäuselt ist, denn ich weiß, wie ich ihn im Zaume halten kann. Er und jene, die bei ihm sind, werden das Seitentor öffnen, wo Sepa und fünfhundert ausgewählte Männer darauf warten, hereinzustürmen und über die schlafenden Legionäre herzufallen, um sie dem Schwerte zu überantworten. Du siehst, es ist alles sehr einfach, wenn du nur deiner selbst treu bleibst und keine weibische Ängste in dein Herz kriechen läßt. Was ist schon ein Dolchstoß? Er ist nichts, und doch hängen die Geschicke Ägyptens und der Welt davon ab.«

»Still!« sagte ich. »Was war das? – Ich höre ein Geräusch.«

Charmion lief zur Tür, blickte den langen, dunklen Flur entlang und lauschte. Kurz darauf kam sie zurück, einen Finger auf ihre Lippen gelegt. »Es ist die Königin«, flüsterte sie hastig; »die Königin kommt allein die Treppe herauf. Ich habe gehört, wie sie Iras befahl, sie zu verlassen. Ich darf zu dieser Stunde nicht bei dir gefunden werden; es würde eigenartig wirken, und sie könnte Verdacht schöpfen. Was will sie nur hier? Wo kann ich mich verbergen?«

Ich blickte umher. Am anderen Ende der Kammer war ein schwerer Vorhang, der eine kleine Nische verdeckte, die in dem Mauerwerk eingespart worden war, und in der ich meine Rollen und Geräte aufbewahrte.

»Beeile dich – dorthin!« sagte ich, und sie glitt hinter den Vorhang, welcher zurückschwang und sie verbarg. Dann schob ich die Rolle der tödlichen Listen in den Ausschnitt meines Gewandes und beugte mich über eine astrologische Sternkarte. Kurz darauf hörte ich das Rascheln von Frauenkleidern, und dann klopfte es an die Tür.

»Trete ein, wer immer du sein magst«, sagte ich.

Der Schnapper hob sich, und Kleopatra glitt herein; sie war königlich gewandet, das offene Haar fiel wie eine Kaskade über ihre Schultern, und die heilige Schlange des Königtums glitzerte auf ihrer Stirn.

»Wahrlich, Harmachis«, sagte sie mit einem Seufzer, als sie sich auf einen Sessel fallen ließ, »der Pfad zum Himmel ist schwer zu erklimmen! Ah! ich bin erschöpft, denn der Stufen sind viele. Doch ich war entschlossen, mein Astronom, dich in deiner Höhle aufzusuchen.«

»Ich fühle mich hochgeehrt, o Königin«, sagte ich und verneigte mich vor ihr.

»Wirklich? Und doch hat dein Gesicht einen etwas verärgerten Ausdruck – du bist zu jung und zu hübsch für dieses trockene Handwerk, Harmachis. Ich wette, daß du meinen Rosenkranz zwischen deine rostigen Werkzeuge geworfen hast. Könige würden diesen Kranz ihren kostbarsten Diademen gleichsetzen, Harmachis! – und du wirfst ihn fort als etwas, das ohne jede Bedeutung ist. Was für ein Mensch bist du nur? Doch halt, was ist dies? Das Tuch einer Dame, bei Isis! Sag mir, mein Harmachis, wie kommt das hierher? Sind unsere armseligen Tücher auch Instrumente deiner hohen Kunst? Oh, pfui, pfui! – habe ich dich also erwischt? Du bist wahrlich ein Fuchs?«

»Nein, höchst königliche Kleopatra, nein!« sagte ich und wandte mich hastig ab, denn das Tuch, das von Charmions Hals geglitten war, berührte mich peinlich. »Ich weiß wirklich nicht, wie dieser Firlefanz hierhergekommen sein mag. Vielleicht hat eine der Frauen, die diese Kammer säubern, ihn fallengelassen.«

»Ah – soso!« sagte sie trocken, und noch immer lachend wie ein perlender Bach. »Ja, sicher, die Sklavenfrauen, die diese Kammern säubern, besitzen Spielzeuge wie dieses, von der feinsten Seide gewebt und sein zwiefaches Gewicht in Gold wert, und sogar in vielen Farben bestickt. Wahrlich, ich selbst würde mich nicht schämen, es zu tragen! Und es kommt mir sogar ein wenig bekannt vor.« Sie legte es sich um den Hals und strich die Enden mit ihrer weißen Hand glatt. »Aber bestimmt ist es deinen Augen unheilig, daß das Tuch deiner Geliebten an meinem Busen liegt. Nimm es, Harmachis! Nimm es und stecke es zu dir – nahe deinem Herzen!«

Ich nahm das verfluchte Ding und kletterte, ein paar Worte murmelnd, die ich nicht niederschreiben will, auf die hohe Plattform, von der aus ich die Sterne beobachtete, knüllte es zu einem Ball zusammen und warf es in den Wind.

Darüber lachte die schöne Königin erneut.

»Ich stelle mir vor«, rief sie, »was diese Dame wohl sagen

würde, wenn sie sähe, wie ihr Liebespfand so aller Welt zugeworfen wird. Vielleicht, Harmachis, möchtest du es mit meinem Kranze genauso tun? Siehe, die Rosen welken schon; wirf ihn fort!« Und sie bückte sich, hob den Kranz auf und reichte ihn mir zu.

Für einen Augenblick war ich so wütend, daß ich sie am liebsten beim Wort genommen und den Kranz dem Tuche nachgeworfen hätte. Doch überlegte ich es mir besser.

»Nein«, sagte ich mit sanfter Stimme, »er ist das Geschenk einer Königin, und ich werde ihn aufbewahren.« Während ich so sprach, sah ich den Vorhang erzittern. Oft seit jener Nacht haben mich diese simplen Worte gereut.

»Untertänigsten Dank sei dem König der Liebe für diese kleine Gnade«, antwortete sie und sah mich mit seltsamem Blick an. »Doch nun genug dieses Geplänkels! Komm mit mir auf den Balkon hinaus – erkläre mir die Geheimnisse deiner Sterne. Denn ich habe die Sterne immer geliebt, da sie so rein und so hell und so kalt sind, und so weit entfernt von unserem hektischen Mühen. Wie oft habe ich mich danach gesehnt, dort oben zu wohnen, am dunklen Busen der Nacht gewiegt, und ohne des Bewußtsein meines kleinen Ich, wenn ich Stunden um Stunden das Antlitz deines geliebten Himmels anblickte. Wer kann es sagen, Harmachis? – vielleicht sind jene Sterne Teil unseres Seins, die, uns durch die unsichtbare Kette der Natur verbunden, wahrhaftig unsere Geschicke mit sich ziehen, wenn sie auf ihren Bahnen kreisen. Was sagt doch die griechische Fabel von jenem, der zu einem Stern wurde? Vielleicht liegt Wahrheit darin, denn jene winzigen Lichter mögen die Seelen von Menschen sein, zu reiner Helligkeit geworden und zu glücklicher Ruhe an den Himmel gebettet, um die Rastlosigkeit ihrer Mutter Erde zu beleuchten? Oder sind sie Lampen, die hoch oben im Himmelsgewölbe aufgehängt sind, und die Nacht für Nacht von einer Gottheit, deren Schwingen Dunkelheit sind, mit ihrem unsterblichen Feuer berührt werden, so daß sie mit einer auflodernden Flamme antworten? Gib mir von deiner Weisheit und eröffne mir diese

Wunder, mein Diener, denn ich habe nur wenig Wissen. Doch mein Herz ist groß, und ich möchte es füllen, denn ich besitze den Geist dazu, wenn ich nur den Lehrer fände.«

Daraufhin, glücklich, auf einen sichereren Boden treten zu können, und etwas verwundert darüber, daß Kleopatra Raum für so erhabene Gedanken hatte, begann ich zu reden und sagte ihr all die Dinge, die preiszugeben mir das Gesetz gestattet. Ich erklärte ihr, daß der Himmel eine flüssige Masse sei, die sich um die Erde presse und auf den elastischen Säulen der Luft ruhe, und daß sich über uns der himmlische Ozean Nout befände, in welchem die Planeten wie Schiffe schwimmen, wenn sie ihre leuchtenden Bahnen ziehen. Ich erzählte ihr von vielen Dingen, darunter auch, wie durch bestimmte, nie endende Bewegungen der leuchtenden Globen, der Planet Venus, der von uns Donaou genannt wird, wenn er sich als Morgenstern zeigt, und zum Planeten Bonou wird, wenn er als strahlender Abendstern am Himmel erscheint. Und während ich so stand und sprach und zu den Sternen emporblickte, saß sie vor mir, die Hände um ihre Knie verschränkt, und betrachtete mein Gesicht.

»Ah!« sagte sie schließlich, »also ist Venus am Morgen- und am Abendhimmel zu sehen. Nun, eigentlich ist sie überall, obwohl sie die Nacht am meisten liebt. Doch du willst es nicht, daß ich dir gegenüber diese lateinischen Namen gebrauche. Komm, wir wollen in der alten Sprache Khems miteinander reden, die ich gut kenne; ich bin die erste unter allen Lagidae, die sie beherrscht, mußt du wissen. Und jetzt«, fuhr sie in meiner Muttersprache fort – zwar mit einem leichten Akzent, doch der ließ sie nur noch wärmer klingen – »genug von den Sternen, denn, wenn alles gesagt und getan ist, sind sie doch recht wankelmütige Gesellen und mögen selbst zu dieser Stunde für dich oder für mich ein Unheil ausbrüten, oder auch für uns beide zusammen. Nicht, daß es mir zu viel würde, dich über sie sprechen zu hören, denn dann verliert dein Gesicht seine finstere Wolke des Denkens, die es verdunkelt, und es wird hell und

menschlich. Harmachis, du bist zu jung für ein so ernstes Gewerbe; ich denke, daß ich dir ein besseres finden sollte. Die Jugend kommt nur einmal, warum mußt du sie mit diesen ernsten Gedanken verschwenden? Zum Denken ist noch genügend Zeit, wenn wir nicht mehr handeln können. Sag mir, wie alt bist du, Harmachis?«

»Ich habe zwanzig-und-sechs Jahre gesehen, o Königin«, antwortete ich ihr, »denn ich wurde im ersten Mond Shomons geboren, im Sommer, und am dritten Tage dieses Mondes.«

»Dann sind wir ja gleich alt, sogar auf den Tag!« rief sie, »denn auch ich bin zwanzig-und-sechs Jahre alt, und auch ich wurde am dritten Tage des ersten Mondes des Shomon geboren. Nun, eines dürfen wir wohl sagen: Jene, die uns zeugten, brauchen sich wahrlich nicht zu schämen. Denn wenn ich die schönste Frau Ägyptens bin, so glaube ich, Harmachis, daß es in Ägypten keinen Mann gibt, der schöner und stärker ist als du, ja, oder gelehrter. Als am gleichen Tage Geborene sind wir dafür bestimmt, zusammenzustehen, ich als Königin, und du, Harmachis, vielleicht als einer der Hauptpfeiler meines Thrones, um so zu gegenseitigem Wohl wirken zu können.«

»Oder zu gegenseitigem Leid«, antwortete ich aufblikkend; denn ihre vertrauensvollen Worte trafen meine Ohren wie Pfeile und brachten mehr Farbe in mein Gesicht, als ich sie dort zu sehen wünschte.

»Nein, sprich nicht von Leid! Setz dich zu mir, Harmachis, und laß uns miteinander reden, nicht als Königin zu Untertan, sondern als Freund zu Freund. Du warst bei dem Bankett zornig auf mich, weil ich mit jenem Kranz meinen Spott mit dir trieb – war dem nicht so? Aber es war nur ein Scherz. Wenn du wüßtest, wie schwer die Pflichten eines Monarchen sind, und wie langweilig seine Stunden, würdest du nicht zornig geworden sein, weil ich meine Trübsal mit einem Scherz erhellte. Oh, sie ermüden mich, diese Fürsten und diese Edlen, und jene steifen, aufgeblasenen Römer. Vor meinem Antlitz schwören sie, meine Sklaven zu sein, und hinter meinem Rücken spotten sie über mich und nennen mich eine Dienerin ihres Triumvirats, oder ihres Imperiums, oder ihrer Republik, je nachdem, wie sich das Rad des Glückes drehen mag, und jeder dreht daran herum! Es gibt nicht einen Mann unter ihnen – es sind alles nur Narren, Parasiten und Marionetten – nicht einen einzigen Mann hat es unter ihnen allen gegeben, seit sie mit ihren feigen Dolchen jenen Caesar töteten, den zu zähmen die ganze Welt nicht imstande war. Und ich muß einen gegen den anderen ausspielen, um – vielleicht! – Ägypten vor ihnen zu bewahren. Und um welchen Lohn? Höre, dies ist mein Lohn: daß alle Menschen schlecht von mir sprechen, und daß – ich weiß es – meine Untertanen mich hassen. Ja, ich glaube, daß sie, obwohl ich eine Frau bin, mich ermorden würden, wenn sie eine Möglichkeit dazu fänden!«

Sie schwieg und bedeckte ihre Augen mit der Hand; und das war gut, denn ihre Worte durchbohrten mich so, daß ich auf meinem Stuhl neben ihr zusammensank.

»Sie denken schlecht von mir, ich weiß es; sie nennen mich eine Metze, obgleich ich niemals den Pfad der Tugend verlassen habe, außer einem Male, als ich den größten Mann der Welt liebte; und bei der Berührung der Liebe flammte meine Leidenschaft wahrlich auf, doch brannte sie mit geheiligter Flamme. Diese lästermäuligen Alexandriner schwören, daß ich Ptolemaios, meinen Bruder, vergiftet habe – den der römische Senat mir, seiner Schwester, wider die Natur als Ehemann aufgezwungen hatte! Doch es stimmt nicht; er wurde krank und starb am Fieber. Und trotzdem sagen sie, daß ich Arsinoë, meine Schwester, töten wolle – welche jedoch mich töten möchte! – und auch das stimmt nicht. Obwohl sie nichts von mir wissen will, liebe ich meine Schwester. Ja, alle denken sie schlecht von mir, ohne daß es einen Grund dafür gäbe; selbst du denkst schlecht von mir, Harmachis.

O Harmachis, bevor du urteilst, bedenke, was für eine Macht der Neid ist! – jene widerliche Krankheit des Geistes, die das gelbsüchtige Auge der Kleingeistigkeit alle Dinge verzerrt sehen läßt – die das Böse selbst auf dem offenen Gesicht des Guten sehen, und Unreinheit in der weißesten Seele einer Jungfrau findet! Denk daran, wie es ist, Harmachis, hoch über die starrende Menge von Schurken gesetzt zu sein, die dich wegen deines Reichtums und deines Geistes hassen; die mit den Zähnen knirschen und aus der Deckung ihrer eigenen Dürftigkeit, der zu entkommen sie keine Flügel haben, die Pfeile ihrer Lügen abschießen; und deren Herzen danach dürstet, deinen Adel auf ihre Ebene des Gründlings und des Narren herabzuzerren!

Sei also nicht voreilig, und denke Übles von den Großen, deren jedes Wort und jede Tat sogleich von Millionen mißgünstiger Augen nach Fehlern abgesucht wird, und deren geringster Irrtum tausend Kehlen heraustrompeten, bis die Welt von den Echos ihrer Sünden erzittert! Sage du nicht: ›So ist es, so ist es wahrlich‹ – sondern sage lieber: ›Könnte es nicht anders sein? Haben wir richtig gehört? Hat sie dieses oder jenes aus ihrem eigenen Willen getan?‹ Urteile gnädig, Harmachis, so, als ob du an meiner Stelle wärest und du das Urteil erwartest. Denk daran, daß eine Königin *niemals* frei ist. Sie ist in Wirklichkeit nichts anderes als die Spitze und das Werkzeug politischer Kräfte, mit denen die steinernen Bücher der Geschichte gemeißelt werden. O Harmachis! sei du mein Freund – mein Freund und Berater! – mein Freund, dem ich voll vertrauen kann! – denn hier, an diesem übervölkerten Hofe, bin ich mehr allein als jede andere Seele, die in seinen weiten Gängen atmet. *Dir* jedoch vertraue ich; es steht Glaube in deinen ruhigen Augen geschrieben, und ich habe vor, dich sehr hoch zu erheben, Harmachis! Ich kann meine geistige Vereinsamung nicht länger ertragen – ich muß einen finden, mit dem ich mich aussprechen, dem ich sagen kann, was mein Herz bewegt. Ich habe Fehler; ich weiß es; aber ich bin deines Vertrauens nicht ganz unwürdig, denn es befinden sich gute Körner unter dem schlechten Samen. Sage, Harmachis, wirst du Mitleid mit meiner Einsamkeit haben und mein Freund sein, die ich zwar mehr Anbeter, Höflinge, Sklaven und Vasallen habe, als ich zu zählen vermag, doch nicht einen einzigen *Freund?*« Und sie beugte sich mir zu, berührte leicht meinen Arm und blickte mich mit ihren wunderbaren blauen Augen an.

Ich war überwältigt; ich dachte an die kommende Nacht und fühlte mich von Scham und Trauer erschlagen. *Ich*, ihr Freund! – *ich*, der den Mörderdolch an seiner Brust trug! Ich beugte den Kopf, und ein Schluchzen oder Stöhnen, ich weiß nicht, welches von beiden, brach aus der Agonie meines Herzens hervor.

Doch Kleopatra, die glaubte, daß ich von der Verwunderung über ihre Huld so tief bewegt sei, lächelte freundlich und sagte: »Es wird spät; morgen nacht, wenn du die Augurien zu mir bringst, werden wir weitersprechen, mein Freund Harmachis, und dann sollst du mir antworten.« Und sie reichte mir ihre Hand zum Kuß, und ich küßte sie, und im nächsten Moment war sie fort.

Ich jedoch stand in der Kammer und starrte ihr nach wie einer, der schläft.

## 6

*Über die Worte und die Eifersucht Charmions; über das Lachen Harmachis'; über die Vorbereitung der Bluttat; und über die Nachricht der alten Frau Atoua*

Ich stand reglos, tief in Gedanken versunken. Dann nahm ich, ohne mir dessen bewußt zu werden, den Rosenkranz auf und blickte ihn an. Wie lange ich so stand, kann ich nicht sagen, doch als ich den Blick wieder hob, fiel er auf die Gestalt Charmions, die ich in der Tat völlig vergessen hatte. Und obwohl ich diesem Umstand zu jener Stunde wenig Bedeutung beimaß, bemerkte ich vage, daß ihr Gesicht gerötet war, wie vor Zorn, und daß sie mit dem Fuß aufstampfte.

»Oh, du bist es, Charmion«, sagte ich. »Was hast du? Bist du steif geworden von dem langen Stehen in deinem Versteck? Warum bist du nicht hinausgeschlüpft, als Kleopatra mich auf den Balkon führte?«

»Wo ist mein Tuch?« fragte sie und schoß wütende Blicke auf mich ab. »Ich habe mein besticktes Tuch fallengelassen.«

»Dein Tuch? – hast du nicht gesehen? Kleopatra hat mich seinetwegen verspottet, und ich habe es vom Balkon geworfen.«

»Ja, das habe ich gesehen«, antwortete das Mädchen, »nur zu gut habe ich es gesehen. Mein Tuch hast du fortgeworfen, aber jenen Kranz von Rosen – den wirfst du nicht fort! Er war ›das Geschenk einer Königin‹, und deshalb hat der königliche Harmachis, der Priester der Isis, der Auserwählte der Götter, der gekrönte Pharao, der dem Wohle Khems verschworen ist, ihn verehrungsvoll aufbewahrt. Mein Tuch jedoch hat er, verletzt von dem Lachen dieser buhlerischen Königin, weggeworfen!«

»Was meinst du damit?« fragte ich, verwundert über ihren bitteren Tonfall. »Ich kann deine Rätsel nicht lösen.«

»Was ich damit meine?« antwortete sie und warf den Kopf zurück. »Nichts meine ich damit, oder alles; nimm es, wie du es willst! Möchtest du wissen, was ich meine, Harmachis, mein Vetter und mein Gebieter?« fuhr sie mit harter, leiser Stimme fort. »Dann will ich es dir sagen: du stehst in Gefahr, ein großes Verbrechen zu begehen! Diese Kleopatra hat das Netz ihrer betörenden Ränke über dich geworfen, und bist nahe daran, sie zu lieben, Harmachis – sie zu lieben, die du morgen töten mußt! Ja, da stehst du nun und starrst auf den Kranz in deiner Hand – jenen Kranz, den du nicht meinem Tuch nachwerfen konntest – von dem du weißt, daß Kleopatra ihn erst an diesem Abend trug! Der Duft der Haare von Caesars Geliebter – Caesars und anderer – ist noch mit dem Duft seiner Rosen vermischt. Nun, bitte, Harmachis, wie weit hast du es auf jenem Balkon getrieben? Denn in dem Loche, wo ich mich verbarg, konnte ich nichts hören und nichts sehen. Er ist ein hübscher Ort für Liebende, nicht wahr – ja, und es war auch die beste Stunde. Venus ist wahrlich Herrscherin der Sterne in dieser Nacht.«

All dies sagte sie so ruhig, und mit einer so leisen, demütigen Stimme, obwohl ihre Worte nicht bescheiden waren, und dennoch so verbittert, daß jede Silbe mir ins Herz schnitt und mich so erzürnte, daß ich nicht sprechen konnte.

»Du hast es dir wahrlich weise eingerichtet«, fuhr sie, ihren Vorteil erkennend, fort: »heute nacht küssest du die Lippen, die du morgen für immer zum Schweigen bringen willst! Das nenne ich beste Nutzung der Möglichkeit des Augenblicks; ja, eine gute und ehrenvolle Nutzung!«

Nun schließlich brach es aus mir heraus. »Mädchen!« schrie ich, »wie kannst du es wagen, so zu mir zu sprechen? Hast du vergessen, wer und was ich bin, daß du es wagst, deine schlechte Laune an mir auszulassen?«

»Ich vergesse nicht, was zu sein dir ziemlich ist«, sagte sie rasch. »Was du bist, das interessiert mich im Moment nicht. Das weißt du sicher allein – du und Kleopatra.«

»Was willst du damit sagen?« fuhr ich sie an. »Kannst du mir einen Vorwurf daraus machen, daß die Königin ...«

»Die *Königin!* Was haben wir denn hier? Der Pharao hat eine *Königin!*«

»Wenn es der Wille Kleopatras ist, nächtens herzukommen, um mit mir zu sprechen ...«

»Von den Sternen, Harmachis – sicher nur von Sternen und Rosen, und von nichts anderem!«

Ich weiß nicht mehr, was ich darauf erwiderte; denn, so niedergeschlagen ich auch war, brachten mich die scharfe Zunge und die ruhige Art des Mädchens dennoch in Rage. Doch dies weiß ich: ich fuhr sie so hart an, daß sie sich vor mir zusammenduckte, wie sie sich vor meinem Onkel Sepa zusammengeduckt hatte, als er sie beschimpfte, weil sie jene griechische Kleidung trug. Und so wie sie damals geweint hatte, weinte sie auch jetzt, doch viel wilder, und mit lautem Schluchzen.

Schließlich verstummte ich, ein wenig beschämt, doch

immer noch sehr aufgebracht: Denn selbst als sie weinte, hatte sie die Zunge, um zu widersprechen – und die Zunge einer Frau besitzt scharfe Widerhaken.

»So darfst du nicht mit mir reden!« schluchzte sie; »es ist grausam – es ist unmännlich! Doch ich vergesse, daß du nur ein Priester bist, und kein Mann – außer, vielleicht, für Kleopatra!«

»Welches Recht hast du, so etwas zu sagen?« herrschte ich sie an. »Was meinst du damit?«

»Welches Recht ich habe?« fragte sie aufblickend, und ihre dunklen Augen quollen über von Tränen, die über ihr wunderschönes Gesicht rannen wie der Morgentau in das Herz einer Lilie. »Welches Recht ich habe? O Harmachis, bist du denn blind? Weißt du denn nicht, mit welchem Recht ich so zu dir spreche? Dann muß ich es dir sagen. Es ist der Rechtsbrauch Alexandrias! Mit dem obersten und heiligsten Recht der Frau – mit dem Recht der großen Liebe, die ich für dich empfinde, und die du, wie es scheint, nicht zu sehen vermagst – mit diesem Recht meiner Glorie und meiner Schande. – Oh, zürne mir nicht, Harmachis, noch verurteile mich als leichtfertig, weil endlich die Wahrheit aus mir herausgebrochen ist; denn das bin ich nicht. Ich bin das, wozu du mich machst. Ich bin das Wachs in der Hand des Formers, und so, wie du mich formen wirst, so werde ich sein. In mir ist jetzt ein Atem der Glorie, der über die Wasser meiner Seele weht und mich zu Zielen tragen kann, die edler sind als alle, von denen ich damals träumte, wenn du mein Steuermann und mein Führer sein willst. Doch wenn ich dich verliere, dann verliere ich alles, das mich von meinem schlechteren Ich bewahrt – und dann mag mein Lebensschiff scheitern! Du kennst mich nicht, Harmachis! Du kannst nicht ahnen, was für ein mächtiger Geist in diesem zerbrechlichen Körper kämpft. Für dich bin ich nur irgendein Mädchen, schlau, leichtfertig, flach. Doch ich bin mehr! Nenn mir deine höchsten Gedanken und ich werde ihnen gewachsen sein, nenn mir das tiefste Rätsel deiner Seele, und ich werde es lösen. Eines Blutes sind wir, und die Liebe kann unsere kleinen Meinungsverschiedenheiten entwirren und uns zu ungeahnten Höhen emporwachsen lassen. Ein Ziel haben wir, ein Land, das wir lieben, einen Eid, der uns beide bindet. Nimm mich an dein Herz, Harmachis, setz mich neben dich auf den Doppelthron, und ich schwöre dir, daß ich dich höher emporheben werde, als jemals ein Mensch gestiegen ist. Weise mich zurück, und hüte dich, daß ich dich nicht herunterzerre! Und nun, unter Mißachtung aller Formen der Etikette, dazu getrieben durch das, was ich von den Künsten dieser schönen, lebenden Lüge, Kleopatra, sah, die sie aus Langeweile an deiner Torheit praktizierte, habe ich mir endlich alles von der Seele geredet. Nun antworte du!« Und sie faltete die Hände, trat einen Schritt näher und starrte, bleich und zitternd, in mein Gesicht.

Eine Weile stand ich wie versteinert, denn der Zauber ihrer Stimme und die Gewalt ihrer Worte hatten mich, gegen meinen Willen, wie die Klänge einer machtvollen Musik berührt. Wenn ich diese Frau geliebt hätte, würde sie mich zweifellos mit ihrer Flamme entzündet haben; doch ich liebte sie nicht, und ich durfte nicht mit der Leidenschaft spielen. Und so kam ein Gedanke, und mit dem Gedanken jener Lachreiz, der so oft auftritt, wenn die Nerven zum Zerreißen gespannt sind. Mir fiel plötzlich ein, auf welch grobe Art sie mir an diesem Abend den Rosenkranz auf den Kopf gedrückt hatte. Mir fiel das Tuch ein, und wie wütend ich es fortgeworfen hatte. Ich dachte an Charmion in jener engen Nische, von der aus sie das beobachtete, was sie für die Verführungskünste Kleopatras hielt, und an ihre bitteren Worte. Schließlich überlegte ich mir, was mein Onkel Sepa wohl über sie sagen würde, wenn er sie jetzt sehen könnte, und über das seltsame und verworrene Netz, in welchem ich verstrickt war. Und ich lachte laut auf – das Gelächter des Narren, und es war das Einläuten meines Untergangs!

Sie erbleichte noch mehr – wurde so bleich wie der Tod –, und auf ihr Gesicht trat ein Ausdruck, der mein törichtes Lachen erstickte. »Du findest also, Harmachis«, sagte sie mit leiser, erstickter Stimme und schlug die Augen nieder, »du findest also Grund zur Heiterkeit in dem, was ich gesagt habe?«

»Nein«, antwortete ich; »nein, Charmion. Vergib mir, daß ich lachte! Es war ein Lachen der Verzweiflung; denn was soll ich dir sagen? Du hast hohe Worte über alles gesprochen, das du zu sein wünschst; ist es an mir, dir zu sagen, was du bist?«

Sie fuhr zusammen, und ich schwieg.

»Sprich!« sagte sie.

»Du weißt – nicht sehr gut! –, wer ich bin und was meine Aufgabe ist; du weißt – nicht sehr gut! –, daß ich Isis verschworen bin und deshalb, kraft göttlichen Rechtes, nichts mit dir zu schaffen haben darf.«

»Ja«, unterbrach sie mit leiser Stimme, den Blick noch immer zu Boden gerichtet – »ja, und ich weiß, daß du deinen Eid im Geiste gebrochen hast, wenn auch nicht im Fleische – gebrochen wie Wolkenbänder; denn, Harmachis: *Du liebst Kleopatra!*«

»Das ist eine Lüge!« rief ich. »Du liebestolles Mädchen, das mich von meiner Pflicht verführen und mich der öffentlichen Schande preisgeben will! – das, von Leidenschaft oder Ehrgeiz verführt – oder von der Liebe des Bösen – nicht davor zurückschreckt, die Grenzen seines Geschlechts zu durchbrechen und so zu sprechen, wie du gesprochen hast – hüte dich, daß du nicht zu weit gehest! Und wenn du eine Antwort haben willst, hier ist sie, so geradeheraus wie deine Frage es war. Charmion, abgesehen von den Belangen meiner Pflicht und meiner Eide bedeutest du mir *nichts!* – nicht für alle deine zärtlichen Blicke wird mein Herz auch nur einen Schlag rascher pochen! Du bist kaum noch ein Freund für mich – denn, ehrlich gesagt, ich kann dir nicht mehr trauen. Also noch einmal: Hüte dich! Gegen mich magst du tun, was du willst, doch wenn du es wagen solltest, auch nur einen Finger gegen unsere Sache zu erheben, an jenem Tage stirbst du! Und nun: Ist deine Vorstellung zu Ende?«

Und als ich, blind vor Wut, diese Worte sprach, wich sie

weiter zurück, und noch weiter, bis sie schließlich mit dem Rücken gegen die Wand stieß und ihre Augen mit beiden Händen bedeckte. Doch als ich schwieg, ließ sie die Hände sinken und blickte auf, und ihr Gesicht war wie das Gesicht einer Statue, in dem die großen Augen wie glühende Kohlen brannten, und um sie herum war ein purpurner Schatten.

»Nicht ganz zu Ende«, antwortete sie mit leiser Stimme, »die Arena muß nur zuvor mit frischem Sand bestreut werden!« Damit nahm sie Bezug auf den Brauch, bei den Gladiatorenkämpfen die Blutflecken mit Sand zu verdecken. »Doch verschwende deinen Zorn nicht auf etwas so Niederes wie mich. Ich habe meinen Speer geworfen, und ich habe verloren. *Væ victis!* – ah – *væ victis!* Magst du mir nicht den Dolch in deiner Robe leihen, damit ich hier und jetzt meiner Schande ein Ende machen kann? – Nein? – Dann noch ein letztes Wort, königlicher Harmachis: wenn es dir möglich ist, so vergiß meine Torheit; doch zumindest fürchte dich nicht vor mir. Ich bin jetzt, wie immer, deine Dienerin und die Dienerin unserer Sache. Lebe wohl!«

Und sie wankte hinaus, wobei sie sich mit der Hand an der Wand abstützte. Ich jedoch ging in meine Schlafkammer, warf mich auf den Diwan und stöhnte vor Verbitterung. Ach! wir schmieden unsere Pläne und erbauen langsam und mühevoll unsere Häuser der Hoffnung, ohne mit den Gästen zu rechnen, welche die Zeit bringen wird, um darin zu wohnen. Denn wer kann sich gegen das Unvorhergesehene schützen?

Schließlich jedoch schlief ich ein, und meine Träume waren voller Grauen. Als ich erwachte, strömte das Licht des Tages, der die blutige Erfüllung unseres Komplotts sehen sollte, durch das Fenster, und die Vögel sangen fröhlich in den Palmen des Gartens. Ich erwachte, und als ich erwachte, wurde ich von der Vorahnung kommenden Unheils niedergedrückt, denn ich erinnerte mich, daß ich, bevor dieser Tag sich seinem Ende zuneigte, meine Hände in Blut tauchen mußte – ja, in das Blut Kleopatras, die mir vertraute!

Warum konnte ich sie nicht hassen, wie es meine Pflicht gewesen wäre? Es hatte eine Zeit gegeben, da ich diesem Akt der Rache mit so etwas wie einem gerechten Zorn und Eifer entgegengesehen hatte. Und jetzt – und jetzt – wahrlich! ich hätte mein königliches Geburtsrecht dafür hergegeben, dieser Bürde ledig zu sein! Aber ach, ich wußte, daß es für mich keinen Ausweg gab. Ich mußte diesen Kelch leeren, oder ich würde für immer ein Verlorener sein. Ich fühlte die Augen Ägyptens auf mir, und die Augen von Ägyptens Göttern. Ich betete zu meiner Mutter Isis, daß sie mir die Kraft gebe, diese Tat zu tun, und ich betete, wie ich noch nie zuvor gebetet hatte, doch – o Wunder – es kam keine Antwort. Was war geschehen? Was hatte das Band zwischen uns zerschnitten, so daß – zum ersten Male! – die Göttin ihren Sohn und erwählten Diener keiner Antwort würdigte? Konnte es sein, daß ich in meinem Herzen gegen sie gesündigt hatte? Was hatte Charmion gesagt? – Daß ich Kleopatra liebte? War diese Krankheit Liebe? Nein, und tausendmal nein! – sie war nichts weiter als die Rebellion der Natur gegen einen Akt von Verrat und Mord. Die Gottheit hatte lediglich meine Kraft geprüft; oder wandte sie vielleicht ihr heiliges Antlitz von der Bluttat ab?

Ich erhob mich, von Schrecken und Verzweiflung erfüllt, und erledigte meine Aufgaben wie ein Mensch, dem die Seele genommen wurde. Ich ging die Todeslisten durch und memorierte alle Einzelheiten des Plans – ja, im Geiste stellte ich sogar schon den Wortlaut der Proklamation zusammen, mit der ich mich der überraschten Welt als Pharao vorstellen würde.

›Bürger von Alexandria und Einwohner des Landes Ägypten‹, so begann sie, ›Kleopatra, die Mazedonierin, hat, auf Befehl der Götter, die Strafe für ihre Verbrechen erlitten ...‹

All dieses und anderes tat ich, doch tat ich es wie ein Mensch, dem die Seele genommen wurde – wie ein Mensch, der von einer äußeren Kraft bewegt wird, und nicht durch die eigene. In der dritten Stunde des Nachmittags ging ich, wie ausgemacht, zu dem Hause, in dem mein Onkel Sepa wohnte, demselben Haus, zu dem ich vor drei Monaten gebracht worden war, als ich in Alexandria eintraf. Und dort fand ich die Führer der Revolution in dieser Stadt – es waren ihrer sieben – zu einem geheimen Konklave versammelt. Als ich eingetreten war und man die Tür verriegelt hatte, warfen sie sich vor mir nieder und riefen: »Heil dir, Pharao!«, doch ich befahl ihnen, sich zu erheben und sagte, daß ich noch nicht Pharao sei, da das Kücken sich noch im Ei befände.

»Ja, Prinz«, antwortete mein Onkel, »doch sein Schnabel bricht bereits durch die Schale. Nicht vergebens hat Ägypten all diese Jahre darauf gebrütet. Wenn dein Dolchstoß heute nacht nicht sein Ziel verfehlt – und wie könnte er das? –, gibt es nichts mehr, das uns den Weg zum Sieg versperren kann!«

»Der Sieg liegt auf den Knien der Götter«, antwortete ich.

»Nein«, sagte er, »die Götter haben ihn in die Hand eines Sterblichen gegeben – in deine Hand, Harmachis! – und dort ist er sicher. Siehe: hier sind die letzten Listen. Einunddreißigtausend waffenfähige Männer haben geschworen, sich zu erheben, wenn die Botschaft zu ihnen kommt. Innerhalb von fünf Tagen wird jede Zitadelle Ägyptens in unserer Hand sein, und was haben wir dann noch zu fürchten? Von Rom nur sehr wenig, denn dort hat man selbst alle Hände voll zu tun; und außerdem werden wir eine Allianz mit dem Triumvirat abschließen und es, wenn notwendig, bestechen. Denn an Geld gibt es viel in diesem Lande, und wenn noch mehr gebraucht werden sollte, so weißt du, Harmachis, wo es für Notzeiten Khems und außerhalb der Reichweite römischer Waffen aufbewahrt wird. Wer also kann uns dann schaden? Es gibt niemanden. Vielleicht mag es in dieser unruhigen Stadt zum Kampf kommen, oder zu einer Gegenrevolte, um Arsinoë nach Ägypten zurückzubringen und sie auf den Thron zu setzen. Deshalb muß Alexandria in strenge Zucht genommen werden – ja, wir müssen es sogar zerstören, wenn es sich als nötig erweisen sollte. Was nun Arsinoë betrifft, so werden jene, die hinausgehen, um den Tod der Königin zu verkünden, sie heimlich töten.«

»Es verbliebe noch immer der Junge, Caesarion«, gab ich zu bedenken. »Rom könnte Ägypten durch Caesars Sohn beanspruchen, und das Kind Kleopatras ererbt Kleopatras Rechte. Er ist also eine doppelte Gefahr.«

»Fürchte nichts!« beruhigte mich mein Onkel. »Morgen wird Caesarion jene, die ihn zeugten, in Amenti begegnen. Ich habe alle Vorkehrungen dafür getroffen. Die Ptolemäer müssen ausgelöscht werden, so daß nie wieder ein Schößling aus jener von himmlischer Rache gesäten Wurzel entspringe.«

»Gibt es keine andere Möglichkeit?« fragte ich bedrückt. »Mein Herz ist krank von diesem Verhängnis eines roten Regens von Blut. Ich kenne das Kind gut; es besitzt Kleopatras Feuer und Schönheit, und den Verstand des großen Caesar. Es wäre eine Schande, ihn zu ermorden.«

»Sei nicht so weichherzig, Harmachis!« sagte mein Onkel streng. »Was hast du denn? Wenn der Junge tatsächlich so ist, wäre das ein Grund mehr, ihn zu töten. Möchtest du einen jungen Löwen aufziehen, der dich eines Tages von deinem Throne reißt?«

»Also sei es«, sagte ich seufzend. »Zumindest wird ihm dann viel erspart bleiben, und er geht unbefleckt von allem Bösen nach Amenti ein. Nun zu den Plänen!«

Wir saßen lange beisammen und berieten uns, bis ich endlich, angesichts der Dringlichkeit und unseres hohen Zieles, wieder etwas von dem Geiste vergangener Tage in mein Herz zurückströmen spürte. Schließlich war alles geordnet, und auf eine Weise, daß es kaum zu einem Fehlschlag kommen konnte, denn es war festgelegt, daß unser Plan, in dem Falle, daß ich irgendwie daran gehindert sein sollte, Kleopatra in dieser Nacht zu töten, bis zum nächsten Tag in der Schwebe bleiben würde, wenn die Tat zu dem Zeitpunkt erfolgen mußte, zu dem sich eine Gelegenheit dazu ergab. Denn der Tod Kleopatras war das Signal. Nachdem dies erledigt war, erhoben wir uns nochmals und schworen, die Hände auf das geheiligte Symbol gelegt, den Eid, der nicht niedergeschrieben werden darf. Dann küßte mich mein Onkel, mit Tränen der Hoffnung und des Glücks in seinen scharfen, dunklen Augen. Er segnete mich und sagte, daß er mit Freuden sein Leben hergeben würde, ja, hundert Leben, wenn er sie besäße, wenn es ihm nur vergönnt wäre, Ägypten wieder als freie Nation zu sehen, und mich, Harmachis, den Erben seines königlichen, uralten Blutes, auf seinem Throne sitzend. Denn er war ein wahrer Patriot, der nichts für sich verlangte und alles für die Sache hergab. Ich küßte ihn auf die Stirn, und so schieden wir voneinander. Ich sollte ihn im Fleische nie wiedersehen, der längst den Frieden gefunden hat, welcher mir noch verwehrt wird.

Also ging ich hinaus, und da es noch Zeit war, durchstreifte ich rasch ausschreitend die große Stadt, notierte in meinem Geiste die Lage ihrer Tore und der Plätze, an welchen unsere Streitkräfte sich sammeln würden. Schließlich gelangte ich zu dem Hafenkai, an dem ich einst gelandet war, und sah ein Schiff auf das offene Meer hinaussegeln. Ich blickte ihm nach, und in der Schwermut meines Herzens wünschte ich mir, an Bord dieses Schiffes zu sein, von seinen weißen Schwingen einem fernen Ufer zugetragen zu werden, wo ich unbekannt leben und vergessen sterben könnte. Ich sah ein weiteres Schiff, das den Nil herabgekommen war, und von dessen Deck die Passagiere an Land strömten. Für eine Weile stand ich so und beobachtete sie, und fragte mich, ob sie vielleicht von Abouthis kämen, als ich plötzlich eine vertraute Stimme neben mir hörte.

»*La! La!*« sagte die Stimme. »Was für eine Stadt für eine alte Frau, die gekommen ist, um hier ihr Glück zu suchen! Und wie soll ich hier jene finden, denen ich bekannt bin? Genausogut könnte man nach der Binse in der Papyrusrolle suchen!* Hebe dich fort, Schurke! und laß meinen Kräuter-

---

* Papyrus wurde aus dem Mark von Schilfrohren hergestellt. Daher Atouas Sprichwort. – *Herausgeber*

korb in Frieden! oder, bei den Göttern, ich werde dich mit seinem Inhalt kurieren!«

Ich wandte mich verwundert um und fand mich Angesicht zu Angesicht meiner Nährmutter Atoua gegenüber. Sie erkannte mich sofort, denn ich sah sie zusammenzukken, doch im Angesicht der Menschen hielt sie ihre Freude im Zaum.

»Guter Herr«, jammerte sie und hob mir ihr faltiges Gesicht entgegen, während sie mit der Hand gleichzeitig das geheime Zeichen machte. »Nach deinem Kleid mußt du ein Astronom sein, und man hat mich besonders ermahnt, Astronomen aus dem Wege zu gehen, da sie eine Horde von Lügnern und Betrügern seien, die allein ihren eigenen Stern anbeten, und darum spreche ich dich an, nach dem Prinzip des Widerspruchs handelnd, das uns Frauen Gesetz ist. Denn wahrlich, in diesem Alexandria, wo alle Dinge auf dem Kopf stehen, mögen die Astronomen ehrliche Menschen sein, da die anderen offensichtlich Schurken sind.« Und dann, da wir inzwischen außer Hörweite der Menge waren, flüsterte sie: »Königlicher Harmachis, ich komme zu dir mit einer Botschaft deines Vaters, Amenemhat.«

»Ist er wohlauf?« fragte ich.

»Ja, er ist wohlauf, wenngleich das Warten auf die Stunde des Sieges ihn sehr ermüdet.«

»Und seine Botschaft?«

»Sie ist dieses. Er schickt dir Grüße, und mit ihnen eine Warnung, daß eine große Gefahr deiner droht, die er jedoch nicht erkennen kann. Dieses sind seine Worte: ›Sei standhaft und gedeihe!‹«

Ich neigte den Kopf, und die Worte sandten einen neuen Schauer der Furcht in meine Seele.

»Wann ist die Zeit?« fragte sie.

»Heute nacht. Wohin wirst du gehen?«

»Zum Hause des verehrten Sepa, Priester von Annu. Kannst du mich dorthin führen?«

»Nein, dazu ist keine Zeit; außerdem wäre es nicht gut, wenn ich mit dir gesehen würde. Warte!« Ich rief einem

Träger, der den Kai entlangschlenderte, gab ihm ein Geldstück und befahl ihm, die alte Frau zu jenem Hause zu führen.

»Lebe wohl«, flüsterte sie, »lebe wohl bis morgen! Sei standhaft und gedeihe!«

Ich wandte mich um und ging meines Weges, durch die übervölkerten Straßen, wo die Leute mir, dem Astronomen Kleopatras, Platz machten, denn mein Ruf hatte sich in der Stadt verbreitet.

Und während ich durch die Straßen ging, schienen meine Füße im Takt zu schlagen: *Sei standhaft! Sei standhaft!*, bis es mir schließlich war, als ob sogar der Boden mir diese Ermahnung zuriefe.

## 7

*Über die verschleierten Welten Charmions; über den Gang Harmachis' vor das Angesicht Kleopatras; und über die Unterwerfung Harmachis'*

Es war Nacht, ich saß allein in meiner Kammer und wartete des Augenblicks, zu dem, wie vereinbart, Charmion mich zu Kleopatra rufen würde. Ich saß allein, und dort, vor mir, lag der Dolch, der sie durchbohren würde. Er war lang und scharf, und sein Heft war ein Sphinx aus solidem Gold. Ich saß allein und fragte nach der Zukunft, doch es kam keine Antwort. Schließlich blickte ich auf und sah Charmion vor mir stehen – Charmion, nicht mehr fröhlich und strahlend, sondern bleich und mit dunkelgeränderten Augen.

»Königlicher Harmachis«, sagte sie, »Kleopatra ruft dich, damit du ihr die Stimmen der Sterne erklärst.«

Also war die Stunde gekommen!

»Es ist gut, Charmion«, antwortete ich. »Ist alles in Ordnung?«

»Ja, mein Gebieter; alles ist in Ordnung; Paulus, der schon wieder gut mit Wein gefüllt ist, bewacht das Tor, die Eunuchen haben sich zurückgezogen, bis auf einen, die Legionäre schlafen, und Sepa und seine Truppe warten bereits an der Mauer. Nichts ist verabsäumt worden, und kein Lamm vor der Tür des Schlachthauses könnte ahnungsloser sein als es die Königin Kleopatra ist.«

»Es ist gut«, sagte ich wieder; »laß uns gehen!« Ich erhob mich und steckte den Dolch in den Ausschnitt meiner Robe. Dann griff ich nach dem Weinbecher, der auf dem Tische stand, und trank kräftig davon, denn ich hatte an diesem Tag kaum etwas gegessen.

»Auf ein Wort«, sagte Charmion hastig, »denn es ist noch nicht an der Zeit. Gestern nacht ... ah, gestern nacht ...« – ihr Busen wogte heftig – »hatte ich einen Traum, der mich ständig verfolgt, und vielleicht hast auch du ihn geträumt. Es war alles ein Traum, und er ist vergessen; ist es nicht so, mein Gebieter?«

»Ja, ja«, sagte ich; »warum bedrängst du mich zu einer solchen Stunde damit?«

»Das weiß ich nicht; doch heute nacht, Harmachis, geht das Schicksal mit einem großen Geschehnis schwanger, und mag bei ihren schmerzhaften Wehen mich in seiner Hand zerdrücken – mich oder dich, oder uns beide, Harmachis. Und wenn dem so sein sollte ... möchte ich von dir hören, daß es nichts anderes als ein Traum war, und daß du diesen Traum vergessen hast ...«

»Ja, es war alles nur ein Traum«, sagte ich zerstreut; »du und ich und die feste Erde, und diese Nacht des Schreckens, ja, und auch dieser scharfe Dolch – was sind sie schon, außer Träumen, und mit was für einem Gesicht werden die Erwachenden kommen?«

»Du steigst in meiner Achtung, königlicher Harmachis. Wie du es sagtest: wir träumen; und selbst wenn wir träumen, mag das Bild sich ändern. Denn die Phantasien der Träume sind voller Wunder, da sie keine Stabilität besitzen, sondern veränderlich sind, wie die wabernden Ränder der

Sturmwolken, die jetzt diese Form bilden, und dann jene; die jetzt dunkel und schwer sind, und dann in herrlichem Lichte erglühen. Deshalb laß mich dir, bevor wir morgen erwachen, ein Wort sagen. Ist dieser Traum der gestrigen Nacht, in dem ich mich schandbar zu benehmen *schien*, und in dem du über meine Schmach zu lachen *schienst*, eine fixierte Phantasie, oder kann er, vielleicht, sein Antlitz verändern? Denn denke daran, wenn das Erwachen kommt, werden die Launen unseres Schlafes unveränderlicher und ausdauernder sein als die Pyramiden. Dann werden sie in jenen unveränderlichen Regionen der Vergangenheit gesammelt, wo alle Dinge, die großen und die kleinen – ja, selbst die Träume, Harmachis –, jeder in seinem eigenen Abbild, zu Stein gefroren und in das Grabmal unvergänglichen Zeit gesetzt.«

»Höre, Charmion!« sagte ich. »Es reut mich, daß ich dich verletzt habe; doch diese Vision ist unveränderbar. Ich habe gesagt, was in meinem Herzen war, und dabei bleibt es. Du bist meine Base und mein Freund, mehr kann ich dir niemals sein.«

»Es ist gut – es ist gut«, sagte sie; »es soll vergessen sein. Und nun weiter, von Traum – zu Traum.« Und sie lächelte mit einem solchen Lächeln, wie ich es noch nie zuvor an ihr gesehen hatte; es war trauriger und schicksalhafter als jeder Stempel, den das Leid auf ein Gesicht drücken kann.

Denn, obwohl ich es, geblendet durch meine eigene Torheit und die Schwermütigkeit meines Herzens, nicht erkannte, starb mit diesem Lächeln das Glück der Jugend für Charmion, die Ägypterin; entfloh ihr die Hoffnung der Liebe; und zerbrach die heilige Kette der Pflicht. Mit jenem Lächeln verschwor sie sich dem Bösen, verleugnete sie ihr Land und ihre Götter und zertrampelte sie ihren Eid. Ja, jenes Lächeln markiert den Augenblick, an dem der Strom der Geschichte seine Richtung änderte. Denn wenn ich nicht dieses Lächeln auf ihrem Gesicht gesehen hätte, dann hätte Octavian die Welt nie beherrscht, und Ägypten wäre erneut frei und mächtig geworden.

Aber dennoch war es nicht mehr als das Lächeln einer Frau.

»Warum blickst du mich so seltsam an, Mädchen?« fragte ich.

»Weil wir in Träumen lächeln«, antwortete sie. »Und jetzt ist es Zeit. Folge mir! Sei standhaft und gedeihe, königlicher Harmachis!« Sie nahm meine Hand und küßte sie. Dann, nach einem letzten, seltsamen Blick, wandte sie sich um und schritt vor mir her, die Treppe hinab und durch die leeren Hallen.

In dem Raum, der die Alabasterhalle genannt wird, und dessen Dach von schwarzen Marmorsäulen getragen wird, blieben wir stehen, denn ihr anschließend befand sich das Privatgemach Kleopatras, jenes, in dem ich sie schlafend gesehen hatte.

»Warte hier«, sagte Charmion, »während ich Kleopatra dein Kommen verkünde.« Und sie glitt von meiner Seite.

Ich stand lange dort, vielleicht eine halbe Stunde lang, zählte meine Herzschläge und versuchte, wie in einem Traum, meine Kräfte für das zu sammeln, was vor mir lag.

Endlich kam Charmion zurück, den Kopf gesenkt, und mit schleppenden Schritten.

»Kleopatra erwartet dich«, sagte sie; »tritt hinein, es ist keine Wache da.«

»Wo werde ich dich treffen, wenn getan ist, was getan werden muß?« fragte ich gepreßt.

»Du triffst mich hier, und dann gehst du zu Paulus. Sei standhaft und gedeihe. Harmachis, lebe wohl!«

Also ging ich; doch beim Vorhang wandte ich mich plötzlich um, und dort, in der Mitte der von Lampenlicht erhellten Halle bot sich mir ein seltsamer Anblick. Weit entfernt, an einer Stelle, wo das Licht voll auf sie fiel, stand Charmion, den Kopf zurückgelegt und ihre weißen Arme ausgestreckt, wie um mich zu umfassen, und auf ihrem mädchenhaften Gesicht war ein Ausdruck schmerzvoller Leidenschaft geprägt, der so entsetzlich war, daß ich ihn nicht beschreiben

kann. Denn sie glaubte, daß ich, den sie liebte, in meinen Tod ginge, und dieses war ihr letztes Lebewohl für mich.

Doch war mir das nicht bewußt; also war ich nur etwas verwundert, als ich den Vorhang zurückschlug und in Kleopatras Gemach trat. Und dort, auf einem Seidendiwan am anderen Ende des nach Parfum duftenden Raumes, in wunderbares Weiß gekleidet, ruhte Kleopatra. In ihrer Hand hielt sie einen juwelenbesetzten Fächer aus Straußenfedern, mit dem sie sich langsam fächelte, neben ihr lag eine Harfe aus Elfenbein, und auf einem kleinen Tisch standen eine Schale mit Feigen, ein Flakon mit rubinrotem Wein und zwei Gläser. Langsam schritt ich durch das sanfte, matte Licht zu der Stelle, an der das Wunder der Welt in all ihrer strahlenden Schönheit ruhte. Und – wahrlich – niemals hat sie schöner ausgesehen, als in jener schicksalhaften Nacht. Auf ihre bernsteinfarbenen Kissen gebettet, schien sie zu strahlen, wie ein Stern im Dämmern des Morgenlichts. Parfumduft stieg aus ihrem Haar auf, Musik kam von ihren Lippen, und in ihren himmlischen Augen sammelte sich alles Licht, wie in dunklen Opalen.

Und dies war die Frau, die ich jetzt töten mußte!

Langsam näherte ich mich ihr und verneigte mich beim Gehen; doch sie beachtete mich nicht. Sie lag dort, und der juwelenbesetzte Fächer wedelte hin und her, wie der flatternde Flügel eines auf der Stelle schwebenden Vogels.

Schließlich stand ich vor ihr, und sie blickte auf, die Straußenfedern an ihren Busen gedrückt, wie um seine Schönheit zu verbergen.

»Wie, Freund, du bist gekommen?« sagte sie. »Das ist gut, denn mir wird einsam. Wahrlich, es ist eine langweilige Welt! Wir kennen so viele Gesichter, und es gibt so wenige, die man gerne wiedersehen möchte. Was ist? Steh doch nicht so stumm da, sondern setze dich!« Damit deutete sie mit ihrem Fächer auf einen geschnitzten Stuhl, der bei ihren Füßen stand.

Wieder neigte ich den Kopf und setzte mich.

»Ich habe dem Wunsche der Königin gehorcht«, sagte ich,

»und mit vieler Mühe die Botschaft der Sterne entziffert; und hier ist die Aufzeichnung meiner Arbeit. Wenn die Königin gestattet, werde ich sie erläutern.« Ich erhob mich, um auf die andere Seite des Diwans zu treten, damit ich sie, während sie las, in den Rücken stechen konnte.

»Nein, Harmachis«, sagte sie ruhig, und mit einem sanften, wunderbaren Lächeln. »Bleib dort sitzen und reich mir die Schrift! Bei Serapis! dein Gesicht ist zu schön, als daß ich es aus den Augen verlieren möchte.«

Da mein Plan so vereitelt war, konnte ich nichts anderes tun, als ihr den Papyrus zuzureichen, wobei ich mir überlegte, daß ich, wenn sie ihn las, plötzlich aufspringen und ihr den Dolch ins Herz stoßen könnte. Sie nahm den Papyrus, und dabei berührte sie meine Hand. Dann tat sie, als ob sie läse. Doch las sie nicht ein Wort, denn ich sah, daß der Blick ihrer Augen über den Rand des Papyrus hinweg auf mich gerichtet war.

»Warum steckst du die Hand in dein Gewand?« fragte sie dann, und, wahrlich, ich hatte das Heft des Dolches umfaßt. »Schlägt dein Herz so stürmisch?«

»Ja, o Königin«, sagte ich, »es schlägt sehr stürmisch.«

Sie antwortete nicht, tat jedoch wieder, als ob sie läse und beobachtete mich.

Ich ging mit mir zu Rate. Wie konnte ich die schreckliche Tat vollbringen? Wenn ich mich jetzt auf sie stürzte, würde sie das vorzeitig merken und schreien und um sich schlagen. Nein, ich mußte eine passende Gelegenheit abwarten.

»Die Augurien sind also günstig, Harmachis?« sagte sie schließlich, obwohl sie das geraten haben mußte.

»Ja, o Königin«, antwortete ich.

»Das ist gut«, sagte sie und warf die Schrift auf den Marmorboden. »Dann werden die Schiffe segeln. Ob zum Guten oder zum Schlechten, ich bin es leid, die Chancen abzuwägen.«

»Dies ist eine schwerwiegende Entscheidung, o Königin«, sagte ich. »Mir wäre es lieb, dir erklären zu dürfen, auf welche Umstände ich meine Voraussage gegründet habe.«

»Nein, laß es gut sein, Harmachis; ich bin der Launen der Sterne überdrüssig. Du hast prophezeit; das genügt mir, denn da du ehrlich bist, hast du es auch ehrlich aufgezeichnet. Darum erspar die deine Begründungen und laß uns fröhlich sein. Was wollen wir tun? Ich könnte für dich tanzen – es gibt keine, die besser tanzt – doch das wäre einer Königin unziemlich. Ja, jetzt weiß ich es: Ich werde singen.« Sie beugte sich vor, nahm die Harfe zur Hand und schlug ein paar Akkorde an. Dann erhob sie ihre Stimme in einem wunderbaren, süß klingenden Lied.

Und so sang sie:

*»Nacht auf dem Meere, und Nacht am Himmel,*
*Und mit Musik in unseren Herzen schwebten wir dahin,*
*Gewiegt von den sanften Stimmen des Meeres, du und ich,*
*Mit des Windes Küssen in meinem wolkigen Haar;*
*Und du blicktest mich an und nanntest mich Schönheit –*
*Gewandet in die Sternenrobe der Nacht –*
*Und dann vibrierte dein Gesang in der Luft,*
*Stimme der Wünsche des Herzens und der Liebe Entzücken.*

*Schwebend, mit dem sternbesäten Himmel über uns,*
*Mit sternbesäten Meeren unter uns,*
*Gleiten wir mit all den Sonnen, die kreisen,*
*Mit allen Meeren, die strömen;*
*Denn ob in Banden oder frei, Erde, Himmel und Meer*
*Kreisen durch einen Willen,*
*Und dein Herz treibt es zu mir,*
*Und nur die Zeit steht still.*

*Zwischen den Ufern des Todes treiben wir,*
*Hinter den Dingen, die vergessen sind;*
*Vor sich treibt die Flut uns eilig*
*Zu Ländern, die uns unsichtbar sind.*
*Über uns der Himmel, weit und kalt;*
*Unter uns flutet das seufzende Meer*
*Über die Lieben, die vergangen sind,*
*Doch du, o Geliebter, küsse mich.*

*Oh, herrlich sind die Launen des Ozeans,*
*Und gefährlich seine Tiefe,*
*Und zerbrechlich die Feenbarke,*
*Die über die schlafende See gleitet!*
*Ach, laß Segel und Ruder,*
*Wir treiben, sei es in Banden, oder frei;*
*Am fernen Gestade branden tosend die Brecher,*
*Doch du, o Geliebter, küsse mich.*

*Und als du sangest, kam ich immer näher zu dir,*
*Dann hörte die Stille nur den Schlag unserer Herzen,*
*Denn nun schwiegen Zweifel und Ängste,*
*Nun füllte Leidenschaft meine Seele und führte meine Füße;*
*Dann erhobst du dich schweigend, um deine Liebste zu umfangen,*
*Die an deine Brust sank und nichts mehr kannte, außer dich,*
*Und in jener glücklichen Nacht küßte ich dich, Geliebter;*
*Oh, Geliebter! zwischen dem Sternenlicht und der See.«*

Die letzten Töne der Melodie schwebten durch den Raum und erstarben; doch in meinem Herzen klangen sie fort und fort. Ich habe in Abouthis Frauenstimmen gehört, die perfekter waren als die Stimme Kleopatras, doch niemals eine, die so erregend, oder so süß, oder so leidenschaftlich klang. Und es war nicht die Stimme allein, die diesen Zauber ausübte, es war die parfumgeschwängerte Luft des Raumes, in dem sich alles befand, das die Sinne betören konnte; es war die Leidenschaft von Gedanken und Worten, und die überwältigende Grazie und Schönheit jener königlichen Frau, die sie sang. Denn während sie sang, schien ich wirklich zu fühlen, daß wir beide allein über einem sternenhellen sommerlichen Meer durch die Nacht schwebten. Und als ihre Finger die Harfe nicht mehr berührten und sie sich aufrichtete und plötzlich ihre Arme nach mir ausstreckte und, den letzten leisen Ton des Liedes noch von den Lippen hauchend, das Wunder ihrer Augen in die meinen versenkte, zog sie mich fast unwiderstehlich an. Doch ich erinnerte mich und beherrschte mich.

»Hast du denn kein Wort des Dankes für mein armseliges Singen, Harmachis?« sagte sie schließlich.

»Ja, o Königin«, sagte ich sehr leise, denn meine Stimme versagte mir, »doch sind deine Lieder nicht gut für die Ohren der Söhne des Menschen. Ehrlich gesagt, sie überwältigen mich!«

»Nein, Harmachis, für dich besteht kein Grund zur Furcht«, sagte sie mit einem leisen Lachen, »da ich erkenne, wie weit deine Gedanken von weiblicher Schönheit und der üblichen Schwäche deines Geschlechtes entfernt sind. Mit kaltem Eisen darf man getrost spielen.«

Ich dachte daran, daß auch das kälteste Eisen zu weißester Glut gebracht werden konnte, wenn nur das Feuer heiß genug brannte. Doch ich sagte nichts, und obwohl meine Hand zitterte, umfaßte ich wieder das Heft des Dolches, und mit der wilden Furcht vor meiner eigenen Schwäche begann ich nach einer Möglichkeit zu suchen, sie zu töten, solange ich noch Herr meiner selbst war.

»Komm zu mir, Harmachis«, sagte sie mit ihrer sanftesten Stimme. »Komm, setze dich zu mir, wir wollen miteinander reden, denn ich habe dir so viel zu sagen.« Und sie glitt ein Stück zur Seite, um mir auf dem seidenen Diwan Platz zu machen.

Und ich, der ich glaubte, so rascher zustechen zu können, erhob mich und setzte mich in einigem Abstand zu ihr auf den Diwan, während sie sich zurücklehnte und mich mit halb gesenkten Lidern anblickte.

Jetzt hatte ich meine Möglichkeit, denn ihr Hals und ihre Brust waren entblößt, und mit all meiner Willenskraft hob ich wieder die Hand und umfaßte das Heft des Dolches. Doch mit einer blitzschnellen Bewegung ergriff sie meine Hand mit der ihren und hielt sie mit sanftem Druck fest.

»Warum blickest du so wild, Harmachis?« fragte sie. »Bist du krank?«

»Ja, ich bin wahrlich krank«, sagte ich keuchend.

»Dann lehn dich auf das Kissen und ruh dich aus«, antwortete sie, und hielt dabei meine Hand, aus der alle Kraft geschwunden war, noch immer in der ihren. »Der Anfall wird vorübergehen. Zu lange hast du mit den Sternen gearbeitet. Wie gelinde die Nachtluft ist, die schwer mit dem Duft von Lilien durchs Fenster hereinweht. Lausche dem Wispern der Wellen, die an die Felsen schlagen, das, obgleich leise, doch stark genug ist, daß es das rasche, kühle Rauschen des Springbrunnens übertönt. Hörst du die Nachtigall? Wie süß singt sie aus liebesvollem Herzen ihrem Geliebten die Botschaft zu! Wahrlich, es ist eine wunderbare Nacht, und herrlich ist die Musik der Natur, gesungen von hundert Stimmen, von Wind und Bäumen und Vögeln und von den gekräuselten Lippen des Ozeans, und doch in voller Harmonie. Höre, Harmachis! Ich habe etwas erraten, das dich betrifft. Auch du bist von königlicher Rasse; kein gewöhnliches Blut fließt in deinen Adern. Ein solcher Trieb kann nur aus fürstlichen Wurzeln erwachsen. Was blickest du auf das Blattsymbol an meiner Brust? Es wurde mir dort zu Ehren des großen Osiris eingestochen, den ich gleich dir anbete. Sieh!«

»Laß mich gehen«, stöhnte ich und versuchte, mich zu erheben; doch all meine Kraft war dahin.

»Nein, noch nicht. Willst du mich etwa verlassen? Du *darfst* mich noch nicht verlassen. Harmachis, hast du denn noch nie geliebt?«

»Nein, o Königin. Was habe ich mit der Liebe zu tun? Laß mich gehen! – mir wird schwach – ich bin verloren!«

»Noch niemals geliebt – das ist seltsam! Noch nie hast du gespürt, wie ein Frauenherz im gleichen Takt mit dem deinen schlägt – noch nie hast du die Augen deiner Angebeteten mit den Tränen der Leidenschaft überquellen sehen, wenn sie dir an deiner Brust ihre Liebe schwört? – Noch nie hast du geliebt? – Noch nie hast du dich in dem Geheimnis der Seele eines anderen verloren? Noch nie hast du erfahren, wie die Natur unsere nackte Einsamkeit überwinden kann und mit dem goldenen Netz der Liebe aus zwei Wesen eines webt? Ich sage dir: dann hast du noch nicht *gelebt*, Harmachis!«

Und während sie diese Worte murmelte, kam sie mir näher und immer näher, bis sie schließlich, mit einem langen, süßen Seufzer, mir ihre Arme um den Hals schlang, mich mit blauen, unergründlichen Augen anblickte, und ihr rätselhaftes, träges Lächeln ihren schönen Mund umspielte, der wie eine sich öffnende Blüte, Schönheit enthüllte, die in Schönheit verborgen war. Näher und näher kam mir ihre königliche Gestalt, und noch näher – ihr duftender Atem fächelte mein Haar, und dann trafen ihre Lippen die meinen.

Und wehe mir! In jenem Kusse, der tödlicher und stärker war als die Umarmung des Todes, vergaß ich Isis, meine himmlische Hoffnung, vergaß ich Eide, Ehre, Land, Freunde, alles – alles mit Ausnahme dessen, daß Kleopatra mich in ihren Armen hielt und mich Geliebter und Gebieter nannte.

»Nun trink mit mir«, seufzte sie; »trink mit mir einen Pokal Wein zur Besiegelung deiner Liebe.«

Ich trank, und ich trank einen großen Schluck; dann, zu spät, erkannte ich, daß ein Gift in dem Wein war.

Ich fiel auf den Diwan, und obwohl meine Sinne nicht geschwunden waren, konnte ich doch weder sprechen, noch mich rühren.

Kleopatra jedoch beugte sich über mich und zog den Dolch aus meinem Gewand.

»Ich habe gewonnen!« rief sie und warf ihr langes Haar zurück. »Ich habe gewonnen, und mit Ägypten als Einsatz in diesem Spiel hat dieser Sieg sich gelohnt! Mit diesem Dolche also wolltest du mich töten, o mein königlicher Rivale, dessen Helfershelfer sich jetzt vor den Toren meines Palastes sammeln? Bist du noch wach? Was sollte mich daran hindern, die Klinge in *dein* Herz zu stoßen?«

Ich hörte ihre Worte und deutete matt auf meine Brust, denn ich wollte sterben. Sie richtete sich zu ihrer vollen, königlichen Größe auf, und das lange Messer blitzte in ihrer Hand. Es fuhr herab, bis seine Schneide meine Haut ritzte.

»Nein!« rief sie und warf den Dolch fort, »dazu gefällst du mir zu sehr. Es wäre eine Schande, so einen Mann zu töten!

Ich schenke dir dein Leben. Leb weiter, verlorener Pharao! Leb weiter, du armer, gefallener Prinz, der der Klugheit einer Frau erlegen ist! Leb weiter, Harmachis – als Zierde meines Sieges!«

Dann wurde es dunkel um mich; und in meinen Ohren hörte ich den Gesang der Nachtigall, das Rauschen des Meeres, und die Musik von Kleopatras triumphierendem Lachen. Und als ich immer tiefer versank, folgte der Klang dieses leisen Lachens mir bis ins Land des Schlafs, und es folgt mir noch immer durchs Leben bis in den Tod.

## 8

*Über das Erwachen Harmachis'; über den Anblick des Todes; über das Kommen Kleopatras; und über ihre tröstenden Worte*

Wieder erwachte ich und fand mich in meinem eigenen Gemach. Ich fuhr auf. Gewiß hatte auch ich einen Traum geträumt? Es konnte doch nicht sein, daß ich erwachte und mich als *Verräter* erkannte! Daß die Gelegenheit auf immer vertan war! Daß ich unsere Sache verraten hatte, und daß in der vergangenen Nacht jene tapferen Männer, unter der Führung meines Onkels, vergeblich vor dem äußeren Tore gewartet hatten! Daß ganz Ägypten, von Abu bis Athu, jetzt wartete – vergebens wartete! Nein, was immer sonst sein mochte, *das* konnte nicht sein! Oh, es war ein entsetzlicher Traum gewesen, den ich geträumt hatte! ein zweiter dieser Art würde mich töten. Es wäre besser, zu sterben, als eine zweite solche, aus der Hölle entsandte Vision sehen zu müssen. Aber obwohl es nur die widerliche Phantasie eines überanstrengten Gehirns war, wo war ich jetzt? Wo war ich jetzt? Ich sollte doch in der Alabasterhalle sein und dort auf Charmion warten.

Wo war ich? Und – ihr Götter! – was war dieses furchtbare Ding, dessen Form die Gestalt eines Menschen war? – jenes Ding, das in blutdurchtränktes Weiß gehüllt wie ein grausiges Bündel zu Füßen des Diwans kauerte, auf dem ich zu liegen schien?

Mit einem Schrei stürzte ich mich darauf, so wie ein Löwe springt, und schlug mit meiner ganzen Kraft zu. Der Schlag war schwer, und unter seiner Wucht rollte das Ding auf die Seite. Halb wahnsinnig vor Entsetzen riß ich die weiße Hülle herab, und dort, die Knie bis ans herabhängende Kinn gezogen, lag der nackte Körper eines Mannes: Und dieser Mann war der Römer, Hauptmann Paulus! Dort lag er, mit einem Dolch im Herzen – es war mein Dolch mit dem Heft in der Form eines goldenen Sphinx! – und mit der Klinge war ein Papyrus auf seine breite Brust geheftet, und auf diesem Papyrus stand mit römischer Schrift:

HARMACHIDI ★ SALVERE ★ EGO ★ SUM ★ QUEM ★
SUBDERE ★ NORAS ★ PAULUS ★ ROMANUS ★
DISCE ★ HINC ★ QUID ★ PRODERE ★ PROSIT.*

Entsetzt und mit schwindenden Sinnen taumelte ich vor diesem Anblick eines Toten, der mit dem eigenen Blut besudelt war, zurück. Entsetzt und mit schwindenden Sinnen taumelte ich zurück, bis die Wand mir Halt gab, während draußen die Vögel dem Tag ein fröhliches Willkommen sangen. Also war es kein Traum gewesen, und ich war verloren! Verloren!

Ich dachte an meinen alten Vater, Amenemhat. Ja, das Bild von ihm zuckte in mir auf, wie er aussehen würde, wenn sie kamen, um ihm von der Schande seines Sohnes und der Vernichtung seiner Hoffnungen zu berichten. Ich

---

* Sei gegrüßt, Harmachis! Ich war jener Römer Paulus, den du bestochen hast. Lerne nun, wie gesegnet Verräter sind!

dachte an diesen alten, patriotischen Priester Sepa, meinen Onkel, der die ganze Nacht hindurch auf ein Zeichen gewartet hatte, das niemals kam. Ah, und noch ein Gedanke folgte auf dem Fuße: Wie würde es ihnen ergehen? Ich war nicht der einzige Verräter. Auch ich war verraten worden. Durch wen? Vielleicht durch jenen Paulus? Wenn es Paulus gewesen sein sollte, so wußte der kaum etwas von jenen, die sich mit mir verschworen hatten. Doch die geheimen Listen hatten in meinem Gewand gesteckt. O Osiris! sie waren verschwunden! und das Schicksal Paulus' würde das Schicksal aller Patrioten in Ägypten sein. Bei diesem Gedanken verließen mich meine Sinne. Ich sank auf der Stelle, an der ich stand, zusammen.

Als meine Sinne wiederkehrten, sagten mir die längerwerdenden Schatten, daß es Nachmittag war. Ich taumelte auf die Füße; die Leiche Paulus' lag noch immer dort und hielt ihre entsetzliche Wache. Verzweifelt stürzte ich zur Tür. Sie war verriegelt, und von draußen klangen die Schritte von Wachen. Als ich so stand und lauschte, hörte ich, wie sie jemanden anriefen und ihre Speere kreuzten. Dann wurden die Riegel zurückgeschlagen, die Tür öffnete sich, und herein trat, in königliche Gewänder gekleidet, die siegreiche Kleopatra. Sie kam allein, und die Tür wurde hinter ihr wieder geschlossen. Ich stand wie gelähmt, doch sie schritt weiter auf mich zu, bis sie mir Angesicht zu Angesicht gegenüberstand.

»Sei gegrüßt, Harmachis«, sagte sie mit einem sanften Lächeln. »Also hat mein Bote dich gefunden!« Sie deutete auf den Leichnam Paulus'. »Pah! Er sieht häßlich aus. He! Wachen!«

Die Tür wurde geöffnet, und zwei bewaffnete Gallier traten über die Schwelle.

»Schleift dieses Stück Aas hinaus«, sagte Kleopatra, »und werft es den Geiern vor. Wartet, zieht den Dolch aus der Brust dieses Verräters.« Einer der Männer beugte sich über den Toten, zog das blutbesudelte Messer aus dem Herzen Paulus' und legte es auf den Tisch. Dann packten sie ihn bei

Kopf und Füßen und schleppten ihn hinaus, und ich hörte ihre schweren Schritte, als sie ihn die Treppe hinabtrugen.

»Ich glaube, Harmachis, daß du in einer schlimmen Lage bist«, sagte sie, als das Geräusch der Schritte verklungen war. »Wie seltsam das Rad des Glückes sich doch dreht. Wenn es nicht um jenen Verräter gewesen wäre« – und sie deutete auf die Tür, durch die Paulus' Leiche fortgebracht worden war –, »wäre jetzt ich ein so häßlicher Anblick wie er es ist, und der rote Rost an jener Klinge käme von *meinem* Herzen.«

Also war es Paulus, der mich verraten hatte.

»Ja«, fuhr sie fort, »und als du in der vergangenen Nacht zu mir kamst, *wußte* ich, daß du kamst, um mich zu töten. Als deine Hand immer wieder ins Gewand fuhr, wußte ich, daß du das Heft deines Dolches umklammertest, und daß du all deinen Mut zusammenzunehmen versuchtest, um die Tat zu vollbringen, die du nicht vollbringen wolltest. Oh! es war eine seltsame, verrückte Stunde, und sie war es wert, erlebt zu werden; jeden Moment habe ich mich gefragt, wer von uns beiden wohl Sieger bleiben würde, als wir List gegen List, und Kraft gegen Kraft setzten.

Ja, Harmachis, die Schritte der Wachen poltern vor deiner Tür, aber laß dich nicht täuschen. Wenn ich nicht gewußt hätte, daß ich dich mit Banden an mich gefesselt halte, die stärker sind als Kerkerketten – wenn ich nicht gewußt hätte, daß ich vor jedem Übel aus deinen Händen durch einen Zaun der Ehre geschützt bin, der für dich stärker zu durchbrechen ist, als alle Speere aller meiner Legionen, wärest du jetzt tot, Harmachis. Siehe, hier ist dein Dolch«, und damit reichte sie ihn mir, »nun töte mich, wenn du es vermagst!« Damit trat sie nahe zu mir, riß das Oberteil ihres Gewandes auf und wartete mit entblößter Brust, den Blick ihrer ruhigen Augen auf mich gerichtet.

»Du kannst mich nicht töten«, fuhr sie dann fort, »denn es gibt Dinge, die kein Mann – kein Mann, wie du einer bist – tun kann; und dieses ist eines davon, wohl das wichtigste: eine Frau zu töten, die allein ist. Nein, tu es nicht! Richte nicht den Dolch gegen die eigene Brust, denn wenn du schon mich nicht töten konntest, um wieviel mehr könntest du dann nicht dich selbst töten, o du verschworener Priester Isis'! Bist du denn so darauf versessen, dieser empörten Majestät in Amenti gegenüberzutreten. Mit was für Augen, glaubst du wohl, wird die Himmlische Mutter Ihren Sohn anblicken, der, in allen Dingen in tiefe Schande gestürzt und nach dem Bruch seines heiligsten Eides, vor sie tritt, um sie mit dem eigenen Blute an den Händen zu begrüßen? Wo gäbe es dann Raum zur Buße? – falls man dich überhaupt büßen läßt!«

Jetzt konnte ich es nicht länger ertragen, denn mein Herz war gebrochen. Ach! es war nur zu wahr – ich wagte nicht zu sterben! Ich war in eine solche Lage geraten, daß ich nicht einmal zu sterben wagte! Ich warf mich auf den Diwan und weinte – weinte Tränen aus Blut und Verzweiflung.

Doch Kleopatra trat zu mir, setzte sich auf den Rand des Diwans, legte ihre Arme um meinen Hals und versuchte mich zu trösten.

»Nein, Geliebter«, sagte sie, »weder ist für dich alles verloren, noch bin ich zornig auf dich. Wir haben ein gewaltiges Spiel gespielt, doch, wie ich dich gewarnt hatte, mein Magier, habe ich meinen weiblichen Zauber gegen den deinen gesetzt, und ich habe gesiegt. Doch ich will offen zu dir sein: Sowohl als Königin wie auch als Frau hast du mein Mitleid – ja, noch mehr, ich mag dich nicht ins Elend gestürzt sehen. Es war gut und richtig, daß du versuchtest, jenen Thron zurückzugewinnen, den meine Väter dir genommen haben, und mit ihm die alte Freiheit Ägyptens. Ich selbst, als rechtmäßige Königin, hätte nicht anders gehandelt, nur wäre ich nicht vor der finsteren Tat zurückgeschreckt, der ich verschworen war. Deshalb also hast du mein Mitgefühl, das immer für alles Verständnis hat, das groß und wagemutig ist. Es ist auch verständlich, daß du über die Tiefe deines Sturzes trauerst. Darin also hast du mein Mitgefühl, als Frau – als liebende Frau. Noch ist nicht alles verloren. Dein Plan war töricht – denn ich bin der Meinung, daß Ägypten niemals bestehen kann, denn auch wenn du das Land und die Krone gewonnen hättest – was du nach diesem Plan hättest tun müssen –, gab es noch immer die Römer, mit denen du rechnen mußtest. Doch dies dir zur Hoffnung: Man kennt mich kaum. Es gibt auf der ganzen Welt kein Herz, das mit einer größeren Liebe für das alte Khem schlägt, als mein Herz – nein, nicht einmal das deine, Harmachis. Doch habe ich bis jetzt in Banden gelegen, denn Kriege, Rebellionen, Neid und Komplotte bedrängten mich von allen Seiten, so daß ich meinem Volke nicht so dienen konnte, wie ich es wollte. Du aber, Harmachis, sollst mir zeigen, auf welche Weise ich das tun kann. Du sollst mein Berater und mein Geliebter sein. Ist es etwa ein Geringes, Harmachis, das Herz Kleopatras gewonnen zu haben, jenes Herz, das du – Schande sei mit dir! – zum Schweigen bringen wolltest? Ja, *du* sollst mich und mein Volk vereinigen, und wir werden gemeinsam herrschen, und so das neue Königtum mit dem alten vereinen, und neues Denken mit dem alten. So wirkt ein jedes zum Guten – ja, zum Allerbesten; und so, auf einem anderen und sanfteren Wege sollst du den Thron des Pharao erklimmen.

Siehe, Harmachis: dein Verrat wird so gut es eben geht vertuscht werden. War es denn deine Schuld, daß ein römischer Schurke deine Pläne verraten hat? Daß du daraufhin ergriffen wurdest und dir deine geheimen Papiere weggenommen und entschlüsselt wurden? Kann man es also dir anlasten, wenn das große Komplott scheiterte und seine Planer in alle Richtungen verstreut wurden? Und kann man es dir verdenken, wenn du, nach wie vor deinem Eid treu, dich solcher Mittel bedientest, wie sie die Natur dir gegeben hat, und das Herz der Königin Ägyptens gewannest, auf daß du, durch ihre zärtliche Liebe, dennoch dein Ziel erreichen und die Schwingen deiner Macht über das Nilland breiten kannst? Glaubst du, daß ich ein schlechter Berater bin, Harmachis?«

Ich hob den Kopf, und ein Hoffnungsstrahl kroch in das Dunkel meines Herzens; denn wenn Menschen gestürzt sind, klammern sie sich an Strohhalme. Dann sprach ich zum ersten Male.

»Und jene, die bei mir waren – jene, die mir vertrauten – was ist mit ihnen?«

»Ja«, antwortete sie, »Amenemhat, dein Vater, der alte Priester von Abydus; und Sepa, dein Onkel, dieser feurige Patriot, dessen großes Herz in einer so gewöhnlichen, unscheinbaren Gestalt verborgen ist; und ...«

Ich fürchtete, sie würde auch Charmion nennen, doch tat sie es nicht.

»Und viele andere – oh! ich kenne sie alle!«

»Ja«, sagte ich, »und was wird mit ihnen?«

»Höre, Harmachis!« antwortete sie, erhob sich und legte ihre Hand auf meinen Arm. »Um deinetwillen werde ich mich ihnen gegenüber gnädig zeigen. Ich werde nicht mehr tun, als getan werden muß. Ich schwöre bei meinem Thron und bei allen Göttern Ägyptens, daß ich nicht ein Haar auf dem Haupte deines alten Vaters krümmen werde; und wenn es noch nicht zu spät ist, werde ich auch deinen Onkel Sepa verschonen, ja, und die anderen. Ich will es nicht so machen wie mein Vorvater Epiphanes, der, als die Ägypter sich gegen ihn erhoben, Athinis, Pausiras, Chesuphus und Irobashtus an seinen Streitwagen gebunden um die Stadtmauern schleifte – nicht so, wie Achilles Hektor um Troja herumschleifte, sondern noch lebend. Ich will sie alle begnadigen, alle, außer den Hebräern, falls Hebräer darunter sein sollten, denn die Juden hasse ich.«

»Es sind keine Hebräer darunter«, sagte ich.

»Das ist gut«, antwortete sie, »denn nie werde ich einen Hebräer verschonen. Bin ich also wirklich eine so grausame Frau, wie man es behauptet? Auf deiner Liste, Harmachis, stehen viele, die zum Sterben verurteilt waren, und ich habe lediglich das Leben eines römischen Schurken genommen, eines doppelten Verräters, den er hat sowohl dich als auch mich verraten. Bist du nicht überwältigt, Harmachis, von der Größe der Gnade, die ich dir erweise, weil – das ist die Logik einer Frau – du mir gefällst, Harmachis? Nein, bei Serapis!« setzte sie mit einem kleinen Lachen hinzu. »Ich werde es mir anders überlegen; ich werde dir nicht so viel für nichts geben. Du sollst es von mir kaufen, und der Preis ist sehr hoch – es ist ein Kuß, Harmachis.«

»Nein«, sagte ich und wandte mich von der schönen Versucherin ab, »der Preis ist zu hoch; ich küsse dich nicht.«

»Überleg es dir«, antwortete sie mit einem ärgerlichen Stirnrunzeln. »Überleg es dir und wähle! Ich bin zwar nur eine Frau, Harmachis, doch eine, die es nicht gewöhnt ist, sich Männern anzubiedern. Tu was du willst; doch dies sage ich dir: Wenn du mich zurückweist, werde ich die Gnade zurückziehen, die ich vergeben habe. Deshalb, du tugendhaftester aller Priester, entscheide dich zwischen der schweren Bürde meiner Liebe und dem raschen Tod deines alten Vaters und aller, die an seinem Komplott beteiligt waren!«

Ich blickte sie an und sah, daß sie zornig war, denn ihre Augen funkelten und ihr Busen wogte. Also seufzte ich und küßte sie, womit ich meiner Schmach und meiner Knechtschaft das Siegel aufdrückte. Lächelnd wie die triumphierende Aphrodite der Griechen ging sie hinaus und nahm den Dolch mit sich.

Ich wußte noch nicht, wie sehr ich verraten worden war, weder warum man mir noch immer erlaubte zu atmen, noch warum Kleopatra, die tigerherzige, sich gnädig zeigte. Ich wußte nicht, daß auch die Furcht sie davon abhielt, mich zu töten, damit nicht – so stark war das Komplott, und so schwach ihr Halt an der Doppelkrone – die Empörung darüber sie von ihrem Thron schleudern würde, selbst, wenn ich nicht mehr war. Ich wußte nicht, daß sie allein wegen dieser Furcht und aus politischen Erwägungen jenen Gnade erwies, die ich verraten hatte, oder daß sie sich aus kühler Berechnung und nicht um der geheiligten Sache der Frauenliebe willen – obwohl sie, um ehrlich zu sein, viel für mich empfand – dafür entschied, sich durch die Fasern meines Herzens an sich zu binden. Dennoch will ich dies zu ihren Gunsten feststellen: Selbst als die Wolken der Gefahr sich von ihrem Himmel verzogen hatten, hielt sie ihr Wort, und mit Ausnahme von Paulus und einem anderen erlitt keiner für seinen Anteil an dem großen Komplott gegen Kleopatras Krone und Dynastie die Todesstrafe. Doch litten sie auf viele andere Weise.

Und so ging sie hinaus und ließ eine Vision ihrer Schönheit zurück, damit sie mit der Schande und der Trauer, die in meinem Herzen waren, kämpfe. Oh, bitter waren die Stunden, die ich mir nun nicht mehr mit einem Gebet erleichtern konnte. Denn die Verbindung zwischen mir und der Göttlichen war zerrissen, und Isis kommunizierte nicht mehr mit ihrem Priester. Bitter waren die Stunden, und dunkel, doch selbst durch ihre Finsternis leuchteten die Sternenaugen Kleopatras, drang das Echo ihres geflüsterten Liebesschwurs in mein Herz. Denn noch war der Kelch des Leides nicht gefüllt. Noch barg mein Herz Hoffnung, und fast konnte ich glauben, daß ich wegen eines höheren Zieles versagt hätte und in der Tiefe der Niederlage einen anderen und angenehmeren Pfad zum Siege finden würde.

Denn auf diese Weise betrügen solche, die sündigen, sich selbst, versuchen die Last ihrer Missetaten dem Schicksal aufzubürden, versuchen zu glauben, daß aus ihren Sünden Gutes erwachsen könne und das Gewissen mit dem Gebot der Notwendigkeit zu ermorden. Doch es kann zu nichts führen, denn Hand in Hand eilen Reue und Verderben den Pfad der Sünde hinab, und wehe ihm, dem sie folgen. Ja, und wehe mir, der ich unter allen Sündern der größte bin.

## 9

### *Über die Gefangenschaft Harmachis'; über die Verachtung Charmions; über die Befreiung Harmachis'; und über das Kommen von Quintus Dellius*

Für einen Zeitraum von elf Tagen war ich so Gefangener in meinem eigenen Gemach und sah keinen Menschen, außer die Wachen bei der Tür, die Sklaven, die mir schweigend Nahrung und Getränke brachten, und Kleopatra, die fast ständig bei mir weilte. Doch obwohl ihrer Liebesworte viele waren, sagte sie mir nichts über das, was draußen vor sich ging. Sie kam in vielerlei Stimmungen, mal fröhlich und lachend, mal voller weiser Gedanken und Worte, und dann wieder nur mit solchen der Leidenschaft, und jeder Stimmung verlieh sie irgendeinen neuentdeckten Charme. Sie war voller Ideen darüber, auf welche Weise ich ihr helfen sollte, Ägypten groß zu machen und die auf dem Volke lastende Bürde zu mindern, und den römischen Adler zurückzuscheuchen. Und obwohl ich anfangs mit schwerem Herzen zuhörte, wenn sie so sprach, verstrickte sie mich Stück um Stück immer enger und noch enger in ihr magisches Netz, aus dem es kein Entrinnen gab, und mein Denken nahm den Rhythmus des ihren an. Dann öffnete auch ich mein Herz ein wenig und enthüllte ihr einiges von den Plänen, die ich für Ägypten geschmiedet hatte. Sie schien ihnen mit Interesse zu lauschen, jeden von ihnen abzuwägen, und sie sprach über Mittel und Methoden zu ihrer Verwirklichung, erklärte mir, wie sie den Glauben reinigen und die alten Tempel instandsetzen würde – ja, und den Göttern sogar neue errichten wolle. Und tiefer und immer tiefer kroch sie in mein Herz, bis ich schließlich, nun, da alles andere von mir gegangen war, sie mit all der unverbrauchten Leidenschaft meiner leidenden Seele zu lieben lernte. Mir war nichts mehr geblieben, außer Kleopatras

Liebe, und ich schlang mein Leben um diese Liebe, ließ mich völlig von ihr in Besitz nehmen, wie eine Witwe von ihrem einzigen Kinde. Und so wurde die Verursacherin meiner Schande mein ein und alles, meine Allerliebste, und ich liebte sie mit einer Liebe, die immer stärker und stärker wurde, bis sie die Vergangenheit zu verschlingen und die Gegenwart zu einem Traum zu machen schien. Denn sie hatte mich besiegt, sie hatte mich meiner Ehre beraubt und mich bis zu den Lippen in Schande versenkt, und ich, der so tief Gestürzte, der geblendete Narr, ich küßte den Stock, der mich schlug, und war ihr ergebener Sklave.

Ja, und selbst noch jetzt, in jenen Träumen, die kommen, wenn der Schlaf die geheimen Kammern des Herzens aufschließt, und seine Schrecken freiläßt, um durch die geöffneten Hallen der Gedanken zu streifen, scheine ich ihre königliche Gestalt zu sehen, so wie ich sie damals sah, als sie mir mit ausgestreckten Armen und dem Leuchten in ihren Augen entgegentrat, mit geöffneten Lippen und herabfließenden Locken, auf ihrem Gesicht jenen Ausdruck absoluter Hingabe, zu dem allein sie fähig war. Ja, nach all diesen langen Jahren scheine ich sie noch immer auf mich zutreten zu sehen, so wie sie einst auf mich zutrat, und noch immer erwache ich zu dem Wissen, daß sie nichts anderes war als eine unvorstellbare Lüge!

Und so kam sie auch eines Tages wieder zu mir. Sie sei in Eile einer wichtigen Beratung entflohen, die angesetzt worden war, um über die Feldzüge des Antonius in Syrien zu sprechen, und sie kam so, wie sie diese Beratung verlassen hatte, in ihrer königlichen Robe, das Zepter in der Hand, und auf ihrem Haupt das goldene Uräusdiadem. So also saß sie vor mir und lachte; denn, der Botschafter müde geworden, die sie zu der Beratung empfangen hatte, war sie ihnen mit der Begründung entwichen, daß sie ihrer Gesellschaft leider entsagen müsse, da soeben eine unerwartete Botschaft aus Rom eingetroffen sei; und dieser Spaß wirkte sehr erheiternd auf sie. Plötzlich erhob sie sich, nahm das Diadem von ihrem Haupt und setzte es mir auf, und um meine

Schultern legte sie ihren Königsmantel, und in meine Hand gab sie ihr Zepter, und dann beugte sie das Knie vor mir. Kurz darauf lachte sie wieder, küßte mich auf die Lippen und sagte, ich sei wahrhaftig ihr König. Doch die Erinnerung daran, wie ich in der Tempelhalle von Abouthis gekrönt worden war, und auch die Erinnerung des Rosenkranzes, desse Duft mich noch heute verfolgt, stand ich, bleich vor Zorn, auf, warf die Insignien von mir und herrschte sie an, wie sie es wagen könne, ihren Spott mit mir zu treiben, mit mir, ihrem im Käfig gefangenen Vogel. Und ich nehme an, daß irgend etwas an mir war, das sie erschreckte, denn sie wich zurück.

»Nein, Harmachis«, sagte sie, »sei nicht zornig auf mich! Woher willst du wissen, daß ich meinen Spott mit dir treibe? Woher willst du wissen, daß du nicht tatsächlich und rechtens Pharao sein wirst?«

»Was meinst du damit?« fragte ich. »Willst du mich vor ganz Ägypten ehelichen? Wie denn sonst könnte ich jetzt Pharao werden?«

Sie schlug die Augen nieder. »Vielleicht, Geliebter, trage ich mich mit dem Gedanken, dich zu ehelichen«, sagte sie zärtlich. »Höre!« fuhr sie fort. »Du wirst blaß hier in diesem Gefängnis, und du ißt zu wenig. Widersprich mir nicht! Ich weiß das von den Sklaven. Ich habe dich um deinetwillen hier festgehalten, Harmachis, der du mir so teuer bist; und um deinetwillen, und um deiner Ehre willen mußt du auch weiterhin mein Gefangener zu sein scheinen. Sonst würdest du beschämt und getötet werden – ja, heimlich ermordet. Doch hier darf ich dich nicht mehr treffen, deshalb werde ich dich morgen – doch nur nach außen hin – in jeder Hinsicht befreien, und du sollst wieder bei Hofe als mein Astronom gesehen werden. Und dafür werde ich als Grund angeben, daß du deine Unschuld nachgewiesen habest; und außerdem, daß deine Augurien über den Krieg sich als wahre Augurien erwiesen hätten – wie es ja auch tatsächlich der Fall war, wenngleich für mich kein Grund besteht, dir dafür zu danken, da du deine Prophezeiungen so gehalten hast, wie sie deinem Zweck dienlich waren. Nun lebe wohl, denn ich muß zu jenen langweiligen Botschaftern zurückkehren; und du, Harmachis, werde nicht so plötzlich zornig, denn wer weiß, was zwischen dir und mir noch geschehen mag?«

Und mit einem leichten Nicken ging sie hinaus und hinterließ in mir die Vorstellung, daß sie vorhatte, mich vor dem Volke zu ehelichen. Und, ehrlich gesagt, bin ich bis heute der Überzeugung, daß dies in ihrem Herzen war. Denn auch wenn sie mich nicht liebte, war ich ihr zumindest teuer, und bis dahin war sie meiner nicht müde geworden.

Am folgenden Morgen kam Kleopatra nicht, doch Charmion erschien – Charmion, die ich seit jener schicksalhaften Nacht der Niederlage nicht mehr gesehen hatte. Sie trat ein und stand vor mir, mit bleichem Gesicht und niedergeschlagenem Blick, und ihre ersten Worte waren Worte der Verbitterung.

»Verzeih mir«, sagte sie mit ihrer sanften Stimme, »daß ich anstelle Kleopatras zu dir komme. Doch dein Glück wird dir nicht lange vorenthalten sein, denn bald wirst du sie sehen.«

Ich wich bei ihren Worten einen Schritt zurück, was wohl verständlich ist, und, ihren Vorteil erkennend, nutzte sie ihn sofort aus.

»Ich bin gekommen, Harmachis – nicht mehr königlicher! – um dir zu sagen, daß du frei bist. Du bist frei, deiner eigenen Schande ins Antlitz zu blicken und sie von jedem Auge zurückgeworfen zu sehen, das dir vertraute, so wie Schatten vom Wasser zurückgeworfen werden. Ich bin gekommen, um dir zu sagen, daß das große Komplott – das Komplott, das zwanzig oder mehr Jahre vorbereitet wurde – für immer gescheitert ist. Es ist zwar niemand getötet worden, außer Sepa, vielleicht, den man seitdem nicht mehr gesehen hat, doch sind alle Führer ergriffen und in Ketten gelegt oder außer Landes gejagt worden, so daß ihre Partei zerbrochen und verstreut ist. Das Gewitter hat sich aufgelöst, bevor es niedergegangen ist. Ägypten ist auf immer verloren, denn seine letzte Hoffnung ist dahin! Nie wieder wird es für seine Freiheit kämpfen – denn jetzt muß es seinen Hals auf ewig dem Joche beugen und seinen Rücken der Rute des Unterdrückers darbieten!«

Ich stöhnte laut auf. »Ach, ich bin verraten worden«, sagte ich. »Paulus hat uns verraten.«

»Du bist verraten worden? – Nein, du selbst warst der Verräter! Wie kam es denn, daß du Kleopatra nicht getötet hast, als du mit ihr allein warst? Sprich, du Verschworener!«

»Sie hat mich mit Gift betäubt«, sagte ich.

»Oh, Harmachis!« antwortete das erbarmungslose Mädchen, »wie tief bist du gefallen von dem Prinzen, den ich einst kannte! –, daß du dich nicht schämst, zum Lüger zu werden! Ja, du warst betäubt – betäubt mit einem Liebestrank! Ja, du hast Ägypten und deine Sache um den Preis eines buhlerischen Kusses verkauft! Du Leid und du Schmach!« fuhr sie fort, deutete mit dem Finger auf mich und blickte mir ins Gesicht, »du Elender! – du Ausgestoßener! – und du Verächtlicher! Leugne das, so du es kannst! Ja, weiche vor mir zurück – wissend, was du bist, magst du wohl zurückweichen! Krieche zu Kleopatras Füßen und küsse ihre Sandalen, bis zu der Zeit, da es ihr gefällt, dich in den dir so angemessenen Schmutz zu treten; doch vor allen ehrlichen Menschen *weiche zurück – weiche zurück!*«

Meine Seele erzitterte unter den Peitschenhieben ihrer bitteren Verachtung und ihres Hasses, doch fand ich keine Worte, um ihr zu antworten.

»Wie kommt es«, sagte ich schließlich mit schwerer Stimme, »daß du nicht auch verraten wurdest, sondern hier vor mir stehst, um mich zu verhöhnen, du, die mir einst schwor, daß sie mich liebe? Hast du, da du eine Frau bist, kein Mitleid mit männlichen Schwächen?«

»Mein Name befand sich nicht auf den Listen«, sagte sie und senkte den Blick ihrer dunklen Augen. »Hier hast du eine Gelegenheit: Verrate du auch mich, Harmachis. Ja, es ist, weil ich dich einst liebte – du erinnerst dich tatsächlich noch daran? –, daß ich deinen Sturz noch mehr fühle. Die

Schande eines, den wir liebten, muß auf eine gewisse Weise zu unserer eigenen Schande werden und auf immer an uns haften, weil wir blind ein so niedriges Wesen im innersten Gemache unseres Herzens hielten. Bist du also zu allem anderen auch noch ein Narr? Suchst du, direkt aus den Armen deiner königlichen Buhle kommend, bei mir Trost – ausgerechnet bei mir?«

»Woher kann ich wissen«, sagte ich, »daß es nicht du warst, die in ihrer blinden Eifersucht unsere Pläne verriet? Charmion, vor langer Zeit hat Sepa mich vor dir gewarnt, und, offen gesagt, jetzt, wo ich mich erinnere ...«

»Es sieht einem Verräter ähnlich«, unterbrach sie unter tiefem Erröten, »alle anderen für seinesgleichen zu halten! Nein, ich habe dich nicht verraten; es war jener erbärmliche Schurke Paulus, der im letzten Augenblick den Mut verlor und der seine gerechte Strafe erhalten hat. Und ich werde nicht mehr bleiben, um mir so niedere Gedanken anzuhören. Harmachis – nicht länger königlicher! –, Kleopatra, die Königin Ägyptens, hat mir befohlen, dir zu sagen, daß du frei bist, und daß sie dich in der Alabasterhalle erwartet.«

Und nach einem raschen Blick durch ihre langen Wimpern neigte sie den Kopf und schritt hinaus.

Also ging ich wieder bei Hofe ein und aus, doch nur recht selten, denn mein Herz war voller Scham und Furcht, und in jedem Gesicht fürchtete ich die Verachtung jener zu sehen, die mich als das kannten, was ich war. Doch ich sah sie nirgends, denn alle, die Kenntnis von dem Komplott gehabt hatten, waren geflohen, und Charmion hatte um ihrer selbst willen geschwiegen. Außerdem hatte Kleopatra verbreiten lassen, daß ich unschuldig sei. Doch meine Schuld lastete schwer auf mir, und sie ließ mich abmagern und zerstörte die Schönheit meines Antlitzes. Und wenngleich ich offiziell frei war, wurde ich doch ständig beobachtet, und es war mir verboten, den Palastkomplex zu verlassen.

Und schließlich kam der Tag, der Quintus Dellius mit sich brachte, jenen falschen römischen Botschafter, der immer einem aufsteigenden Stern folgte. Er brachte Kleopatra ein Schreiben von Marcus Antonius, dem Triumvir, welcher jetzt, unmittelbar nach seinem Sieg bei Philippi, in Asien weilte und Gold von den unterworfenen Königen erpreßte, um damit die Gier seiner Legionäre zu befriedigen.

Wie gut ich mich jenes Tages erinnere! Kleopatra saß, in ihre herrschaftlichen Gewänder gekleidet und umgeben von den Angehörigen ihres Hofes, unter denen auch ich stand, in der großen Halle auf ihrem goldenen Thron und gebot den Herolden, den Botschafter Antonius' des Triumvirs, einzulassen. Die breiten Torflügel wurden weit aufgestoßen, und unter dem Schmettern von Trompeten und dem Salutieren der gallischen Garden, trat der Römer herein, in einem goldschimmernden Panzer und einen roten Seidenumhang gekleidet, und gefolgt von seinen Offizieren. Er hatte ein gutgeschnittenes Gesicht und eine schlanke Gestalt, doch sein Mund war kalt, und falsch waren seine unsteten Augen. Und während die Herolde seinen Namen, seine Titel und seine Ämter verkündeten, richtete er seinen Blick auf Kleopatra – die in gelöster Haltung und in strahlender Schönheit auf dem Thron saß – und er stand wie in tiefer Trance. Dann, als die Herolde gesprochen hatten und er noch immer so stand, ohne sich zu rühren, sagte Kleopatra in der lateinischen Sprache:

»Sei gegrüßt, edler Dellius, Botschafter des mächtigen Antonius, dessen Schatten auf der Welt liegt, als ob Mars selbst nun über uns kleinen Fürsten thronte – sei gegrüßt und sei willkommen in unserer armseligen Stadt Alexandria. Enthülle Uns nun, wir bitten dich, den Grund deines Kommens!«

Noch immer antwortete der listige Dellius nicht, sondern stand wie in tiefer Betäubung.

»Was ist dir, edler Dellius, daß du nicht sprichst?« fragte Kleopatra. »Bist du so lange in Asien umhergewandert, daß die Tore der römischen Sprache dir nunmehr verschlossen sind? In welcher Zunge redest du? Nenne sie, und Wir werden sie sprechen – denn alle Sprachen sind Uns bekannt.«

Nun endlich sprach er mit sonorer Stimme: »Oh, verzeih mir, wunderbare Königin Ägyptens, wenn ich mit Stummheit geschlagen vor Euch stehe, doch zu große Schönheit – so wie der Tod – lähmt die Zunge und stiehlt die Sinne fort. Die Augen dessen, der in die Feuer der Mittagssonne blickt, sind blind für alles andere, und so hat der plötzliche Anblick Eurer Schönheit, Königin Ägyptens, meinen Verstand überwältigt und mich allem anderen gegenüber hilflos und unbeeindruckbar gemacht.«

»Wahrlich, edler Dellius«, antwortete Kleopatra, »man hat eine gute Schule für Schmeicheleien drüben in Kilikien.«

»Wie lautet das Sprichwort, das hier in Alexandria im Schwange ist?« antwortete der höfische Römer, »›der Atem der Schmeichelei kann keine Wolke vertreiben‹.* Doch zu meinem Auftrag. Hier, Königin Ägyptens, ist ein Schreiben unter dem Namen und dem Siegel des edlen Antonius, der sich auf bestimmte Angelegenheiten des Staates bezieht. Ist es Euer Wunsch, daß ich ihn offen vorlese?«

»Brich das Siegel und lies!« antwortete sie.

Er verneigte sich, brach das Siegel und las:

»Die *Triumviri Republicae Constituendae* entbieten durch den Mund Marcus Antonius', des Triumvirs, Kleopatra, durch die Gnade des Römischen Volkes Königin von Ober- und Unterägypten, ihre Grüße. Es ist zu Unseren Ohren gekommen, daß Ihr, Kleopatra, unter Bruch Eures Wortes und Verletzung Eurer Pflicht, durch Euren Diener Allienus und Euren Diener Serapion, den Gouverneur von Zypern, dem Mörder-Rebellen Cassius gegen die Waffen des alleredelsten Triumvirates beigestanden habt. Und es ist Uns auch kundgetan worden, daß Ihr zu diesem Behufe eine große Flotte bereitstellen ließet. Wir fordern Euch deshalb auf, ohne jeden Verzug nach Kilikien zu reisen, um dort den edlen Antonius zu treffen und Euch persönlich für die Anklagen zu verantworten, die gegen Euch erhoben werden. Und

---

* Mit anderen Worten: was göttlich ist, liegt jenseits des Bereiches menschlichen Lobes. – *Herausgeber*

Wir warnen Euch, daß eine Nichtbefolgung dieser Aufforderung zu Eurem Schaden wäre. Lebet wohl.«

Die Augen Kleopatras funkelten, als sie diese anmaßenden Worte hörte, und ich sah, wie ihre Hände die goldenen Löwenköpfe der Armlehnen umspannten, auf denen sie ruhten.

»Wir haben die Schmeichelei gehabt«, sagte sie, »und jetzt, damit Wir nicht von Süßigkeit verklebt werden, haben Wir das Gegenmittel erhalten! Höre, Dellius: die Vorwürfe in dem Brief, oder, besser gesagt, dieser schriftlichen Vorladung, sind falsch, und alle Welt kann das bezeugen. Doch es ist nicht jetzt, und es ist nicht dir gegenüber, daß Wir Unsere kriegerischen und politischen Aktionen verteidigen. Noch werden Wir Unser Königreich verlassen, um nach dem fernen Kilikien zu reisen, um dort, wie ein armer Bittsteller vor Gericht, Unseren Fall vor dem Hofe des edlen Antonius darzulegen. Wenn Antonius mit Uns sprechen und über diese Angelegenheiten Fragen stellen möchte, so ist das Meer frei, und sein Willkommen wird königlich sein. Soll er herkommen. Das ist Unsere Antwort an dich und an das Triumvirat, Dellius.«

Dellius lächelte wie einer, der seinen Zorn unterdrückt, und sprach wieder.

»Königin Ägyptens, Ihr kennst den edlen Antonius nicht. Er gebraucht strenge Worte auf dem Papier und legt seine Gedanken immer so nieder, als ob seine Feder ein in das Blut von Menschen getauchter Speer wäre. Doch Angesicht zu Angesicht vor ihm stehend werdet Ihr vor allem anderen, feststellen, daß er der netteste Krieger ist, der je eine Schlacht gewonnen hat. Laßt Euch raten, Königin Ägyptens, und kommt. Schickt mich nicht mit so zornigen Worten fort, denn wenn Ihr Antonius nach Alexandria bringt, dann wehe Alexandria, wehe den Menschen des Nils, und wehe Euch, große Königin Ägyptens! Denn dann wird er bewaffnet und mit dem Atem des Krieges kommen, und es wird Euch schlimm ergehen, die Ihr die geballte Kraft Roms herausfordert. Ich bitte Euch deshalb, kommt nach Kilikien;

kommt mit Gaben des Friedens und nicht in Waffen. Kommt in Eurer Schönheit und in Euren prachtvollsten Roben, dann habt Ihr von dem edlen Antonius nichts zu befürchten.« Er schwieg und blickte sie bedeutsam an, und ich, der ich verstand, was er damit meinte, fühlte die Zornesröte in mein Gesicht steigen.

Und auch Kleopatra verstand es, denn ich sah, wie sie ihr Kinn in die Handfläche stützte und eine Wolke der Nachdenklichkeit sich in ihren Augen sammelte. Eine Weile saß sie so, während der listige Dellius sie abschätzend anblickte. Und Charmion, die mit den anderen Hofdamen hinter dem Thron stand, verstand es ebenfalls, denn ihr Gesicht hellte sich auf, wie eine Sommerwolke sich am Abendhimmel aufhellt, wenn Blitze hinter ihr zucken. Dann wurde es wieder blaß und ruhig.

Schließlich sprach Kleopatra. »Dies ist eine sehr schwerwiegende Angelegenheit«, sagte sie, »und deshalb, edler Dellius, brauchen Wir Zeit um Unsere Entscheidung reifen zu lassen. Verweile du hier und mach es dir so vergnüglich, wie unsere armseligen Umstände es erlauben. Du sollst deine Antwort innerhalb von zehn Tagen erhalten.«

Der Botschafter dachte einen Moment lang nach, dann erklärte er lächelnd: »Es ist gut, o Königin Ägyptens; am zehnten Tage von heute an werde ich kommen, um mir Eure Antwort zu holen, und am elften Tag werde ich fortsegeln, zu Antonius, meinem Herrn.«

Wieder, auf ein Zeichen Kleopatras hin, schmetterten die Trompeten, und unter Verbeugungen zog Dellius sich zurück.

## 10

*Über den Kummer Kleopatras; über ihren Schwur vor Harmachis; und über Harmachis' Bericht an Kleopatra von dem Geheimnis des Schatzes, der unter der Masse von ›Her‹ lag*

In jener selben Nacht rief Kleopatra mich zu ihrem Privatgemach. Ich ging und fand sie voller Sorgen; noch nie zuvor hatte ich sie so tief bewegt gesehen. Sie war allein, und schritt ruhelos wie eine gefangene Löwin auf dem Marmorboden hin und her, während in ihrem Kopf ein Gedanke den anderen jagte, von denen jeder, wie Wolken, die über das Meer treiben, für einen Moment einen Schatten in ihre dunklen Augen warf.

»Also bist du gekommen, Harmachis«, sagte sie, setzte sich für einen Moment und nahm meine Hand. »Berate mich, denn noch nie zuvor habe ich dringender des Rates bedurft. Oh, was für Tage haben die Götter mir zugemessen: Tage, die so voller Unruhe sind wie der Ozean! Von Kindheit an habe ich keine Ruhe gekannt, und es scheint, daß ich sie nie kennen werde. Kaum bin ich nur um Haaresbreite der Spitze deines Dolchs entronnen, Harmachis, und schon bricht dieses neue Ungemach, das wie ein Gewitter hinter dem Rand des Horizontes aufzog, plötzlich über mich herein. Hast du diesen hochnäsigen Popanz gesehen? Wie gerne würde ich ihn in eine Falle locken! Wie sanft er gesprochen hat. Ja, wie eine Katze hat er geschnurrt, und während der ganzen Zeit seine Krallen herausgestreckt. Hast du auch den Inhalt des Schreibens verstanden? Es klingt böse. Ich kenne diesen Antonius. Als ich noch ein Mädchen war, das zur Frau heranreifte, habe ich ihn gesehen; doch hatte ich schon damals einen guten Blick und habe ihn abgeschätzt: zur Hälfte ein Herkules und zur Hälfte ein Narr, mit einem Spritzer Genialität in seiner Torheit. Leicht zu beeinflussen von solchen, die durch die Tore seiner wollüstigen

Sinne eintreten; doch ein eherner Feind, wenn man sich ihm entgegenstellt. Voller Treue zu seinen Freunden, falls er sie wahrhaftig liebt, und oft gegen seine eigenen Interessen. Großzügig? Kaum. Im Unglück ein Mann der Tugend, und wenn es ihm gut geht ein Trunkenbold und ein Sklave von Frauen. Das ist Antonius. Wie soll man so einen Mann behandeln, den Schicksal und Gelegenheit, ohne eigenes Zutun, auf den Kamm einer Glückswoge getragen haben? Eines Tages wird sie ihn unter sich begraben; doch bis zu jenem Tage rast er über die Welt hinweg und lacht über jene, die ertrinken.«

»Antonius ist auch nur ein Mensch«, antwortete ich, »und ein Mensch mit vielen Feinden; und da er ein Mensch ist, kann er gestürzt werden.«

»Ja, er kann gestürzt werden, doch ist er einer von dreien, Harmachis. Jetzt, da Cassius dorthin gegangen ist, wohin alle Narren gehen, hat Rom einen Hydrakopf bekommen. Wenn du einen von ihnen abschlägst, zischt ein anderer dir ins Gesicht. Da ist Lepidus, und da ist dieser junge Octavian, dessen kalte Augen eines Tages mit einem Lächeln des Triumphs auf den gemordeten Leichnam des dummen, wertlosen Lepidus blicken werden; und auf den des Antonius – und auf den Kleopatras. Wenn ich nicht nach Kilikien gehe, wird Antonius – merk dir meine Worte! – einen Frieden mit diesen Parthern zusammenstricken und dann, da er alle die Geschichten, die über mich im Umlauf sind, für wahr hält – und es ist auch Wahrheit in ihnen –, mit seiner ganzen Streitmacht über Ägypten herfallen. Was dann?«

»Was dann? Dann treiben wir ihn bis nach Rom zurück!«

»Ah! Das sagst du so, und vielleicht, Harmachis, wenn ich das Spiel, das wir vor zwölf Tagen spielten, nicht gewonnen hätte, würdest du, nun Pharao, es wohl tun können, denn um deinen Thron würde sich das alte Ägypten scharen. Doch mich liebt Ägypten nicht, und auch nicht mein griechisches Blut; und ich habe dein großes Komplott, in dem die Hälfte des Landes verstrickt war, erst eben zerschlagen. Werden diese Menschen sich nun erheben, um mich zu retten? Wenn Ägypten wirklich zu mir hielte, könnte ich jeder Streitmacht widerstehen, die Rom heranbringen mag? doch Ägypten haßt mich und die Herrschaft der Römer wird ihm nicht schlimmer dünken als die der Griechen. Dennoch könnte ich mich verteidigen, wenn ich das Gold dazu hätte, denn mit Gold könnten Soldaten gekauft werden, um den Schlund des Söldnerkrieges zu füttern. Doch ich habe keins; meine Schatzkammern sind leer, und obwohl es Reichtümer in diesem Lande gibt, bin ich von Schulden geplagt. Diese Kriege haben mich ruiniert, und ich weiß nicht, woher ich nur ein einziges Talent bekommen kann. Doch vielleicht kannst du, Harmachis, der du kraft Erbrecht Priester der Pyramiden bist« – und sie rückte näher und blickte mir in die Augen – »vielleicht, wenn seit langem überkommene Gerüchte nicht lügen, mir sagen, wo ich das Gold finden kann, um dein Land vor dem Verderben zu retten – und deine Geliebte vor den Armen des Antonius. Sag mir, ist es so?«

Ich dachte einen Moment lang nach, dann antwortete ich: »Und wenn so eine Erzählung wahr wäre und ich dir Schätze zeigen könnte, die von den mächtigen Pharaonen der Vorzeit für Notzeiten Khems gehortet wurden, wie kann ich sicher sein, daß du den Reichtum wirklich für diesen guten Zweck verwenden wirst?«

»Gibt es also einen solchen Schatz?« fragte sie neugierig. »Nein, treib nicht dein Spiel mit mir, Harmachis, denn, ehrlich gesagt, allein das Wort Gold ist für mich zu dieser Zeit der Not wie der Anblick von Wasser in der Wüste.«

»Ich glaube«, sagte ich, »daß es einen solchen Schatz gibt, obwohl ich ihn nie mit eigenen Augen gesehen habe. Doch weiß ich dies: Wenn es noch immer an jenem Orte liegt, an dem er verborgen wurde, so nur deshalb, weil ein so schwerer Fluch über den kommen wird, der in Sünde und für eigennützige Zwecke seine Hand daran legt, daß keiner der Pharaonen, denen er gezeigt wurde, es je gewagt hat, ihn anzurühren, so dringend sie seiner auch bedurft haben mochten.«

»Also«, sagte sie, »waren sie entweder Feiglinge, oder

aber ihre Bedürftigkeit war nicht sehr groß. Wirst du mir diesen Schatz zeigen, Harmachis?«

»Vielleicht«, antwortete ich, »werde ich ihn dir zeigen – falls er noch vorhanden sein sollte –, nachdem du mir geschworen hast, daß du ihn dafür verwenden wirst, Ägypten gegen diesen Römer Antonius zu verteidigen, und für die Wohlfahrt des ägyptischen Volkes.«

»Ich schwöre es!« sagte sie ernst. »Oh, ich schwöre bei jedem der Götter Khems, daß ich Antonius eine Abfuhr erteilen und Dellius mit schärferen Worten, als er sie mir brachte, nach Kilikien zurückschicken werde. Ja, ich will noch mehr tun, Harmachis: so bald es sein mag, werde ich dich vor aller Welt zu meinem Gemahl nehmen, und du sollst deine Pläne durchführen und die römischen Adler zurückschlagen.«

So sprach sie und blickte mich dabei mit ehrlichen, ernsten Augen an. Ich glaubte ihr, und zum ersten Mal seit meinem Sturz verspürte ich ein momentanes Glücksgefühl und glaubte, daß für mich doch noch nicht alles verloren wäre, und daß ich, mit Kleopatra, die ich so wahnsinnig liebte, dennoch meinen Thron und meine Macht zurückgewinnen mochte.

»Schwöre es, Kleopatra!« sagte ich.

»Ich schwöre es, Geliebter! – und hiermit besiegele ich meinen Eid!« Und sie küßte mich auf die Stirn. Und ich küßte sie ebenfalls, und wir sprachen darüber, was wir tun würden, wenn wir verehelicht wären, und wie wir die Römer besiegen könnten.

Und so gelang es ihr wieder, mich zu umgarnen, obwohl ich glaube, daß Kleopatra, wenn es nicht um die eifersüchtige Wut Charmions gewesen wäre – die, wie man noch sehen wird, sie zu immer neuen Schandtaten trieb –, mich wirklich geheiratet und mit dem Römer gebrochen hätte. Und, wie das folgende Geschehen zeigte, wäre das sowohl für Ägypten als auch für sie besser gewesen.

Wir saßen bis tief in die Nacht, und ich enthüllte ihr einiges über das uralte Geheimnis des gewaltigen Schatzes, der unter der Masse von *Her* vergraben lag. Dorthin, so wurde ausgemacht, wollten wir am folgenden Morgen aufbrechen und in der zweiten Nacht mit der Suche beginnen. Also wurde in der Früh des nächsten Tages insgeheim ein Schiff bereitgemacht, und Kleopatra bestieg es, verschleiert wie eine ägyptische Dame, die eine Pilgerfahrt zum Tempel des Horemkhu unternehmen will. Und ich bestieg es ebenfalls wie ein Pilger gekleidet, und mit uns kamen zehn ihrer zuverlässigsten Diener, die als Matrosen verkleidet waren. Charmion jedoch kam nicht mit uns. Wir segelten vor einem guten Wind den kanopischen Mündungsarm des Nils hinauf und erreichten, da wir im Mondlicht weiterfuhren, gegen Mitternacht Sais, wo wir für eine Weile ausruhten. Beim Morgengrauen lösten wir unser Boot wieder vom Ufer und segelten den ganzen Tag über weiter den Fluß hinauf, bis wir schließlich, in der dritten Stunde nach Sonnenuntergang, die Lichter jener Festung erblickten, die Babylon genannt wird. Hier, am gegenüberliegenden Ufer, machten wir unser Schiff in einem großen Bestand von Schilfrohr sicher fest.

Dann begaben wir uns zu Fuß und heimlich auf den Weg zu den Pyramiden, die etwa zwei Meilen entfernt sind: Kleopatra, ich und ein zuverlässiger Eunuch, denn die anderen Diener ließen wir beim Schiff zurück. Für Kleopatra fing ich jedoch einen Esel ein, der auf einem bestellten Feld umherwanderte, und warf einen Umhang auf seinen Rükken. Sie saß auf, und ich führte den Esel über Pfade, die ich kannte, und der Eunuch folgte uns zu Fuß. Nach etwas mehr als einer Stunde, nachdem wir den durch das Sumpfgelände führenden Damm erreicht hatten, sahen wir die gewaltigen Pyramiden im Mondlicht emporragen, und ihr Anblick brachte uns zu ehrfürchtigem Schweigen. Wortlos schritten wir durch die Totenstadt, denn rings um uns waren die feierlichen Grabkammern, bis wir schließlich den felsigen Hügel hinaufstiegen und im tiefen Schatten von Khufu Khut standen, dem wunderbaren Throne Khufus.*

* Cheopspyramide

»Wahrlich«, flüsterte Kleopatra, als sie die glänzende Marmorfläche hinaufstarrte, die sich über ihr erhob, und die über und über mit mystischen Zeichen bedeckt war, »wahrlich, in jenen Tagen haben Götter über Khem geherrscht, und nicht Menschen. Dieser Ort ist so erhaben wie der Tod – ja, und auch so mächtig und so weit von den Menschen entfernt. Ist es hier, wo wir hineintreten müssen?«

»Nein«, antwortete ich, »es ist nicht hier. Folge mir weiter!«

Ich führte sie zwischen tausend uralten Gräbern hindurch, bis wir im Schatten des Großen Ur standen und seine rote, zum Himmel emporragende Masse anstarrten.*

»Ist es hier, wo wir hineintreten müssen?« flüsterte sie wieder.

»Nein«, antwortete ich, »es ist nicht hier. Folge mir weiter!«

Wir schritten zwischen vielen weiteren Gräbern entlang, bis wir im Schatten von *Her*** standen, und Kleopatra blickte ehrfürchtig auf die polierte Schönheit dieses machtvollen Bauwerks, das seit Tausenden von Jahren das Licht des Mondes reflektiert hatte, und auf den schwarzen Gürtel aus äthiopischem Stein, der seine Basis umspannte. Denn dieses ist die schönste aller Pyramiden.

»Ist es hier, wo wir hineintreten müssen?« fragte sie.

»Ja, hier ist es«, antwortete ich.

Wir gingen um den Tempel der Anbetung seiner Göttlichen Majestät, Menkau-ra, des Osirianers, und um die Basis der Pyramide herum, bis wir zu deren Nordseite gelangten. Hier, in ihrer Mitte, ist der Name des Pharao Menkau-ra eingemeißelt, welcher die Pyramide als seine Grabkammer erbaute und in ihr seinen Schatz für die Notzeit Khems verbarg.

»Wenn der Schatz noch da sein sollte«, sagte ich zu Kleo-

---

* Chephrenpyramide

** Die ›Obere‹, heute als Dritte oder Mykennos-Pyramide bekannt – *Herausgeber*

patra, »wo er zu den Tagen meines Ur-Urgroßvaters war, der lange vor mir Priester der Pyramiden gewesen ist, so liegt er tief im Schoße dieser Masse, die du vor dir siehst, verborgen, und man kann nicht ohne Mühen, Gefahren und Schrecken zu ihm gelangen. Bist du bereit, einzutreten, Kleopatra? – denn du selbst mußt hineingehen und urteilen.«

»Kannst nicht du mit dem Eunuchen hineingehen, Harmachis, und den Schatz herausbringen?« sagte sie, da ihr nun ein wenig der Mut schwand.

»Nein, Kleopatra«, antwortete ich, »nicht einmal für dich und für das Wohl Ägyptens kann ich das tun, denn von allen Sünden wäre das die größte. Doch ist es mir erlaubt, dies zu tun: Als erblicher Hüter des Geheimnisses darf ich auf Befehl dem herrschenden Monarchen Khems den Ort zeigen, an welchem der Schatz liegt, und auch die Warnung, die dort geschrieben steht. Und wenn der Pharao, nachdem er gesehen und gelesen hat, zu dem Schluß kommt, die Bedürftigkeit Khems sei so groß und so unerträglich, daß er sich dem Fluche des Toten stellen und den Schatz hervorholen muß, so ist es gut, denn auf seinem Haupte ruht das Gewicht der furchtbaren Tat. Drei Monarchen – so sagen die Aufzeichnungen, die ich gelesen habe – haben so gewagt, zu Zeiten der Not hineinzutreten. Es waren dies die Göttliche Königin Hat-schepsut, jenes Wunder, das den Göttern allein bekannt ist; ihr königlicher Bruder Tahutimes Men-Pheper-ra*; und der Göttliche Ramses Mi-amen. Doch von diesen drei Majestäten wagte, nachdem sie es gesehen hatten, nicht eine, den Schatz zu berühren; denn so groß ihr Bedarf auch gewesen sein mochte, war er doch nicht groß genug, um diese Tat zu rechtfertigen. Also, da sie fürchteten, der Fluch würde auf sie fallen, gingen sie enttäuscht von hier.«

Sie überlegte eine kleine Weile, bis schließlich ihr Mut ihre Furcht besiegte.

---

* Thutmosis II.

»Zumindest will ich ihn mit meinen eigenen Augen sehen«, sagte sie.

»Es ist gut«, antwortete ich. Dann schichteten ich und der Eunuch, welcher bei uns war, an einer bestimmten Stelle der Basis der Pyramide Steine aufeinander, bis der Stapel etwas mehr als Mannshöhe erreichte, auf welchen ich dann kletterte und nach dem geheimen Zeichen suchte, das nicht größer als ein Blatt war. Es kostete mich einige Mühe, es zu finden, denn der Regen und der vom Wind gepeitschte Sand hatten selbst den harten äthiopischen Stein zerrieben. Nachdem ich es gefunden hatte, drückte ich auf eine bestimmte Weise mit all meiner Kraft darauf. Selbst nach dem Verlauf so unendlich vieler Jahre schwang der Stein herum und gab eine kleine Öffnung frei, kaum groß genug, um einen Menschen einzulassen. Als der Stein herumschwang, kam eine riesige Fledermaus, schlohweiß, wie von unermeßlichem Alter, und von einer Größe, wie ich sie noch nie zuvor gesehen hatte, denn sie war von den Maßen eines Habichts, herausgeflattert, schwebte einen Moment über dem Haupte Kleopatras, und flog dann kreisend höher und höher empor, bis sie im hellen Licht des Mondes verschwand.

Kleopatra stieß einen Schreckensschrei aus, und der Eunuch, der zugesehen hatte, wurde vor Schrecken ohnmächtig, da er glaubte, es sei der Wächtergeist der Pyramide. Und auch ich bekam Angst, obwohl ich keinen Ton sagte. Und selbst heute noch glaube ich, daß es der Geist Menkau-ras, des Osirianers, war, der die Gestalt einer Fledermaus angenommen hatte und als Warnung aus seinem Heiligen Hause hervorflog.

Ich wartete eine Weile, bis die dumpfe Luft aus der Passage entwichen war. Dann holte ich die Lampen hervor, entzündete sie und stellte sie – es waren deren drei – in die Öffnung. Als das getan war, nahm ich den Eunuchen beiseite und forderte ihm den Schwur ab, bei dem lebenden Geiste Jenes, der bei Abouthis schläft, daß er nichts von den Dingen verraten würde, die er jetzt sähe.

Dieses schwor er, am ganzen Körper zitternd, denn er hatte große Furcht. Und er verriet auch nie etwas davon.

Nachdem dies getan war, kletterte ich in die Öffnung, wobei ich ein Seil mit mir nahm, dessen eines Ende ich um meine Mitte knotete, und winkte dann Kleopatra, mir zu folgen. Sie raffte ihr Gewand und kam, und ich zog sie durch die enge Öffnung, so daß sie schließlich hinter mir in den schmalen Gang stand, der von Granitplatten eingefaßt wird. Ihr folgte der Eunuch, und auch er nahm in dem Gang Aufstellung. Dann konsultierte ich einen Plan, den ich mit mir gebracht hatte, und der in solchen Zeichen, die niemand außer den Eingeführten entziffern konnte, von jenen uralten Schriften kopiert worden war, die durch einundvierzig Generationen meiner Vorgänger auf mich, den Priester dieser Pyramide von *Her* und der Anbetung des Göttlichen Menkau-ra, des Osirianers, übergangen war, und führte die beiden durch die dunkle Passage zu der absoluten Stille der Grabkammer. In dem matten Schein unserer Lampen gingen wir den steil abwärts führenden Tunnel entlang, und unser Atem ging schwer in der Hitze und in der dicken, dumpfen Luft. Kurz darauf ließen wir die Region des Gemauerten hinter uns und gingen durch einen in den lebenden Fels geschlagenen Korridor weiter. Zwanzig Schritte weit verlief er recht steil, dann flachte die Schräge ab, und kurz darauf befanden wir uns in einer Kammer mit einer geweißten Decke, die so niedrig war, daß ich, der ich recht groß bin, kaum darin aufrecht stehen konnte. Sie maß vier Schritte in der Länge und drei Schritte in der Breite, und ihre Wände waren mit hölzernem Schnitzwerk vertäfelt. Hier sank Kleopatra zu Boden, um sich auszuruhen, da sie von der Hitze und von der Dunkelheit ganz benommen war.

»Steh auf!« sagte ich. »Wir dürfen hier nicht verweilen, sonst verlieren wir das Bewußtsein.«

Also erhob sie sich, und wir schritten Hand in Hand durch die Kammer zu einer mächtigen Tür aus Granit, die in breiten Rillen von oben herabgelassen worden war. Wieder konsultierte ich meinen Plan, trat mit dem Fuß auf einen bestimmten Stein und wartete. Dann, plötzlich und langsam – ich kann nicht sagen, auf welche Weise –, hob sich die Masse der Tür aus ihrer Bettung lebenden Felsens. Wir traten hindurch und fanden uns vor einer zweiten Tür aus Granit. Wieder drückte ich mit dem Fuß auf eine bestimmte Stelle, und diese Tür schwang von selbst auf, und wir traten hindurch und fanden uns vor einer dritten Tür, noch mächtiger als jene, die wir passiert hatten. Dem geheimen Plan folgend trat ich an einer bestimmten Stelle mit dem Fuß gegen diese Tür, und sie senkte sich langsam, wie durch Magie herab, bis sie auf gleicher Ebene mit dem Felsboden war. Wir schritten hindurch und gelangten in eine weitere Passage, die allmählich abfiel und uns nach vierzehn Schritten in eine weite Kammer führte, die mit schwarzem Marmor ausgekleidet war und eine Größe von neun Ellen Höhe, neun Ellen Breite und dreißig Ellen Länge hatte. In ihren Marmorboden war ein gewaltiger Sarkophag aus Granit eingelassen, in dessen Deckel der Name und die Titel der Königin Menkau-ras eingemeißelt waren. In dieser Kammer war die Luft frischer, obwohl ich nicht weiß, auf welche Weise sie dorthin gelangte.

»Ist der Schatz hier?« keuchte Kleopatra.

»Nein«, antwortete ich. »Folge mir!« Und ich ging voraus zu dem Einstieg eines Tunnels, der sich im Boden jenes Raumes befand. Er war mit einer Klapptür aus Granit verdeckt gewesen, die jetzt jedoch offen stand. Nachdem wir auf Händen und Knien durch einen engen, etwa zehn Schritte langen Gang gekrochen waren, erreichten wir schließlich einen Schacht, der sieben Ellen tief sein mochte. Nachdem ich ein Ende des Seiles, das ich mit mir gebracht hatte, um meinen Körper geschlungen und das andere an einem in den Fels eingelassenen Ring verknotet hatte, wurde ich, die Lampe in der Hand, hinabgelassen, bis ich in der letzten Ruhestätte des Göttlichen Menkau-ra stand. Dann wurde das Seil hinaufgezogen, und nachdem Kleopatra es um ihre Mitte geschlungen hatte, ließ der Eunuch sie herab, und ich fing sie auf. Dem Eunuchen jedoch befahl ich – sehr gegen seinen Willen, da er sich fürchtete, allein zu bleiben – am Zugang des Schachtes auf unsere Rückkehr zu warten, denn es war ungesetzlich, daß er uns dorthin folgte, wohin wir gingen.

## 11

### *Über das Grab des Göttlichen Menkau-ra; über die Schrift auf der Brust von Menkau-ra; über die Hebung des Schatzes; über den Bewohner des Grabes; und über die Flucht Kleopatras und Harmachis' von der Heiligen Stätte*

Wir standen in einer kleinen, gewölbten Kammer, deren Boden und Wände aus großen Blöcken des Granitsteines von Syene bestanden. Und dort vor uns, aus einem einzigen Basaltblock gehauen, in der Form eines Hauses, und von einem Sphinx mit einem Antlitz aus Gold bewacht – stand der Sarkophag des Göttlichen Menkau-ra.

Wir standen und starrten wie benommen vor ehrfürchtigem Schauder, denn die Last der Stille und die Feierlichkeit jener heiligen Stätte schienen uns zu erdrücken. Über uns erhob sich die gewaltige Masse der Pyramide gen Himmel und wurde von der Nachtluft umfächelt. Doch wir befanden uns tief im Schoße des Felsens unterhalb ihrer Basis. Wir waren allein mit dem Toten, dessen Ruhe wir jetzt stören wollten, und nicht ein Laut von dem Rauschen der Luft, und nicht ein Anblick von Leben war da, um der furchtbaren Einsamkeit ihre Wucht zu nehmen. Ich blickte den Sarkophag an: sein schwerer Deckel war abgehoben worden und lag neben ihm, und um ihn herum hatte sich der Staub von Äonen zu einer dicken Schicht gesammelt.

»Siehe!« flüsterte ich und deutete auf eine Schrift, die mit

Farbe und in den heiligen Symbolen alter Zeiten an die Wand gemalt war.

»Lies vor, Harmachis«, sagte Kleopatra mit genau so leiser Stimme, »denn ich kann es nicht lesen.«

Ich las: »Ich, Ramses Mi-amen, habe zu meiner Zeit und in der Stunde meiner Not diese Grabkammer aufgesucht. Doch so groß meine Not und so mutig mein Herz auch sein mochten, wagte ich doch nicht, den Fluch Menkau-ras auf mich zu laden. Prüfe dich, o du, der nach mir kommen wird, und wenn deine Seele rein und Khem in einer schweren Notlage ist, nimm du dir das, was ich unberührt gelassen habe.«

»Wo ist denn nun der Schatz?« flüsterte sie. »Ist dieses Sphinx-Gesicht aus purem Gold?«

»Dort ist er«, antwortete ich und deutete auf den Sarkophag. »Tritt näher und sieh!«

Und sie nahm meine Hand und trat näher.

Der schwere Deckel war abgehoben worden, doch der bemalte Sarg des Pharao ruhte in der Tiefe des Sarkophags. Wir stiegen auf den Sphinx, dann blies ich den Staub von dem Sarg und las, was auf seinem Deckel geschrieben stand. Und dieses stand dort geschrieben:

*Pharao Menkau-ra, das Kind des Himmels.*
*Pharao Menkau-ra, der Königliche Sohn der Sonne.*
*Pharao Menkau-ra, welcher unter dem Herzen Nouts lag.*
*Nout, deine Mutter, hüllt dich in die Magie ihres heiligen Namens ein.*
*Der Name deiner Mutter, Nout, ist das Geheimnis des Himmels.*
*Nout, deine Mutter, holt dich heim, um einer der Götter zu sein.*
*Nout, deine Mutter, atmet auf deine Feinde und vernichtet sie.*
*O Pharao Menkau-ra, der auf ewig lebt!*

»Wo ist denn nun der Schatz?« fragte sie noch einmal. »Hier befindet sich zwar der Körper des Göttlichen Menkau-ra, doch selbst das Fleisch der Pharaonen ist nicht aus Gold, und wenn das Gesicht des Sphinx aus Gold sein sollte, wie können wir es abnehmen?«

Statt einer Antwort gebot ich ihr, wieder auf den Sphinx zu treten und das obere Ende des Sarges zu ergreifen, während ich dessen Fußende ergriff. Dann, auf mein Zeichen, hoben wir ihn an, und der Deckel des Sarges, der nicht befestigt war, löste sich, und wir legten ihn auf den Boden. Und dort, in dem Sarg, war die Mumie des Pharao, so wie man sie vor dreitausend Jahren hineingelegt hatte. Es war eine große Mumie, und sie wirkte irgendwie plump. Ihr Gesicht war nicht mit einer goldenen Maske bedeckt, wie es zu unseren Tagen der Brauch ist, sondern der Kopf war mit Stoffbinden umwickelt, die vom Alter gelb geworden waren. Sie waren mit Flachsbändern befestigt, unter die man die Stengel von Lotusblüten geschoben hatte. Und auf seiner Brust, umrahmt von einem Kranz vertrockneter Lotusblüten, lag eine große Goldtafel, die eng mit heiligen Inschriften bedeckt war. Ich hob die Tafel auf, hielt sie ins Licht der Lampe und las:

*»Ich, Menkau-ra, der Osirianer, ehemals Pharao des Landes von Khem, der ich zu meiner Zeit gerecht lebte und meine Füße stets auf dem Wege schreiten ließ, welcher ihnen durch das Gebot des Unsichtbaren vorgeschrieben war, der am Anfang war und der am Ende sein wird, spreche aus meinem Grabe zu jenen, welche nach mir für eine Stunde auf meinem Thron sitzen werden. Sehet, ich, Menkau-ra, der Osirianer, der ich in den Tagen meines Lebens durch einen Traum gewarnt wurde, daß eine Zeit kommen werde, da Khem in Gefahr ist, in die Hände von Fremden zu fallen und sein Monarch großes Bedürfnis nach Schätzen hat, mit denen er Heerscharen aufstellen kann, um die Barbaren zurückzuwerfen, habe in meiner Weisheit dies getan: Da es den beschützenden Göttern gefallen hat, mir Reichtümer zu geben, welche die eines jeden Pharao übersteigen, der seit den Tagen Horus' geherrscht hat – Tausende von Rindern und Gänsen, Tausende von Kälbern und Eseln, Tausende von Maßen an Korn, und Hunderte von Maßen*

*an Gold und Juwelen – diesen Reichtum habe ich äußerst sparsam genutzt und alles, was mir verblieben ist, gegen wertvolle Steine eingetauscht, gegen Smaragde, die größten und wertvollsten, die es auf der Welt gibt. Diese Edelsteine nun habe ich nun für den Tag der Not Khems gehortet. Doch da es auf der Welt immer solche gab und immer geben wird, die Sünden begehen, und die aus Habgier diese Reichtümer, die ich zusammengetragen habe, fortnehmen könnten, um sie für ihre eigenen Zwecke zu gebrauchen, höre, du Ungeborener, der zu seiner Zeit über mir stehen und dieses lesen wird, das ich schreiben ließ: Ich habe den Schatz hier verwahrt, ja, zwischen meinen Knochen. Deshalb, o Ungeborener, der du noch im Schoße Nouts schläfst, sage ich dies zu dir: Wenn du wahrlich Reichtümer benötigst, um Khem vor seinen Feinden zu bewahren, fürchte nichts, und zögere nicht, sondern reiße mich, den Osirianer, aus meinem Grab, löse meine Binden und hebe den Schatz aus meiner Brust, und alles wird für dich gut werden; denn nur dies verlange ich von dir: daß du meine Knochen wieder in den Sarg zurücklegst. Wenn jedoch die Not nur vorübergehend und nicht wirklich groß sein sollte, oder wenn Arges in deinem Herzen ist, dann wird der Fluch Menkau-ras auf dich fallen! Auf dich falle der Fluch, der auf jene niederfällt, welche die Toten in ihrer Ruhe stören! Auf dich falle der Fluch, der dem Verräter folgt! Auf dich falle der Fluch, der jenen trifft, der die Majestät der Götter beleidigt! Im Unglück sollst du leben, und in Blut und Elend sollst du sterben, und im Elend sollst du auf immer und ewig gefoltert werden! Denn, Sündiger, dort, in Amenti, werden wir uns Angesicht zu Angesicht gegenüberstehen!*

*Und um dieses Geheimnis zu bewahren, habe ich, Menkau-ra, einen Tempel meiner Anbetung errichtet, den ich an der Ostseite meines Hauses des Todes erbauen ließ. Es soll von Zeit zu Zeit dem Erblichen Hohenpriester dieses, meines Tempels mitgeteilt werden. Und falls irgendein Hohepriester dieses Geheimnis irgendeinem anderen als dem Pharao enthüllen sollte, oder Ihr, welche die Pharaonenkrone trägt und auf dem Throne Khems sitzt, so sei auch dieser verflucht. So habe ich, Menkau-ra, der Osirianer, es geschrieben. Nun zu dir, der du noch im Schoße Nouts schläfst, jedoch eines Tages über mir stehen und dieses lesen wirst. Dir sage ich: Urteile du! Und wenn du sündig urteilst, so falle auf dich der Fluch Menkau-ras, vor dem es kein Entrinnen gibt! Sei gegrüßt und lebe wohl!«*

»Du hast es vernommen, Kleopatra«, sagte ich feierlich, »nun prüfe dein Herz; urteile du, und um deinetwillen urteile gerecht.«

Sie senkte nachdenklich den Kopf.

»Ich fürchte mich, dies zu tun«, sagte sie dann. »Laß uns von hier fortgehen!«

»Es ist gut«, sagte ich mit erleichtertem Herzen und beugte mich nieder, um den hölzernen Deckel aufzuheben. Denn auch ich hatte Furcht.

»Und doch, was sagt die Schrift des Göttlichen Menkaura? Sie spricht von Smaragden, nicht wahr? Und Smaragde sind jetzt so rar und so schwer zu bekommen. Seit jeher habe ich Smaragde geliebt und fand niemals welche, die ganz fehlerfrei sind.«

»Es geht nicht darum, was du liebst, Kleopatra«, sagte ich, »es geht um die Not Khems und um die geheimen Gedanken deines Herzens, welche nur du allein wissen kannst.«

»Ja, sicher, Harmachis, sicher. Und ist die Not Ägyptens nicht groß? Es ist kein Gold in der Schatzkammer, und wie soll ich dem Römer trotzen, wenn ich kein Gold habe? Und habe ich dir nicht geschworen, dich zu heiraten und dem Römer zu trotzen; und schwöre ich es nicht erneut – ja, selbst in dieser feierlichen Stunde, mit meiner Hand auf dem Herzen des toten Pharao? Wahrlich, dieses ist jene Notlage, von der der Göttliche Menkau-ra träumte. Du siehst, daß dem so ist, denn sonst würden Hat-schepsut oder Ramses oder ein anderer Pharao die Juwelen genommen haben. Doch sie haben es nicht getan; sie haben sie für diese Stunde zurückgelassen, da die Zeit noch nicht gekommen war. Jetzt aber ist sie gekommen, denn wenn ich die Juwelen nicht nehme, wird der Römer über Ägypten herfallen, und dann ist kein Pharao mehr da, dem das Geheimnis weitergegeben werden könnte. Nein, laß uns unsere Ängste abschütteln und an die Arbeit gehen. Warum blickst du so furchtsam? Da wir reinen Herzens sind, haben wir nichts zu befürchten, Harmachis.«

»Wie du es willst«, sagte ich wieder; »an dir ist es, zu urteilen, denn wenn du falsch urteilst, so fällt auf dich der Fluch, vor dem es kein Entrinnen gibt.«

»Gut, Harmachis, ergreif du den Pharao beim Kopf, und ich werde ihn bei den ... Oh, was für ein schrecklicher Ort dies ist!« Plötzlich klammerte sie sich an mich. »Ich glaubte eben einen Schatten in dem Dunkel dort drüben zu sehen! Mir war, als ob er sich auf uns zubewegte und dann plötzlich verschwände! Laß uns gehen! Hast du nichts gesehen?«

»Ich habe nichts gesehen, Kleopatra, doch vielleicht war es der Geist des Göttlichen Menkau-ra, denn der Geist ist immer in der Nähe seiner sterblichen Hülle. Laß uns also gehen; ich wäre sehr froh, wenn wir gehen würden.«

Sie wandte sich um, wie um aufzubrechen, doch dann wandte sie sich wieder mir zu und sagte: »Es war nichts – nichts als eine Phantasie des Gehirns, das in einem solchen Hause der Furcht jene schattenhaften Gestalten der Ängstlichkeit hervorbringt, die zu sehen es fürchtet. Nein, ich muß diese Smaragde sehen; ja, und wenn ich dafür stürbe, muß ich sie sehen! Komm – an die Arbeit!« Sie beugte sich nieder und hob eine der vier Alabasterurnen aus dem Sarkophag, deren jede eine eingravierte Darstellung der Köpfe der beschützenden Götter auf ihrem Deckel trug, und die das Heilige Herz und die Eingeweide des Göttlichen Menkau-ra enthielten. Doch es befand sich nichts in diesen Urnen, außer dem, was darin sein sollte.

Nun stiegen wir gemeinsam auf den Sphinx, hoben mit großer Mühe den Leichnam des Göttlichen Pharao heraus und legten ihn auf den Boden. Dann nahm Kleopatra meinen Dolch und durchschnitt mit ihm die Bänder, welche die Binden festhielten, und die verdorrten Lotusblumen, die vor dreitausend Jahren von liebenden Händen unter sie gesteckt worden waren, fielen auf den Boden. Dann suchten und fanden wir das Ende der äußeren Bandage, die im Genick des Toten befestigt war. Dieses schnitten wir los, denn es war festgeklebt. Nachdem das getan war, begannen wir die Binden von dem heiligen Leichnam abzuwickeln. Ich setzte mich, eine Schulter an den Sarkophag gelehnt, auf den Felsboden, nahm den Körper des Toten auf meine Knie, und während ich ihn drehte, wickelte Kleopatra die Binden ab – und es war eine entsetzliche Arbeit. Dann fiel etwas heraus; es war das Zepter des Pharao, aus Gold gearbeitet, und an seiner Spitze saß ein großer, kugelförmiger Smaragd.

Kleopatra ergriff das Zepter und blickte es schweigend an. Dann setzten wir unser grauenvolles Werk fort. Und während die Binden abrollten, fielen weitere Schmuckstücke aus Gold, wie sie Pharaonen als Grabbeigaben in die Gruft mitgegeben werden, heraus: Halsketten und Armreife, Nachbildungen von Sistren, eine mit Juwelen verzierte Axt, und je eine Darstellung des heiligen Osiris und des heiligen Khem. Schließlich waren alle Bandagen abgewickelt, und darunter fanden wir ein Tuch aus grobem Leinen, denn zu jener lange zurückliegenden Zeit waren die Einbalsamierer noch nicht so erfahren und so geschickt, wie sie es heute sind. Und auf diesem Leinen war in einem Oval geschrieben: ›Menkau-ra, Königlicher Sohn der Sonne.‹ Es gelang uns auf keine Weise, dieses Leinen abzulösen, so fest war es mit dem Körper verklebt. Deshalb – benommen von der großen Hitze, erstickend an Mumienstaub und dem Geruch von Gewürzen, und zitternd vor Furcht ob unseres unheiligen Tuns in dieser einsamsten und geheiligten Stätte – legten wir den Leichnam zu Boden und trennten die letzte Hülle mit dem Messer ab. Als erstes legten wir den Kopf des Pharao frei, und das Gesicht, das seit dreitausend Jahren keines Menschen Auge gesehen hatte, war unseren Blicken enthüllt. Es war ein großartiges Gesicht, mit einer stolzen Stirn, noch immer gekrönt von dem königlichen Uräus, unter dem die weißen Haare, durch die Wirkung der Gewürze gelb gefärbt, in langen Strähnen herabfielen. Weder das kalte Siegel des Todes, noch das langsame Vergehen von dreitausend Jahren hatten die Macht gehabt, diesen eingesunkenen Gesichtszügen ihre Würde zu nehmen. Wir starrten sie an, und dann, durch unsere Furcht zu neuerlichem Mut getrieben, rissen wir die Bedeckung vom Körper. Und nun lag er endlich vor uns, steif, gelb, und entsetzlich anzuschauen. Auf seiner linken Seite, oberhalb der Hüfte, war der Schnitt, durch den die Balsamierer ihre Arbeit verrichtet hatten, doch war er so geschickt zugenäht worden, daß wir ihn kaum finden konnten.

»Die Juwelen sind da drinnen«, flüsterte ich, denn ich fühlte, daß der Körper dort schwerer war. »Jetzt, wenn dein Herz dir nicht versagt, mußt du in dieses arme Haus aus Lehm eintreten, das einst der Pharao war«, sagte ich und reichte ihr den Dolch, denselben Dolch, der das Blut von Paulus getrunken hatte.

»Es ist zu spät für Zweifel«, antwortete sie, hob ihr bleiches, schönes Gesicht und richtete den Blick ihrer blauen Augen, die vor Entsetzen geweitet waren, auf mich. Sie nahm den Dolch, biß die Zähne zusammen und stieß ihn in die seit dreitausend Jahren tote Brust des Pharao. Und als sie dies tat, drang ein Stöhnen den Schacht herab, bei dem wir den Eunuchen zurückgelassen hatten! Wir sprangen auf die Füße, hörten jedoch nichts mehr, und das Licht der Lampe fiel noch immer aus der Öffnung des Schachtes.

»Es ist nichts«, sagte ich. »Laß es uns zu Ende bringen!«

Unter großen Mühen hackten und rissen wir das harte Fleisch auf, und als wir dies taten, hörte ich die Spitze des Dolches über die darin geborgenen Juwelen kratzen.

Kleopatra stieß ihre Hand in die tote Brust und zog etwas heraus. Sie hielt es ins Licht und stieß einen kleinen Schrei aus, denn aus dem Dunkel des Pharaonenherzens kam funkelnd der schönste Smaragd, den eine menschliches Auge jemals gesehen hatte. Er war perfekt in der Farbe, sehr groß und in der Form eines Skarabäus geschnitten, und auf seiner Unterseite befand sich ein Oval, in das der Göttliche Name von Menkau-ra, des Sohnes der Sonne, eingraviert war.

Wieder und immer wieder fuhr ihre Hand hinein und holte Smaragde aus der Brust des Pharao, wo sie in Gewürze gebettet lagen. Manche von ihnen waren geschliffen, andere nicht, doch alle waren sie perfekt in der Farbe und ohne jeden Fehler, und in ihrem Wert unschätzbar. Immer wieder fuhr ihre weiße Hand in jene tote Brust, bis schließlich alle Smaragde gefunden waren, und es waren einhundertvierzig solcher Juwelen, wie sie die Welt noch nie gesehen hatte. Als sie zum letzten Mal herumtastete, brachte sie keinen Smaragd mehr zum Vorschein, sondern zwei Perlen, wie man sie noch niemals gesehen hatte. Und von diesen Perlen wird später noch die Rede sein.

Und dann war es getan und der gewaltige Schatz lag funkelnd in einem Haufen vor uns. Dort lag er nun, und dort lagen auch die goldenen Regalien, die gewürzdurchtränkten, süßlich riechenden Hüllen, und der aufgeschlitzte Leichnam des weißhaarigen Pharao Menkau-ra, des Osirianers, des für immer in Amenti Lebenden.

Wir erhoben uns, und große Furcht überfiel uns nun, da die Tat getan war und unsere Herzen nicht mehr von dem Eifer des Suchens aufgewühlt waren, eine so große Furcht, in der Tat, daß wir nicht sprechen konnten. Ich machte Kleopatra ein Zeichen. Sie ergriff den Kopf des Pharao, und ich seine Füße, und gemeinsam hoben wir ihn auf, stiegen auf den Sphinx und legten ihn wieder in seinen Sarg. Ich warf die zerfetzten Umhüllungen auf seinen Leib und legte den Deckel des Sarges wieder auf.

Dann sammelten wir die wertvollen Juwelen ein, und solche der goldenen Preziosen, die leicht zu tragen waren, und ich steckte soviel davon, wie es mir möglich war, in die Falten meines Gewandes. Den Rest barg Kleopatra an ihrem Busen. Schwer beladen mit dem unermeßlich wertvollen Schatz, warfen wir einen letzten Blick in den feierlichen Raum, auf den Sarkophag und den Sphinx, der ihn bewachte, dessen unruhiges goldenes Gesicht uns mit seinem ewigen Lächeln der Weisheit zu verspotten schien. Dann wandten wir uns ab und verließen die Grabkammer.

Bei dem Schacht blieben wir stehen. Ich rief nach dem Eunuchen, der oben geblieben war, und ich hatte den Eindruck, daß ein leises, spöttisches Lachen mir antwortete. Zu sehr von Angst geschüttelt, um noch einmal zu rufen, und mit der Befürchtung, daß Kleopatra bestimmt ohnmächtig werden würde, wenn wir uns noch länger hier aufhielten, packte ich das herabhängende Seil, und da ich kräftig und geschickt war, erklomm ich daran den Schacht und gelangte in die Passage. Die Lampe brannte noch dort, doch den Eunuchen sah ich nicht. In der Annahme, daß er ein Stück in den Korridor hineingekrochen sei und dort schliefe – was er auch wirklich tat –, rief ich Kleopatra zu, das Seil um ihre Taille zu knoten, und zog sie unter großen Mühen herauf. Dann, nachdem wir uns eine Weile ausgeruht hatten, nahmen wir die Lampen auf, um nach dem Eunuchen zu suchen.

»Er ist von Angst gepackt worden und geflohen, unter Zurücklassung der Lampe«, sagte Kleopatra. »O ihr Götter, wer ist *das,* der dort sitzt?«

Ich starrte in das Dunkel und streckte meine Lampe vor, und dieses war es, worauf ihr Licht fiel: – dieses ist der Traum, der meine Seele heute noch krank macht! Dort, das Gesicht uns zugewandt, den Rücken an die Felswand gelehnt, und die Hände links und rechts von sich auf den Boden gestemmt, saß der Eunuch – *tot!* Seine Augen und sein Mund standen offen, seine fetten Wangen hingen herab, sein dünnes Haar schien aufrecht zu stehen, und auf seinem Gesicht war ein solcher Ausdruck von Grauen festgefroren, daß er einem das Blut in den Adern gerinnen ließ. Und siehe! an seinem Kinn, ihre Hinterbeine in das Fleisch gekrallt, hing jene weiße, riesige Fledermaus, die, als wir die Pyramide betraten, herausgeflogen und dann am Himmel verschwunden war, jedoch, zurückgekehrt, uns in ihre Tiefen verfolgt hatte. Dort hing sie nun, am Kinn des Toten, schaukelte langsam hin und her, und wir konnten die feurigen Augen in ihrem Kopfe glühen sehen.

Entsetzt, völlig außer uns, standen wir und starrten dieses

grauenhafte Bild an; bis kurz darauf die Fledermaus ihre gewaltigen Schwingen ausbreitete, sich von ihrem Halt löste und auf uns zugeflattert kam. Sie schwebte eine Weile vor Kleopatras Gesicht und fächelte sie mit ihren weißen Schwingen. Dann flog das verfluchte *Ding* davon, zu seinem entweihten Grab, und verschwand den Schacht hinab in der Gruft. Ich taumelte gegen die Wand. Doch Kleopatra sank zusammen, schlug ihre Hände vors Gesicht und schrie, bis der hohle Korridor von den Echos ihrer Schreie widerhallte, die lauter und lauter zu werden und in Massen schriller Laute durch seine Tiefen zu tosen schienen.

»Steh auf!« rief ich. »Steh auf und laß uns von hier fortgehen, bevor der Geist zurückkehrt und uns tötet! Wenn du an diesem Ort ohnmächtig wirst, bist du für immer verloren.«

Sie taumelte auf die Füße, und nie werde ich den Ausdruck auf ihrem aschfarbenen Gesicht vergessen, oder den ihrer glühenden Augen. Wir packten unsere Lampen und eilten an der grauenhaften Gestalt des toten Eunuchen vorbei, wobei ich Kleopatras Hand hielt. Wir erreichten die große Kammer, in welcher der Sarkophag der Königin Menkau-ras stand, und durchquerten sie. Wir flohen durch die Passage. Was war, wenn das *Ding* die drei schweren Tore geschlossen hatte? Nein, sie standen offen, und wir liefen durch sie hindurch; nur bei dem letzten blieb ich für einen Moment stehen, um es zu schließen. Ich berührte den Stein, in der Art, die mir bekannt war, und das riesige Granittor krachte herab, trennte uns von dem toten Eunuchen und dem Schrecken, der an seinem Kinn gehangen hatte. Nun befanden wir uns in der Kammer mit der weißen Decke und der geschnitzten Vertäfelung, und dann lag der letzte Aufstieg vor uns. Oh, jener letzte Aufstieg! Zweimal glitt Kleopatra auf dem glatten Boden aus und stürzte. Beim zweiten Mal – das war, als wir etwa die Hälfte der Strecke hinter uns gebracht hatten – ließ sie ihre Lampe fallen und wäre bestimmt auch selbst die Schräge hinabgerollt, wenn ich sie nicht davor bewahrt hätte. Doch als ich das tat, glitt auch mir die Lampe aus der Hand. Sie polterte in die Dunkelheit unter uns hinab, und wir blieben in absoluter Finsternis zurück. Und über uns, in der Finsternis, mochte vielleicht jenes entsetzliche *Ding* schweben!

»Sei tapfer!« rief ich. »O Geliebte, sei tapfer und halte durch, oder wir sind beide verloren! Der Weg ist zwar steil, doch nicht mehr lang; und obwohl es dunkel ist, kann uns in diesem glatten Tunnel kein Leid geschehen. Wenn die Edelsteine dich zu sehr beschweren, werf sie fort!«

»Nein«, sagte sie keuchend, »das werde ich nicht tun. Dieses Grauen soll nicht umsonst gewesen sein. Eher sterbe ich mit ihnen!«

Jetzt erkannte ich die Größe ihres Mutes, denn in dem Dunkel, und trotz aller Schrecken, die wir durchgemacht hatten, und trotz unserer schlimmen Lage, klammerte sie sich an mich und arbeitete sich die entsetzliche, steile Passage hinauf. Weiter und weiter stiegen wir, Hand in Hand, mit fast zerspringenden Herzen, bis wir endlich durch die Gnade oder den Zorn der Götter das matte Licht des Mondes sahen, das durch die kleine Öffnung der Pyramide fiel. Noch ein letztes kleines Stück, und dann hatten wir das Loch erreicht, und die frische Nachtluft fächelte wie ein Atem des Himmels in unsere Gesichter. Ich kletterte hindurch, stellte mich auf den Steinhaufen davor und zog und hob Kleopatra heraus. Sie fiel zu Boden und blieb reglos liegen.

Mit zitternder Hand drückte ich auf den drehbaren Stein. Er schloß sich und rastete ein, so daß keine Spur von dem geheimen Einlaß zu sehen war. Dann sprang ich von dem Steinhaufen hinab, und nachdem ich ihn beiseite geräumt hatte, sah ich nach Kleopatra. Sie war ohnmächtig, und ihr Gesicht war trotz einer Schicht von Staub und Schmutz so bleich, daß ich sie zunächst für tot hielt. Doch als ich die Hand auf ihr Herz legte, spürte ich es schlagen, und da ich völlig erschöpft war, ließ ich mich neben ihr in den Sand sinken, um wieder zu Kräften zu kommen.

## 12

*Über die Rückkunft Harmachis'; über die Begrüßung Charmions; und über die Antwort Kleopatras an Quintus Dellius, den Botschafter des Triumvirs Antonius*

Schließlich richtete ich mich auf, bettete den Kopf von Ägyptens Königin auf mein Knie und versuchte, sie ins Bewußtsein zurückzurufen. Wie schön sie war, selbst in diesem mitgenommenen Zustand, mit ihrem langen, auf ihre Brust herabwallenden Haar; wie tödlich schön sie in dem matten Lichte wirkte – diese Frau, deren Geschichte ihrer Schönheit und ihrer Sünde selbst die feste Masse der mächtigen Pyramide überdauern wird, welche sich über uns erhob! Ihre tiefe Ohnmacht hatte den Ausdruck der Falschheit von ihrem Gesichte geglättet, und nichts anderes war zurückgeblieben, als das göttliche Siegel größter Frauenschönheit, geschmeichelt von den Schatten der Nacht und voller Würde durch die Ruhe des todesähnlichen Schlafes. Ich blickte sie an, und mein Herz schlug ihr entgegen; es schien, als ob ich sie wegen der Schwere des Verrates, zu dem ich mich erniedrigt hatte, um sie zu halten, und wegen des Grauens, dem wir beide ausgesetzt gewesen waren, nur noch mehr liebte. Müde und erschöpft von Ängsten und Schuldbewußtsein, suchte mein Herz das ihre, um sich auszuruhen, denn nun war sie alles, das mir geblieben war. Sie hatte geschworen, mich zu ehelichen, und mit diesem Schatz, den wir errungen hatten, würden wir Ägypten stark machen und es von seinen Feinden befreien, und es würde doch noch alles gut werden. Ah! wenn ich ein Bild dessen hätte sehen können, das kommen sollte, wie, und an welchem Ort, und unter welchen Umständen der Kopf dieser Frau wieder auf meinem Knie ruhen sollte, bleich und mit der Starre des Todes! Ah! wenn ich es vorausgesehen hätte!

Ich rieb ihre Hand zwischen meinen Händen. Ich beugte

mich über sie und küßte ihre Lippen, und bei meinem Kuß erwachte sie. Sie erwachte mit einem leisen, angstvollen Schluchzen; ein Schauer rann durch ihre schlanken Glieder, und sie starrte mit weit geöffneten Augen in mein Gesicht.

»Ah! du bist es!« sagte sie. »Ich erinnere mich; du hast mich aus jener Stätte des Grauens errettet!« Sie schlang ihre Arme um meinen Nacken, zog mich an sich und küßte mich. »Komm, Geliebter«, sagte sie, »Laß uns gehen! Ich bin furchtbar durstig, und – ah! so todmüde. Und die Juwelen scheuern meine Brust. Noch nie ist Reichtum so schwer errungen worden. Komm, laß uns dem Schatten dieses geisterhaften Ortes entfliehen. Sieh das matte Licht, das schon von den ersten Schwingen der Dämmerung erglüht. Wie schön es ist, und wie herrlich anzusehen. In jenen Hallen der ewigen Nacht hatte ich keine Hoffnung, jemals wieder das zarte Erröten eines Morgens zu erblicken. Ah! Ich sehe noch immer das Gesicht dieses toten Sklaven vor mir, mit dem Grauen, das an seinem Kinn hing. Stell dir vor: Er wird auf ewig dort sitzen – an jenem Ort – mit dem Grauen! Komm, wo können wir Wasser finden? Ich würde einen Smaragd für einen Becher Wasser geben!«

»Am Kanal an der Grenze des bebauten Landes, unterhalb des Tempels von Horemkhu – es ist nicht weit«, antwortete ich. »Falls uns jemand sehen sollte, werden wir sagen, daß wir Pilger seien, die sich im Dunkel der Nacht zwischen den Gräbern verirrt hätten. Verschleiere dich sorgfältig, Kleopatra, und achte darauf, daß du nichts von den Juwelen sehen läßt, die du bei dir trägst!«

Also verschleierte sie sich, und ich hob sie auf den Rücken des Esels, der in der Nähe angebunden war. Wir wanderten über die Ebene, bis wir zu dem Ort gelangten, an welchem das Symbol des Gottes Horemkhu steht*; in der Gestalt eines mächtigen Sphinx, (von den Griechen Harmachis ge-

* Das ist ›Horus am Horizont‹, und es versinnbildlicht den Sieg der Kräfte des Lichtes und des Guten über die Kräfte der Dunkelheit und des Bösen, inkarniert in seinem Feinde Typhon. – *Herausgeber*

nannt) und mit der königlichen Krone Ägyptens gekrönt blickt er über das Land, den Blick nach Osten gerichtet. Während wir auf ihn zuschritten, zitterte der erste Pfeil des Sonnenlichts durch die graue Luft, fiel auf Horemkhus Lippen heiliger Ruhe, und die Dämmerung grüßte den Gott der Dämmerung. Dann wurde das Licht stärker, erleuchtete die schimmernden Seiten von zwanzig Pyramiden, und ruhte, wie ein Versprechen vom Tode zum Leben, auf den Portalen von zehntausend Grabkammern. Es strömte wie eine Flut aus Gold über den Sand der Wüste – es durchstieß den schweren Nachthimmel, und es fiel in hellen Strahlen auf die grünen Felder und auf die gefiederten Wipfel der Palmen. Und dann hob sich Ra aus seinem königlichen Bett und entfaltete seine ganze Pracht am Horizont, und es war Tag.

Wir gingen an dem Tempel aus Granit und Alabaster vorbei, der schon vor den Tagen Khofus erbaut worden ist und der Verehrung Horemkhus geweiht war, stiegen einen kleinen Hang hinab und gelangten zum Ufer des Kanals. Dort tranken wir; und jener Trunk schlammigen Wassers war köstlicher als der beste Wein von Alexandria. Dann wuschen wir uns den Mumienstaub und den Schmutz von Gesicht und Händen und reinigten uns, so gut es ging. Als Kleopatra ihren Hals wusch und sich dabei über das Wasser beugte, glitt einer der kostbaren Smaragde aus ihrem Ausschnitt und fiel in den Kanal, und es war reines Glück, daß ich ihn nach langem Suchen in dem Schlamm wiederfand. Dann hob ich Kleopatra wieder auf den Rücken des Esels, und langsam – denn ich war sehr erschöpft – zogen wir zum Ufer des Sihor zurück, wo unser Schiff lag. Als wir es endlich erreichten – wir hatten auf dem Wege dorthin niemanden gesehen, außer ein paar Männern, die zur Arbeit auf die Äcker gingen – ließ ich den Esel auf demselben Felde frei, auf dem wir ihn gefunden hatten, und wir gingen an Bord, während seine Besatzung noch schlief. Wir weckten die Männer und befahlen ihnen, die Segel zu setzen; von dem Eunuchen sagten wir, daß wir ihn für eine Weile zurückgelassen hätten, was ja der Wahrheit entsprach. Also segelten wir los, nachdem wir zuvor die Edelsteine und die goldenen Pretiosen, die wir mit uns gebracht hatten, sorgsam versteckten.

Wir brauchten vier Tage oder länger für die Rückreise nach Alexandria, denn der Wind stand zumeist gegen uns, und es waren wunderbare Tage. Anfangs war Kleopatra ein wenig schweigsam und schwermütig, denn was sie im Schoße der Pyramide gesehen und erlebt hatte, drückte sie nieder. Bald jedoch gewann ihr herrschaftlicher Geist die Oberhand und schüttelte die Last von ihrem Herzen, und sie wurde wieder sie selbst: nun fröhlich, dann gelehrt; erst liebend, und dann kühl; jetzt königlich, und dann wieder einfach und bescheiden – in ständigem Wechsel, wie die Winde des Himmels, und wie der Himmel, tief, schön und unerforschlich.

Nacht für Nacht während dieser vier einzigartigen Nächte, den letzten glücklichen Stunden, die ich jemals erleben sollte, saßen wir Hand in Hand auf dem Deck, hörten das Wasser an die Seiten des Schiffes plätschern und beobachteten die sanften Schritte des Mondes, wie er über die Tiefen des Nils wanderte. So saßen wir und sprachen von Liebe, sprachen von unserer Heirat und über all das, was sein würde. Außerdem stellte ich einen Plan des Krieges und der Verteidigung des Landes gegen die Römer auf, den durchzuführen wir jetzt die Mittel besaßen; und sie stimmte ihm zu, indem sie sagte, daß das, was mir gut schiene, auch für sie gut sei. Und so verging die Zeit nur allzu rasch.

Oh, jene Nächte auf dem Nil! Ihre Erinnerung verfolgt mich bis heute! Noch immer sehe ich in meinen Träumen die Strahlen des Mondes auf dem Wasser zittern und sich in ihm brechen; noch immer höre ich Kleopatras geflüsterte Liebesworte, die sich mit dem Murmeln des Wassers vermischen. Gestorben sind jene wunderbaren Nächte, und tot ist der Mond, der sie erhellte; die Wasser, die uns an ihrem Busen wiegten, sind längst nun in der Weite der Salzmeere verloren, und dort, wo wir uns küßten und umarmten, wer-

den noch Ungeborene sich küssen und umarmen. Wie schön waren die Versprechen jener Nächte, dazu verdammt, wie eine unbefruchtete Blüte zu welken, abzufallen und zu verfaulen! Und ihre Erfüllung, ah! wie teuer sie war! Denn alle Dinge enden im Dunkel und in Asche, und solche, die Torheit säen, werden Leid ernten. Ah! jene Nächte auf dem Nil!

Und dann standen wir wieder innerhalb der verhaßten Mauern jenes schönen Palastes auf den Lochias, und der Traum war zu Ende.

»Wohin bist du mit Kleopatra gewandert, Harmachis? fragte mich Charmion, als ich ihr an jenem Tage der Rückkehr zufällig begegnete. »Auf neuen Wegen des Verrats? Oder war es nur eine Liebesreise?«

»Ich bin mit Kleopatra in einer geheimen Staatsmission fortgewesen«, antwortete ich streng.

»So? Solche, die Geheimnisse hegen, hegen Böses; und nur schlechte Vögel fliegen gern bei Nacht. Doch das war immerhin weise von dir, denn es würde dir kaum gut tun, Harmachis, dein Gesicht offen in Ägypten zu zeigen.«

Ich hörte ihre Worte und spürte den Zorn in mir aufsteigen, denn ich konnte die Verachtung dieses schönen Mädchens nicht ertragen.

»Hast du niemals ein Wort, das keinen Stachel hat?« fragte ich. »Wisse, daß ich an einen Ort gegangen bin, wohin zu gehen du nicht gewagt hättest, um dort die Mittel zu finden, die Ägypten vor dem Zugriff des Feindes beschützen werden.«

»So?« sagte sie wieder und warf mir einen raschen Blick zu. »Du Narr! Die Mühe hättest du dir sparen können, denn Antonius wird trotz deiner Ägypten erobern. Welche Macht hast du denn heute in Ägypten?«

»Trotz meiner mag er es tun; doch nicht trotz Kleopatra«, sagte ich.

»Nein, aber mit der *Hilfe* Kleopatras kann und wird er es tun«, antwortete sie mit einem bitteren Lächeln. »Wenn die

Königin in aller Pracht den Cydnus hinaufsegelt, wird sie mit Sicherheit diesen groben Antonius nach Alexandria ziehen, erobernd, und doch, wie du, ein Sklave!«

»Das stimmt nicht! Ich sage dir, daß es nicht stimmt! Kleopatra wird nicht nach Tarsus gehen, und Antonius kommt nicht nach Alexandria; oder, wenn er kommt, so gibt es Krieg.«

»Glaubst du das wirklich?« fragte sie mit einem kleinen Lachen. »Nun, wenn es dir Spaß macht, so glaube, was du willst. In spätestens drei Tagen wirst du es wissen. Es ist hübsch zu sehen, wie leicht du getäuscht werden kannst. Lebe wohl! Geh und träum von Liebe, denn die Liebe muß schön sein!«

Und sie ging und ließ mich zornig und mit bedrücktem Herzen zurück.

Ich sah Kleopatra an jenem Tage nicht mehr, jedoch an dem folgenden Tage. Sie war in gedrückter Stimmung und fand kein freundliches Wort für mich. Ich sprach zu ihr über die Verteidigung Ägyptens, doch sie schob die Angelegenheit beiseite.

»Warum belästigst du mich damit?« fragte sie ärgerlich; »siehst du nicht, daß ich große Sorgen habe? Wenn ich Dellius morgen meine Antwort gegeben habe, dann werden wir über diese Angelegenheit sprechen.«

»Ja«, sagte ich. »Wenn du Dellius deine Antwort gegeben hast; und weißt du, daß erst gestern Charmion – die man im Palast ›Hüterin der Geheimnisse der Königin‹ nennt – Charmion mir sagte, daß diese Antwort lauten wird: ›Gehe in Frieden. Ich werde zu Antonius kommen‹?«

»Charmion weiß nichts von meinem Herzen«, sagte Kleopatra und stampfte wütend mit dem Fuß auf, »und wenn sie weiterhin eine so lockere Zunge hat, werde ich sie von meinem Hof peitschen lassen, wie sie es verdient. Obwohl, ehrlich gesagt«, setzte sie hinzu, »sie in ihrem kleinen Kopfe mehr Wissen birgt als alle meine Berater – ja, und mehr Verstand hat, es zu gebrauchen. Weißt du, daß ich einen Teil der Juwelen an die reichen Juden von Alexandria verkauft habe, und zu einem hohen Preise, ja, um fünftausend Sesterzen für jeden Stein? Doch es waren nur wenige, da sie jetzt noch nicht mehr kaufen können. Es war hübsch, ihre Augen zu beobachten, als sie die Steine sahen: Sie wurden vor Gier und Erstaunen so groß wie Äpfel. Und nun laß mich allein, Harmachis, denn ich bin müde. Die Erinnerung an jene grauenhafte Nacht verfolgt mich noch immer.«

Ich verneigte mich und wandte mich zum Gehen, blieb jedoch zögernd stehen.

»Verzeih mir, Kleopatra, doch ich denke an unsere Verehelichung.«

»Unsere Verehelichung? Aber wir sind doch längst miteinander verehelicht«, sagte sie.

»Das stimmt, jedoch nicht vor der Welt. Du hast es versprochen.«

»Ja, Harmachis, ich habe es versprochen, und morgen, wenn ich mich von diesem Dellius befreit habe, werde ich mein Versprechen einlösen und dich vor dem Hofe zum Gebieter Kleopatras ernennen, dich auf den dir gebührenden Platz stellen. Bist du zufrieden?«

Sie streckte mir ihre Hand zum Kuß entgegen und sah mich mit einem seltsamen Blick an, als ob sie mit sich selbst kämpfte. Dann ging ich, und in jener Nacht versuchte ich, Kleopatra noch einmal zu treffen, doch gelang es mir nicht. »Die Hofdame Charmion ist bei der Königin«, sagten mir die Eunuchen, und daß niemand eintreten dürfe.

Am nächsten Tag versammelte sich der Hof eine Stunde vor Mittag in der großen Halle, und ich ging mit bebendem Herzen dorthin, um Kleopatras Antwort an Dellius zu hören, und auch, um meine Ernennung zum Prinzgemahl der Königin Ägyptens zu vernehmen. Es waren alle gekommen, die zum Hofe gehörten; alle die Berater, Herren, Heerführer, Eunuchen, und die Hofdamen, alle außer Charmion. Die festgesetzte Stunde verging, doch Kleopatra und Charmion erschienen nicht. Schließlich trat Charmion unauffällig zu einer Seitentür herein und nahm ihren Platz unter den Hofdamen ein, die um den Thron standen. Und als sie das tat, warf sie mir einen raschen Blick zu, und es war ein Ausdruck des Triumphs in ihren Augen, obwohl ich nicht wußte, worüber sie triumphierte. Wie konnte ich auch ahnen, daß sie eben jetzt mein Verderben herbeigeführt und das Schicksal Ägyptens besiegelt hatte.

Dann schmetterten die Fanfaren, und, in ihre Staatsroben gekleidet, den Uräus auf dem Haupt, und an ihrer Brust, wie ein Stern funkelnd, jenen großen Smaragd-Skarabäus, den sie vom dem Herzen des toten Pharao gerissen hatte, schritt Kleopatra zu ihrem Thron, gefolgt von einer Garde blonder Nordmänner. Ihr schönes Gesicht war ausdruckslos, und ausdruckslos waren auch ihre Augen, damit niemand ihre Botschaft lesen mochte, obgleich der ganze Hof darin nach Zeichen dessen suchte, was kommen würde. Sie setzte sich langsam, beinahe vorsichtig, und sagte dann zu dem Obersten der Herolde in der griechischen Sprache:

»Wartet der Botschafter des edlen Antonius?«

Der Herold verneigte sich und bejahte die Frage.

»Laß ihn eintreten und Unsere Antwort hören!«

Die Türflügel wurden aufgestoßen, und, an der Spitze seines Gefolges und in seine goldene Rüstung und seinen roten Umhang gekleidet, schritt Dellius mit katzenartigen Bewegungen durch die große Halle und verneigte sich vor dem Thron.

»Erhabene und schöne Königin Ägyptens«, sagte er mit sanfter Stimme, »da es Euch gefallen hat, mich, Euren Diener, herzubeordern, bin ich gekommen, um Eure Antwort auf das Schreiben des edlen Antonius, des Triumvirs, zu erhalten, die zu übermitteln ich morgen nach Tarsus in Kilikien segeln werde. Und ich möchte Euch dies sagen, Königin Ägyptens, wobei ich um Verzeihung für die Direktheit meiner Rede bitte: Überlegt es Euch gut, bevor Worte, die nicht mehr zurückgenommen werden können, über diese reizenden Lippen kommen. Widersetzt Euch Antonius, und Antonius wird Euch vernichten. Doch wenn Ihr schön wie

Eure Mutter Aphrodite vor seinen Augen den Wellen des Meeres entsteigt, wird er Euch all das geben, das einer königlichen Frau lieb sein kann: Macht und Glanz, Städte und Gewalt über Menschen, Ruhm und Reichtum, und die Sicherung Eurer Krone. Denn wisset: Antonius hält diese östliche Welt in seiner kriegerischen Hand; durch seinen Willen sind Könige, und durch sein Stirnrunzeln hören sie auf, es zu sein.«

Er neigte den Kopf, faltete die Hände untertänig vor der Brust und wartete auf die Antwort.

Eine Weile antwortete Kleopatra nicht, sondern saß wie der Sphinx Horemkhu, schweigend und unergründlich, und blickte mit ausdruckslosen Augen durch die Halle.

Dann ertönte, wie sanfte Musik, ihre Stimme, und zitternd wartete ich auf Ägyptens Herausforderung des Römers.

»Edler Dellius – Wir haben sehr gründlich über diese Angelegenheit des Briefes von dem großen Antonius an Unser armseliges Königtum von Ägypten nachgedacht. Wir haben sie von allen Seiten betrachtet, und Wir haben den Rat der Orakel der Gottheiten eingeholt, den Rat der weisesten Unserer Freunde, und den der Regungen Unseres Herzens, welches stets, wie ein brütender Vogel, das Wohlergehen Unseres Volkes behütet. Scharf sind die Worte, die du über das Meer zu Uns gebracht hast, und ich meine, daß sie besser für die Ohren eines geringen, halb-gezähmten Fürsten geeignet wären, als für die der Königin Ägyptens. Deshalb haben Wir die Legionen gezählt, die Wir zusammenrufen können, und die Triremen und Galeeren, mit denen Wir das Meer überqueren können, und die Gelder, um alle die Dinge zu kaufen, die Wir für Unseren Krieg benötigen. Und Wir haben festgestellt, daß trotz der Stärke Antonius' Ägypten nichts vor Antonius' Stärke zu befürchten hat.«

Sie schwieg, und beifälliges Murmeln über ihre stolzen Worte lief durch die Halle. Doch Dellius streckte die Hand aus, wie um sie zurückzudrängen. Dann kam das Ende!

»Edler Dellius – Wir hätten gute Lust, hier Unserer Zunge

Einhalt zu gebieten, um, in der Sicherheit Unserer Festungen aus Stein, und Unserer anderen Festungen, die aus den Herzen der Menschen erbaut sind, die Entwicklung der Dinge abzuwarten. Aber dennoch sollst du nicht so von Uns gehen. Wir sind schuldlos jener Anklagen gegen Uns, die zu den Ohren des edlen Antonius gekommen sind, und die er jetzt grob in die Unseren schreit; und Wir werden nicht nach Kilikien reisen, um Uns für sie zu verantworten.«

Hier erhob sich erneut zustimmendes Murmeln, und mein Herz schlug höher vor Triumph; und in der nun folgenden Pause sprach Dellius erneut.

»Dann, Königin Ägyptens, ist mein Wort an Antonius eine Kriegserklärung?«

»Nein«, antwortete sie, »es soll eine Erklärung des Friedens sein. Höre! Wir haben gesagt, daß Wir nicht kommen werden, um Uns für die Anklagen zu verantworten, und das werden Wir auch nicht tun. Aber ...« – und sie lächelte zum ersten Mal – »Wir werden gerne kommen, und das ohne Verzögerung, zum Zeichen königlicher Freundschaft, um an den Ufern des Cydnus Unseren Friedenspakt zu schließen.«

Ich hörte es und war verwirrt. Hatte ich richtig gehört? Hielt Kleopatra auf diese Art ihre Versprechen? Über die Grenzen vernünftigen Denkens gedrängt erhob ich meine Stimme und rief:

»O Königin, *erinnere dich!*«

Sie fuhr zu mir herum wie eine Löwin, mit funkelnden Augen und einem zornigen Schütteln ihres Kopfes.

»Schweig, Sklave!« sagte sie. »Wer hat dir gestattet, Uns ins Wort zu fallen? Kümmere du dich um deine Sterne und überlaß die Belange der Welt den Herrschern der Welt!«

Ich sank beschämt zurück. Und als ich das tat, sah ich wieder ein Lächeln des Triumphs auf dem Gesicht Charmions, gefolgt von einem Ausdruck, der – vielleicht – der Schatten von Mitleid mit meinem Sturz war.

»Nachdem Ihr Euren vorlauten Scharlatan« – Dellius deutete mit dem Finger auf mich – »zurechtgewiesen habt, Königin Ägyptens, erlaubt mir, Euch von Herzen für Eure freundlichen Worte zu danken ...«

»Wir erwarten keinen Dank von dir, edler Dellius, und es kommt dir nicht zu, Unseren Diener zu tadeln«, unterbrach ihn Kleopatra mit düster umwölkter Stirn; »Wir werden Unseren Dank allein von den Lippen Antonius' entgegennehmen. Geh du zu deinem Herrn und sage ihm, daß er ein angemessenes Willkommen vorbereiten soll, denn Unsere Kiele werden den Spuren der deinen folgen. Und nun lebe wohl! Du wirst ein kleines Symbol unseres Großmutes auf deinem Schiffe finden.«

Dellius verneigte sich dreimal und zog sich zurück, während die Angehörigen des Hofes die Königin anblickten und auf ihre Worte warteten. Und auch ich wartete und fragte mich, ob sie dennoch zu ihrem Versprechen stehen und mich hier, im Angesichte Ägyptens, zu ihrem königlichen Gemahl ernennen würde. Doch sie sagte nichts. Noch immer mit umwölkter Stirn erhob sie sich, verließ den Thron und schritt, von ihren Garden gefolgt, in die Alabasterhalle. Dann löste die Versammlung des Hofes sich auf, und als die Berater und die Herren an mir vorbeigingen, blickten sie mich höhnisch an. Denn obwohl keiner von ihnen mein Geheimnis kannte, noch wußte, wie es zwischen mir und Kleopatra stand, neideten sie mir die Bevorzugung, die die Königin mir gezeigt hatte, und genossen meinen Sturz aus ihrer Gnade mit großer Freude. Doch ich nahm keinerlei Notiz von ihrem Spott, als ich benommen vor Elend dort stand und fühlte wie der Boden der Hoffnung unter meinen Füßen weggezogen wurde.

## 13

## *Über die Vorwürfe Harmachis'; über den Kampf Harmachis' mit den Wachen; über den Schwerthieb Brennus'; und über die geheime Rede Kleopatras*

Schließlich, nachdem alle den Saal verlassen hatten, und auch ich mich zum Gehen wandte, schlug ein Eunuch mir auf die Schulter und befahl mir in rohem Ton, unverzüglich zur Königin zu kommen. Eine Stunde zuvor wäre dieser Bursche noch auf den Knien vor mir gekrochen, doch er hatte gehört, was geschehen war und behandelte mich jetzt – so roh ist die Natur solcher Sklaven – wie die Welt den Gestürzten behandelt: mit Verachtung. Denn erniedrigt zu werden, nachdem man groß gewesen ist, heißt, die Demütigung zu erlernen. Unglücklich sind deshalb die Großen, denn sie können stürzen!

Ich fuhr den Sklaven so scharf an, daß er sich, wie ein Köter, hinter mir verkroch. Dann ging ich zu der Alabasterhalle, in die ich von den Wachen eingelassen wurde. In der Mitte der Halle, bei dem Springbrunnen, saß Kleopatra, und bei ihr waren Charmion und die griechischen Mädchen Iras und Merira und mehrere andere ihrer Hofdamen. »Geht!« sagte sie zu diesen. »Ich will mit meinem Astrologen sprechen.« Also gingen sie und ließen uns allein.

»Bleib dort stehen!« sagte sie und blickte mich zum erstenmal an. »Komm mir nicht zu nahe, Harmachis! Ich traue dir nicht. Vielleicht hast du einen anderen Dolch gefunden. Nun, was hast du zu sagen? Mit welchem Recht hast du dich in mein Gespräch mit dem Römer eingemischt?«

Ich fühlte, wie das Blut wie eine Sturmflut durch meinen Körper raste; Verbitterung und eine brennende Wut ergriffen mein Herz. »Was hast *du* zu sagen, Kleopatra?« antwortete ich scharf. »Wo ist dein Eid, den du auf das tote Herz Menkau-ras, des ewig Lebenden, geschworen hast? Wo ist jetzt dein Widerstand gegen diesen Römer Antonius? Wo ist dein Schwur, daß du mich vor dem Angesicht Ägyptens deinen ›Ehegemahl‹ nennen würdest?« Ich rang nach Atem vor Erregung und schwieg.

»Wohl steht es Harmachis, der niemals einen Schwur brach, an, zu mir von Eiden zu sprechen!« sagte sie mit bitterem Spott. »Und dennoch, o du reinster aller Priester Isis', und dennoch, o du treuester Freund, der du niemals deine Freunde verraten hast, und dennoch, o du standfester, ehrbarster und aufrechtester Mann, der du niemals dein Geburtsrecht, dein Land, und deine Sache für den Preis der vorübergehenden Liebe einer Frau verkauft hast: woher willst du wissen, daß mein Wort nichts wert ist?«

»Ich werde nicht auf deine ironischen Worte eingehen, Kleopatra«, sagte ich und beherrschte mein Herz, so gut ich konnte, »denn ich habe jedes von ihnen verdient, wenn auch nicht von dir. Dieserhalb, also, weiß ich es: Du gehst zu Antonius, du gehst – wie jener römische Schurke es ausdrückte – ›in deine prachtvollsten Roben gekleidet‹, um mit dem Mann zu speisen, den du den Geiern zum Fraß vorwerfen solltest. Vielleicht – wie kann ich das wissen – hast du vor, die Schätze, die du aus dem Körper Menkau-ras gestohlen hast, jene Schätze, die für die Not Ägyptens gehortet wurden, für orgiastische Feste zu vergeuden, welche die Schande Ägyptens besiegeln. Aus diesen Dingen ersehe ich, daß du eidbrüchig geworden bist, und mich, der ich dir, weil ich dich liebe, geglaubt habe, täuschest; und auch deshalb, weil jene, die mir noch gestern schwor, mich zu ehelichen, mich heute verspottet und mich sogar vor jenem Römer öffentlich gedemütigt hat!«

»Dich zu ehelichen? Habe ich geschworen, dich zu ehelichen? Nun, was ist denn die Ehe? Sie ist die Vereinigung der Herzen, so schön wie Spinnwebfäden, doch noch feiner als diese, welche Herz zu Herzen binden, wenn sie durch die verträumte Nacht der Leidenschaft schweben, eine Vereinigung, die – vielleicht – vom Morgentau zerschmolzen wird? Oder ist sie das eherne Band einer erzwungenen, unabänderlichen Union, durch die, wenn der eine versinkt, der andere mit ihm unter das Meer der Umstände gezogen wird, um dort, wie ein bestrafter Sklave, der unumgänglichen Verwesung anheimzufallen?* Ehe! *Ich* soll ehelichen! *Ich* soll die Freiheit aufgeben und die schlimmste Sklaverei unseres Geschlechtes auf mich nehmen, die uns durch den selbstsüchtigen Willen des Mannes, des Stärkeren, auch noch an das Bett fesselt, wenn es uns verhaßt geworden ist, und von uns einen Dienst erzwingt, der nicht mehr von der Liebe geheiligt wird! Wozu ist es dann noch gut, eine Königin zu sein, wenn ich dadurch nicht den Bürden der Niedriggeborenen entrinnen kann? Merke dir, Harmachis: Eine erwachsene Frau hat zwei Dinge zu fürchten: den Tod und die Ehe, und von diesen beiden ist die Ehe das schlimmere Übel; denn im Tode mögen wir Ruhe finden, doch in der Ehe, sollte sie fehlschlagen, finden wir die Hölle. Nein, da ich über den Atem gewöhnlichen Klatsches erhaben bin, der neidisch über jene herfällt, die aus echter Tugend nicht bereit sind, die Bande der Zuneigung zu dehnen, *liebe* ich, Harmachis, doch ich *eheliche* nicht!«

»Doch gestern abend, Kleopatra, hast du geschworen, daß du mich zum Manne nehmen und mich im Angesichte Ägyptens an deine Seite stellen würdest.«

»Gestern abend, Harmachis, hat der rote Ring um den Mond das Aufziehen eines Unwetters angedroht, aber dennoch ist der Tag klar. Doch wer weiß, ob das Gewitter nicht morgen ausbricht? Wer weiß, ob ich nicht den leichteren Weg gewählt habe, um Ägypten vor den Römern zu schützen? Wer weiß, Harmachis, ob du mich nicht dennoch dereinst deine Frau nennen wirst?«

Nun konnte ich ihre Falschheit nicht länger ertragen, denn ich erkannte, daß sie mit mir spielte. Und so sagte ich das, was in meinem Herzen war.

»Kleopatra!« rief ich, »du hast geschworen, Ägypten zu

---

* Eine Anspielung auf den römischen Brauch, einen lebenden Verbrecher an den Körper eines bereits getöteten zu ketten. – *Herausgeber*

schützen, und du hast vor, Ägypten an den Römer auszuliefern! Du hast geschworen, die Schätze, die ich dir enthüllte, im Dienste Ägyptens zu verwenden, doch hast du vor, sie als Mittel zu seiner Schmach zu benutzen, aus ihnen Fesseln für seine Hände zu schmieden! Du hast geschworen, mich, der ich dich liebte und alles für dich hingegeben habe, zu ehelichen, doch du weisest mich zurück und verhöhnst mich! Deshalb sage ich – und ich sage es mit der furchtbaren Stimme der Götter! –, daß auf *dich* der Fluch Menkau-ras fallen wird, den du wahrlich beraubt hast! Laß mich fortgehen und mich meinem Schicksal stellen! Laß mich gehen, o du schöne Schande! du lebende Lüge!, die ich zu meinem Verhängnis geliebt habe, und die den letzten Fluch der Verdammnis über mich gebracht hat! Laß mich gehen, damit ich mich verberge und dein Gesicht nie mehr sehe!«

Bebend vor Zorn erhob sie sich, und sie war ein schrecklicher Anblick.

»Ich soll dich gehen lassen, auf daß du neues Übel gegen mich anrührst? Nein, Harmachis, du wirst nicht gehen und neue Komplotts gegen meinen Thron schüren! Ich sage dir, daß auch du Antonius in Kilikien besuchen wirst, und dort mag ich dich – vielleicht! – gehen lassen.« Und bevor ich antworten konnte, schlug sie auf einen silbernen Gong, der neben ihr hing.

Noch ehe sein hallender Ton verklungen war, traten Charmion und weitere Hofdamen zu der einen Tür herein, und durch die andere kamen vier Soldaten der Garde Kleopatras geeilt, mächtige Männer mit geflügelten Helmen und langem, blondem Haar.

»Ergreift diesen Verräter!« rief Kleopatra und deutete auf mich. Der Hauptmann der Garde – es war Brennus – salutierte und trat mit gezogenem Schwert auf mich zu.

Doch ich, der ich fast wahnsinnig und verzweifelt war und nichts darum gab, wenn sie mich töteten, sprang ihm an die Kehle und versetzte ihm einen so gewaltigen Faustschlag, daß er niederstürzte und seine Rüstung auf dem Marmorboden klirrte. Während er fiel, packte ich sein

Schwert und seinen Schild und warf mich dem nächsten Mann entgegen, der mit einem wütenden Schrei heranstürmte, wehrte seinen Schwertstreich mit dem Schild ab und schlug meinerseits mit aller Kraft zu. Das Schwert verfehlte nur knapp seinen Hals und traf seine Schulter, durchschlug die Gelenke seines Panzers und tötete ihn, so daß seine Knie gelöst wurden und er zu Boden stürzte. Den dritten fing ich mit dem Schwerte ab, bevor er zuschlagen konnte, durchbohrte ich ihn, und er war tot. Nun stürzte der letzte von ihnen sich mit dem Ruf: »Taranis!« auf mich, und ich stürmte ihm entgegen, denn mein Blut war in Wallung geraten. Die Frauen schrien auf, nur Kleopatra blieb stumm, als sie dem ungleichen Kampf zusah. Wir prallten aufeinander, und ich schlug zu. Es war ein gewaltiger Hieb, denn das Schwert drang durch den ehernen Schild und zerbrach, so daß ich waffenlos war. Mit einem Triumphschrei schwang der Mann sein Schwert empor und schlug nach meinem Kopf, doch ich fing den Hieb mit meinem Schild auf. Wieder schlug er zu, und wieder wehrte ich den Schlag ab; doch als er zum dritten Mal ausholte, sah ich ein, daß ich ihm nicht lange so standhalten konnte, also warf ich mit einem lauten Schrei meinen Schild nach seinem Gesicht. Es glitt von seinem Schild ab und prallte ihm gegen die Brust, so daß er rückwärts taumelte. Und bevor er sein Gleichgewicht wiedererlangen konnte, duckte ich mich unter seinem Schilde hinweg und packte ihn um die Mitte.

Eine volle Minute lang rangen der hochgewachsene Mann und ich miteinander, und dann – so gewaltig war meine Kraft in jenen Tagen – riß ich ihn wie ein Spielzeug empor und schmetterte ihn auf den Marmorboden, mit einer solchen Gewalt, daß seine Knochen gebrochen wurden und er nicht mehr sprach. Doch durch die Wucht wurde ich ebenfalls zu Boden gerissen und fiel auf ihn, und als ich fiel, trat Hauptmann Brennus, den ich mit der Faust niedergeschlagen hatte, und der wieder zu sich gekommen war, von hinten auf mich zu und schlug mir das Schwert eines der Männer, die ich getötet hatte, auf Kopf und Schultern. Doch da

ich am Boden war, traf der Schlag mich nicht mit all seiner Kraft, und mein dichtes Haar und die bestickte Kappe minderten seine Wucht; so kam es, daß ich, wenn auch schwer verwundet, doch am Leben blieb. Doch kämpfen konnte ich nicht mehr.

Als nun die feigen Eunuchen, die durch den Kampfeslärm angelockt worden waren und wie eine Herde von Rindern ängstlich beieinander standen, sahen, daß ich erledigt war, fielen sie über mich her und wollten mich mit ihren Messern zerstückeln. Brennus, der nun, da ich am Boden lag, nicht mehr zuschlagen wollte, stand tatenlos dabei. Und die Eunuchen hätten mich bestimmt getötet, denn Kleopatra sah schweigend zu wie eine, die einen Traum sieht, und griff nicht ein. Schon wurde mein Kopf zurückgebogen, und ihre Messer stachen nach meiner Kehle, als Charmion plötzlich vorstürzte, sich mit dem Schrei: »Hunde!« über mich warf und meinen Körper so mit dem ihren deckte, daß sie nicht zustechen konnten. Nun griff auch Brennus ein; mit einem Fluch packte er erst einen Eunuchen, und dann einen zweiten, und riß sie von mir fort.

»Verschone sein Leben, Königin!« rief er in seinem barbarischen Latein. »Bei Jupiter, er ist ein tapferer Mann! Mich hat er wie einen Ochsen gefällt, und drei meiner Männer sind von ihm, der ungepanzert ist und überrascht wurde, erschlagen worden! Ich trage einem solchen Manne deshalb nichts nach. Eine Gnade, Königin! Verschone sein Leben und gebe ihn mir!«

»Ja, verschone ihn, verschone ihn!« rief auch Charmion, bleich und zitternd.

Kleopatra trat näher und blickte auf die beiden Toten, und auf den, der sterbend an der Stelle lag, wo ich ihn zu Boden geschmettert hatte, und dann auf mich, ihren Geliebten bis vor zwei Tagen, dessen verwundetes Haupt jetzt an Charmions weißem Gewand ruhte.

Ich begegnete dem Blick der Königin. »Verschone mich nicht!« keuchte ich, *»væ victis!«* Eine Röte kroch über ihre Stirn – und ich glaube, daß es Schamröte war.

»Liebst du diesen Mann etwa, Charmion?« sagte sie mit einem kleinen Lachen, »daß du deinen zarten Körper zwischen ihn und die Messer jener geschlechtslosen Hunde wirfst?« Und sie blickte die Eunuchen verächtlich an.

»Nein!« antwortete das Mädchen heftig; »doch ich kann nicht tatenlos zusehen, wenn ein tapferer Mann von solchen wie denen ermordet wird.«

»Ja«, sagte Kleopatra, »er ist ein tapferer Mann, und er hat mutig gekämpft; ich habe noch nie einen so wilden Kampf gesehen, nicht einmal bei den Gladiatorenkämpfen in Rom! Also gut, ich werde sein Leben verschonen, obwohl das eine Schwäche ist – eine weibische Schwäche. Bringt ihn in seine Gemächer und bewacht ihn dort, bis er wieder geheilt ist – oder tot!«

Nun begann sich alles um mich zu drehen, und ich versank in das Nichts von Bewußtlosigkeit.

Träume, Träume, Träume! ohne Ende und ständig wechselnd, so wie ich seit Jahren und Jahren von den Wogen eines Meeres der Agonie hin und her geworfen zu werden scheine. Und durch sie hindurch eine Vision des zarten Gesichtes einer dunkeläugigen Frau, und die Berührung einer weißen Hand, die mich beruhigend streichelt. Visionen auch eines königlichen Antlitzes, das sich hin und wieder über mein Bett beugt – eines Antlitzes, das ich nicht erkennen konnte, dessen Schönheit jedoch durch meine fieberheißen Venen strömte und Teil von mir war – Visionen aus der Kindheit und von den Tempeltürmen Abouthis', und von dem weißhaarigen Amenemhat, meinem Vater – ja, und eine immerwährende Vision jener schrecklichen Halle in Amenti, und des kleinen Altars und der in Flammen gekleideten Geister! Dort schien ich auf ewig umherzuirren und nach der Heiligen Mutter zu rufen, der ich mich nicht mehr in Erinnerung bringen konnte. Die ich ständig und vergeblich rief! Denn keine Wolke ließ sich auf dem Altare nieder, und von Zeit zu Zeit rief die gewaltige Stimme: »Streicht den Namen Harmachis', Kind der Erde, aus dem lebenden Buche Derer, die War und Ist und Sein Wird! *Verloren! Verloren! Verloren!*«

Und dann antwortete eine andere Stimme: »Noch nicht! Noch nicht! Die Reue steht bevor! Streicht nicht den Namen von Harmachis, Kind der Erde, aus dem lebenden Buche Derer, die War und Ist und Sein Wird! Durch Leiden mag Sünde getilgt werden!«

Ich erwachte und fand mich in meinem Gemach im Turm des Palastes. Ich war so schwach, daß ich kaum meine Hand heben konnte, und das Leben schien so matt in meiner Brust zu flattern, wie eine sterbende Taube flattert. Ich konnte nicht den Kopf wenden, ich konnte mich nicht bewegen; doch in meinem Herzen war ein Gefühl von Ruhe und von überwundenem Leide. Das Licht der Lampe schmerzte meinen Augen, und als ich sie schloß, hörte ich das Rascheln von Frauengewändern auf der Treppe, und rasche, leichte Schritte, die mir so gut vertraut waren. Es waren die Schritte Kleopatras!

Sie kam herein und trat auf mich zu. Ich spürte sie kommen! Jeder Pulsschlag meines armen Körpers klopfte eine Antwort auf ihre Schritte, und meine ganze, mächtige Liebe, und mein abgrundtiefer Haß erhoben sich aus dem Dunkel meines totenähnlichen Schlafes und zerrissen mich in ihrem Kampf! Sie beugte sich über mich; ihr ambrosialer Atem fächelte mein Gesicht; ich konnte das Schlagen ihres Herzens hören! Noch tiefer beugte sie sich über mich, bis ihre Lippen schließlich sanft meine Stirn berührten.

»Du armer Mann!« hörte ich sie murmeln. »Du armer, schwacher, sterbender Mann! Das Schicksal ist hart mit dir umgesprungen! Du warst zu gut, um einer wie mir zum Spielzeug zu dienen – der Bauer, den ich jetzt meinem politischen Schachzug opfern muß! Ach, Harmachis! Du hättest das Spiel nie gewinnen können! Jene intrigierenden Priester konnten dir zwar Wissen geben, aber sie konnten dir keine Kenntnisse über die Menschheit geben, noch dich gegen den Gang der Natur absichern. Und du hast mich mit deinem ganzen Herzen geliebt – ah! das weiß ich nur zu gut! Nach Art der Männer hast du die Augen geliebt, die dich, wie die falschen Lichtsignale eines Piraten, zu Schiffbruch und Untergang leiteten, und du hast ergeben an den Lippen gehangen, die dein Herz fortlogen und die dich ›Sklave‹ nannten! Nun, das Spiel war ehrlich, denn du würdest mich getötet haben; aber dennoch trauere ich um dich. Da liegst du nun im Sterben. Dieses ist mein Lebewohl für dich. Niemals werden wir uns auf Erden wiedersehen; doch vielleicht ist es gut so, denn wer weiß, was ich mit dir tun würde, wenn meine Stunde der Zärtlichkeit vorüber ist, so du am Leben bliebest? Du liegst im Sterben, sagen sie – jene gelehrten, langgesichtigen Narren, die, wenn sie dich sterben lassen, den Preis dafür bezahlen werden. Und wo werden wir uns wiedertreffen, wenn ich meinen letzten Wurf gewürfelt habe? Dort werden wir gleich sein, in jenem Königreich, wo Osiris herrscht. Schon bald, in ein paar Jahren – vielleicht schon morgen – werden wir uns dort treffen und wie wirst du mich dann, alles wissend, das ich bin, begrüßen? Nein, hier wie dort mußt du mich noch immer anbeten! denn die Unsterblichkeit kann einer solchen Liebe wie der deinen nichts anhaben. Allein Verachtung kann, wie Säure, die Liebe eines edlen Herzens zernagen und die Wahrheit und seine bedauernswerte Nacktheit entblößen. Du mußt noch immer zu mir halten, Harmachis, denn ganz egal, was meine Sünden sein mögen, so bin ich doch groß und über deine Verachtung erhaben. Ich wollte, ich könnte dich so lieben wie du mich liebst! Fast tat ich es, als du jene Wachen erschlugst; und dennoch – nicht ganz.

Was für eine wehrhafte Festung ist doch mein Herz, daß niemand es erobern kann und selbst wenn ich seine Tore weit aufstoße, kein Mann diese Zitadelle einnehmen mag! Oh, wenn ich doch dieser Einsamkeit entrinnen und mich in einer anderen Seele verlieren könnte! Oh, wenn ich doch für ein Jahr, für einen Monat, nur für eine Stunde Politik, Völker und meinen erhabenen Stand vergessen und allein eine liebende Frau sein könnte! Lebe wohl, Harmachis! Geh und geselle dich zu dem großen Julius, den du vor meinen Augen von den Toten zurückgeholt hast, und überbringe ihm die Grüße der Königin Ägyptens. Ach ja, ich habe dir etwas vorgemacht, und auch Cäsar – und vielleicht wird eines Tages, bevor alles gesagt und getan ist, das Schicksal mich finden, und *mir* etwas vormachen. Harmachis – lebewohl!«

Sie wandte sich zum Gehen, und als sie das tat, hörte ich das Rascheln eines anderen Kleides, und die leichten Schritte einer anderen Frau.

»Ah! Du bist es, Charmion. Nun, trotz all deines Wachens stirbt der Mann.«

»Ja«, antwortete Charmion mit vor Trauer gepreßter Stimme. »Ja, o Königin, so sagen es die Ärzte. Vierzig Stunden lang hat er in einer so tiefen Bewußtlosigkeit gelegen, daß zu Zeiten sein Atem kaum das Gewicht dieser winzigen Feder heben konnte, und kaum konnte mein Ohr, wenn ich es an seine Brust legte, seinen Herzschlag vernehmen. Ich habe nun zehn Tage lang bei ihm gewacht und ihn Tag und Nacht beobachtet, bis meine Augen vor Müdigkeit brannten und ich mich vor Schwäche kaum noch auf den Beinen halten konnte. Und dies ist nun das Ergebnis aller meiner Mühen! Der feige Schlag des verfluchten Brennus hat sein Werk getan, und Harmachis stirbt!«

»Die Liebe zählt nicht die Mühen, Charmion, noch kann sie ihre Zärtlichkeit auf der Skala des Erfolges messen. Das, was sie besitzt, gibt sie, und ersehnt sich mehr, um zu geben und zu geben, bis die Unendlichkeit der Seele entleert ist. Diese schweren Nächte des Wachens sind deinem Herzen teuer; der traurige Anblick von Kraft, die so gebrochen wurde, daß sie an deiner Schwäche hängt wie ein Kind an der Mutterbrust, tut deinen müden Augen wohl! Denn, Charmion, du liebst diesen Mann, der dich nicht liebt, und nun, da er hilflos ist, kannst du deine Leidenschaft über die schweigende Dunkelheit seiner Seele ergießen und dich selbst mit Träumen dessen, was sein könnte, betrügen.«

»Ich liebe ihn nicht, dafür hast du einen Beweis, o Königin. Wie kann ich einen lieben, der dich töten wollte, die meinem Herzen wie eine Schwester ist? Es geschieht aus Mitleid, daß ich ihn pflege.«

Kleopatra lachte ein wenig, als sie antwortete: »Das Mitleid ist der Zwilling der Liebe, Charmion. Wunderlich verschlungen sind die Wege der Liebe einer Frau, und du hast die deinen auf eine seltsame Weise gewählt, das weiß ich. Doch je größer eine Liebe, desto tiefer ist der Abgrund, in den sie stürzen kann – ja, und von dort wieder himmelwärts fliegen, um wieder hinabzustürzen! Du arme Frau! Du bist der Spielball deiner Leidenschaft; jetzt zart wie der Morgenhimmel, und dann, wenn die Eifersucht dein Herz umklammert, grausamer als das Meer. Nun, so sind wir nun einmal gemacht. Bald, nach all diesen Mühen, wird dir nichts mehr verbleiben als Tränen, Reue – und Erinnerung.«

Und dann ging sie.

## 14

*Über die zärtliche Fürsorge Charmions; über die Heilung Harmachis'; über die Fahrt der Flotte Kleopatras nach Kilikien; und über die Rede Brennus' an Harmachis*

Kleopatra war gegangen, und für eine Weile blieb ich stumm, sammelte ich meine Kräfte, um sprechen zu können. Doch Charmion trat zu mir und beugte sich über mich, und ich spürte eine große Träne aus ihren dunklen Augen auf mein Gesicht fallen, so wie der erste schwere Regentropfen aus einer Gewitterwolke fällt.

»Du gehst«, flüsterte sie, »du gehst dorthin, wohin ich dir nicht folgen kann! O Harmachis, wie gern würde ich mein Leben für das deine hergeben!«

Nun endlich schlug ich die Augen auf und sprach, so gut es mir möglich war.

»Spar dir deine Trauer, liebe Freundin«, sagte ich, »noch

lebe ich; und offen gesagt habe ich das Gefühl, als ob neues Leben sich in meiner Brust regte.«

Sie stieß einen kleinen Freudenschrei aus, und nie habe ich etwas Schöneres gesehen, als die Veränderung, die ihr weinendes Gesicht zeigte. Es war, wie wenn das erste Leuchten des Tages durch die Blässe jenes traurigen Himmels rinnt, der die Nacht vor dem Tage verschleiert. Ihr schönes Angesicht wurde rosig, ihre tränengetrübten Augen leuchteten auf wie Sterne, und ein Lächeln der Verwunderung, schöner als das plötzliche Lächeln der See, wenn ihre Wellen sich unter dem Kuß des aufgehenden Mondes kräuseln, brach durch den Regen ihrer Tränen.

»Du lebst!« rief sie und warf sich neben meiner Lagerstatt auf die Knie. »Du lebst – ich ich hielt dich für tot! Du bist zu mir zurückgekommen! Oh! Was sage ich da? Wie töricht ist doch das Herz einer Frau! Es kommt von dem langen Wachen! Nein, schlaf und ruh dich aus, Harmachis! – Warum willst du reden? Nicht ein Wort mehr, ich befehle es dir! Wo ist der Kräutertrunk, den dieser langbärtige Narr hiergelassen hat? Nein, den sollst du nicht trinken. Schlaf, Harmachis, schlaf!« Sie kauerte sich neben mir zusammen, legte ihre kühle Hand auf meine Stirn und murmelte: »Schlaf, schlaf!«

Und als ich erwachte, war sie noch immer da, doch das Licht der Dämmerung fiel durch das Fenster. Sie kniete so wie zuvor neben meiner Lagerstatt, eine Hand auf meiner Stirn, und ihr Kopf mit seinen zerzausten Locken ruhte auf ihrem ausgestreckten Arm.

»Charmion«, flüsterte ich, »habe ich geschlafen?«

Sofort war sie hellwach, blickte mich mit zärtlichen Augen an und sagte: »Ja, du hast geschlafen, Harmachis.«

»Wie lange habe ich geschlafen?«

»Neun Stunden.«

»Und du bist neun lange Stunden nicht von meiner Seite gewichen?«

»Ja, doch das ist nichts; auch ich habe geschlafen – ich fürchtete, dich zu wecken, wenn ich mich regte.«

»Geh und ruh dich aus!« sagte ich. »Es beschämt mich, daran zu denken. Geh und ruh dich aus, Charmion!«

»Mach dir keine Gedanken darüber«, antwortete sie. »Sieh, ich werde einem Sklaven befehlen, über dich zu wachen, damit es dir an nichts mangelt; ich werde dort schlafen, in der äußeren Kammer. Nein, kein Wort – ich gehe.« Damit wollte sie sich erheben, doch verkrampft wie sie war, sank sie augenblicklich zu Boden.

Ich kann kaum das Gefühl der Scham beschreiben, das mich erfüllte, als ich sie fallen sah. Ach! und ich konnte mich nicht regen, um ihr beizustehen.

»Es ist nichts«, sagte sie. »Rühr dich nicht; ich habe mich nur mit dem Fuße verhakt. So!« Wieder wollte sie aufstehen, und wieder sank sie zu Boden. »So etwas von Ungeschicklichkeit! Ich muß noch halb schlafen.« Sie stemmte sich am Rande meiner Lagerstatt hoch. »So, jetzt geht es. Ich werde einen Sklaven schicken.« Und sie taumelte davon wie eine, die zuviel vom Wein getrunken hat.

Danach schlief ich wieder, denn ich war sehr schwach. Als ich wieder erwachte, war es Nachmittag, und ich bat um Essen, das mir dann von Charmion gebracht wurde.

Ich aß. »Also werde ich nicht sterben«, sagte ich.

»Nein«, antwortete sie mit einem Zurückwerfen ihres Kopfes, »du wirst leben. Ehrlich gesagt, war mein Mitleid für dich verschwendet.«

»Und dein Mitleid hat mir das Leben gerettet«, sagte ich matt, denn jetzt erinnerte ich mich wieder daran.

»Es ist nicht der Rede wert«, antwortete sie wegwerfend. »Schließlich bist du mein Vetter; und außerdem habe ich Spaß am Pflegen, es ist eine den Frauen gemäße Tätigkeit. Ich hätte es auch für jeden Sklaven getan. Deshalb werde ich dich jetzt, da die Gefahr vorüber ist, verlassen.«

»Du hättest besser daran getan, mich sterben zu lassen, Charmion«, sagte ich nach einer Weile, »denn das Leben kann für mich nur noch eine einzige Schande sein. Sag mir nun, wann segelt Kleopatra nach Kilikien?«

»In zwanzig Tagen, und mit einem solchen Prunk und einer solchen Pracht, wie Ägypten sie noch nie gesehen hat. Offen gesagt, kann ich nicht verstehen, woher sie die Mittel hat, um einen solchen Pomp einzubringen, so wie ein Bauer seine goldene Ernte einbringt.«

Ich aber, der ich wußte, woher dieser Reichtum stammte, stöhnte innerlich vor Verbitterung und antwortete nicht.

»Wirst du sie begleiten, Charmion?« fragte ich dann.

»Ja, ich und der ganze Hof. Und auch du.«

»Auch ich? Weshalb ich?«

»Weil du Kleopatras Sklave bist und mit goldenen Ketten gebunden hinter ihrem Wagen gehen sollst; weil sie fürchtet, dich hier in Khem zurückzulassen; und weil es ihr Wille ist, und das allein ist entscheidend.«

»Charmion, kann ich nicht entfliehen?«

»Entfliehen, du armer, kranker Mann? Wie könntest du entfliehen? Selbst jetzt wirst du strengstens bewacht. Und selbst wenn du entfliehen könntest, wohin wolltest du gehen? In ganz Ägypten gibt es nicht einen einzigen ehrlichen Menschen, der dich nicht vor Verachtung anspucken würde!«

Wieder stöhnte ich innerlich auf, und weil ich so geschwächt war fühlte ich Tränen über meine Wangen rinnen.

»Weine nicht!« sagte sie hastig und wandte ihr Gesicht ab. »Sei ein Mann und steh diese Sache durch! Du hast gesät, und nun mußt du auch ernten; doch nach der Ernte steigt das Wasser des Flusses und schwemmt die faulenden Wurzeln fort, und dann kommt wieder die Zeit der Aussaat. Vielleicht kann dort, in Kilikien, wenn du wieder bei Kräften bist, ein Weg gefunden werden, auf welchem du entfliehen kannst – falls du es wirklich solltest ertragen können, ohne Kleopatras Lächeln zu leben; denn in irgendeinem fernen Lande mußt du wohnen, bis alle diese Dinge in Vergessenheit geraten sind. Und nun, da ich meine Aufgabe erfüllt habe, lebe wohl! Hin und wieder werde ich kommen, um zu sehen, daß es dir an nichts fehlt.«

Und sie ging hinaus, und ich wurde von da an, und das sehr gut, von einem Arzt und zwei Sklavenfrauen betreut, und so wie meine Wunde heilte, kehrte auch meine Kraft zurück, allmählich zu Anfang, und dann sehr rasch. Vier Tage später konnte ich meine Lagerstatt verlassen, und nach drei weiteren eine Stunde lang im Palastgarten spazierengehen; eine Woche später konnte ich lesen und denken, verkehrte jedoch nicht mehr bei Hofe. Und schließlich, eines Nachmittags, kam Charmion und forderte mich auf, mich reisefertig zu machen, da die Flotte in zwei Tagen segeln würde, zuerst entlang der Küste Syriens, und von dort zum Golf von Issus und Kilikien.

Daraufhin erbat ich in aller Form und schriftlich von Kleopatra, zurückgelassen zu werden, unter dem Vorwand, daß ich noch zu geschwächt sei, um reisen zu können. Doch ich erhielt darauf eine Botschaft, daß ich mitkommen müsse.

Und so wurde ich am festgesetzten Tag in einer Sänfte zu einem Boot gebracht und gemeinsam mit jenem Mann, der mich niedergeschlagen hatte, dem Hauptmann Brennus, und einer Gruppe seiner Leute (die den Auftrag hatten, mich zu bewachen) an Bord eines Schiffes gerudert, das gemeinsam mit den anderen Schiffen der Flotte vor Anker lag. Denn Kleopatra reiste wie zu einem Kriege, eskortiert von einer starken Flotte von Schiffen, unter denen ihre Galeere, wie ein Haus gebaut und mit Zedernholz und seidenen Stoffen ausgekleidet, das schönste und kostbarste war, das die Welt jemals gesehen hatte. Doch ich wurde nicht auf dieses Schiff gebracht, und so kam es, daß ich Kleopatra und Charmion nicht sah, bis wir an der Mündung des Flusses Cydnus landeten.

Nachdem das Zeichen zum Aufbruch gegeben worden war, setzten die Schiffe der Flotte ihre Segel, und da uns der Wind günstig stand, gelangten wir am Abend des zweiten Tages nach Joppa. Von dort aus segelten wir langsam, gegen den Wind kreuzend, die syrische Küste entlang, vorbei an Cäsarea, und Ptolemais, und Tyrus, und Berytus, und an den weißen, mit Zedern gekrönten Bergen des Libanon, und weiter nach Heraklea und über den Golf von Issus zur Mündung des Cydnus. Und während dieser langen Reise brachte die klare Meeresluft mir meine Gesundheit zurück, bis ich schließlich, abgesehen von einer hellen Narbe an der Stelle, wo das Schwert Brennus' mich getroffen hatte, fast wieder so war wie zuvor. Und eines Nachts, als wir uns dem Cydnus näherten, und Brennus und ich an Deck saßen, stieß er einen Fluch bei seinen barbarischen Göttern aus und sagte: »Wenn du gestorben wärst, hätte ich niemals wieder erhobenen Hauptes stehen können: Ah! das war ein feiger Streich, und ich schäme mich, daß ich es war, der ihn geführt hat, und du warst am Boden und mit dem Rücken zu mir! Weißt du, daß ich, als du zwischen Leben und Tod hingest, jeden Tag gekommen bin und nach deinem Zustand gefragt habe? Und ich habe bei Taranis geschworen, daß ich, solltest du sterben, dem verweichlichten Palastleben den Rücken kehren und in den herrlichen Norden zurückkehren würde.«

»Mach dir darüber keine Vorwürfe, Brennus«, antwortete ich; »es war deine Pflicht.«

»Vielleicht. Doch gibt es Pflichten, die ein tapferer Mann nicht erfüllen sollte – nein, selbst nicht auf den Befehl irgendeiner Königin, die jemals über Ägypten herrschte. Dein Faustschlag hat mich benommen gemacht, sonst hätte ich diesen Schwertstreich nicht geführt. Was ist eigentlich los, Freund? – hast du Schwierigkeiten mit dieser, unserer Königin? Warum wirst du auf dieser Vergnügungsreise als Gefangener mitgenommen? Weißt du, daß man gedroht hat, uns mit unserem Leben dafür büßen zu lassen, wenn du entkommen solltest?«

»Ja, ich bin in großen Schwierigkeiten, Freund«, antwortete ich, »doch frag mich nicht weiter.«

»Dann, wenn man dein Alter in Betracht zieht, spielt eine Frau dabei eine Rolle – das schwöre ich – und vielleicht kann ich, wenngleich roh und ungelehrt, sogar raten, wer Sie ist. Höre, Freund, was meinst du? Ich bin des Dienstes an Kleopatra und in diesem heißen Lande von Wüsten und von Luxus müde, der die Kräfte eines Mannes aufzehrt und seine Taschen leert, und so geht es auch anderen, die ich kenne.

Was meinst du: Laß uns eines dieser plumpen Schiffe nehmen und nach Norden segeln. Ich kann dich zu einem besseren Lande führen als Ägypten es ist, einem Lande von Seen und Bergen und riesigen Wäldern durftender Kiefern; ja, und dort kannst du ein Mädchen finden, das deiner würdig ist – meine eigene Nichte – ein großes und kräftiges Mädchen, mit blauen Augen und langen, blonden Haaren, und mit Armen, die dir die Rippen brechen könnten, wenn sie dich zur Brust nimmt. Was sagst du dazu? Laß die Vergangenheit hinter dir zurück, fahr mit mir in den herrlichen Norden und sei ein Sohn für mich!«

Einen Moment lang dachte ich darüber nach, doch dann schüttelte ich traurig den Kopf, denn obwohl ich in starker Versuchung war, fortzugehen, wußte ich doch, daß mein Schicksal in Ägypten lag und ich mich ihm nicht entziehen konnte.

»Es kann nicht sein, Brennus«, antwortete ich. »Ich wollte, ich könnte es tun, doch bin ich von einer Kette des Schicksals gebunden, die ich nicht zerbrechen kann, und in dem Lande Ägypten muß ich leben und sterben.«

»Wie du es willst«, sagte der alte Krieger. »Mir hätte es sehr gefallen, dich unter meinen Leuten zu verehelichen und einen Sohn aus dir zu machen. Doch zumindest erinnere dich, daß du, solange ich hier bin, in Brennus einen Freund hast. Und noch eins: Hüte dich vor deiner schönen Königin, denn, bei Taranis, es mag die Stunde kommen, wo sie glaubt, daß du zu viel weißt, und dann ...« Mit diesen Worten zog er die Handkante über die Kehle. »Doch nun gute Nacht; einen Becher Wein, und dann will ich schlafen, denn wenn morgen das Theater losgeht ...«

*(Hier ist eine ganze Lage der zweiten Papyrusrolle so zerrissen, daß sie nicht entzifferbar war. Es scheint sich um eine Beschreibung von Kleopatras Reise den Cydnus hinauf zu der Stadt Tarsus zu handeln. – Herausgeber)*

Und – *(so fährt die Niederschrift fort)* – für solche, die an diesen Dingen Freude haben, muß es tatsächlich ein herrlicher Anblick gewesen sein. Denn das Heck unserer Galeere war mit Platten gehämmerten Goldes bedeckt, die Segel waren mit dem Purpur von Tyrus gefärbt, und die silberbeschlagenen Ruder fuhren in gleichmäßigem Takt zu den Klängen von Musik durchs Wasser. Und dort, auf der Mitte des Decks, unter einem Baldachin, der von Goldstickerei schimmerte, lag Kleopatra, gekleidet wie die römische Venus, (und sicherlich war Venus nicht schöner!) in spinnwebfeinem, durchsichtigen Gewand aus weißester Seide, mit einem goldenen Gürtel geschnürt; der mit eingravierten Liebesszenen geschmückt war. Um sie herum standen rosige Knaben, nach ihrer Schönheit ausgewählt, und mit nichts anderem bekleidet, als mit an die Schultern geschnallten Daunenflügeln, und auf dem Rücken, wie Amor, einen Bogen und einem Köcher mit Pfeilen, und fächelten ihr die Luft mit Fächern aus prächtigen Federn. Auf dem Deck des Schiffes und an der Takelage aus Seidenschnüren standen keine rauhen Matrosen, sondern hübsche Frauen, von denen einige als Grazien und andere als Nereiden gekleidet waren – das heißt, mit kaum mehr als ihren parfümierten Haaren angetan – die zum Klang von Harfen und dem Taktschlag der Ruder mit leiser Stimme sangen. Und hinter Kleopatras Lager, mit gezogenem Schwert, stand Brennus, in einer prächtigen Rüstung und mit einem goldenen Helm; und mit ihm weitere – darunter auch ich – in reichen, kostbaren Gewändern, und nun wußte ich, das ich in der Tat ein Sklave war! Auf dem erhöhten Achterdeck brannten Becken, welche mit kostbarstem Weihrauch gefüllt waren, und deren duftende Rauchfahne wie eine kleine Wolke hinter unserem Heck hing.

Wie ein Traum von Luxus, gefolgt von vielen Schiffen, glitten wir so auf die bewaldeten Hänge des Taurus zu, zu deren Füßen jene uralte Stadt Tarschisch liegt. Und überall, wohin wir kamen, strömten die Menschen zusammen und riefen: »Venus ist dem Meere entstiegen! Venus ist gekommen, um Bacchus zu besuchen!« Wir näherten uns der Stadt, und alle ihre Einwohner – jeder, der gehen oder getragen werden konnte – drängten sich zu Tausenden um den Hafen, und mit ihnen die ganzen Heerscharen des Antonius, so daß der Triumvir allein auf seinem Gerichtssessel zurückblieb.

Dellius, der Falschzüngige, war ebenfalls gekommen, übermittelte schmeichlerisch und katzbuckelnd der ›Königin der Schönheit‹ die Grüße Antonius' und die Einladung zu dem Bankett, das Antonius für sie ausrichten ließe. Doch sie antwortete hochmütig: »Wahrlich, es ist Antonius, der Uns seine Aufwartung machen sollte, nicht Wir Antonius. Bitte den edlen Antonius für heute abend zu Unserer armseligen Tafel – sonst dinieren wir allein.«

Dellius zog sich zurück, wobei er sich bis zum Boden verneigte, und dann endlich erblickte ich Antonius. Er kam in Purpurroben gekleidet, ein hochgewachsener und gut aussehender Mann auf der Höhe seines Lebens, mit hellen, blauen Augen, lockigem Haar und einem Gesicht, das so fein gezeichnet war wie eine griechische Gemme. Denn er war ein stattlicher Mann von königlichem Aussehen, mit einem offenen Gesicht, auf dem seine Gedanken so klar geschrieben standen, daß jeder sie lesen konnte, nur die Schwäche des Mundes strafte die Kraft seiner Stirn Lügen. Er kam an der Spitze seiner Heerführer, und als er die Lagerstatt Kleopatras erreichte, blieb er überwältigt stehen und blickte sie mit weit geöffneten Augen an. Auch sie blickte ihn an, jedoch forschend; ich sah das rote Blut unter ihrer weißen Haut strömen, und ein starker Anfall von Eifersucht ergriff mein Herz. Und Charmion, die alles aus gesenkten Blicks aus wimpernbeschatteten Augen beobachtete, sah dieses ebenfalls und lächelte. Doch Kleopatra sprach kein Wort, sondern streckte ihm nur ihre weiße Hand zum Kuß entgegen; und er ergriff sie schweigend und küßte sie.

»Siehe, edler Antonius, du hast mich gerufen, und ich bin gekommen.«

»Venus ist gekommen«, antwortete er mit seiner tiefen, wohlklingenden Stimme, seinen Blick noch immer wie gebannt auf ihr Gesicht gerichtet. »Ich habe eine Frau ge-

rufen – und eine Göttin ist aus den Tiefen emporgestiegen.«

»Um einen Gott zu finden, der sie in seinem Reich begrüßt«, antwortete sie lachend auf ihre geistreiche Art. »Nun aber genug der Komplimente, denn auf die Erde gekommen ist selbst Venus hungrig. Deine Hand, edler Antonius.«

Die Fanfaren schmetterten, und durch die sich verneigenden Menschen und an der Spitze ihres Gefolges, schritt Kleopatra Hand in Hand mit Antonius zum Bankett.

*(Hier fehlt ein weiteres Blatt in dem zweiten Papyrus. – Herausgeber)*

## 15

*Über das Bankett Kleopatras; über das Zerschmelzen der Perle; über den Spruch Harmachis'; und über Kleopatras Liebesschwur*

Am dritten Abend war wieder ein Bankett vorbereitet, in der Halle des großen Hauses, das Kleopatra zur Verfügung gestellt worden war, und die für diese Nacht noch reicher und kostbarer geschmückt wurde als zuvor. Denn die zwölf Liegen, die um den Tisch standen, waren mit Gold beschlagen, und die von Kleopatra und Antonius aus reinem Gold und mit Juwelen verziert. Auch die Teller und Platten waren aus Gold und mit Juwelen verziert, die Wände mit goldbestickten Purpurstoffen bekleidet, und der Boden war mit einer knöcheltiefen Schicht frischer Rosen bedeckt, die durch ein Netz von Goldfäden zusammengehalten wurden, und wenn die Sklaven über diese Blüten schritten, stieg ihr süßer Duft auf. Wieder war mir befohlen worden, gemeinsam mit Charmion, Iras und Merira hinter der Liege Kleopatras zu stehen, und, wie ein Sklave, die verstreichenden Stunden auszurufen. Und da ich dem nicht abhelfen konnte, wurde ich wild im Herzen; dies aber schwor ich mir: es sollte zum letzten Male sein, da ich diese Erniedrigung nicht länger ertragen konnte. Denn obwohl ich noch nicht glauben konnte, was Charmion mir gesagt hatte, daß Kleopatra entschlossen sei, die Geliebte Antonius' zu werden, vermochte ich doch diese Erniedrigung und Qual nicht länger ertragen. Denn von Kleopatra hörte ich jetzt keine anderen Worte mehr als solche, die eine Königin zu ihrem Sklaven spricht, und ich glaube, daß es ihrem dunklen Herzen Freude bereitete, mich zu quälen.

So kam es, daß ich, der Pharao, der gekrönte Herrscher von Khem, unter den Eunuchen und Dienerinnen hinter der Liege von Ägyptens Königin stand, während sie und die anderen vergnügt waren und der Weinkrug herumgereicht wurde. Und Antonius' Augen waren ständig auf Kleopatras Gesicht fixiert, die von Zeit zu Zeit den Blick der ihren in den seinen ertrinken ließ, und dann erstarb ihr Gespräch für eine Weile. Denn er erzählte ihr von Kriegen, und von den Taten, die er vollbracht hatte, ja, und auch Scherze über die Liebe, wie sie nicht für die Ohren von Frauen bestimmt sind. Doch sie nahm an keinem von ihnen Anstoß; im Gegenteil, sie verfiel in seine Stimmung und setzte seinen Geschichten eigene entgegen, die zwar geistreicher waren, doch nicht weniger schamlos.

Schließlich, als das festliche Mahl beendet war, blickte Antonius auf die ihn umgebende Pracht.

»Sag mir, geliebte Königin«, fragte er, »ist der Sand des Nils aus purem Golde, daß du Nacht für Nacht den Schatz eines Königs für ein einziges Bankett verschwenden kannst? Woher kommt dieser unermeßliche Reichtum?«

Ich erinnerte mich an die Grabkammer des Göttlichen Menkau-ra, dessen heiliger Schatz auf so sündige Art vergeudet wurde, und hob den Kopf, so daß Kleopatras Blick den meinen traf; und sie las meine Gedanken und runzelte unwillig die Stirn.

»Aber, edler Antonius«, sagte sie, »das ist doch nicht der Rede wert. In Ägypten haben wir unsere Geheimnisse und wissen, woher wir Reichtümer zaubern können, wenn wir sie brauchen. Sag, was ist der Wert der Speisen und der Getränke, die uns aufgetragen wurden?«

Er blickte einen Moment umher und versuchte dann, es zu erraten.

»Vielleicht tausend Sesterzen?«

»Du hast es um die Hälfte unterschätzt, edler Antonius! Doch was immer es sein mag, ich habe es dir und den deinen zum Zeichen meiner Freundschaft gegeben. Und ich werde dir noch mehr zeigen; ich selbst werde jetzt zehntausend Sesterzen mit einem Schluck trinken.«

»Das ist unmöglich, schöne Königin Ägyptens!«

Sie lachte und befahl einem Sklaven, ihr ein Glas mit weißem Essig zu bringen. Als es gebracht worden war, lachte sie wieder, und Antonius erhob sich von seiner Liege und setzte sich neben sie, während alle anderen sich neugierig vorbeugten, um zu sehen, was sie tun würde. Und sie tat dies: Sie nahm von einem ihrer Ohren eine jener großen Perlen, die sie als letztes aus dem Körper des Göttlichen Pharao geholt hatte, und bevor irgend jemand erraten konnte, was sie vorhatte, ließ sie sie in den Essig fallen. Nun breitete sich Stille aus, die Stille der Verwunderung, und langsam zerschmolz die Perle in der starken Säure. Als sie völlig aufgelöst war, hob sie das Glas und schüttelte es, und dann trank sie den Essig bis auf den letzten Tropfen.

»Mehr Essig, Sklave!« sagte sie, »meine Mahlzeit ist erst zur Hälfte gegessen!« Und damit löste sie die zweite Perle von dem anderen Ohr.

»Bei Bacchus, nein! Das darfst du nicht tun!« rief Antonius und ergriff ihre Hände. »Ich habe genug gesehen.« Und in diesem Augenblick, dazu bewegt von etwas, das ich nicht nennen kann, rief ich laut:

»Die Stunde wird kommen, o Königin! – *die Stunde des Fluches von Menkau-ra!*«

Eine aschefarbene Blässe breitete sich über Kleopatras

Gesicht, und sie fuhr wütend zu mir herum, während alle anderen mich verblüfft anstarrten, da sie nicht wußten, was die Worte bedeuteten.

»Du Sklave bösen Omens!« rief sie. »Sag so etwas noch einmal, und du sollst mit Stöcken geprügelt werden! – ja, wie ein Übeltäter – das verspreche ich dir, Harmachis!«

»Was meint dieser Schurke von einem Astrologen damit?« fragte Antonius. »Sprich, Mann! Und mach die Bedeutung deiner Worte klar, denn solche, die mit Flüchen handeln, müssen ihre Waren deklarieren.«

»Ich bin ein Diener der Götter, edler Antonius. Das, was die Götter meinem Geiste eingeben, das muß ich sagen; doch seine Bedeutung verstehe ich nicht«, antwortete ich bescheiden.

»Oh, oh! Du dienst also den Göttern, du vielfarbiges Mysterium?« Dieses war eine Anspielung auf meine kostbaren Roben. »Nun, ich diene den Göttinnen, was ein sanfterer Kult ist. Doch dieses ist uns gemeinsam: obwohl ich sage, was sie mir eingeben, kann ich ihre Bedeutung doch nicht erkennen.« Dabei blickte er Kleopatra an, als ob er eine Antwort bei ihr suche.

»Laß diesen Schurken sein«, sagte sie ungeduldig. »Morgen werde ich ihn davonjagen.« Und an mich gewandt: »Hebe dich hinweg!«

Ich verneigte mich und ging, und als ich das tat, hörte ich Antonius sagen: »Er mag ein Schurke sein – denn das sind alle Menschen –, doch muß ich dies über deinen Astrologen sagen: er besitzt ein königliches Wesen, und das Auge eines Königs – ja, und es ist Geist in seinem Blick.«

Auf dem Korridor blieb ich stehen, da ich, verwirrt von meinem Elend, nicht wußte, was ich tun sollte. Als ich so stand, berührte jemand meine Hand. ich blickte auf; es war Charmion, der es in dem Durcheinander der Aufhebung der Tafel gelungen war, sich fortzustehlen und mir zu folgen.

Denn wenn ich in Schwierigkeiten war, stand Charmion stets zu mir.

»Folge mir!« flüsterte sie. »Du bist in Gefahr.«

Ich wandte mich um und folgte ihr. Warum auch sollte ich es nicht tun?

»Wohin gehen wir?« fragte ich schließlich.

»In meine Kammer«, sagte sie. »Keine Sorge, wir Damen von Kleopatras Hof haben keinen Ruf zu verlieren; falls wir zufällig gesehen werden sollten, wird man glauben, es sei eine Liebesaffäre, und die sind nichts Besonderes bei Hofdamen.«

Ich folgte ihr, und nach einer Weile gelangten wir ungesehen zu einer kleinen Seitentür, die zu einer Treppe führte, und diese stiegen wir hinauf. Die Treppe endete an einem Korridor. Wir gingen ihn entlang bis zu einer Tür an seiner linken Seite. Charmion öffnete sie und trat hindurch, und ich folgte ihr in eine dunkle Kammer. Als wir in dem Raum waren, verriegelte sie die Tür, blies glühenden Zunder zur Flamme und zündete damit eine Hängelampe an. Als ihr Licht heller wurde, blickte ich mich um. Der Raum war nicht groß und wies nur eine Fensteröffnung auf, die mit Läden verschlossen war. Ihre Einrichtung war einfach. An den weißen Wänden standen mehrere Kleiderschränke, außerdem sah ich einen sehr alten Sessel, etwas, das ich für einen Frisiertisch hielt, denn auf seiner Platte lagen Kämme, Parfums und all der Firlefanz, den Frauen zu brauchen scheinen, und im Hintergrund ein weißes Bett mit einer bestickten Decke, über dem ein Mückenschleier hing.

»Setz dich, Harmachis!« sagte sie und deutete auf den Sessel. Ich tat es, und Charmion schlug den Mückenschleier zurück und setzte sich mir gegenüber aufs Bett.

»Weißt du, was ich Kleopatra sagen hörte, als du die Bankethalle verließest?« fragte sie dann.

»Nein, ich weiß es nicht.«

»Sie hat dir nachgeblickt, und als ich zu ihr trat, um irgend etwas für sie zu tun, hörte ich sie murmeln: ›Bei Serapis, ich werde ihm ein Ende bereiten! Ich werde nicht länger warten. Morgen lasse ich ihn erwürgen!‹«

»So«, sagte ich; »dem mag so sein, obwohl ich, nach allem, was geschehen ist, kaum glauben kann, daß sie mich ermorden würde.«

»Warum kannst du es nicht glauben, du törichtster aller Männer? Hast du vergessen, wie nahe du in der Alabasterhalle dem Tode gewesen bist? Wer hat dich denn vor den Messern der Eunuchen errettet? War es etwa Kleopatra? Oder waren es ich und Brennus? Bleib hier, sage ich dir! Du kannst es noch nicht glauben, weil du es in deiner Torheit nicht für möglich hältst, daß die Frau, die noch bis vor kurzem wie eine Ehegattin für dich war, dich auf eine so niedrige Art zum Tode verdammen könnte. Nein, widersprich nicht! – Ich weiß alles; und ich sage dir dies: Du hast die Tiefen von Kleopatras Falschheit noch nicht ausgelotet, noch vermagst du dir die Schwärze ihres sündigen Herzens vorzustellen. Sie hätte dich schon in Alexandria getötet, wenn sie nicht gefürchtet hätte, daß das Bekanntwerden deiner Ermordung sie in Schwierigkeiten bringen könnte. Aus diesem Grunde hat sie dich hierhergebracht, um dich heimlich zu töten. Denn was könntest du ihr noch geben? Sie besitzt bereits die Liebe deines Herzens, und sie ist deiner Kraft und deiner Schönheit müde geworden. Sie hat dich deines königlichen Geburtsrechtes beraubt und dich, einen König, dazu erniedrigt, bei Banketten hinter ihr unter ihren Bedienerinnen zu stehen; und sie hat dir das große Geheimnis des heiligen Schatzes abgerungen!«

»Woher weißt du das?«

»Ich weiß alles; und heute hast du gesehen, wie der Reichtum, der für eine Notzeit Khems gehortet worden war, verschwendet wird, um den wollüstigen Luxus von Khems mazedonischer Königin zu bezahlen! Du siehst, auf welche Weise sie ihren Eid, dich ehrbar zu heiraten, gehalten hat, Harmachis – endlich haben deine Augen die Wahrheit erkannt!«

»Ja, und nur zu gut; doch sie hat geschworen, daß sie mich liebe – und ich armer Narr habe ihr geglaubt.«

»Sie hat geschworen, daß sie dich liebe?« antwortete Charmion und blickte mich mit ihren dunklen Augen an.

»Ich werde dir zeigen, wie sie dich liebt. Weißt du, was dieses Haus einst war? Ein Priesterseminar, und, wie du weißt, haben Priester ihre Geheimnisse. Dieser kleine Raum war einstens die Kammer des Obersten Priesters, und jener, der neben und unterhalb von ihm liegt, der Versammlungsraum der anderen Priester. Der alte Sklave, der das Haus versorgt, hat mir das gesagt, und er hat mir auch gezeigt, was du gleich sehen wirst. Sei jetzt so still wie der Tod, Harmachis, und folge mir!«

Sie blies die Lampe aus, und führte mich in dem wenigen Licht, welches durch das mit Läden verschlossene Fenster hereinfiel, bei der Hand in die gegenüberliegende Ecke des Raumes. Hier drückte sie auf eine bestimmte Stelle der Wand, und eine Tür öffnete sich. Wir traten hindurch, und sie schloß den Federmechanismus. Wir befanden uns jetzt in einer kleinen Kammer von etwa fünf Ellen in der Länge und vier in der Breite; ein schwacher Lichtschein drang in ihn herein, und auch der Laut von Stimmen, doch woher sie kamen, erkannte ich nicht. Charmion ließ meine Hand los, schlich lautlos zur anderen Wand dieses Raumes und starrte eine Weile auf die Wand, dann kam sie zurückgeschlichen und zog mich, mit der Ermahnung: »Keinen Ton!« zu jener Wand. Dort sah ich, daß sich Gucklöcher in jener Wand befanden, die auf der anderen Seite durch Verzierungen im Mauerwerk verblendet waren. Ich blickte durch das Loch, das vor mir war, und ich sah dies: Sechs Ellen unterhalb von uns befand sich ein großer Raum, der von duftenden Lampen erhellt wurde und mit allem Luxus eingerichtet war. Es war dies das Schlafgemach Kleopatras, und dort, kaum zehn Ellen von unseren Augen entfernt, saß Kleopatra auf einem vergoldeten Diwan, und ihr zur Seite saß Antonius.

»Sag mir«, murmelte Kleopatra – denn diese Kammer war so angelegt, das jedes in dem unterhalb von ihr gelegenen Raum gesprochene Wort die Ohren des Lauschers erreichte – »sag mir, edler Antonius, warst du mit meinem armseligen Bankett zufrieden?«

»Ja«, antwortete er mit seiner tiefen Kriegerstimme, »ja, Königin Ägyptens. Ich habe Bankette gegeben und bin zu Banketten geladen worden, doch noch nie habe ich so eines wie das deine erlebt; und ich möchte dir dies sagen: Obwohl ich von rauher Sprache und ungeschickt in schönen Worten bin, wie die Frauen sie lieben: du warst der köstlichste Anblick dieser herrlichen Tafel. Der rote Wein war nicht so rosig wie deine herrlichen Wangen, die Rosen dufteten nicht so lieblich wie dein Haar, und keiner der Saphire mit ihren ständig wechselnden Lichtern war so schön wie deine Augen von ozeanischem Blau.«

»Was! Ein Lob von Antonius! Schöne Worte von den Lippen jenes, dessen Schreiben so grob sind! Das ist wahrlich ein Lob!«

»Ja«, fuhr er fort, »es war ein königliches Bankett, wenngleich es mich grämt, daß du die wunderbare Perle vergeudetest. Und was meinte jener die Stunden ausrufende Astrologe mit seinem üblen Gerede von dem Fluche Menkau-ras?«

Ein Schatten huschte über ihr rosig gefärbtes Gesicht. »Das weiß ich nicht. Er ist kürzlich bei einer Schlägerei verwundet worden, und ich glaube, daß der Hieb ihm den Verstand verwirrt hat.«

»Er wirkte aber durchaus nicht verwirrt, und da war etwas in seiner Stimme, das meinen Ohren wie ein Orakel des Schicksals klang. Und so zornig hat er dich mit seinen durchdringenden Augen angeblickt, Königin Ägyptens, wie einer, der liebt und doch durch seine Liebe haßt.«

»Er ist ein seltsamer Mann, sage ich dir, edler Antonius, und ein gelehrter. Manchmal fürchte selbst ich ihn, denn er ist wohl vertraut mit den uralten Künsten Ägyptens. Weißt du, daß dieser Mann königlichen Geblütes ist und einst plante, mich zu töten? Doch ich habe ihn besiegt und ihn nicht getötet, denn er besaß den Schlüssel zu Geheimnissen, die ich erfahren wollte; und ich liebte seine Weisheit und hörte gerne seinen gelehrten Worten über verborgene Dinge zu.«

»Bei Bacchus, ich werde eifersüchtig auf den Burschen! Und was ist jetzt, Königin Ägyptens?«

»Jetzt habe ich ihm all sein Wissen ausgesogen und keinen Grund mehr, ihn zu fürchten. Hast du nicht bemerkt, daß ich ihn an diesen drei Abenden wie einen Sklaven unter meinen Sklaven stehen und ihn laut die Stunden ausrufen ließ, die während des Fests verstrichen? Kein gefangener König, der in einem römischen Triumphzug marschieren mußte, kann so gelitten haben wie dieser stolze ägyptische Prinz, als er erniedrigt hinter meinem Diwan stand.«

Hier legte Charmion ihre Hand auf die meine und drückte sie, wie in Zärtlichkeit.

»Nun, er wird uns nicht länger mit seinen Worten bösen Omens belästigen«, fuhr Kleopatra fort, »denn morgen wird er sterben, rasch und im Geheimen, ohne daß eine Spur seines Schicksals zurückbleibt. Dazu bin ich fest entschlossen; wahrlich, edler Antonius, ich bin dazu entschlossen. Selbst wenn ich nur von diesem Mann spreche, keimt Furcht vor ihm in meiner Brust auf. Ich habe nicht übel Lust, den Befehl sofort zu geben, denn ich kann nicht frei atmen, bevor er tot ist.« Und sie wollte sich erheben.

»Laß es bis zum Morgen«, sagte er und hielt sie bei der Hand fest; »die Soldaten trinken und würden die Tat schlecht ausführen. Außerdem wäre es feige; ich mag es nicht, wenn Männer im Schlaf umgebracht werden.«

»Am Morgen könnte der Habicht entflogen sein«, sagte sie nachdenklich. »Er hat scharfe Ohren, dieser Harmachis, und er kann Dinge zu seiner Hilfe herbeirufen, die nicht irdisch sind. Vielleicht hört er mich sogar jetzt in seinem Geiste, denn wahrlich, ich scheine seine Gegenwart um mich zu spüren. Ich kann dir sagen – doch nein, lassen wir das. Edler Antonius, sei meine Zofe und löse diese Krone von meinem Haupt. Sie drückt meine Stirn. Sei behutsam und tu mir nicht weh! Ja, danke.«

Er hob den Uräus von ihrem Kopf, und sie schüttelte ihr schweres Haar, daß es wie eine Robe um sie fiel.

»Nimm deine Krone zurück, Königin Ägyptens«, sagte er

mit leiser Stimme, »nimm sie aus meiner Hand; ich will dich ihrer nicht berauben, sondern werde dafür sorgen, daß sie fester auf deinem schönen Haupt sitzt.«

»Was willst du damit sagen?« fragte sie lächelnd und blickte ihm in die Augen.

»Was ich damit sagen will? – Dies: Du bist auf meine Aufforderung hin hergekommen, um dich für Anklagen, die in politischen Angelegenheiten gegen dich erhoben wurden, zu verantworten. Und du magst hören, daß, wenn du anders gewesen wärest, als du es bist, nicht als Königin an den Nil zurückkehren würdest, denn ich bin sicher, daß alle gegen dich erhobenen Anklagen berechtigt sind. Doch da du so bist, wie du bist – und wisse, daß nie die Natur eine Frau verschwenderischer ausgestattet hat – vergebe ich dir alles. Um deiner Liebenswürdigkeit und deiner Schönheit willen vergebe ich dir das, was ich weder der Tugend, noch dem Patriotismus, noch der Würde des Alters vergeben hätte! Du siehst, wie nützlich der Charme und die Schönheit einer Frau sind, da sie Könige ihre Pflicht vergessen lassen und selbst Justitia dazu verleiten, unter ihrer Augenbinde hervorzulugen, bevor sie das Schwert hebt! Nimm deine Krone zurück, o Königin Ägyptens! Ich werde von nun an dafür sorgen, daß sie, wenngleich sie schwer ist, dich nicht drückt.«

»Das sind wahrhaft königliche Worte, edelster Antonius«, antwortete sie, »huldreiche und großzügige Worte, wie sie dem Eroberer der Welt zukommen! Und was meine Missetaten der Vergangenheit betrifft – falls sie tatsächlich Missetaten waren –, so sage ich dir dies, und dies allein: daß ich damals Antonius nicht kannte. Denn wer, der Antonius kennt, könnte sich gegen ihn versündigen? Welche Frau könnte ein Schwert gegen einen erheben, der allen Frauen wie ein Gott erscheinen muß, einer, der, wenn man ihn sieht und kennt, die ganze Anhänglichkeit des Herzens an sich zieht, so wie die Sonne die Blüten aus dem Boden zieht? Was kann ich mehr sagen, ohne die Grenzen weiblicher Tugend zu überschreiten? Nur noch dies: Setz diese

Krone auf mein Haupt, großer Antonius, und ich werde sie als ein Geschenk von dir annehmen, durch deine Huld mir doppelt teuer, und zu deinem Nutzen werde ich sie behüten.

So, nun bin ich deine Vasallen-Königin, und durch mich wird das ganze alte Ägypten, über das ich herrsche, Antonius, den Triumvir verehren, der bald Antonius, der Kaiser von Rom und Khems kaiserlicher Herr sein wird!«

Nachdem Antonius die Krone auf ihre Locken gesetzt hatte, blickte er sie lange an, leidenschaftlich geworden in dem warmen Atem ihrer lebenden Schönheit, bis er schließlich ihre beiden Hände ergriff, sie an sich zog und dreimal küßte, wobei er sagte:

»Kleopatra, ich liebe dich – ich liebe dich so, wie ich noch nie geliebt habe.« Sie entzog sich ihm mit einem sanften Lächeln, und als sie das tat, fiel der goldene Reif der heiligen Schlangen, der nur lose aufgesetzt war, zu Boden und rollte in das Dunkel jenseits des Lichtkreises.

Ich sah ein Omen darin, und selbst in dem bitteren Leid meines Herzens erkannte ich seine böse Vorbedeutung. Doch jene beiden beachteten es nicht.

»Du liebst mich also«, sagte sie sanft; »doch woher soll ich wissen, daß du mich liebst? Vielleicht ist es Fulvia, die du liebst – Fulvia, deine angetraute Gemahlin?«

»Nein, es ist nicht Fulvia, du bist es, Kleopatra, und du allein. Seit meiner Jugend sind mir viele Frauen reizvoll erschienen, doch nach keiner habe ich ein solches Verlangen verspürt wie nach dir, o du Wunder der Welt, der noch keine andere Frau gleichkam! Kannst du mich lieben, Kleopatra, und mir treu sein, nicht wegen meiner Position und meiner Macht, nicht für das, was ich geben oder verweigern kann, nicht wegen der harten Musik der Schritte meiner Legionen, oder wegen des Lichtes, das aus meinem hellen Stern des Glückes fällt, sondern allein meinetwegen, um Antonius' willen, des rauhen Heerführers, der in Militärlagern alt geworden ist? Ja, um Antonius', des Zechers willen, des Ungefestigten, Richtungslosen, der jedoch noch nie ei-

nen Freund im Stich gelassen, noch einen armen Mann beraubt, noch einen Feind mit Hinterlist angegriffen hat? Sag, kannst du mich lieben, Königin Ägyptens? Oh, wenn du es tätest, wäre ich glücklicher, als wenn ich heute im Capitol in Rom sitzen und zum absoluten Monarchen der Welt gekrönt würde!«

Und während er so sprach, blickte sie ihn mit verwunderten Augen an, und in ihnen war ein Licht von Wahrheit und Ehrlichkeit, das mir völlig fremd war.

»Du sprichst offen«, sagte sie. »und deine Worte klingen süß in meinen Ohren – und sie müssen süß klingen, denn welche Frau hätte es nicht gerne, wenn der Herr der Welt ihr zu Füßen liegt? Doch so wie die Dinge liegen, was könnte süßer klingen, als deine Worte? Der Hafen der Ruhe für den sturmgeschüttelten Seefahrer – das ist süß! Der Traum vom himmlischen Glück, der den armen, asketischen Priester auf seinem Weg des Opfers ermuntert – wahrlich, das ist süß! Der Anblick der Morgendämmerung, der rosenfingerigen Eos, die ihr Versprechen wahrmacht, die erwachende Welt zu beglücken – wahrlich, das ist süß! Doch nicht eines davon kann die Honigsüße deiner Worte für mich erreichen, o Antonius! Denn du weißt nicht – du kannst es nicht wissen – wie öde mein Leben gewesen ist, und wie leer, da es bestimmt ist, daß eine Frau nur in der Liebe ihrer Einsamkeit entrinnen kann! Und ich habe *niemals* geliebt, konnte niemals lieben – bis zu dieser glücklichen Nacht! Ja, nimm mich in deine Arme, und laß uns den großen Liebeseid schwören – jenen Eid, der nicht gebrochen werden darf, solange noch Leben in uns ist! Höre, Antonius! Für jetzt und für immer schwöre ich dir unverbrüchliche Treue! Für jetzt und für immer bin ich dein, und dein allein!«

Nun nahm Charmion mich bei der Hand und zog mich fort.

»Hast du genug gesehen?« fragte sie, als wir wieder in ihrem Gemach waren und die Lampe brannte.

»Ja«, sagte ich; »meine Augen sind geöffnet.«

## 16

## *Über den Plan Charmions; über das Geständnis Charmions; und über die Antwort Harmachis'*

Eine Weile saß ich mit gesenktem Kopf, und die letzte Bitterkeit der Schmach sank in meine Seele. Dies also war das Ende. Dafür hatte ich meine Eide gebrochen; dafür hatte ich das Geheimnis der Pyramide verkauft; dafür hatte ich meine Krone verloren, meine Ehre, und, vielleicht, meine himmlische Hoffnung! Konnte es auf dieser weiten Welt einen anderen Mann geben, der in eine solche Hoffnungslosigkeit versunken war wie ich in jener Nacht? Sicherlich gab es keinen. Wohin sollte ich mich wenden? Was konnte ich tun? Und selbst durch den Sturm meines zerrissenen Herzens schrie die bittere Stimme der Eifersucht. Denn ich liebte diese Frau, für die ich alles hingegeben hatte; und sie war in diesem Moment ... sie war ... Ach! ich konnte es nicht ertragen, daran zu denken; und in meiner tiefen Verzweiflung barst mein Herz in einem Strom von Tränen, wie sie schrecklich zu weinen sind!

Nun trat Charmion zu mir und ich sah, daß sie ebenfalls weinte.

»Weine nicht, Harmachis!« schluchzte sie und kniete sich neben mich. »Ich kann es nicht ertragen, wenn du weinst. Oh! warum hast du dich nicht warnen lassen? Dann wärest du groß und glücklich geworden und nicht so, wie du es heute bist. Höre, Harmachis! Du hast vernommen, was diese falsche und tigerische Frau gesagt hat: Morgen wird sie dich den Mördern übergeben!«

»Das ist gut«, sagte ich keuchend.

»Nein, es ist nicht gut! Harmachis, gib ihr nicht auch diesen letzten Triumph über dich! Du hast alles verloren, mit Ausnahme deines Lebens; doch solange einem das Leben verblieben ist, bleibt auch Hoffnung, und mit der Hoffnung die Chance zur Rache!«

»Ah!« sagte ich und sprang auf. »Daran habe ich nicht gedacht. Ja – die Chance zur Rache! Es wäre herrlich, mich zu rächen!«

»Es würde herrlich sein, Harmachis, und dennoch ist diese Art von Rache ein Pfeil, der oft jenen durchbohrt, der ihn abschießt. Das weiß ich aus – Erfahrung«, seufzte sie. »Doch jetzt Schluß mit Reden und Trauern. Wir beide werden in den kommenden Jahren genügend Zeit haben, zu trauern, wenn auch nicht, zu reden. Du mußt fliehen – bevor es hell wird, mußt du fliehen. Hier ist ein Plan. Morgen, vor Anbruch der Dämmerung, wird eine Galeere, die erst gestern mit Früchten und anderen Dingen beladen von Alexandria gekommen ist, nach dort zurücksegeln, und ihr Kapitän kennt mich, dich jedoch kennt er nicht. Ich werde dir das Gewand eines syrischen Händlers besorgen und dich als solchen verkleiden, was ich gut kann, und dir ein Schreiben an den Kapitän jener Galeere geben. Er wird dich nach Alexandria bringen, denn du wirst als nicht mehr erscheinen denn ein Händler, der seinen Geschäften nachgeht. Brennus ist heute nacht Hauptmann der Wache, und er ist mein Freund, wie auch der deine. Vielleicht wird er etwas erraten, vielleicht auch nicht; auf jeden Fall aber wird der syrische Händler sicher die Wachen passieren. Was sagst du dazu?«

»Es ist gut«, antwortete ich müde; »die Sache interessiert mich nur wenig.«

»Ruhe dich hier aus, Harmachis, während ich die nötigen Vorbereitungen treffe; und, Harmachis, trauere nicht so sehr; da sind andere, die mehr Grund zum Trauern haben als du.« Und sie ging und ließ mich allein mit meiner Agonie, die mich zerriß, wie eine Folterbank. Wenn nicht von Zeit zu Zeit der Gedanke an Rache durch mein Gehirn gezuckt wäre, wie Blitze durch den Himmel über einem mitternächtlichen Meer zucken, so hätte ich wohl in jenen dunklen Stunden den Verstand verloren. Endlich hörte ich Charmions Schritte vor der Tür, und sie atmete schwer, als sie eintrat, denn sie trug einen Sack mit Kleidern in den Armen.

»Es ist alles gut gegangen«, sagte sie. »Hier sind die Kleider, und Sachen zum Wechseln, und Schreibtafeln, und alles andere, was du brauchst. Ich habe auch Brennus aufgesucht und ihm gesagt, daß eine Stunde vor Sonnenaufgang ein syrischer Händler die Wachen passieren würde. und obwohl er tat, als ob er halb schliefe, glaube ich, daß er mich verstanden hat, denn er antwortete gähnend, daß seinetwegen fünfzig syrische Händler ihrem ehrlichen Gewerbe nachgehen könnten, wenn sie nur das Losungswort – ›Antonius‹ – wüßten. Und hier ist der Brief an den Kapitän – du kannst die Galeere nicht verfehlen, denn sie ist gleich rechts festgemacht, wenn du den großen Kai betrittst – eine kleine schwarz gestrichene Galeere, und außerdem siehst du, daß sie seeklar gemacht wird. Ich werde draußen warten, während du die Livré deines Dienstes ablegst und dich umkleidest.«

Als sie gegangen war, riß ich mir meine prächtigen Roben vom Leibe, spuckte auf sie und trampelte auf ihnen herum. Dann legte ich die bescheidene Kleidung eines Händlers an, band die Schreibtafeln an meinen Umhang, zog Sandalen aus ungegerbtem Leder an die Füße und steckte den Dolch in den Gürtel. Als ich damit fertig war, trat Charmion herein und blickte mich prüfend an.

»Du bist noch immer zu sehr der königliche Harmachis«, sagte sie; »das muß geändert werden.«

Sie nahm eine Schere von ihrem Frisiertisch, forderte mich auf, mich zu setzen, und schnitt meine Haare dicht an der Kopfhaut ab. Als nächstes nahm sie mehrere Färbemittel, wie Frauen sie verwenden, um ihre Lider nachzudunkeln, mischte sie geschickt und rieb das Zeug auf mein Gesicht und meine Hände, und auf die helle Narbe in meinem Haar, wo das Schwert Brennus' in den Knochen eingedrungen war.

»Jetzt bist du so verändert – doch nicht zu deinem Vorteil, Harmachis«, sagte sie mit einem gepreßten Lachen, »daß selbst ich dich kaum erkennen würde. Warte, noch etwas brauchst du«, sagte sie, trat zu einem Schrank, in dem ihre

Kleider hingen, und nahm einen schweren Beutel mit Gold heraus.

»Nimm das!« sagte sie. »Du wirst Geld brauchen.«

»Ich kann dein Gold nicht nehmen, Charmion.«

»Doch, nimm es! Sepa hat es mir für die Förderung unserer Sache gegeben, und deshalb ist es rechtens, daß du es ausgibst. Außerdem wird Antonius, mein neuer Herr, mir sicher mehr geben, wenn ich es brauchen sollte; er ist mir sehr zu Dank verpflichtet, und das weiß er auch recht gut. Da, nimm es und vergeude nicht kostbare Zeit damit, über Mammon zu feilschen – noch bist du kein Händler, Harmachis.« Und ohne ein weiteres Wort leerte sie die Goldstücke aus dem Beutel in die Ledertasche, die von meiner Schulter hing. Dann verschnürte sie den Sack, in dem sich die Reservekleidung befand, und – so weiblich sorgsam war sie – steckte eine Alabasterdose von dem Färbemittel hinein, mit dem ich mein Gesicht nachdunkeln konnte; und schließlich hob sie die bestickten Roben meines Hofamtes auf, die ich von mir geworfen hatte, und verbarg sie in dem geheimen Gang. Und dann war alles vorbereitet.

»Ist es für mich Zeit zu gehen?« fragte ich.

»Nein, noch nicht. Habe Geduld, Harmachis, für eine kurze Weile mußt du meine Gegenwart noch ertragen, dann kannst du mir Lebewohl sagen, vielleicht für immer.«

Ich gab ihr durch eine Geste zu verstehen, daß jetzt nicht die Zeit für scharfe Worte war.

»Vergib mir meine vorlaute Zunge«, sagte sie, »doch aus einer versalzenen Quelle fließt bitteres Wasser. Setz dich, Harmachis! Ich habe dir schwere Worte zu sagen, bevor du gehst.«

»Sprich!« sagte ich. »Worte, so schwer sie auch sein mögen, können mich nicht mehr treffen.«

Sie stand vor mir mit gefalteten Händen, und das Licht der Lampe schien auf ihr schönes Gesicht. Ich bemerkte, wie blaß es war, und wie breit und dunkel die Ringe um ihre schwarzen Augen lagen. Zweimal hob sie ihr Gesicht, um zu sprechen, und zweimal versagte ihr die Stimme; und als sie schließlich sprechen konnte, kamen die Worte in einem heiseren Flüstern.

»Ich kann dich nicht gehen lassen«, sagte sie. »Ich kann dich nicht gehen lassen, ohne daß du die Wahrheit weißt. *Harmachis, ich war es, die dich verraten hat!*«

Ich sprang auf die Füße, einen Fluch auf meinen Lippen; doch sie ergriff meine Hand.

»Oh, setz dich!« sagte sie. »Setz dich und hör mich an! Dann, wenn du alles gehört hast, tu mit mir, was du willst. Höre! Von jenem bösen Augenblick an, als ich dich, in Gegenwart deines Onkels, Sepa, zum zweiten Male sah, liebte ich dich; wie sehr, kannst du nicht einmal erahnen. Denk an deine Liebe für Kleopatra und verdopple sie, und verdopple sie noch einmal – dann kommst du vielleicht der gewaltigen Summe meiner Liebe nahe. Ich habe dich geliebt, und Tag für Tag mehr, bis ich allein in dir und für dich zu leben schien. Doch du warst kalt – du warst mehr als kalt! Du hast mich nicht wie eine atmende Frau behandelt, sondern wie ein Mittel zu einem Zweck – wie ein Werkzeug, um damit nach deinem Glück zu graben. Und dann sah ich – ja, lange bevor du selbst es wußtest –, daß die Flut deines Herzens jenem Ufer des Verderbens zuströmte, an dem heute dein Leben zerschellt liegt. Schließlich kam jene Nacht, jene furchtbare Nacht, als ich, in deinem Gemach verborgen, dich mein Halstuch in den Wind werfen sah und hörte, wie du die Gabe meiner königlichen Rivalin mit liebevollen Worten bedachtest. Darauf – oh, du weißt es! – verriet ich dir das Geheimnis meines Herzens, das du nicht sehen wolltest, und du hast meiner nur gespottet, Harmachis! Oh! Welch eine Schmach – und du hast in deiner Torheit meiner *gespottet!* Ich ging fort, und in mir erhoben sich all die Qualen, die das Herz einer Frau zerreißen können, denn jetzt war ich sicher, daß du Kleopatra liebtest. Ja, und so wütend war ich, daß ich noch in jener Nacht den Entschluß faßte, dich zu verraten, doch dachte ich: noch nicht, noch nicht; denn morgen mag er anders sein. Dann kam dieses Morgen, und alles war bereit, das große Komplott in die Tat umzusetzen, das dich zum Pharao machen sollte. Und auch ich kam – erinnerst du dich? –, und wieder hast du mich, als ich in Parabeln zu dir sprach, abgetan wie etwas, das von geringem Wert ist – als etwas zu Kleines, um auch nur einen Augenblick ernsten Nachdenkens daran zu verschwenden. Und im Wissen, daß dies deshalb geschah, weil du – obwohl du es noch nicht wußtest – Kleopatra liebtest, die du in jener selben Nacht töten mußtest, verlor ich den Verstand, und ein böser Geist trat in mich ein, nahm mich völlig in Besitz, so daß ich nicht mehr ich selbst war und mich nicht mehr beherrschen konnte. Und weil du mich zurückgewiesen hattest, tat ich zu meiner ewigen Schande und zu ewigem Leid dies: Ich ging zu Kleopatra und verriet dich und jene, die zu dir standen, und unsere heilige Sache, indem ich ihr sagte, ich hätte ein Schreiben gefunden, das du versehentlich fallengelassen hättest, und darin dies alles gelesen.«

Mir stockte vor Entsetzen der Atem, und ich saß schweigend; sie blickte mich traurig an und fuhr fort: »Als Kleopatra verstand, wie groß das Komplott war, und wie tief seine Wurzeln reichten, war sie sehr beunruhigt; und im ersten Augenblick wollte sie nach Sais fliehen oder mit einem Schiff nach Zypern entkommen, doch ich versicherte ihr, daß alle Wege gesperrt seien. Da sagte sie, daß sie dich in ihrem Gemache töten lassen würde, und mit dieser Gewißheit verließ ich sie; denn zu jener Stunde war ich froh, daß du getötet werden würdest – ja, selbst wenn ich mir an deinem Grabe das Herz herausweinen würde, Harmachis. Doch was sagte ich eben? – Die Rache ist ein Pfeil, der oft jenen durchbohrt, der ihn abschießt. Und so geschah es auch mir, denn zwischen meinem Gehen und deinem Kommen heckte Kleopatra einen raffinierteren Plan aus. Sie fürchtete, daß deine Ermordung das Feuer der Rebellion nur noch heller auflodern lassen würde, doch wenn sie dich an sich ketten und dich auf diese Weise deinen zweifelnden Männern als Verräter bloßstellen würde, könnte sie die unmittelbare Gefahr an ihrer Wurzel treffen und sie verdorren lassen. Sie riskierte es, sich dem zweifelhaften Ausgang dieses großen

Komplotts zu stellen, und ... – muß ich weitersprechen? – Du weißt, Harmachis, wie sie gesiegt hat; und so traf der Pfeil der Rache, den ich abgeschossen hatte, mich selbst. Denn am nächsten Morgen wußte ich, daß ich vergebens gesündigt hatte, daß die Last meines Verrates dem armseligen Paulus aufgebürdet worden war, und daß ich nichts anderes erreicht hatte, als die Sache, der ich verschworen war, zu verraten, und den Mann, den ich liebte, in die Arme der buhlerischen Kleopatra zu treiben.«

Sie neigte den Kopf, und dann, als ich nicht sprach, fuhr sie fort: »Laß alle meine Sünden ans Licht des Tages gebracht werden, Harmachis, und dann mag mir Gerechtigkeit widerfahren. Siehe, nun geschah dies: Fast lernte Kleopatra, dich zu lieben, und tief in ihrem Herzen dachte sie sogar daran, dich zu ihrem rechtmäßigen Ehegemahl zu nehmen. Wegen dieser Liebe zu dir verschonte sie das Leben all der Teilnehmer des Komplottes, die sie hatte gefangen setzen lassen, mit der Überlegung, daß sie sie, wenn sie dich heiratete, dazu benutzen könnte, gemeinsam mit dir das Herz aus Ägypten herauszureißen, das weder sie noch irgendeinen der Ptolemäer liebt. Und dann hat sie dich noch einmal eingefangen, und in deiner Torheit hast du ihr das Geheimnis des verborgenen Reichtums Ägyptens verraten, den sie jetzt dafür verschwendet, sich den verwöhnten Antonius gefügig zu machen; doch wahrlich, zu jener Zeit wollte sie ihren Eid einlösen und dich heiraten. Doch an dem Morgen, als Dellius ihre Antwort erwartete, ließ sie mich rufen, berichtete mir alles – denn meinen Verstand schätzte sie mehr als jeden anderen – und verlangte meinen Rat darüber, ob sie Antonius trotzen und dich ehelichen sollte, oder ob es besser sei, diesen Gedanken aufzugeben und zu Antonius zu reisen. Und ich – halte nun meine ganze Sünde fest! – ich riet ihr in meiner bitteren Eifersucht, da ich sie nicht als deine legitime Ehefrau und dich als ihren liebenden Gebieter sehen wollte, mit aller Dringlichkeit, daß sie zu Antonius reisen sollte, wohl wissend – denn ich hatte vorher mit Dellius gesprochen –, daß, wenn sie nach Kilikien ginge, der schwache Antonius wie eine reife Frucht in ihren Schoß fallen würde, was ja auch geschehen ist. Und eben erst habe ich dir das Ergebnis meiner Intrige vor Augen geführt. Antonius liebt Kleopatra, und Kleopatra liebt Antonius, und du bist beraubt worden; für mich aber ist alles gut ausgegangen, die ich dennoch von allen Frauen auf der Welt heute nacht die unglücklichste bin. Denn als ich eben sah, wie dein Herz brach, schien mein Herz mit dem deinen zu brechen, und ich konnte die Bürde meiner bösen Taten nicht länger ertragen, sondern wußte, daß ich sie dir beichten und meine Strafe auf mich nehmen mußte.

Und nun, Harmachis, bleibt mir nichts mehr zu sagen, außer, daß ich dir für die Höflichkeit danke, mich anzuhören; doch dies möchte ich noch hinzufügen: Getrieben von meiner großen Liebe habe ich mich bis in den Tod gegen dich versündigt! Ich habe dich zerstört, und ich habe Khem zerstört, und auch mich habe ich zerstört! Laß den Tod mein Lohn sein! Töte mich, Harmachis – gerne werde ich unter deinem Schwert sterben, ja, und seine Klinge küssen! Töte mich und geh! denn wenn du mich nicht tötest, werde ich mich selbst töten!« Sie warf sich vor mir auf die Knie und bot mir ihre Brust dar, auf daß ich meinen Dolch hineinstieße. Und in meiner bitteren Wut war ich auch dazu bereit, denn vor allem dachte ich daran, wie diese Frau, die meinen Sturz herbeigeführt hatte, mich dann noch mit der Peitsche ihrer Verachtung geschlagen hatte. Doch es ist schwer, eine schöne Frau zu töten, und als ich meine Hand hob, um zuzustechen, erinnerte ich mich, daß sie mir jetzt zum zweiten Mal das Leben gerettet hatte.

»Du schamloses Weib!« sagte ich. »Erhebe dich! Ich werde dich nicht töten! Wer bin ich denn, daß ich über dein Verbrechen urteilen dürfte, wenn das meine über jede irdische Gerichtsbarkeit hinausgeht?«

»Töte mich, Harmachis!« stöhnte sie, »Töte mich, oder ich werde mich selbst töten! Meine Bürde ist zu schwer, um sie tragen zu können. Sei nicht so entsetzlich ruhig: Verfluche mich und stech zu!«

»Was war es noch, das du mir vorhin sagtest, Charmion? Daß ich das ernten müsse, was ich gesät habe? Es ist gegen das Gesetz, dich selbst zu töten; es ist gegen das Gesetz, daß ich, der dir an Sünden gleich bin, dich töte, nur weil es durch dich war, daß ich gesündigt habe. So wie *du* gesät hast, mußt *du* ebenfalls ernten. Du schamloses Weib, deren grausame Eifersucht all dieses Leid über mich und über Ägypten gebracht hat, lebe – lebe weiter und pflück Jahr für Jahr die bitteren Früchte deines Verbrechens! Dein Schlaf sei von Visionen deiner empörten Götter geplagt, deren Vergeltung dich und mich in Amenti erwartet! Deine Tage seien geplagt von Erinnerungen an jenen Mann, den deine grausame Liebe in Schande und Verderben stürzte, und von dem Anblick Khems als Opfer der unersättlichen Kleopatra und als Sklave des Römers Antonius.«

»Oh, sprich nicht so, Harmachis! Deine Worte sind schärfer als jedes Schwert, und sie werden mich zwar langsamer, doch um so sicherer töten! Höre, Harmachis!« – und sie klammerte sich an mein Gewand –, »als du groß warst und alle Macht in deiner Reichweite lag, hast du mich zurückgewiesen. Willst du mich auch jetzt zurückweisen, da Kleopatra dich von sich gestoßen hat, jetzt, da du arm und in Schande bist und kein Kissen hast, um deinen Kopf darauf zu betten? Ich bin noch immer schön, um deinen Kopf darauf zu betten? Ich bin noch immer schön, und ich bete dich an. Laß mich mit dir fliehen und meine Sünden durch meine lebenslange Liebe wieder gutmachen. Oder, wenn das zuviel verlangt ist, laß mich nur wie deine Schwester und deine Dienerin sein – deine Sklavin sogar, so daß ich immer noch dein Angesicht sehen und deine Sorgen teilen und dich trösten kann. O Harmachis, laß mich nur mit dir gehen, und ich werde alles wagen und ertragen, und nichts als der Tod wird mich von deiner Seite reißen. Denn ich glaube wahrlich, daß die Liebe, die mich so tief sinken ließ, mich genauso hoch tragen kann, und dich mit mir!«

»Willst du mich zu einer neuen Sünde verlocken, Weib? Und glaubst du, daß ich es ertragen könnte, in irgendeiner

Hütte, in der ich mich verkriechen muß, Tag um Tag dein schönes Gesicht zu sehen, und mich dabei daran zu erinnern, daß jene Lippen es waren, die mich verrieten? Nicht *so* leicht sollst du deine Sünden abbüßen! Dies weiß ich schon jetzt: vieler werden deine einsamen Tage der Buße sei und schwer! Vielleicht mag jene Stunde der Vergeltung dennoch kommen, und vielleicht wirst du leben, um deinen Anteil daran zu haben. Du mußt weiter am Hofe Kleopatras verbleiben, und während du dort bist und wenn ich am Leben bleiben sollte, werde ich Mittel und Wege finden, um dir von Zeit zu Zeit Nachricht zukommen zu lassen. Vielleicht mag der Tag dämmern, an dem ich deine Dienste benötige. Nun schwöre mir, daß du mich in einem solchen Falle nicht zum zweiten Mal verraten wirst!«

»Ich schwöre es, Harmachis! – ich schwöre! Mögen ewige Qualen, zu furchtbar, um sie auch nur zu erträumen – noch viel furchtbarer sogar als jene, die ich jetzt durchleide – mein Los sein, wenn ich dich auch nur um ein Iota verraten sollte – ja, selbst wenn ich bis an mein Lebensende auf dein Wort warten müßte!«

»Es ist gut; sorge nun dafür, daß du diesen Eid hältst – nicht ein zweites Mal dürfen wir zu Verrätern werden. Ich gehe, um mein Schicksal zu erfüllen; du bleibst hier und wirst das deine erfüllen. Vielleicht werden unsere Lebensfäden sich noch einmal kreuzen, bevor das Gewebe fertig ist. Charmion, die du mich ungebeten liebtest – und die du von jener Liebe dazu getrieben wurdest, mich zu verraten und ins Verderben zu stürzen: Lebe wohl!«

Sie starrte mit weit aufgerissenen Augen in mein Gesicht – sie streckte ihre Arme aus, wie um mich zu umarmen; dann warf sie sich in der Qual ihrer Verzweiflung vor mir auf den Boden und jammerte.

Ich nahm den Kleidersack und den Stab und ging zur Tür, und im Hinausgehen blickte ich noch einmal zurück. Dort lag sie, mit ausgestreckten Armen – weißer als ihre weißen Gewänder – ihr dunkles Haar um sich gebreitet, und ihre schöne Stirn auf dem Schmutz des Bodens.

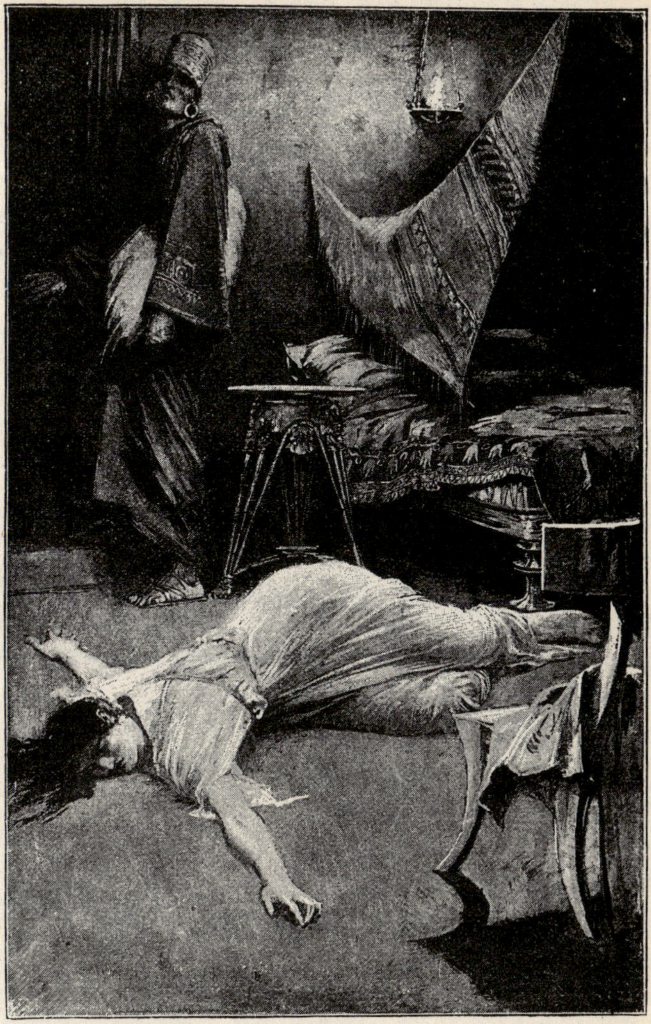

Und so ließ ich sie zurück, und ich sollte sie nicht wiedersehen, bevor neun lange Jahre gekommen und gegangen waren.

*(Hier endet die zweite und größte der Papyrusrollen. – Herausgeber)*

## Drittes Buch

# Die Rache Harmachis'

# 1

*Über die Flucht Harmachis' aus Tarsus; über seine Überantwortung an das Meer als Opfergabe an die Götter der See; über seinen Aufenthalt auf der Insel Zypern; über seine Rückkehr nach Abouthis; und über den Tod Amenemhats*

Ich gelangte sicher die Treppe hinab und stand kurz darauf im Hofe des großen Hauses. Es war noch eine Stunde vor der Morgendämmerung, und nichts rührte sich. Der letzte Zecher hatte genug getrunken, die Tanzmädchen hatten aufgehört zu tanzen, und Stille lag über der Stadt. Ich näherte mich dem Tor und wurde von dem Centurion der Wache aufgehalten, der in einen dicken Umhang gehüllt dort stand.

»Wer kommt?« fragte die Stimme Brennus'.

»Ein Händler, wenn es dir genehm ist, der aus Alexandria Gaben für den Haushalt der Königin gebracht hat und nun, nachdem er vor einer Dame ihres Hofes bewirtet worden ist, zu seiner Galeere zurückkehrt«, antwortete ich mit verstellter Stimme.

»Hmm!« knurrte er. »Die Damen des Haushaltes der Königin halten ihre Gäste lange auf. Nun, es ist eben die Zeit des Feierns. Das Losungswort, Krämer. Ohne das Losungswort mußt du zurückgehen zu jener Dame und um weitere Gastfreundschaft bitten.«

»Es ist *Antonius,* edler Herr, und eine gute Losung ist dieser Name. Ah! ich bin lange und weit umhergewandert, doch nie habe ich einen so gutaussehenden Mann, noch einen so großen Heerführer getroffen. Und du mußt wissen, daß ich wahrlich weit herumgekommen bin und viele Heerführer gesehen habe.«

»Ja, *Antonius* ist das Losungswort. Und Antonius ist – auf seine Art – ein guter Heerführer – wenn er nüchtern ist, und wenn kein Weiberrock da ist, dem er nachläuft. Ich habe unter Antonius gedient – und auch gegen ihn, und kenne seine Stärken und seine Schwächen. Nun ja, jetzt hat er freilich alle Hände voll zu tun!«

Während der Zeit, die er mich mit diesem Gerede aufgehalten hatte, war der Posten ständig vor dem Tore auf und ab gegangen; jetzt aber trat er einige Schritte zur Seite, so daß der Weg frei war.

»Leb wohl, Harmachis, und mach dich rasch fort!« flüsterte Brennus mit leiser Stimme. »Halte dich nicht länger auf! Und denke ab und zu an Brennus, der seinen Hals riskierte, um den deinen zu retten. Lebewohl, mein Freund, ich wünschte, daß wir gemeinsam nordwärts segeln würden.« Damit drehte er mir den Rücken zu und begann ein Lied zu summen.

»Leb wohl, Brennus, du ehrlicher Mann«, antwortete ich und ging durch das Tor. Und, wie ich später hörte, erwies Brennus mir am folgenden Morgen, als es ein großes Geschrei gab, weil die Mörder mich nicht finden konnten, obwohl sie mich überall suchten, um mich zu töten, einen großen Dienst. Denn er schwor, daß er, als er eine Stunde nach Mitternacht allein auf Wache stand, mich auf das Dach des großen Hauses kommen und an seinen Rand treten gesehen habe, wo ich meine Gewänder ausbreitete, die daraufhin zu Flügeln wurden, auf denen ich himmelwärts schwebte, was ihn sehr in Erstaunen gesetzt habe. Und alle Menschen bei Hofe hörten seiner Geschichte zu und glaubten sie, da ich für meine Magie berühmt war; und sie fragten sich, für was dieses Wunder ein Omen sein mochte. Die Geschichte verbreitete sich auch in Ägypten und trug viel dazu bei, meinen guten Namen unter jenen zu retten, die ich verraten hatte, denn die naiveren von ihnen glaubten nun, daß ich nicht aus freiem Willen gehandelt hätte, sondern unter dem Willen der gefürchteten Götter, die mich nun zu nur ihnen bekannten Zwecken in den Himmel geholt hatten. Und deshalb sagen die Menschen Ägyptens noch heute: *Wenn Harmachis wiederkommt, wird Ägypten befreit.* Aber Harmachis kommt nicht wieder! Nur Kleopatra glaubte die Geschichte nicht, wenngleich sie durch den Bericht sehr verängstigt wurde, und ein bewaffnetes Schiff ausschickte, um nach dem syrischen Händler zu suchen, der jedoch nicht gefunden wurde, wie noch berichtet werden wird.

Als ich die Galeere erreichte, von der Charmion gesprochen hatte, fand ich sie bereit, abzulegen, und gab ihr Schreiben dem Kapitän, der mich zwar mit seltsamem Blicke musterte, jedoch nichts sagte.

Also ging ich an Bord, wir legten ab und fuhren mit der Strömung rasch flußaufwärts. Nachdem wir unangefochten die Mündung des Cydnus erreicht hatten, obwohl wir viele Schiffe passierten, stachen wir in See und segelten vor einem kräftigen Wind, der bald zu einem gewaltigen Sturm auffrischte. Nun wollten die Seeleute, die große Furcht hatten, umkehren und zur Mündung des Cydnus zurücksegeln, was ihnen jedoch wegen der Wildheit des Meeres nicht möglich war. Die ganze Nacht hindurch tobte der Sturm mit unverminderter Stärke, und gegen Morgen wurde der Mast des Schiffes abgebrochen und fortgerissen, und wir rollten hilflos in den Trögen der gewaltigen Wellen. Ich jedoch saß in meinen Umhang gewickelt und kümmerte mich um nichts; und weil ich keine Furcht zeigte, riefen die Seeleute, daß ich ein Zauberer sei, und sie wollten mich ins Meer werfen, was der Kapitän jedoch nicht duldete. Als es dämmerte, ließ die Gewalt des Sturmes ein wenig nach, doch kurz vor Mittag blies er erneut mit furchtbarer Macht, und in der vierten Stunde des Nachmittags gelangten wir vor die felsige Küste jenes Kaps der Insel Zypern, das Dinaretum genannt wird, und auf dem sich ein Berg mit dem Namen Olympus erhebt, und auf diese Küste wurden wir durch den Orkan zugetrieben. Als nun die Seeleute die schrecklichen Felsen sahen, und wie die gewaltigen Brecher, die gegen sie brandeten, als Schaum emporgeschleudert wurden, bekamen sie wieder große Furcht und begannen laut zu schreien. Denn da sie sahen, daß ich noch immer unbewegt blieb, schworen sie, daß ich gewiß ein Zauberer sei, und sie kamen auf mich zu, um mich als Opfer für die Götter des Meeres über Bord zu werfen. Und dieses Mal wurde der Kapitän überstimmt und schwieg. Und als sie nun auf mich zutraten, stand ich auf, blickte ihnen entgegen und sagte: »Werft mich ins Meer, wenn ihr das wollt; doch wenn ihr das tut, werdet ihr alle umkommen!«

Denn in meinem Herzen war es mir egal, ob ich stürbe, der ich das Leben nicht mehr liebte, und lieber tot sein wollte, obwohl ich große Furcht davor hatte, vor die Heilige Mutter Isis zu treten. Doch mein Überdruß und mein Leid mit der Bitterkeit meines Loses überwältigten selbst diese starke Furcht, so daß ich, als sie mich wütend wie wilde Tiere, packten, emporrissen und in die tobende See warfen, mich nicht wehrte, sondern nur ein kurzes Gebet an Isis murmelte und mich auf den Tod vorbereitete. Doch war es mir nicht bestimmt, zu sterben; denn als ich an die Oberfläche des Wassers emporkam, sah ich eine Spiere nahebei im Wasser treiben, schwamm darauf zu und klammerte mich an ihr fest. Und eine gewaltige Welle rollte heran und schleuderte mich, der ich auf der Spiere ritt, wie ich es als Junge in den Wassern des Nils gelernt hatte, an der Galeere vorbei, wo die grimmigen Seeleute beisammen standen, um mich ertrinken zu sehen. Und als sie mich auf der Welle reitend herankommen sahen, und hörten, wie ich sie verfluchte, und auch sahen, daß meine Gesichtsfarbe sich verändert hatte – denn das Salzwasser hatte die dunkle Färbung fortgewaschen – begannen sie in wilder Furcht zu schreien und warfen sich auf das Deck. Und kurz darauf, während ich auf die felsige Küste zuritt, schlug eine gewaltige Welle in das Schiff, das breitseits zu ihr lag, und drückte es in die Tiefe, aus der es nicht wieder emporkam.

So sank es mit allen, die sich auf ihm befanden. Und in demselben Sturm sank auch die Galeere, die Kleopatra ausgeschickt hatte, um nach dem syrischen Händler zu suchen. So verlor sich jede Spur von mir, und sie war überzeugt, daß ich tot sei.

Ich ritt weiter auf die Küste zu. Der Wind heulte, und die salzigen Wellen peitschten mir ins Gesicht, als ich, allein mit dem Sturm, durch die tosende See raste, und Möven schreiend um meinen Kopf flogen. Ich spürte keine Furcht, sondern vielmehr ein wildes Pulsieren meines Herzens, und in der Anspannung der unmittelbaren Gefahr schienen meine Lebensgeister wieder zu erwachen. Und so ritt und trieb ich weiter, jetzt zu den niedrig hängenden Wolken emporgeschleudert, dann in ein tiefes Wellental hinabgedrückt, bis schließlich das felsige Kap vor mir emporragte und ich die Brecher auf die harten Klippen schlagen sah und durch das Heulen des Windes ihren donnernden Aufprall hörte, und das Stöhnen von Felsblöcken, die vom Ufer seewärts geschwemmt wurden. Weiter! Thronend auf der weißen Mähne einer gewaltigen Woge – den Spiegel des rauschenden Wassers fünfzig Ellen unterhalb von mir, und über mir den schwarzen Himmel! Und dann geschah es! Die Spiere wurde von der Wucht eines Brechers fortgerissen, und, von dem Gewicht des Goldbeutels und meiner durchtränkten Kleidung beschwert, sank ich wild um mich schlagend in die Tiefe.

Jetzt war ich unter dem Wasser; das grüne Tageslicht drang noch für einen Moment zu mir herab, dann kam das Dunkel, und in dem Dunkel Bilder aus der Vergangenheit. Bild um Bild – die ganze, lange Geschichte des Lebens wurde aufgezeichnet. Dann vernahmen meine Ohren den Gesang der Nachtigall, das Murmeln der sommerlichen See, und die Musik von Kleopatras Siegeslachen, das mir, immer leiser und leiser werdend, in das Dunkel folgte, in das ich versank.

Wiederum kehrte das Leben zu mir zurück, und mit ihm ein Gefühl von tödlicher Krankheit und eines starken Schmerzes. Ich schlug die Augen auf und sah freundliche Gesichter, die sich über mich neigten, und wußte, daß ich mich in dem Raum eines gemauerten Hauses befand.

»Wie bin ich hierhergekommen?« fragte ich matt.

»Poseidon hat dich zu uns gebracht, Fremder«, antwortete eine rauhe Stimme in barbarischem Griechisch. »Wir haben dich beim Wasser gefunden, hoch ans Ufer geworfen wie einen toten Delphin, und dich in unser Haus gebracht, denn wir sind Fischersleute. Und hier, glaube ich, wirst du eine Weile liegen müssen, denn dein linkes Bein wurde von der Kraft der Wellen gebrochen.«

Ich versuchte, meinen Fuß zu bewegen, doch gelang es mir nicht. Es war wahr. Der Knochen war unterhalb des Knies gebrochen.

»Wer bist du, und wie wirst du genannt?« fragte ein Fischer mit einem struppigen Bart.

»Ich bin ein ägyptischer Reisender, dessen Schiff in dem Sturm gesunken ist, und man nennt mich Olympus«, antwortete ich, denn diese Menschen nannten den Berg, den wir gesichtet hatten, Olympus, und mir fiel dieser Name zufällig ein. Und als Olympus sollte ich von nun an bekannt sein.

Hier, bei diesen rauhen Fischersleuten verblieb ich ein halbes Jahr und bezahlte sie dafür mit ein paar Goldstücken aus jenem Beutel mit Gold, der sicher mit mir zusammen ans Ufer geworfen worden war. Denn es dauerte lange, bis meine Knochen wieder zusammenheilten, und als das geschah, blieb ich ein wenig verkrüppelt, denn ich, der ich einstens so groß und gerade und kräftig gewesen war, hinkte jetzt, da ein Bein kürzer war als das andere. Und auch nachdem die Verletzung geheilt war, blieb ich noch eine Weile dort und half den Männern bei ihrer harten Arbeit des Fischens, denn ich wußte nicht, wohin ich gehen oder was ich tun sollte, und für eine Weile hatte ich gute Lust, ein einfacher Fischer zu werden und so mein bedrückendes Leben zu verbringen. Und diese Menschen behandelten mich voller Freundlichkeiten, obgleich sie mich, wie schon andere, fürchteten, da sie mich für einen Zauberer hielten, der von der See hierhergebracht worden war. Denn mein Leid hatte so seltsame Züge auf mein Gesicht geprägt, daß die Menschen, die es anblickten, sich vor dem fürchteten, was unter seiner tödlichen Ruhe liegen mochte.

Dort also lebte ich, bis eines Nachts, als ich zu schlafen versuchte, eine große Unruhe über mich kam, und der übermächtige Wunsch, das Wasser des Sihor wiederzusehen. Doch ob dieser Wunsch von den Göttern geweckt worden oder in meinem Herzen gewachsen war, kann ich nicht sagen. Jedenfalls war er so stark, daß ich, bevor es zu dämmern begann, mein Strohlager verließ und meine Fischerkleidung anzog, und weil ich keine Fragen beantworten wollte, verabschiedete ich mich so von meinen einfachen Gastgebern: Zunächst legte ich einige Goldstücke auf den sauber gescheuerten Holztisch, dann nahm ich den Topf mit Mehl von dem Brett und streute etwas davon in Form dieser Worte auf die Tischplatte:

*Diese Gabe ist von Olympus, dem Ägypter,*
*der zum Meere zurückkehrt.*

Dann ging ich fort, und am dritten Tage gelangte ich zu der großen Stadt Salamis, welche ebenfalls am Meer liegt. Hier verweilte ich im Viertel der Fischer, bis ein Schiff nach Alexandria auslaufen sollte, und dem Kapitän dieses Schiffes, einem Mann von Paphos, verheuerte ich mich als Seemann. Wir segelten vor einem günstigen Wind und erreichten am fünften Tage Alexandria, jene verhaßte Stadt, und sahen das Sonnenlicht auf ihren goldenen Kuppeln glitzern.

Hier durfte ich nicht bleiben. Also verheuerte ich mich abermals als Seemann, gab meine Arbeit für die Passage, und wir fuhren den Nil hinauf. Aus den Gesprächen der Menschen hatte ich erfahren, daß Kleopatra nach Alexandria zurückgekehrt war und Antonius mit sich gebracht hatte, und daß sie in königlichem Glanz zusammen in dem Palast auf den Lochias lebten. Die Bootsleute hatten bereits ein Lied darüber, das sie sangen, wenn sie an den Rudern zogen. Von ihnen hörte ich auch, daß die Galeere, die ausgesandt wurde, um nach dem Schiffe des syrischen Händlers zu suchen, mit ihrer ganzen Besatzung untergegangen war, und die Geschichte, daß der Astronom der Königin, Harmachis, vom Dache des großen Hauses in Tarsus zum Himmel emporgeflogen sei. Und die Seeleute wunderten sich, weil ich schweigend saß und ruderte und nicht ihr zotiges Lied von den Amouren Kleopatras mitsingen wollte. Denn auch sie begannen mich zu fürchten und unter sich über mich zu murmeln. Da wußte ich, daß ich wahrlich ein Verfluchter und ein Ausgestoßener war – ein Mann, den niemand lieben konnte.

Am sechsten Tage näherten wir uns Abouthis, wo ich das Schiff verließ, und die Seeleute waren sehr froh, mich gehen zu sehen. Mit brechendem Herzen schritt ich über das fruchtbare Land, sah Gesichter, die mir vertraut waren. Schließlich, als die Sonne versank, gelangte ich zu dem großen, äußeren Pylone des Tempels, und hier hockte ich mich zwischen den Ruinen eines Hauses nieder und wußte nicht, warum ich hergekommen war oder was ich hier tun wollte. Wie ein verirrter Ochse war ich von ferne hierhergewandert, zu den Feldern meiner Geburt, doch wozu? Wenn mein Vater, Amenemhat, noch leben sollte, würde er sich gewiß von mir abwenden. Ich wagte nicht, mich vor das Angesicht meines Vaters zu begeben. Ich saß zwischen zerbrochenen Balken verborgen und beobachtete müßig das Pylonentor, um zu sehen, ob vielleicht einer, den ich kannte, heraustreten würde. Doch es kam niemand heraus oder ging hinein, obwohl die breiten Torflügel weit offen standen, und dann sah ich, daß Unkraut zwischen den Steinen wuchs, wo seit ewigen Zeiten kein Unkraut gewachsen war. Was konnte das bedeuten? War der Tempel verlassen? Nein, wie konnte die Anbetung der ewigen Götter aufgehört haben, die seit Tausenden von Jahren Tag für Tag an dieser heiligen Stätte abgehalten worden war? War also mein Vater tot? Das mochte sehr gut möglich sein. Aber dennoch: Warum diese Stelle? Wo waren die Priester? Wo waren die Gläubigen?

Ich konnte die Ungewißheit nicht länger ertragen, und als die Sonne glutrot versank, kroch ich wie ein gejagter Schakal durch das offenstehende Tor und weiter, bis ich die erste der großen Säulenhallen erreichte. Hier blieb ich stehen und blickte umher; es war nichts zu sehen und nichts zu hören in der dunklen und heiligen Stätte. Mit klopfendem Herzen ging ich weiter, zu der zweiten großen Halle, der Halle der sechsunddreißig Säulen, in der ich einst zum König beider Reiche gekrönt worden war; und noch immer sah und hörte ich nichts. Dann ging ich, fast verängstigt durch meine eigenen Schritte, so unheimlich hallten diese durch die Einsamkeit der verlassenen Heiligtümer, den Korridor hinab zum Gemach meines Vaters. Der Vorhang verhängte nach wie vor seinen Eingang, doch was würde ich in ihm finden? Ebenfalls Leere? Ich schob ihn zur Seite und trat lautlos ein, und dort, auf seinem geschnitzten Stuhl, saß mein Vater, Amenemhat, in sein Priestergewand gekleidet. Zunächst glaubte ich, er sei tot, so reglos saß er, doch schließlich wandte er den Kopf, und ich sah, daß seine Augen weiß und blicklos waren. Er war blind, und sein Gesicht war so hager wie das eines Toten, und elend vor Alter und Leid.

Ich stand reglos und fühlte, wie die blinden Augen mich abtasteten. Ich konnte nicht zu ihm sprechen. Ich wagte nicht, zu ihm zu sprechen. Ich wollte gehen und mich erneut verstecken.

Ich hatte mich bereits umgewandt und den Vorhang ergriffen, als mein Vater mit seiner tiefen, schleppenden Stimme zu mir sprach.

»Komm her, du, der du mein Sohn warst und ein Verräter bist! Komm her, Harmachis, auf den Khem seine Hoffnung setzte. Nicht vergebens also habe ich dich von weit her herangezogen! Nicht vergebens habe ich das Leben in mir festgehalten, bis ich deine Schritte durch diese leeren Heiligtümer schleichen hörte, wie die Schritte eines Diebes!«

»Oh! mein Vater«, flüsterte ich verwundert, »du bist blind; wie also kannst du mich erkennen?«

»Wie ich dich erkennen kann? Das fragst du, der du unser Vermächtnis erlernt hast? Genug, ich erkenne dich, und ich hab dich hergebracht. Ich wollte, Harmachis, daß ich dich nicht erkennen würde! Ich wollte, daß der Blitzstrahl des Unsichtbaren mich getroffen hätte, bevor ich dich, zu meinem Leid und zu meiner Schande, und zu der letzten Verdammnis Khems, aus dem Schoße Nouts zog!«

»Oh, sprich nicht so!« stöhnte ich. »Ist meine Last nicht schon schwerer, als ich sie tragen kann? Bin ich nicht verraten und ausgestoßen worden? Hab Mitleid, mein Vater!«

»*Mitleid* haben – *Mitleid* mit dir, der ein so großes Mitleid gezeigt hat? Es war dein *Mitleid,* das den edlen Sepa dem Tode in den Händen der Folterer überantwortete.«

»Oh, das nicht – das nicht!« rief ich.

»Ja, Verräter, das! – unter Qualen ist er gestorben und hat bis zu seinem letzten, armseligen Atemzug deine, seines Mörders, Unschuld und Ehrlichkeit beteuert! *Mitleid* haben mit dir, der du die Blüte Khems als Preis für die Arme einer Buhle hingabst? – Glaubst du, daß diese Männer edlen Geistes, die jetzt im Dunkel irgendwelcher Wüsten-Minen als Sklaven vegetieren, *Mitleid* mit dir haben, Harmachis? *Mitleid* haben mit dir, durch dessen Schuld dieser Heilige Tempel von Abouthis zerstört, seine Ländereien geraubt und seine Priester verjagt worden sind, so daß ich allein, alt und verdorrt, übrig geblieben bin, um seine Ruinen zu bewachen? – mit dir, der du die Schätze von *Her* in den Schoß deiner Buhle geschüttet hast, der du dich, dein Land, dein Geburtsrecht und deine Götter verraten hast? Ja, so habe ich Mitleid mit dir: Verflucht seist du, Frucht meiner Lenden! – Die Schande sei dein Los, die Qual dein Ende, und die Hölle soll dich schließlich aufnehmen! Wo bist du? – Ja, ich bin blind geworden, von den Tränen, die ich weinte, als ich die Wahrheit erfuhr – natürlich haben sie versucht, sie mir zu verheimlichen. Laß mich dich finden, damit ich dich anspucken kann, du Renegat! du Verräter! du Ausgestoßener!« Und er erhob sich von seinem Stuhle, torkelte wie ein lebender Zorn auf mich zu und schlug die Luft mit seinem Stab. Und als er so mit ausgestreckten Armen auf mich zukam – es war ein schrecklicher Anblick – fand ihn plötzlich sein Ende; er sank mit einem leisen Aufschrei zu Boden, und rotes Blut strömte von seinen Lippen.

Ich lief zu ihm hin und hob ihn auf, und als er starb,

stammelte er: »Er war mein Sohn – ein helläugiger, guter Junge, und voller Versprechen wie der Frühling; doch jetzt ... doch jetzt ... oh, ich wollte, er wäre tot!«

Dann schwieg er, und der Atem rasselte in seiner Kehle.

»Harmachis«, keuchte er, »bist du da?«

»Ja, Vater.«

»Harmachis, tu Buße! – tu Buße! Die Vergeltung kann noch immer abgewendet werden – du magst dennoch Vergebung erlangen. Da ist Gold – ich habe es versteckt – Atoua – sie kann es dir zeigen – ah, diese Schmerzen! Lebewohl!«

Und er zuckte ein wenig in meinen Armen und war tot.

So also trafen ich und mein Vater, der Prinz Amenemhat, uns zum letzten Mal im Fleische wieder und schieden zum letzten Mal voneinander.

## 2

*Über das Letzte Leid Harmachis'; über die Herabrufung der Heiligen Isis durch das Wort der Furcht; über das Versprechen Isis'; über das Kommen Atouas; und über die Worte Atouas*

Ich kauerte auf dem Boden und starrte meinen toten Vater an, der lange genug gelebt hatte, um mich, den absolut Verfluchten, zu verfluchen, während die Dunkelheit hereinkroch und sich um uns sammelte, bis schließlich der Tote und ich in lautloser Finsternis saßen. Oh, wie kann ich das Elend jener Stunden beschreiben! Die Phantasie kann sie nicht träumen, noch können Worte sie malen. Wieder dachte ich in meinem Leid an den Tod. Ich hatte ein Messer in meinem Gürtel, mit dessen Klinge ich den Faden des Leides durchtrennen und mich befreien konnte. Mich befreien?

Ja, mich befreien, um zu entfliehen und dann der letzten Vergeltung der Heiligen Götter gegenüberzustehen! Ach und ach! Ich wagte nicht zu sterben. Es war besser, die Erde mit allen ihren Leiden zu ertragen, als das rasche Kommen jener unvorstellbaren Schrecken, die im düsteren Amenti auf die Ankunft der Gefallenen warten.

Ich kroch am Boden zusammen und weinte Tränen des Schmerzes für die verlorene Vergangenheit, ich weinte, bis ich nicht mehr weinen konnte, doch keine Antwort kam aus der Stille – keine andere Antwort als die Echos meiner Trauer. Nicht ein einziger Hoffnungsstrahl! Meine Seele wanderte in einer Finsternis, die düsterer war als jene, welche mich umgab – ich war von den Göttern verlassen und von den Menschen ausgestoßen. Angst packte mich, als ich in jener einsamen Stätte bei der majestätischen Gestalt des Toten kauerte. Ich stand auf, um zu fliehen. Doch wie konnte ich in dieser Dunkelheit fliehen? Wie konnte ich meinen Weg durch die Korridore und zwischen den Säulen der Hallen finden? Ich kauerte mich wieder nieder, und die große Furcht in mir wuchs und wuchs, bis kalter Schweiß von meiner Stirn rann und meine Seele mir schwach wurde. Dann, in meiner äußersten Verzweiflung, begann ich laut zu Isis zu beten, zu der zu beten ich seit vielen Tagen nicht gewagt hatte.

»O Isis, Heilige Mutter!« rief ich, »nimm Deinen Zorn zurück und höre, aus Deiner unendlich Geduld heraus, auf die Stimme der Qual jenes, der Dein Sohn und Dein Diener war, der jedoch aus Sünde der Sicht Deiner Liebe entfallen ist. O thronende Herrlichkeit, die Du, da Du in allen Dingen bist, Verständnis für alle Dinge hast, und Wissen über alle Trauer, werf das Gewicht Deiner Gnade auf die Waagschale meiner Missetaten und gleiche sie aus. Blick herab auf mein Leid und miß es; zähl die Summe meiner Reue und sieh die Flut von Gram, die meine Seele hinwegschwemmt. O Du Heilige, die mir gewährt wurde, von Angesicht zu Angesicht zu sehen, bei jener schrecklichen Stunde der Kommunion rufe ich Dich herbei; ich rufe Dich durch das mystische

Wort herbei. Komm in Gnade zu mir, und errette mich; oder aber komm im Zorn, um dem ein Ende zu machen, das nicht länger ertragen werden kann.«

Ich erhob mich von meinen Knien, streckte die Arme aus und wagte, das Wort der Furcht laut auszurufen, das zu mißbrauchen den Tod bedeutet.

Rasch kam die Antwort. Denn durch die Stille hörte ich das Tönen eines geschüttelten Sistrums, welches das Kommen der Herrlichkeit verkündet. Dann erschien am anderen Ende des Raums das Bild eines sichelförmigen Mondes, der sanft durch das Dunkel glühte, und zwischen seinen goldenen Spitzen ruhte eine kleine, dunkle Wolke, durch welche die feuerige Schlange heraus und hinein kroch.

Meine Knie erzitterten in der Gegenwart der Herrlichkeit, und ich sank vor ihr zu Boden.

Dann sagte die sanfte, liebliche Stimme aus der Wolke: »Harmachis, der du Mein Diener und Mein Sohn warst, Ich habe dein Gebet vernommen, und den Ruf, den auszustoßen du gewagt hast, und der von den Lippen eines, mit dem Ich kommunizierte, die Macht hat, Mich von dem Äußersten herbeizuziehen. Doch nicht länger, Harmachis, können wir im Bande Göttlicher Liebe eins sein, denn du hast Mich durch dein eigenes Tun fortgestoßen. Deshalb komme Ich, nach so langer Stille, in Schrecken gekleidet, und, vielleicht, um Vergeltung zu üben, denn nicht leichtfertig kann Isis aus den Hallen ihrer Göttlichkeit gerufen werden.«

»Schlag zu, Göttin!« flüsterte ich. »Schlag zu und überantworte mich jenen, die Deine Vergeltung vollstrecken; denn ich kann die Bürde meines Leidens nicht länger ertragen!«

»Wenn du schon diese Last nicht hier ertragen kannst, auf dieser oberen Erde«, lautete die sanfte Antwort, »wie dann könntest du die noch größere Bürde ertragen, welche dir dorten auferlegt werden wird, wenn du besudelt und ungereinigt in Mein düsteres Reich des Todes kommst, welches immerwährendes Leben und immerwährende Veränderung ist? Nein, Harmachis, Ich werde nicht zuschlagen, denn Ich bin nicht zornig, daß du es gewagt hast, das schreckliche Wort auszusprechen, das Mich zu dir herabgerufen hat. Höre, Harmachis! Ich lobe nicht, und Ich tadele nicht, denn Ich bin die Instanz für Belohnung und der Bestrafung, und die Vollstreckerin der Urteile; und wenn Ich gebe, so gebe Ich in Stille; und wenn Ich zuschlage, so schlage Ich in Stille zu. Deshalb will Ich deine Bürde durch schwere Worte nicht noch schwerer machen, wenngleich du die Schuld daran trägst, daß Isis, das Mutter-Mysterium, in Ägypten bald nur noch eine Erinnerung sein wird. Du hast gesündigt, und deine Strafe wird schwer werden, wie Ich dich verwarnt habe, sowohl im Fleische, als auch in Meinem Königreich von Amenti. Doch wie Ich es dir sagte, gibt es einen Weg der Reue, und sicherlich sind deine Füße bereits auf ihn gesetzt, und auf diesem Weg mußt du schreiten, mit demütigem Herzen, und das Brot der Bitterkeit essen, bis zu jenem Tage, da deine Verdammnis abgewogen werden soll.«

»Also habe ich keine Hoffnung, o Heilige?«

»Das, was getan ist, ist getan, Harmachis, und auch seine Folgen können nicht mehr rückgängig gemacht werden. Khem wird nicht mehr frei sein, bis alle seine Tempel wie der Wüstenstaub geworden sind; fremde Völker werden es, von einem Zeitalter zum anderen, gefangen und in Fesseln halten; neue Religionen werden im Schatten seiner Pyramiden entstehen und vergehen, denn für jede Welt, für jede Rasse, und für jedes Zeitalter sind die Antlitze der Götter verändert. Dieses ist der Baum, der aus deinem Samen der Sünde erwachsen wird, Harmachis, und aus der Sünde derer, die dich in Versuchung führten!«

»Ach, ich bin verloren!« rief ich.

»Ja, du bist verloren, aber dennoch soll dir dies gegeben werden: deine Vernichter sollst du vernichten – denn so ist es im Sinne Meiner Gerechtigkeit bestimmt. Wenn dir das Zeichen gegeben wird, erhebe dich, geh zu Kleopatra und vollziehe an ihr, auf die Art, die Ich noch in dein Herz geben werde, die Rache des Himmels an ihr! Und nun ein Wort über dich selbst, Harmachis, denn du hast dich von Mir abgewandt, und Ich werde nicht wieder Auge in Auge vor dich kommen, bis, in Äonen von Jahren, auch die letzte Spur deiner Sünden von dieser Erde getilgt sein wird! Doch durch die Unendlichkeit unzählbarer Jahre erinnere ich an dies: daß die Göttliche Liebe Ewige Liebe ist, die niemals gelöscht werden kann, obwohl sie für immer entfremdet sein mag. Bereue, Mein Sohn und tu Gutes, solange noch Zeit dazu ist, damit am düsteren Ende aller Zeitalter du dennoch zu Mir genommen wirst. Dennoch, Harmachis, obwohl du Mich nicht sehen magst; dennoch, wenn der Name, bei welchem du Mich kennst, für jene, die nach dir kommen, ein bedeutungsloses Mysterium geworden ist; dennoch sage Ich, deren Stunden ewig sind, Ich, die Ich Universen verdorren, vergehen und unter dem Atem der Zeit zu nichts zerschmelzen gesehen habe, um, neu geboren, ins Labyrinth des Raumes eingefädelt zu werden, dennoch, sage Ich dir, werde Ich dich begleiten. Wohin du auch gehen magst, in welcher Form des Lebens du auch sein magst, dort werde Ich sein! Ob du zu dem entferntesten Stern verschlagen, ob du in Amentis tiefsten Tiefen begraben werden solltest, in Leben, in Toden, in Träumen, in Wachen, in Erinnerungen, in Vergessenheiten, in all dem Fiebern des äußeren Seins, in all den Veränderungen des Geistes, solange du nur büßest und Mich nicht mehr vergissest, werde Ich bei dir sein, und auf die Stunde deiner Erlösung warten. Denn dies ist die Natur der Göttlichen Liebe, mit der sie das liebt, das einmal an seiner Göttlichkeit teilhatte und durch das Heilige Band einmal an sie gebunden war. Urteile also, Harmachis: War es gut, dies zu tun, um den Staub dieser irdischen Frau zu erlangen? Und nun wage nicht wieder, das Wort der Macht zu sprechen, bis diese Dinge getan worden sind! Harmachis, für diese Zeitspanne: lebe wohl!«

Als das letzte Echo der lieblichen Stimme erstorben war, kroch die feurige Schlange ins Herz der Wolke zurück. Dann glitt die Wolke von den Spitzen des Mondes und wurde von der Dunkelheit aufgesogen. Die Vision der

Mondsichel erblaßte und verschwand. Dann, als die Göttin fortging, ertönte wieder das leise unheimliche Geräusch eines geschüttelten Sistrums, und danach war alles still.

Ich barg mein Gesicht in meiner Robe, und obwohl meine ausgestreckte Hand noch immer den kalten Körper meines Vaters berühren konnte, der mich verfluchend gestorben war, spürte ich jetzt doch Hoffnung in mein Herz zurückströmen, da ich nun wußte, daß ich doch nicht ganz verloren, noch von Ihr, die ich zurückgestoßen hatte, die ich aber dennoch liebte, ganz verlassen worden war. Und dann wurde ich von Müdigkeit überwältigt und schlief.

Als ich erwachte, kroch das erste, matte Morgenlicht durch die Öffnung des Daches. Geisterhaft fiel es auf die düsteren, mit Götterdarstellung verzierten Wänden und auf den weißen Bart meines Vaters, den Osiris zu sich genommen hatte. Ich blickte auf und erinnerte mich aller Dinge, die geschehen waren, und ich fragte mich in meinem Herzen, was ich tun sollte, und als ich mich erhob, hörte ich leise Schritte durch die Halle der Pharaonen schlurfen.

»*La! La! La!*« murmelte eine Stimme, die ich als die der alten Frau Atoua erkannte. »Es ist hier so dunkel wie im Hause der Toten! Die Heiligen, die diesen Tempel erbauten, liebten die gesegnete Sonne nicht, mochten sie sie auch noch so sehr anbeten. Wo ist jetzt dieser Vorhang?«

Er wurde zurückgezogen, und Atoua trat herein, in der einen Hand einen Stock, in der anderen einen Korb. Ihr Gesicht war noch faltiger geworden und ihre dünnen Haare noch weißer als zuvor, aber sonst war sie genauso, wie sie es gewesen war. Sie stand dort und blickte mit ihren scharfen schwarzen Augen umher, denn wegen der tiefen Schatten konnte sie noch nichts sehen.

»Wo ist er?« murmelte sie. »Osiris – geheiligt sei sein Name – gib, daß er nicht in die Nacht hinausgewandert ist – und das als Blinder! Ach! daß ich nicht vor Anbruch der Dunkelheit zurückkehren konnte. Ach und ach! was für eine Zeit über uns gekommen ist, wenn der Heilige Hohepriester und Gouverneur von Abouthis mit einer Alten wie mir alleingelassen wird, um ihm in seiner Hinfälligkeit beizustehen! O Harmachis, mein armer Junge, du hast Unglück auf unsere Schwellen gelegt! Aber was ist dies? Sicherlich schläft er nicht, dort auf der Erde liegend? – Es wird sein Tod sein! Prinz! Heiliger Vater! Amenemhat! erwache! erhebe dich!« Und sie torkelte auf den Toten zu. »Nun, was ist? Bei Jenem, der schläft, er ist tot! Unberührt und allein – *tot! tot!*« Und sie schickte einen lauten, jammernden Schrei der Trauer zur Decke empor.

»Sei still Frau, sei still!« sagte ich und glitt aus den Schatten.

»Oh, wer bist du?« rief sie und warf ihren Korb zu Boden, »du sündiger Mann, daß du diesen Heiligen ermordet hast, den einzigen Heiligen in Ägypten? Der Fluch wird auf dich fallen, denn obwohl die Götter uns jetzt, in unserer Stunde der Prüfung, verlassen zu haben scheinen, ist ihr Arm noch lang, und sie werden sich an jenem rächen, der ihren Gesalbten getötet hat!«

»Sieh mich an, Atoua!« rief ich.

»Sieh! Ja, ich sehe, du sündiger Wanderer, der du diese grausame Tat begangen hast! Harmachis ist ein Verräter und in der Fremde verloren, und Amenemhat, sein heiliger Vater, wurde gemordet, und ich bin nun ganz allein, ohne Familie und ohne Angehörige. Ich habe sie für ihn hingegeben. Ich habe sie für Harmachis, den Verräter, hingegeben! Töte du auch mich, Sündiger!«

Ich trat einen Schritt auf sie zu, und sie, die annahm, daß ich sie niedermachen wollte, schrie auf vor Angst.

»Nein, guter Herr, verschone mich! Achtzig und sechs, bei den Heiligen, Achtzig und sechs bin ich, wenn die nächste Nilschwemme kommt, und dennoch will ich nicht sterben, obwohl Osiris gnädig mit den Alten ist, die ihm dienen! Komm nicht näher – Hilfe! Hilfe!«

»Sei still, du Närrin!« sagte ich. »Erkennst du mich denn nicht?«

»Dich erkennen? Kann ich denn jeden umherziehenden

Bootsmann kennen, dem Sebuk es gewährt, so sein Brot zu verdienen, bis Typhon ihn zu sich holt? Aber dennoch – es ist wahrlich seltsam – das veränderte Gesicht! – jene Narbe! – der hinkende Gang! Du bist es, Harmachis! – du bist es, O mein Junge! Bist du zurückgekommen, um meine alten Augen zu erfreuen? Ich hatte geglaubt, daß du tot seiest! Laß mich dich küssen! – Nein, ich vergaß. Harmachis ist ein Verräter, ja, und ein Mörder! Hier liegt der heilige Amenemhat, von dem Verräter Harmachis ermordet! Hebe dich fort! Ich will mit Verrätern und Mördern nichts zu tun haben! Hebe dich fort zu deiner Buhle! – Nicht du bist es, den ich aufzog.«

»Sei still, Frau, sei still! Ich habe meinen Vater nicht getötet – er ist gestorben ja, in meinen Armen ist er gestorben.«

»Und sicherlich dich verfluchend, Harmachis! Du hast ihm den Tod gegeben, der dir das Leben gab! *La! La!* Ich bin alt, und ich habe viel Leid gesehen, doch dies ist das größte von ihnen allen! Ich habe den Anblick von Mumien nie gemocht; doch zu dieser Stunde wünschte ich, eine zu sein. Hebe dich fort, ich flehe dich an!«

»Alte Frau, mach mir keine Vorwürfe! Habe ich nicht genug zu tragen?«

»Ah! Ja, ja! – ich habe es vergessen! Nun, und was ist deine Sünde? Eine Frau war dein Fluch, wie es Frauen für Männer gewesen sind, die vor dir waren, und wie sie es für Männer sein werden, die nach dir kommen. Und was für eine Frau! *La! La!* Ich habe sie gesehen, eine Schönheit, wie es sie noch niemals gab – ein Pfeil, den die Götter des Bösen zur Vernichtung zielten! Und du, ein junger Mann, der zum Priestertum erzogen worden war; – eine schlechte Vorbereitung – eine sehr schlechte Vorbereitung! Es war kein fairer Kampf. Wen kann es wundern, daß sie dich besiegte? Komme, Harmachis! Laß mich dich küssen! Es kommt einer Frau nicht zu, hart zu einem Mann zu sein, weil er ihr Geschlecht zu sehr liebte. Denn das ist doch ein Gesetz der Natur, und die Natur versteht ihr Geschäft, denn sonst hätte sie uns sicherlich anders gemacht. Doch dies ist ein schlimmer Fall. Weißt du, daß deine mazedonische Königin die Ländereien und die Einkünfte des Tempels geraubt und die Priester hinausgejagt hat? Alle, bis auf den heiligen Amenemhat, der hier vor uns liegt, und dem sie, aus mir unbekannten Gründen, gestattet hat, hierzubleiben; ja, und sie hat befohlen, daß die Anbetung der Götter in diesen Hallen aufhöre. Nun, er ist fort! – er ist fort! Und er ist bei Osiris besser aufgehoben, denn sein Leben war ihm eine schwere Bürde geworden. Doch höre, Harmachis! Er hat dich nicht mit leeren Händen zurückgelassen, denn als das Komplott fehlschlug, raffte er sofort all seinen Reichtum zusammen – der sehr groß ist – und versteckte ihn; wo, kann ich dir zeigen, denn er ist durch Erbrecht dein.«

»Sprich mir nicht von Reichtümern, Atoua! Wohin soll ich gehen? Wo soll ich meine Schande verstecken?«

»Ah, wie wahr, wie wahr! Hier kannst du nicht bleiben, denn wenn man dich findet, wird man dich zu dem grauenvollsten Tode verdammen – ja, zum Tode durch das gewachste Tuch. Nein, ich werde dich verstecken, und wenn die Begräbnisriten für den heiligen Amenemhat vorüber sind, werden wir fliehen und uns vor den Augen der Menschen verbergen, bis dieses Leid vergessen ist. *La! La!* es ist eine traurige Welt, so voller Leid, wie der Nilschlamm voller Käfer ist. Komm, Harmachis, komm!«

## 3

*Über das Leben dessen, welcher der Gelehrte Olympus genannt wurde, im Grab der Harfner, das bei Tapé liegt; über seinen Rat an Kleopatra; über die Nachricht Charmions; und über die Reise Olympus' nach Alexandria hinab*

Und so geschahen diese Dinge. Acht Tage lang wurde ich von der alten Frau Atoua versteckt gehalten, während der Körper des Prinzen, meines Vaters, von solchen, die in der Kunst des Einbalsamierens erfahren waren, für das Begräbnis vorbereitet wurde. Und als schließlich alles getan war, kroch ich aus meinem Versteck hervor und brachte dem Geiste meines Vaters Opfer dar, und nachdem ich Lotusblüten auf seine Brust gelegt hatte, ging ich trauernd davon. Am folgenden Tage sah ich, von dem Orte aus, an dem ich verborgen lag, die ehemaligen Priester des Tempels von Osiris und des heiligen Schreins Isis' sich versammeln und herankommen und in langsamer Prozession den bemalten Sarg in das auf dem geweihten Boot aufgeschlagene Begräbniszelt tragen. Ich sah sie das Symbol des Gerichtes der Toten feiern, und hörte sie Amenemhat den Gerechtesten aller Gerechten nennen, und sah sie ihn dann forttragen, um ihn neben seiner Frau, meiner Mutter, in die tiefe Grabkammer zu legen, die nahe der Ruhestätte des Heiligsten Osiris in den Fels geschlagen worden war, und in der auch ich, ungeachtet meiner Sünden, bald zu ruhen hoffe. Und als all dies getan und die tiefe Gruft versiegelt war, und nachdem wir den Reichtum meines Vaters aus seinem Versteck geholt und an einem anderen sicheren Ort verborgen hatten, flohen wir, ich und die alte Frau, Atoua, verkleidet den Nil hinauf, bis wir nach Tapé* gelangten, und dort, in

* Theben. – *Herausgeber*

jener großen Stadt, blieb ich für eine Weile, bis ich eine Stätte fände, wo ich mich verbergen konnte.

Und ich fand eine solche Stätte. Denn nördlich jener großen Stadt liegen braune, zerklüftete Berge und von der Sonne verbrannte Wüstentäler, und an dieser öden Stätte hatten die Göttlichen Pharaonen, meine Vorväter, in den gewachsenen Fels ihre Grabkammern schlagen lassen, von denen die meisten heute vergessen sind, so listig waren sie versteckt worden. Einige von ihnen sind jedoch offen, denn die verfluchten Perser und andere Diebe hatten sie bei ihrer Suche nach Schätzen aufgebrochen. Und eines nachts – denn nur bei Nacht verließ ich mein Versteck –, als gerade die Dämmerung über die Berggipfel kroch, zog ich allein in dieses traurige Tal der Toten, desgleichen es kein anderes gibt, und gelangte wenig später zu der Öffnung einer Grabkammer, die zwischen großen Felsen verborgen war, und die, wie ich später erfuhr, der Begräbnisort des heiligen Ramses, des dritten seines Namens, ist, der schon seit langem zu Osiris geholt wurde. Und im fahlen Licht der Dämmerung, das durch ihre Öffnung kroch, sah ich, daß sie groß war und mehrere Kammern aufwies. In der folgenden Nacht kehrte ich deshalb mit mehreren Fackeln zurück, begleitet von Atoua, meiner Kinderfrau, die von klein auf immer treu zu mir gehalten hatte. Wir durchsuchten das mächtige Grabgewölbe und kamen in die große Halle des Sarkophages aus Granit, in welcher der Göttliche Ramses schläft, und sahen die mystischen Zeichen an ihren Wänden: das Symbol der endlosen Schlange, das Symbol Ras, auf dem Skarabäus ruhend, das Symbol Ras, auf Nout ruhend, das Symbol des Kopflosen Mannes, und viele andere, aus denen ich, der ich ein Eingeweihter war, ihre Geheimnisse deuten konnte. Und von dem langen, leicht abwärts geneigten Gang führten Kammern ab, deren Wände mit wunderbaren Malereien verziert waren, und in denen ich viele andere Dinge entdeckte. Denn unter jeder dieser Kammern liegt der Meister jenes Handwerkes begraben, von dem die Wandgemälde berichten, er, welcher der Oberste der Diener jenes Handwerks im Hause des Göttlichen Ramses war. Und an den Wänden der letzten Kammer – auf der linken Seite, in Richtung auf die Halle des Sarkophages – befinden sich Gemälde von ausnehmender Schönheit, darunter Darstellungen von zwei blinden Harfnern, die vor dem Gotte Mon auf ihren gebogenen Harfen spielen, und unter dem Boden liegen jene beiden Harfner in sanftem Schlaf. Hier, in diesem düsteren Raum, in der Grabkammer der Harfner, und in der Gesellschaft der Toten, nahm ich meine Wohnung, und hier tat ich acht lange Jahre Buße und ergab mich der Sühne für meine Sünde. Doch Atoua, die dem Lichte näher sein wollte, wohnte in der Kammer der Boote, welche die erste auf der rechten Seite des Gangs ist, wenn man in Richtung zur Halle des Sarkophages blickt.

Und dies war die Art, wie mein Leben verlief: An jedem zweiten Tag ging die alte Frau Atoua zur Stadt, um Wasser zu holen, und solche Nahrungsmittel, wie sie nötig sind, um das Leben am Erlöschen zu hindern, und auch aus Talg gefertigte Fackeln. Und für eine Stunde um die Zeit des Sonnenaufgangs, und für eine Stunde um die Zeit des Sonnenuntergangs ging auch ich hinaus, um meiner Gesundheit willen, und um zu verhindern, daß meine Augen von der ewigen Dunkelheit des Grabes blind würden. Die anderen Stunden des Tages und der Nacht, mit Ausnahme jener, zu denen ich auf dem Berge saß, um den Lauf der Gestirne zu beobachten, verbrachte ich mit Gebet und Meditation und Schlaf, damit die Wolke der Sünde sich von meinem Herzen höbe und ich den Göttern wieder nahe käme, obwohl ich mit Isis, meiner himmlischen Mutter, nicht mehr sprechen durfte. Und ich wurde auch sehr weise, und dachte über alle jene Geheimnisse nach, zu denen ich den Schlüssel besaß. Denn Abstinenz und Gebet und trauerndes Alleinsein töteten die Gelüste des Fleisches in mir, und mit den Augen des Geistes lernte ich tief in das Herz der Dinge zu blicken, bis das Glück der Weisheit wie Tau auf meine Seele fiel.

Bald schon verbreitete sich in der Stadt das Gerücht, daß ein heiliger Mann namens Olympus in der Einsamkeit der

Gräber des furchtbaren Tales der Toten lebe; und dorthin brachten Menschen ihre Kranken, damit ich sie heile. Und ich machte mich an das Studium von Heilkräutern, worin Atoua mich unterrichtete; und durch Erfahrung und durch das Gewicht meines Wissens erlangte ich bald große Kenntnisse in der Medizin und heilte viele Kranke. Und so verbreitete sich im Laufe der Zeit mein Ruf immer weiter, denn es wurde behauptet, daß ich auch ein Magier sei und in den Gräbern mit den Geistern der Toten in Verbindung stünde. Und dies war auch tatsächlich der Fall, doch verbietet mir das Gesetz, über diese Dinge zu sprechen. So kam es, daß Atoua nicht mehr hinausgehen mußte, um Nahrung und Wasser zu holen, da die Menschen es zu uns brachten, und mehr, als wir brauchten, da ich keine Bezahlung annahm. Anfangs, aus Furcht, daß jemand den Einsiedler Olympus als Harmachis erkennen könnte, behandelte ich nur solche, die zu mir in die Dunkelheit der Grabkammern kamen, später jedoch, als ich erfuhr, daß man im ganzen Land überzeugt war, Harmachis sei tot, kam ich heraus, saß vor dem Eingang der Grabkammern und behandelte dort die Kranken und stellte hin und wieder auch Geburtshoroskope für die Großen auf. Und so wuchs mein Ruhm immer mehr und mehr, bis schließlich Menschen sogar von Memphis und Alexandria angereist kamen, um mich aufzusuchen; und von ihnen erfuhr ich, daß Antonius Kleopatra für eine Weile verlassen, und, da Fulvia gestorben sei, Octavia, die Schwester Octavians, geheiratet habe. Und noch viele andere Dinge erfuhr ich.

Und im zweiten Jahre tat ich dies: Ich schickte die alte Frau Atoua als Kräuterhändlerin verkleidet, nach Alexandria, mit dem Auftrag, Charmion aufzusuchen, und ihr, wenn sie noch treu zu uns halten sollte, das Geheimnis meines neuen Lebens zu enthüllen. Also fuhr sie los, und im fünften Monat kehrte sie zurück und brachte mir Charmions Grüße und ein Erkennungszeichen. Und sie berichtete mir, daß sie einen Weg gefunden hätte, um Charmion zu treffen und bei dem Gespräch mit ihr den Namen Harmachis fallengelassen habe, auf eine Weise, wie man von einem Toten spricht; worauf Charmion ihre Trauer hätte nicht zurückhalten können und laut geweint habe. Da hatte Atoua ihr Herz gelesen – denn die alte Frau war sehr schlau und hielt den Schlüssel des Wissens – und ihr gesagt, daß Harmachis noch am Leben sei und ihr Grüße sende. Woraufhin Charmion noch mehr geweint habe, doch jetzt vor Freude, die alte Frau geküßt und ihr Geschenke gemacht und ihr befohlen habe, mir zu sagen, daß sie ihren Eid gehalten habe und auf mein Kommen warte, und auf die Stunde der Rache. Dann, nachdem sie viele Geheimnisse erfahren habe, sei Atoua wieder nach Tepé zurückgekehrt.

Und im folgenden Jahr kamen Boten Kleopatras zu mir, die eine gesiegelte Papyrusrolle und reiche Geschenke brachten. Ich öffnete die Rolle, und dies ist, was ich darin las:

*Kleopatra an Olympus, den gelehrten Ägypter, welcher im Tal des Todes bei Tapé lebt.*

*Der Ruhm deiner Weisheit, o gelehrter Olympus, ist zu unseren Ohren gelangt. Sag uns deshalb dies, und wenn du mich richtig berätst, sollst du mehr Ehren und mehr Reichtum erhalten, als jeder andere Mann in Ägypten: Wie können wir die Liebe Antonius' zurückgewinnen, der von der listigen Octavia verzaubert worden ist und zu lange von uns fortbleibt?*

Hierin nun erkannte ich die Hand Charmions, die Kleopatra von meinem Ruf berichtet hatte.

Die ganze Nacht hindurch ging ich mit meiner Weisheit zu Rate, und am nächsten Morgen schrieb ich meine Antwort, wie sie zur Vernichtung Kleopatras und Antonius' in mein Herz gegeben war. Und so schrieb ich:

*Olympus, der Ägypter, an Kleopatra, die Königin.*

*Geh du nach Syrien, mit einem, welcher gesandt werden wird, um dich zu führen; so wirst du Antonius zurückgewinnen, und mit ihm Gaben, die reicher sind, als du sie dir erträumen könntest.*

Mit diesem Schreiben schickte ich die Boten zurück und befahl ihnen, die Geschenke, die Kleopatra mir gesandt hatte, unter sich aufzuteilen.

Verwundert gingen sie fort.

Kleopatra aber folgte dem Rat, wie ihre Leidenschaft es ihr gebot, und reiste sofort, in Begleitung von Fonteius Capito, nach Syrien, und dort geschah das, was ich ihr vorausgesagt hatte, denn Antonius wurde von ihr umgarnt und schenkte ihr den größten Teil Kilikiens, die Meeresküste von Arabia Nabathaea, die Balsam hervorbringenden Provinzen Judäas, die Provinz Phönizien, die Provinz Coele-Syrien, und die reiche Insel Zypern, und die gesamte Bibliothek von Pergamus. Und den Zwillingen, mit dem Sohne Prolemaios, welche Kleopatra Antonius geboren hatte, verlieh er hochtrabende Titel, wie ›Könige und die Kinder von Königen‹, und ›Alexander Helios‹, wie die Griechen die Sonne nennen, und Kleopatra ›Selene‹, nach der Mondgöttin.

Diese Dinge waren also geschehen.

Nach ihrer Rückkehr nach Alexandria sandte mir Kleopatra reiche Gaben, von denen ich jedoch nichts wissen wollte, und bat mich, den gelehrten Olympus, zu ihr nach Alexandria zu kommen; doch dazu war es noch nicht an der Zeit, und so lehnte ich es ab. In der Folge erbaten sie und Antonius häufig meinen Rat, und ich riet ihnen stets so, daß es zu ihrem Verhängnisse beitrug, und meine Prophezeiungen trafen immer ein.

So rollten die langen Jahre vorüber, und ich, der Einsiedler Olympus, der Bewohner des Grabes, nur Brot essend und Wasser trinkend, wurde erneut, durch die Kraft der Weisheit, welche mir von der Rächenden Kraft gegeben ward, groß in Khem. Denn je länger ich die Gelüste des Fleisches mit Füßen trat und meine Augen himmelwärts wandte, desto weiser wurde ich.

Schließlich waren acht Jahre so vergangen. Der Krieg gegen die Parther war gekommen und vergangen, und Artavasdes, der König von Armenien, war im Triumph durch die Straßen Alexandrias geschleppt worden. Kleopatra hatte Samos und Athen besucht, und, auf ihr Verlangen, war die edle Octavia wie eine verstoßene Konkubine aus dem Haus des Antonius in Rom vertrieben worden, und damit war endlich das Maß der Torheit Antonius' bis zu seinem Rande gefüllt. Denn dieser Herr der Welt besaß nicht länger die gute Gabe des Verstandes; er war so an Kleopatra verloren, wie einstens ich an sie verloren gewesen war. Deshalb erklärte Octavian ihm den Krieg.

Als ich eines bestimmten Tages in der Kammer der Harfner im Grabe des Pharao, welches bei Tepé gelegen ist, schlief, kam mir eine Vision meines Vaters, des alten Amenemhat; er stand über mich gebeugt, auf seinen Stab gelehnt, und er sprach zu mir und sagte dies: »Blicke auf, mein Sohn!«

Ich blickte also auf und sah mit den Augen meines Geistes das Meer, und zwei gewaltige Flotten im Gefecht, hart an einer felsigen Küste. Und die Embleme der einen waren die Octavians, und die der anderen die Kleopatras und Antonius'. Die Schiffe von Antonius und Kleopatra fielen über die Schiffe Octavians her und trieben sie zu Paaren, denn der Sieg neigte sich Antonius zu.

Ich blickte wieder. Dort saß Kleopatra, auf dem goldenen Deck einer Galeere, und verfolgte den Kampf mit glänzenden Augen. Da schickte ich meinen Geist zu ihr, so daß sie die Stimme des toten Harmachis in ihr Ohr schreien zu hören glaubte.

*»Flieh, Kleopatra!«* schien die Stimme zu rufen, *»flieh, oder stirb!«*

Sie blickte mit wildem Blick auf, und wieder hörte sie den Ruf meines Geistes. Nun wurde sie von einer großen Furcht gepackt. Sie rief ihren Seeleuten zu, sofort alle Segel zu setzen und ihre Flotte den Befehl zum Rückzug zu geben. Dies taten sie sehr verwundert, doch recht freudig, und sie zogen sich eilig aus der Schlacht zurück.

Da erscholl ein lauter Ruf von Freund und Feind:

»Kleopatra flieht! Kleopatra flieht!« Und ich sah, wie Tod

und Verderben über die Flotte Antonius' hereinbrachen und erwachte aus meinem Traume.

Die Tage vergingen, und wieder erschien mir eine Vision meines Vaters, und er sprach zu mir und sagte: »Erhebe dich, mein Sohn! Die Stunde der Vergeltung ist gekommen! Deine Pläne sind nicht fehlgeschlagen; deine Gebete sind erhört worden. Auf Befehl der Götter war das Herz Kleopatras, als sie bei der Schlacht von Actium in ihrer Galeere saß, von Furcht erfüllt worden, so daß sie, als sie deine Stimme zu hören vermeinte, die ihr zu fliehen befahl, wenn sie nicht sterben wolle, mit ihrer ganzen Flotte floh. Damit ist die Stärke Antonius' zur See gebrochen. Ziehe nun los, und so, wie es dir eingegeben werden wird, so tue es!«

Am Morgen erwachte ich verwundert und trat in die Öffnung der Grabkammer, und von dort aus sah ich die Boten Kleopatras das Tal heraufkommen, und mit ihnen war eine römische Eskorte.

»Was wollt ihr von mir?« fragte ich streng.

»Dies ist die Botschaft der Königin und des großen Antonius«, antwortete der Hauptmann, wobei er sich tief vor mir verneigte, da ich bei allen Menschen sehr gefürchtet war. »Die Königin befiehlt dein Erscheinen in Alexandria. Viele Male hat sie nach dir geschickt, doch du hast dich geweigert, zu kommen; jetzt also befiehlt sie dir, zu kommen, und das ohne Säumen, denn sie benötigt dringend deinen Rat.«

»Und wenn ich nun nein sage, Soldat, was dann?«

»Dies sind meine Befehle, heiligster Olympus: daß ich dich dann mit Gewalt zu ihr bringe.«

Ich lachte laut. »Mit Gewalt, du Narr! Gebrauche nicht solche Worte mir gegenüber, damit ich dich nicht auf der Stelle töte! Wisse, daß ich genausogut töten wie heilen kann!«

»Gnade, ich flehe dich an!« rief er zurückweichend. »Ich sage doch nur, was man mir befohlen hat.«

Also brach ich noch an diesem Tage auf, zusammen mit der alten Atoua. Ja, ich ging so heimlich fort, wie ich gekommen war, und das Grab des Göttlichen Ramses sah mich nie wieder. Und mit mir nahm ich den Reichtum meines Vaters Amenemhat, denn ich wollte nicht mit leeren Händen wie ein Bittsteller nach Alexandria kommen, sondern vielmehr als ein Mann von Vermögen und Ansehen. Während dieser Reise erfuhr ich, daß Antonius Kleopatras Beispiel gefolgt und ebenfalls von Actium geflohen war, und wußte, daß das Ende sich näherte. Denn dies und vieles mehr hatte ich in der Dunkelheit des Grabes von Tapé vorausgesehen und seine Herbeiführung geplant.

So also gelangte ich nach Alexandria und in ein Haus beim Tor des Palastes, das für mich bereitgestellt worden war.

Und in jener Nacht kam Charmion zu mir – Charmion, die ich neun lange Jahre hindurch nicht gesehen hatte.

## 4

*Über das Treffen Charmions mit dem Gelehrten Olympus; über ihr Gespräch mit ihm; über das Kommen Olympus vor das Angesicht Kleopatras; und über den Befehl Kleopatras*

In meine einfache, dunkle Robe gekleidet saß ich in dem Gästezimmer des Hauses, das für mich bereitgemacht worden war. Ich saß in einem geschnitzten, mit Löwenklauen verziertem Sessel, blickte auf die schwingenden, mit duftendem Öl gefüllten Lampen, die wunderbaren Tapisserien, die kostbaren, syrischen Teppiche – und dachte in all diesem Luxus an jenes Grab der Harfner, welches in Tapé ist, und an die neun langen Jahre dunkler Einsamkeit und Vorbereitung. So also saß ich, und auf einem Teppich nahe der Tür hockte die alte Atoua. Ihr Haar war jetzt so weiß wie der

Schnee, und vom Alter zerfurcht war das Gesicht jener Frau, die, als alle mich verließen, in ihrer Liebe dennoch zu mir gehalten und meine großen Sünden vergessen hatte. Neun Jahre, neun lange Jahre, und wieder hatte mein Fuß den Boden Alexandrias betreten! Wieder war ich, in dem vorbestimmten Lauf der Dinge, aus der Einsamkeit der Vorbereitung herausgetreten, um für Kleopatra Schicksal zu sein; und zu diesem zweiten Male war ich nicht herausgetreten, um zu verlieren!

Und doch, wie anders waren die Umstände! Ich war aus der Geschichte herausgedrängt; meine Rolle war nur noch die des Schwertes in den Händen der Gerechtigkeit; ich konnte nicht länger hoffen, Ägypten frei und groß zu machen und auf dem mir rechtmäßig zustehenden Thron zu sitzen. Khem war verloren, und verloren war auch ich, Harmachis. In der Hektik und Turbulenz des Geschehens war das große Komplott, dessen Angelpunkt ich gewesen war, vertuscht und vergessen worden, so daß kaum noch eine Erinnerung zurückgeblieben war. Der schwarze Vorhang der Nacht hatte sich über die Geschichte meiner uralten Rasse gesenkt; selbst ihre Götter schwankten und würden bald fallen; ich konnte bereits, in meinem Geiste, die Schreie der römischen Adler hören, wie sie über die entferntesten Gestade des Sihor flogen.

Schließlich richtete ich mich auf und befahl Atoua, mir einen Spiegel zu bringen, damit ich mich darin betrachten konnte.

Und ich sah darin dies: ein eingesunkenes und blasses Gesicht, auf das kein Lächeln trat, große Augen, die, fahl geworden vom Starren in die Dunkelheit, unter dem geschorenen Kopfe hervorblickten, so leer wie die Augenhöhlen eines Schädels; einen hageren, gealterten Körper, abgezehrt durch Abstinenz, Leid und Gebet; einen langen, eisgrauen Bart; schmale, von grauen Venen durchzogene Hände, die wie Blätter zitterten; gebeugte Schultern und hagere Glieder. Zeit und Leid hatten wahrlich ihr Werk getan; kaum konnte ich mich als denselben Mann erkennen, der ich einstens gewesen war, als ich, der königliche Harmachis – in aller Pracht meiner jugendlichen Kraft und Schönheit – zum erstenmal die weibliche Schönheit erblickt hatte, die mich vernichten sollte. Dennoch aber brannte in mir noch dasselbe Feuer wie damals; dennoch aber war ich nicht verändert, denn Zeit und Leid besitzen nicht die Macht, den unsterblichen Geist des Menschen zu verändern. Die Zeiten mögen kommen und gehen; die Hoffnung mag, wie ein Vogel, fortfliegen; eine Leidenschaft mag ihre Schwingen an den eisernen Gitterstäben des Schicksals brechen; Illusionen mögen zerstört werden wie die Wolkentürme im Abendrot; der Glaube mag, wie rinnendes Wasser, unter unseren Füßen hinweggleiten; die Einsamkeit mag sich um uns breiten wie der unermeßliche Sand der Wüste; das Alter mag wie die heraufdämmernde Nacht über unsere gebeugten, von Scham weiß gewordenen Köpfe hereinbrechen – ja, an das Rad des Glückes gekettet, können wir jede Wendung des Glückes kosten, jetzt noch als König herrschen, alsbald als Sklave dienen; jetzt lieben und alsbald hassen; jetzt erblühen und alsbald verwelken; dennoch aber bleiben wir, durch alle diese Veränderungen, immer derselbe; denn dies ist das Wunder unserer Identität.

Und während ich so saß und in der Verbitterung meines Herzens all dies bedachte, klopfte es an die Tür.

»Öffne, Atoua!« sagte ich.

Sie stand auf und tat, was ich sie geheißen hatte. Eine Frau trat herein, in griechische Gewänder gekleidet. Es war Charmion, noch immer so schön wie ehedem, doch von traurigem Angesicht jetzt, und mit einem geduldigen Feuer, das in ihren niedergeschlagenen Augen schlief.

Sie erschien unbegleitet, und die alte Frau deutete wortlos auf mich und ging hinaus.

»Alter Mann«, sagte Charmion zu mir, »führ mich zu jenem gelehrten Olympus. Ich komme im Auftrag der Königin.«

Ich stand auf, hob den Kopf und blickte sie an.

Sie starrte mich an und stieß dann einen kleinen Schrei aus.

»Nein. Sicherlich«, flüsterte sie und blickte umher, »sicherlich bist du nicht jener ...«

»Jener Harmachis, den dein törichtes Herz liebte, o Charmion? Doch, er ist es, den du erblickst; er steht vor dir, schöne Frau. Aber der Harmachis, den du liebtest, ist tot, jedoch Olympus, der gelehrte Ägypter, harrt deiner Befehle!«

»Hör auf!« sagte sie; »noch ein Wort über die Vergangenheit, und dann ... dann wollen wir sie ruhen lassen. Trotz aller deiner Weisheit kennst du das Herz einer Frau nicht, Harmachis, wenn du glaubst, daß sie sich mit der Veränderung der äußeren Gestalt ebenfalls veränderte, denn dann könnte keine Liebende ihrem Geliebten zu jenem letzten Ort der Veränderung folgen: dem Grab. Wisse du, gelehrter Arzt, daß ich von jener Art bin, die, wenn sie liebt, für immer liebt, und, wenn nicht wiedergeliebt, als Jungfrau in den Tod geht.«

Sie schwieg, und da ich nichts dazu zu sagen hatte, neigte ich zur Antwort nur den Kopf. Doch obwohl ich nichts sagte, und obwohl die leidenschaftliche Torheit dieser Frau die Ursache all unseres Verderbens gewesen war, war ich ihr doch in meinem Herzen dankbar, die, von allen Männern dieses schamlosen Hofes umschwärmt, dennoch während all der langen Jahre ihre unerwiderte Liebe auf einen Ausgestoßenen ausgegossen hatte, und die, als dieser arme, zerbrochene Sklave des Schicksals in einer so ungünstigen Verkleidung zurückkehrte, ihn dennoch in ihrem Herzen hielt. Denn wo gibt es einen Mann, der jene seltenste und schönste Gabe nicht schätzen würde, jenes eine, perfekte Objekt, das kein Gold kaufen kann: die echte Liebe einer Frau?

»Ich danke dir, daß du mir nicht antwortest«, sagte sie, »denn die bitteren Worte, die du in jenen Tagen, die lange dahin sind, und in jenem fernen Tarsus, über mich ausschüttetest, haben ihren giftigen Stachel noch nicht verloren, und in meinem Herzen ist kein Platz mehr für die Pfeile deines Spottes, durch deine Jahre der Einsamkeit in neues Gift getaucht. So mag es sein. Siehe! Ich stoße sie von mir, jene wilde Leidenschaft meiner Seele.« Sie hob den Kopf und streckte die Arme aus, wie um etwas Unsichtbares zurückzudrängen. »Ich habe sie von mir gelöst – doch vergessen kann ich sie nicht. So, es ist getan, Harmachis; nie mehr wird meine Liebe dich beschweren. Es ist mir genug, daß meine Augen dich wiedersehen, bevor der Schlaf sie deinem Anblick versiegelt. Erinnerst du dich, wie du, als ich von deiner lieben Hand sterben wollte, dich weigertest, mich zu töten, und mir befahlst, zu leben, um die bittere Frucht meines Verbrechens zu pflücken und verflucht zu sein von Visionen des Übels, das ich heraufbeschworen, und von Erinnerungen an dich, den ich ins Unglück gestürzt hatte?«

»Ja, Charmion, ich erinnere mich gut.«

»Wahrlich, der Kelch der Sühne ist gefüllt worden. Oh! Wenn du in die Tiefe meines Herzens blicken und in ihm das Leid sehen könntest, das ich ertragen habe – mit lächelndem Gesicht ertragen habe! –, würdest du erkennen, daß deiner Gerechtigkeit Genüge getan wurde!«

»Und dennoch, wenn die Berichte zutreffen, Charmion, bist du die Erste bei Hofe, und dort die Mächtigste und Beliebteste. Hat Octavian nicht einmal erklärt, daß er nicht gegen Antonius, nicht einmal gegen dessen Geliebte, Kleopatra, Krieg führe, sondern gegen Charmion und Iras?«

»Ja, Harmachis, und überleg einmal, was es für mich bedeutet haben muß, so zu sein, und wegen meines Eides vor dir das Brot einer zu essen, und die Arbeit einer zu tun, die ich so bitterlich hasse! – einer, die dich mir raubte, und die, durch die Macht meiner Eifersucht, mich zu dem machte, das ich jetzt bin, da ich dich in Schande stürzte und ganz Ägypten in sein Verderben! Können Juwelen und Reichtümer und die Schmeicheleien von Prinzen und Edlen einer Glück bringen, die elender ist als die niedrigste Scheuermagd? Oh, wie oft habe ich geweint, bis meine Augen blind waren; doch dann, zur festgesetzten Stunde, mußte ich mich erheben und mich kleiden, und mit einem Lächeln den Befehlen der Königin und jenes Tölpels Antonius zu willen sein. Mögen die Götter mir gewähren, sie tot zu sehen – ja, alle beide! –, dann will ich zufrieden sterben! Dein Los mag schwer gewesen sein, Harmachis, doch zumindest warst du frei, und oft ist es geschehen, daß ich dir die Stille deiner Grabkammer neidete.«

»Ich habe erkannt, daß du deine Eide gehalten hast, Charmion, und das ist gut so, denn die Stunde der Rache ist gekommen.«

»Ich habe sie gehalten und in allen Dingen insgeheim für dich gearbeitet – für dich, und für das Verderben Kleopatras und des Römers. Ich habe seine Leidenschaft angestachelt, und ihre Eifersucht, und habe sie zur Sündhaftigkeit verleitet, und ihn zur Torheit, und von allem habe ich Aufzeichnungen gemacht und sie Octavian zugeleitet. Höre! So stehen die Dinge: Du kennst den Ausgang der Schlacht von Actium. Dorthin segelte Kleopatra mit ihrer Flotte, gegen den ausgesprochenen Willen Antonius'. Doch, so wie du mir durch Atoua befehlen ließest, habe ich ihn für die Königin angefleht und ihn beschworen, daß sie vor Trauer sterben würde, wenn er sie jetzt verließe; und er, der arme Sklave, hat es mir geglaubt. Und so segelte sie fort, und inmitten der Schlacht – aus welchem Grunde, weiß ich nicht, doch vielleicht ist er dir bekannt, Harmachis – befahl sie ihrem Geschwader den Rückzug und floh zum Peloponnes. Und nun höre das Ende! Als Antonius sah, daß sie geflohen war, ließ er alles im Stich und folgte ihr in seiner Galeere, überließ seine Flotte ihrem Schicksal, zerstreut, zerschlagen und versenkt zu werden, und seine große Heerschar in Griechenland, zwanzig Legionen und zwölftausend Rosse, führerlos im Stiche. All dies wollte nicht ein Mensch glauben: daß Antonius, der Liebling der Götter, in so tiefe Schande gefallen sei. Deshalb blieb das Heer noch eine Weile dort, doch heute abend wurde von seinem Feldherrn, Canidius, die Nachricht gebracht, daß, zermürbt von Zweifeln und der letztlichen Erkenntnis, daß Antonius sie im Stich gelassen hatte, das ganze, große Heer sich Octavian ergeben habe.«

»Und wo befindet sich Antonius jetzt?«

»Er hat sich ein Haus auf einer kleinen Insel im Großen Hafen erbaut und es Timonium genannt, weil er wahrlich, wie Timon, seine Flüche über die Undankbarkeit der Menschheit hinausschreit, die ihn verlassen habe. Und dort liegt er, von einem Nervenfieber hingestreckt, und dorthin sollst du in der Morgendämmerung gehen, befiehlt dir die Königin, um ihn von seiner Krankheit zu heilen und ihn in ihre Arme zurückzubringen; denn er will sie nicht sehen und erkennt noch nicht das volle Ausmaß seines Unglücks. Doch als erstes, so lautet mein Befehl, soll ich dich sofort zu Kleopatra bringen, die dringend deines Rates bedarf.«

»Ich komme«, sagte ich, mich erhebend. »Führe mich!«

Und so schritten wir durch das Tor des Palastes und durch die Alabasterhalle, und dann stand ich wieder vor der Tür von Kleopatras Gemach und wieder verließ Charmion mich, um mein Kommen zu verkünden.

Schließlich kam sie zurück und winkte mir. »Stähle dein Herz«, flüsterte sie, »und verrate dich nicht, denn die Augen Kleopatras sind noch immer scharf. Tritt ein!«

»Scharf müßten sie wahrlich sein, um Harmachis in dem gelehrten Olympus zu erkennen«, antwortete ich. »Wenn ich es nicht gewollt hätte, selbst du hättest mich nicht erkannt, Charmion.«

Dann trat ich in den ach so vertrauten Raum und hörte wieder das Plätschern des Springbrunnens, den Gesang der Nachtigall und das Murmeln des sommerlichen Meeres. Mit gesenktem Kopf und zögernden Schrittes ging ich weiter, bis ich schließlich vor dem Diwan Kleopatras stand, demselben goldenen Bett, auf dem sie in jener Nacht gelegen hatte, als sie mich umgarnte. Dann nahm ich alle meine Kraft zusammen und blickte auf. Dort, vor mir, saß Kleopatra, so schön wie einstens, doch oh! wie verändert war sie seit jener Nacht in Tarsus, als ich sie Antonius in ihre Arme schließen

sah. Ihre Schönheit umhüllte sie noch immer wie eine prächtige Robe; die Augen waren tief und unergründlich, wie das blaue Meer, das Gesicht wie einst von bezauberndem Liebreiz. Aber dennoch war alles verändert. Die Zeit, die ihrer Schönheit offenbar nichts anzuhaben vermochte, hatte ihrer Persönlichkeit einen solchen Stempel erschöpften Leides aufgeprägt, daß man ihn nicht beschreiben kann. Die Leidenschaft, die ständig in ihrem Herzen loderte, hatte ihre Spuren auf ihrer Stirn hinterlassen, und aus ihren Augen fiel das traurige Licht des Leides.

Ich verneigte mich vor dieser königlichen Frau, die einstens meine Liebe und mein Untergang gewesen war, und die mich dennoch nicht erkannte.

Sie blickte müde auf und sagte mit ihrer leisen, mir vertrauten Stimme:

»Endlich also bist du gekommen, Arzt. Wie nennst du dich? Olympus? Das ist ein vielversprechender Name, und jetzt, da die Götter Ägyptens uns verlassen haben, brauchen wir Hilfe von Olympus. Nun, du hast ein gelehrtes Aussehen, denn Gelehrsamkeit und Schönheit gehen nie zusammen. Seltsam auch, da ist etwas um dich, das etwas zurückruft, woran ich mich nicht erinnern kann. Sag, Olympus, sind wir uns schon einmal begegnet?«

»Niemals, o Königin, ist der Blick meiner Augen im Fleische auf dich gefallen«, antwortete ich mit verstellter Stimme. »Niemals bis zu dieser Stunde, da dein Befehl mich aus meiner Einsamkeit herausgerufen hat, um dich von deinen Übeln zu heilen.«

»Seltsam – selbst in der Stimme – ach, was soll's! Es ist nur irgendeine Erinnerung, die ich nicht greifen kann. Im Fleische, sagtest du? Dann bin ich dir, vielleicht, in einem Traum begegnet?«

»Ja, o Königin; wir sind uns in Träumen begegnet.«

»Du bist ein seltsamer Mann, der so spricht, doch, wenn das, was ich hörte, wahr sein sollte, ein sehr gelehrter; und ich erinnere mich deines Rates, als du mir sagtest, ich solle den edlen Antonius in Syrien treffen, und wie die Dinge sich nach deiner Voraussage entwickelten. Gelehrt mußt du also sein bei der Erstellung von Horoskopen und im Gesetze der Augurien, von dem diese alexandriner Narren nichts wissen. Einst kannte ich einen anderen solchen Mann, einen gewissen Harmachis« – sie seufzte –, »doch der ist schon lange tot – wie ich es auch mir wünschte! – und zuweilen trauere ich um ihn.«

Sie schwieg, und ich senkte den Kopf auf die Brust und stand abwartend.

»Deute mir dies, Olympus! Während der Schlacht bei dem verfluchten Actium, gerade, als sie ihren Höhepunkt erreicht hatte und der Sieg uns zuzulächeln begann, wurde mein Herz von einem großen Schrecken gepackt, und tiefe Dunkelheit schien sich vor meinen Augen herabzusenken, während in meinen Ohren eine Stimme – ja, die Stimme jenes seit langem toten Harmachis – rief: *›Flieh! Flieh oder stirb!‹*, und ich floh! Doch der Schrecken sprang von meinem Herzen in das Herz des Antonius, und er folgte mir, und so wurde die Schlacht verloren. Sag mir, welcher Gott hat uns diesen bösen Streich gespielt?«

»Nein, o Königin«, antwortete ich, »es war kein Gott, denn womit solltest du die Götter Ägyptens erzürnt haben? Hast du die Tempel ihres Glaubens beraubt? Hast du das Vertrauen Ägyptens verraten? Da du nichts dergleichen getan hast, weshalb also sollten die Götter Ägyptens dir zürnen? Fürchte dich nicht, es war nichts anderes als irgendein natürlicher Nebel des Gehirns, der deine sanfte Seele verschleierte, die von dem Anblick und dem Lärmen der Schlacht krank geworden war; und was den edlen Antonius betrifft, so muß er dir, wohin du auch gehen magst, folgen.«

Während ich sprach, wurde Kleopatra bleich und begann zu zittern, und sie blickte mich ständig an, wie um die Bedeutung meiner Worte zu ergründen. Doch ich wußte sehr wohl, daß diese Täuschung von den rächenden Göttern gekommen war, die mich als ihr Werkzeug benutzt hatten.

»Gelehrter Olympus«, sagte sie, ohne auf meine Worte einzugehen, »Antonius, mein Gebieter, ist krank, und wahnsinnig vor Leid. Wie ein armer, gejagter Sklave verkriecht er sich in jenem vom Meere umspülten Turm und will keinen Menschen sehen – ja, selbst mich will er nicht empfangen, die um seinetwillen so großes Leid erduldet. Dies nun ist mein Befehl an dich: Morgen, beim ersten Dämmern des Tages, wirst du, geführt von Charmion, meiner Hofdame, mit einem Boot zu jenem Turm hinüberfahren und dort Einlaß begehren, indem du sagst, daß du eine Nachricht von dem Heere brächtest. Dann wird er Befehl geben, dich einzulassen, und Charmion wird ihm die schlimme Nachricht geben, die Canidius mitgebracht hat; denn Canidius selbst wage ich nicht zu schicken. Und wenn sein erster Schrecken vorbei ist, wirst du, Olympus, seinen fiebernden Körper mit deinen Tränken heilen, und seine Seele mit trostreichen Worten, und alles wird gut werden. Tu dies für mich, und du sollst Reichtümer erhalten, mehr als du zählen kannst, denn noch bin ich eine Königin und noch kann ich jene bezahlen, die meinem Willen dienen.«

»Fürchte nichts, o Königin«, antwortete ich. »Dies soll getan werden, und ich verlange keine Belohnung, der ich hergekommen bin, um bis zum Ende deinem Willen zu dienen.«

Ich verneigte mich und ging, und dann, unter Mithilfe Atouas, bereitete ich einen bestimmten Trank zu.

## 5

### *Über die Fahrt Antonius' von dem Timonium zurück zu Kleopatra; über das Bankett, das von Kleopatra gegeben wurde; und über die Art des Todes von Eudosius, dem Mundschenk*

Noch bevor es dämmerte, kam Charmion wieder zu mir, und wir gingen zu dem privaten Hafen des Palastes. Dort angelangt nahmen wir ein Boot und ruderten zu der Berginsel, auf der das Timonium steht, ein Turm, stark, klein, und rund. Nachdem wir gelandet waren, traten wir beide zur Tür und klopften an, bis schließlich eine kleine Luke in der Tür geöffnet wurde und ein alter Eunuch herausstarrte und uns barsch nach unserem Anliegen fragte.

»Unser Anliegen gilt dem edlen Antonius«, sagte Charmion.

»Dann wird es nicht erfüllt werden, denn Antonius, mein Herr, ist weder für einen Mann, noch für eine Frau zu sprechen.«

»Dennoch aber wird er uns empfangen, denn wir bringen Nachricht. Geh und sage ihm, daß die Hofdame Charmion Nachricht vom Heer bringt.«

Der Mann ging und kehrte kurz darauf wieder.

»Der edle Antonius möchte wissen, ob diese Nachricht gut oder schlecht ist, denn wenn sie schlecht ist, will er sie nicht hören, da er vom Schicksal letztlich mit schlechten Nachrichten überfüttert wurde.«

»Nun – sie ist sowohl gut als auch schlecht. Öffne, Sklave, ich werde deinem Herrn antworten!« Und sie schob einen kleinen Beutel mit Gold zwischen den Stäben hindurch.

»Gut, gut«, murmelte er, während er den Beutel nahm, »die Zeiten sind hart und werden wahrscheinlich noch härter werden; denn wenn der Löwe am Boden liegt, wer füttert dann den Schakal? Gib ihm also deine Nachricht selbst, und sei es nur darum, den edlen Antonius aus seiner Halle des Stöhnens herauszubringen. So, jetzt steht das Tor des Palastes offen, und dort ist der Weg zur Bankett-halle.«

Wir gingen weiter und gelangten in einen engen Gang, und während der Eunuch die Tür wieder verriegelte, schritten wir ihn entlang, bis wir einen Vorhang erreichten. Wir gingen hindurch und fanden uns in einem gewölbten Raum, der von Licht das durch eine Dachöffnung fiel, nur matt erhellt wurde. Am anderen Ende dieses kargen Raumes befand sich ein Lager von Teppichen, und darauf hockte ein Mann, der sein Gesicht in den Falten seiner Toga barg.

»Edelster Antonius«, sagte Charmion und trat auf ihn zu, »enthülle dein Antlitz und hör mir zu, denn ich bringe dir Nachricht!«

Nun hob er den Kopf. Sein Gesicht war von Leid zerfurcht; sein wirres Haar, von den Jahren grau geworden, hing in seine hohlen Augen, und um sein Kinn standen die weißen Stoppeln eines unrasierten Bartes. Seine Robe war verschmutzt, und er wirkte elender als der ärmste der Bettler vor den Tempeltoren. So weit also hatte die Liebe Kleopatras den strahlenden und berühmten Antonius gebracht, einstens Herr über die halbe Welt!

»Was willst du von mir?« fragte er, »der ich hier allein sterben will? Und wer ist dieser Mann, der gekommen ist, den gestürzten und verlassenen Antonius anzublicken?«

»Dies ist Olympus, edler Antonius, jener weise Arzt, der Kenner der Augurien, von dem du viel gehört hast, und den Kleopatra, die immer dein Wohlergehen im Herzen hat, obwohl du nur wenig an das ihre denkst, zu dir schickt, um dich zu heilen.«

»Und kann dein Arzt auch ein Leid heilen, das so groß ist, wie das meine? Können seine Medizinen mir meine Galeeren, meine Ehre und meinen Frieden zurückgeben? Nein! Fort mit deinem Arzt! Was ist deine Nachricht? – rasch! – heraus damit! Hat Canidius vielleicht Octavian geschlagen?

Sag mir nur das, und du sollst eine Provinz zum Lohne erhalten! Ja! und wenn Octavian tot sein sollte, noch zwanzigtausend Sesterzen, um ihre Schatzkammer zu füllen. Sprich! – nein – sprich nicht! Ich fürchte das Öffnen deiner Lippen, wie ich noch nie etwas gefürchtet habe. Bestimmt hat sich das Rad des Schicksales in die andere Richtung gedreht und Canidius hat gesiegt – ist dem nicht so? Sprich! Heraus damit! Ich kann die Ungewißheit nicht länger ertragen!«

»O edler Antonius«, sagte sie, »stähle dein Herz für das, was ich dir sagen muß. Canidius ist in Alexandria. Er ist rasch und weit geflohen, und dies ist sein Bericht: Sieben lange Tage hindurch haben die Legionen auf das Kommen Antonius' gewartet, damit er sie zum Siege führe, so wie er es früher stets getan hat, und alle Angebote von Octavians Boten zurückgewiesen. Doch Antonius kam nicht. Und dann wurde gemunkelt, daß Antonius noch Taenarus geflohen sei, von Kleopatra dorthingezogen. Der Mann, der diese Kunde als erster ins Lager brachte, wurde mit Schimpf und Schande davongejagt, ja, und von den Legionären zu Tode geprügelt! Doch das Gerücht wurde stärker und stärker, bis es zuletzt keinen Zweifel mehr gab; und dann, o Antonius, gingen die Centurien und Heerführer, einer nach dem anderen, zu Octavian über, und wohin die Führer gehen, dorthin folgen ihnen die Männer. Doch ist dies noch nicht die ganze Geschichte, denn deine Verbündeten: Bocchus von Afrika, Tarcondimotus von Kilikien, Mithridates von Kommagene, Adallas von Thrazien, Philadelphos von Paphlagonien, Archelaos von Kappodozien, Herodes von Judäa, Amyntas von Galatien, Polemon von Pontus, und Malchus von Arabien – alle, alle sind sie geflohen oder haben ihren Heerführern befohlen, dorthin zurückzukehren, woher sie gekommen sind; und schon jetzt flehen ihre Botschafter den kalten Octavian um Gnade an.«

»Hast du zu Ende gekrächzt, du Rabe im Gewande eines Pfaus, oder kommt noch mehr?« fragte der geschlagene Mann und hob sein Gesicht aus den zitternden Händen.

»Sprich weiter! Sag mir, daß die Königin Ägyptens in all ihrer Schönheit tot ist! Sag mir, daß Octavian dabei ist, das Kanopische Tor aufzustoßen, und daß, angeführt von dem toten Cicero, alle Geister der Hölle den Sturz Antonius' hinausschreien! Ja, sammle alle Leiden zusammen, die jene, die einstens groß waren, überwältigen können, und schütte sie auf das graue Haupt dessen, den du – in aller Freundlichkeit – noch immer ›den edlen Antonius‹ zu nennen beliebst.«

»Nein, nein, mein Gebieter, ich bin zum Ende gekommen.«

»Ja, und auch ich bin am Ende – völlig am Ende! Und so besiegele ich dieses Ende.« Er riß ein Schwert von seinem Lager und würde sich wahrlich getötet haben, wenn ich nicht auf ihn zugesprungen wäre und seine Hand gepackt hätte. Es war nicht in meinem Sinne, daß er schon jetzt stürbe, denn wenn er zu dieser Stunde gestorben wäre, hätte Kleopatra mit Octavian Frieden geschlossen, dem ja mehr an dem Tode Antonius' gelegen war, als an der Vernichtung Ägyptens.

»Bist du von Sinnen, Antonius? Bist du ein Feigling?« rief Charmion, »daß du auf diese Weise deinem Leide entfliehen und es Kleopatra überlassen willst, mit dem ihren allein fertig zu werden?«

»Warum nicht, Frau? Warum nicht? Sie würde nicht lange allein bleiben. Da ist Octavian, um ihr Gesellschaft zu leisten. Octavian mag schöne Frauen auf seine kühle Art, und Kleopatra ist noch immer schön. Komm her, Olympus! Du hast meine Hand daran gehindert, mir selbst den Tod zu geben, nun gib du mir von deiner Weisheit. Soll ich mich also Octavian ergeben, und ich, Triumvir, zweimal Konsul, und bisher absoluter Monarch des ganzen Ostens, erdulden, von ihm im Triumphzug durch die Straßen Roms geschleppt zu werden, über die einst ich im Triumph gezogen bin?«

»Nein, Gebieter«, antwortete ich. »Wenn du dich ergibst, bist du verloren. Die ganze vergangene Nacht hindurch habe ich dem Schicksal Fragen nach dich betreffenden Dingen gestellt, und dies ist es, was ich sah: Wenn dein Stern in die Nähe von Octavians Stern gerät, verblaßt er und wird überstrahlt; doch wenn er sich seiner Helligkeit entzieht, strahlt er, groß und leuchtend, mit gleicher Herrlichkeit wie der seine. Noch kann Ägypten gehalten werden; noch können Heere aufgestellt werden. Octavian hat sich zurückgezogen; noch ist er nicht vor den Toren Alexandrias, und er mag vielleicht besänftigt werden. Dein fieberiger Verstand hat deinen Körper erhitzt; du bist krank und kannst nicht richtig denken. Siehe hier, ich habe eine Tinktur mitgebracht, die dich heilen wird, denn ich bin wohl versiert in der Kunst der Medizin.« Damit hielt ich ihm die Phiole entgegen.

»Eine Tinktur, sagst du, Mann?« schrie er. »Wahrscheinlich ist es ein Gift, und du bist ein Mörder, den die falsche Kleopatra mir schickt, die mich gerne loswerden will, da ich ihr nun nicht mehr von Nutzen sein kann. Der Kopf Antonius' soll der Friedenspreis sein, den sie Octavian zusenden wird – sie, um derentwillen ich alles verloren habe. Gib mir deine Tinktur. Bei Bacchus! Ich werde sie trinken, obwohl sie ein Elexir des Todes sein mag!«

»Nein, edler Antonius, sie ist kein Gift, und ich bin kein Mörder. Siehe, ich werde sie vorkosten, wenn du es willst.« Und ich hob die Phiole mit der Flüssigkeit, die Feuer in die Venen von Menschen bringt.

»Gib sie mir, Arzt! Verzweifelte Männer sind mutige Männer. So! – Was ist denn das? Deine Medizin tut ja Wunder! Meine Sorgen scheinen davonzustieben wie Gewitterwolken vor dem Sturmwind, und der Lenz der Hoffnung erblüht wieder aus der Wüste meines Herzens. Ich bin wieder Antonius, und wieder sehe ich die Speere meiner Legionen in der Sonne blitzen und höre die donnernden Rufe des Willkommens, als Antonius, der geliebte Antonius, im Pomp des Kriegers die Reihe der tiefgestaffelten Heere entlangreitet! Es ist noch Hoffnung! Fürwahr! Es ist noch Hoffnung! Ich mag doch noch die todeskalte Stirn Octavians sehen – jenes Octavian, der niemals einen Fehler macht, es sei denn, aus Gründen der Politik –, vom Siegeskranz entblößt und mit dem Staub der Schande gekrönt!«

»Ja«, rief Charmion, »es ist noch Hoffnung, wenn du nur ein Mann sein kannst! O mein Gebieter! komm mit uns zurück; komm zurück in die liebenden Arme Kleopatras! Nacht für Nacht liegt sie auf ihrem goldenen Bett und erfüllt die leere Dunkelheit mit ihrem Stöhnen nach Antonius, der jetzt in die Trauer verliebt, seine Pflicht und seine Liebe vergißt!«

»Ich komme! Ich komme! Schande über mich, der ich es wagte, an ihr zu zweifeln. Sklave, bring Wasser, und eine Purpurrobe; nicht so kann ich vor Kleopatras Angesicht treten. Ich komme sofort.«

Auf diese Weise also brachten wir Antonius zu Kleopatra zurück, auf daß die Vernichtung beider gesichert sei.

Wir führten ihn durch die Alabasterhalle und in Kleopatras Gemach, wo sie auf ihrem goldenen Bett lag, das dunkle Haar vor ihrem Gesicht und über ihren Busen gebreitet, das Gesicht feucht von Tränen, die aus ihren blauen Augen strömten.

»O Königin Ägyptens!« rief er. »Sieh mich zu deinen Füßen knien!«

Sie sprang von dem Diwan. »Bist du endlich gekommen, mein Geliebter?« murmelte sie. »Dann ist alles wieder gut. Komm zu mir und vergiß in diesen Armen deinen Kummer, und verwandle meine Trauer in Freude. Oh, Antonius, solange uns die Liebe geblieben ist, haben wir noch alles!«

Und sie warf sich ihm an die Brust und küßte ihn verzehrend.

Am gleichen Tag noch kam Charmion zu mir und befahl mir im Namen Kleopatras, das tödlichste aller Gifte zuzubereiten. Dies zu tun, lehnte ich zunächst ab, da ich fürchtete, Kleopatra wollte es benutzen, um Antonius ein vorzeitiges

Ende zu setzen. Doch Charmion erklärte mir, daß dem nicht so sei, und nannte mir auch den Zweck, für den das Gift benutzt werden sollte. Deshalb rief ich Atoua zu mir, die Kenntnisreiche auf dem Gebiete der Kräuter, und wir verbrachten den ganzen Nachmittag bei unserer tödlichen Arbeit. Und als sie getan war, kam Charmion wieder zu mir, mit einem Kranz von Rosen, den sie mir in das Gift zu tauchen gebot.

Dieses tat ich auch.

An diesem Abend, bei dem großen Bankett Kleopatras, saß ich in der Nähe Antonius', der ihr zur Seite war, und er trug den vergifteten Rosenkranz. Als das Bankett weiterging, floß der Wein, bis Kleopatra und Antonius sehr heiter wurden. Und sie berichtete ihm von ihren Plänen, und daß ihre Galeeren zur Stunde durch den Kanal gezogen würden, der vom Bubastis am Pelusiaischen Mündungsarm des Nils nach Clysma am Ende der Bucht von Heroopolis führt. Denn es war ihr Plan, in dem Falle, daß Octavian sich unnachgiebig zeigen sollte, mit Antonius und ihren Schätzen zum Arabischen Golf zu fliehen, wo Octavian keine Flotte hatte, und ein neues Heim in Indien zu suchen, wohin niemand ihr folgen konnte. Doch wurde dieser Plan zunichte, denn die Araber von Petra verbrannten die Galeeren, dazu aufgestachelt von den Juden Alexandrias, die Kleopatra zutiefst haßten und von ihr gehaßt wurden. Denn ich ließ den Juden Nachricht über die Pläne Kleopatras zukommen.

Als sie ihm nun alles erzählt hatte, forderte sie ihn auf, einen Kelch Wein mit ihr auf den Erfolg dieses neuen Planes zu trinken, und sie gebot ihm, vorher den Kranz von Rosen in seinen Wein zu tauchen, um dessen Geschmack zu verfeinern. Dieses tat er, und als es getan war, trank sie ihm zu. Doch als auch er ihr zutrinken wollte, packte sie seine Hand und rief: »*Warte!*« – worauf er verwundert innehielt.

Nun befand sich unter den Dienern Kleopatras ein gewisser Eudosius, ein Mundschenk, und dieser Eudosius hatte erkannt, daß der Stern Kleopatras am Sinken war, und er plante, noch in derselben Nacht zu Octavian zu fliehen, wie es schon viele vor ihm getan hatten, und alles Wertvolle aus dem Palaste mitzunehmen, das er stehlen konnte. Doch sein Vorhaben war an Kleopatra verraten worden, und sie wollte sich an ihm rächen.

»Eudosius«, rief sie, denn der Mann stand in ihrer Nähe, »komm her, du treuer Diener! Sieh diesen Mann, edler Antonius; durch alle unsere Schwierigkeiten hat er zu uns gehalten und ist uns ein Trost gewesen. Deshalb soll er heute so belohnt werden, wie er es verdient, und nach dem Maße seiner Treue, und das durch deine eigene Hand. Gib ihm deinen goldenen Weinkelch, und laß ihn auf den Erfolg unserer Pläne trinken; und der Kelch soll sein Lohn sein.«

Noch immer verwundert reichte Antonius ihn dem Mann, der, in seinem schuldigen Herzen getroffen, reglos stand und ihn mit zitternden Händen entgegennahm. Doch trinken tat er nicht.

»Trink, du Sklave, trink!« rief Kleopatra, erhob sich halb von ihrem Sessel und warf einen zornigen Blick auf sein bleiches Gesicht. »Bei Serapis! So sicher wie ich dereinst doch im Capitol von Rom sitzen werde, werde ich dir das Fleisch von deinen Knochen peitschen und den roten Wein in deine offenen Wunden gießen lassen, wenn du den edlen Antonius so beleidigst. – *Ah!* endlich trinkst du! Aber – was hast du denn, mein guter Eudosius? Bist du krank? Wahrlich, dann muß dieser Wein wie das Wasser der Eifersucht jener Juden sein, daß er die Macht hat, die Unehrlichen zu töten und nur die Ehrlichen zu kräftigen. Geht, ein paar von euch, und durchsucht die Kammer dieses Mannes; ich glaube, er ist ein Verräter!«

Währenddessen stand der Mann reglos, die Hände an den Kopf gepreßt. Dann begann er zu zittern, und schließlich fiel er laut schreiend zu Boden. Doch sofort sprang er wieder auf und krallte die Hände in seine Brust, wie um das Feuer herauszureißen, das in seinem Herzen brannte. Er taumelte, mit rotem, verzerrtem Gesicht und Schaum vor dem Munde, auf Kleopatra zu, die ihn mit einem amüsierten, grausamen Lächeln beobachtete.

»Ah, Verräter, jetzt hast du deinen Lohn!« sagte sie. »Sag mir, ist der Tod süß?«

»Du Buhle!« schrie der sterbende Mann, »du hast mich vergiftet! So sollst auch du sterben!« Und mit einem Schrei warf er sich auf sie. Doch sie erkannte sein Vorhaben rechtzeitig und sprang, schnell und geschmeidig wie eine Löwin, zur Seite, so daß er nur ihren königlichen Umhang packte und ihn von seiner Smaragdspange riß. Er stürzte zu Boden und wälzte sich in dem purpurnen Chiton umher, bis er schließlich still und tot lag, und sein grauenhaft verzerrtes Gesicht und die gebrochenen Augen aus seinen Falten hervorstarrten.

»Ah!« sagte die Königin mit einem harten Lachen, »der Sklave ist seltsam schwer gestorben, und er wollte mich mit sich reißen. Seht, er hat sich meinen Umhang als Leichentuch ausgeliehen! Schleift ihn hinaus und verscharrt ihn so, wie er ist!«

»Was bedeutet das, Kleopatra?« fragte Antonius, als die Wachen die Leiche fortschleppten; »der Mann hat von meinem Kelche getrunken. Was war der Sinn dieses makabren Scherzes?«

»Er diente einem doppelten Zwecke, edler Antonius. Noch in dieser Nacht wollte der Mann zu Octavian fliehen und viele unserer Schätze mit sich nehmen. Nun, ich habe ihm Flügel verliehen, denn die Toten fliegen schnell! Und noch dies: Du hast befürchtet, daß ich dich vergiften wollte, mein Gebieter; nein, widersprich nicht, ich weiß es. Du siehst, Antonius, wie leicht es mir gewesen wäre, dich zu töten, wenn ich das wollte. Jener Kranz von Rosen, den du in den Wein tauchtest, ist mit einem tödlichen Gift bedeckt. Wenn ich nun mit dir ein Ende machen wollte, hätte ich sicher nicht deine Hand festgehalten. O Antonius, vertrau mir von nun an! Eher würde ich mich selbst töten, als auch nur ein Haar auf deinem geliebten Haupte zu krümmen! Siehe, dort kommen meine Boten. Sprecht, was habt ihr gefunden?«

»Königin Ägyptens, dies ist es, das wir gefunden haben:

Alles in der Kammer von Eudosius war zur Flucht vorbereitet, und in seinen Reisesäcken befanden sich viele Schätze des Palastes.«

»Ihr habt von seinem Schicksal gehört?« fragte sie mit einem düsteren Lächeln. »Glaubt ihr, daß Kleopatra eine ist, bei der es gut tut, den Verräter zu spielen? Laßt euch das Schicksal dieses Römers zur Warnung dienen!«

Daraufhin breitete sich eine Stille der Angst über die Gesellschaft, und auch Antonius saß schweigend.

## 6

*Über die Arbeiten des Gelehrten Olympus zu Memphis; über die Giftanschläge auf Kleopatra; über die Ansprache Antonius' an seine Heerführer; und über die Reise Isis' aus dem Lande Khem*

Ich, Harmachis, muß mich nun mit meiner Aufgabe beeilen und das, was zu sagen mir erlaubt ist, so kurz wie möglich niederschreiben, so daß vieles ungesagt bleiben muß. Denn man hat mir verkündet, daß mein Ende sich nähert und meine Tage gezählt sind.

Nachdem also Antonius aus dem Timonium geholt worden war, kam jene Zeit drückender Stille, welche das Nahen eines Wüstensturmes ankündigt. Antonius und Kleopatra ergaben sich erneut dem Luxus und gaben Nacht für Nacht Bankette in der Pracht des Palastes. Sie schickten Botschafter zu Octavian, doch Octavian wies sie ab, und als nun auch diese Hoffnung zerstört war, wandten sie sich erneut der Verteidigung Alexandrias zu. Männer wurden zusammengeholt, Schiffe gebaut, und eine gewaltige Streitmacht für das Kommen Octavians aufgestellt.

Und nun, unterstützt von Charmion, begann ich mit meiner letzten Arbeit des Hasses und der Rache. Ich drang tief in die Geheimnisse des Palastes ein und erteilte Rat, der zu einem bösen Ende führen mußte. Ich riet Kleopatra, Antonius bei guter Stimmung zu halten, damit er nicht wieder über seinen Sorgen zu brüten begänne; und auf diese Weise laugte ich durch Luxus und Wein seine Kräfte aus. Ich gab ihm von meinen Tinkturen – Tränken, die seine Seele in Träume von Glück und Macht versetzten, und ihn zu einer noch drückenderen Misere erwachen ließen. Bald schon konnte er ohne meine Medizin nicht mehr schlafen, und so, da ich immer um ihn war, fesselte ich seinen geschwächten Willen an den meinen, bis er schließlich nichts mehr tat, wenn ich nicht meine Zustimmung dazu gab. Kleopatra, die inzwischen gegen alle Welt sehr mißtrauisch geworden war, stützte sich immer stärker auf mich; denn ich gab ihr im geheimen Prophezeiungen – die natürlich falsch waren.

Außerdem wob ich noch weitere Netze. Ich stand in ganz Ägypten in hohem Ansehen, denn während der langen Jahre, die ich in Tapé verbracht hatte, hatte sich mein Ruhm im ganzen Lande verbreitet. Deshalb kamen viele hochgestellte Männer zu mir, sowohl um ihrer Gesundheit willen, als auch, weil bekannt war, daß ich das Ohr Antonius' und das der Königin hatte; und in jenen Tagen des Zweifelns und der Unsicherheit war jeder begierig, die Wahrheit zu erfahren. Alle diese Männer bearbeitete ich mit Worten des Zweifels und untergrub ihre Loyalität; und es gelang mir, viele von ihnen zum Abfallen zu bewegen, doch konnte niemand mich beschuldigen, etwas Nachteiliges gesagt zu haben. Auch entsandte Kleopatra mich nach Memphis, um die dortigen Priester und Gouverneure dazu zu bewegen, in Oberägypten Männer für die Verteidigung Alexandrias zusammenzubringen. Und ich ging nach Memphis und sprach zu den Priestern so doppeldeutig und mit so viel Weisheit, daß sie mich als einen Eingeweihten der tieferen Mysterien erkannten. Doch wie ich, der Arzt Olympus, dazu kam, ein Eingeweihter zu sein, vermochte niemand zu sagen. Und später suchten sie mich heimlich auf, und ich gab ihnen das geheime Zeichen der Bruderschaft, und unter seiner Schweigepflicht befahl ich ihnen, nicht zu fragen, wer ich sein mochte, doch Kleopatra keine Hilfe zu schicken. Statt dessen, sagte ich, sollten sie Frieden mit Octavian schließen, denn nur durch die Gnade des römischen Herrschers würde die Anbetung der Götter in Khem fortdauern können. Also versprachen sie, nachdem sie den Rat des Heiligen Apis eingeholt hatten, öffentlich Kleopatra beizustehen, jedoch heimlich Botschafter zu Octavian zu entsenden.

So geschah es, daß Ägypten seiner verhaßten griechischen Königin nur wenig Hilfe zuteil werden ließ. Von Memphis ging ich wieder nach Alexandria zurück, und, nachdem ich meinen Bericht gemacht hatte, setzte ich meine geheime Arbeit fort. Und die Alexandriner waren nicht leicht zu bewegen, denn, wie sie auf dem Marktplatze sagen: ›Der Esel blickt nur auf seine Bürde und ist für seinen Herrn blind.‹ Kleopatra hatte sie so lange unterdrückt, daß der Römer ihnen wie ein willkommener Freund erschien.

So verging die Zeit, und jeder Abend fand Kleopatra mit weniger Freunden als der vorangegangene, denn vor schlechten Zeiten fliegen Freunde davon wie Schwalben beim ersten Frost. Dennoch aber wollte sie Antonius nicht aufgeben, da sie ihn liebte, obwohl Octavian, wie ich gehört hatte, ihr durch seinen Abgesandten, Thyreus zusichern ließ, daß sie ihr Reich für sich und für ihre Kinder behalten könne, wenn sie nur Antonius töten würde, oder ihn in Ketten auslieferte. Doch dazu konnte ihr Frauenherz – und sie hatte noch ein Herz – sich nicht bereitfinden, und außerdem rieten Charmion und ich ihr dagegen, da es für uns nötig war, daß er bei ihr bliebe, denn wenn Antonius entkommen sollte oder getötet werden sollte, mochte Kleopatra den Sturm überstehen und dennoch die Königin Ägyptens bleiben. Und dies tat mir leid, denn Antonius mochte zwar schwach sein, dennoch aber war er noch immer ein tapferer Mann, und ein großer; und außerdem las ich in meinem Herzen die Lehren seiner Leiden. Denn waren wir nicht

Brüder im Elend? Hatte nicht dieselbe Frau uns beiden Reich, Freunde und Ehre geraubt? Doch das Mitleid hat keinen Platz in der Politik, noch konnte ich meine Füße vom Pfad der Rache abweichen lassen, den zu gehen mir bestimmt war. Octavian rückte näher; Pelusium fiel; das Ende stand bevor. Es war Charmion, die der Königin und Antonius die Nachricht brachte, als sie während der Mittagshitze schliefen, und ich ging mit ihr.

»Erwachet!« rief sie. »Erwachet! Jetzt ist nicht die Zeit zum Schlafen! Seleucus hat Pelusium an Octavian übergeben, der jetzt direkt auf Alexandria zumarschiert!«

Mit einem Fluche sprang Antonius auf und packte Kleopatra beim Arm.

»Du hast mich verraten – bei den Göttern, ich schwöre es! Jetzt sollst du dafür bezahlen!« Er griff nach seinem Schwert und zog es.

»Halt, Antonius!« rief sie. »Du irrst dich – ich habe nichts davon gewußt!« Und sie warf sich ihm an die Brust, umklammerte seinen Hals und begann zu weinen. »Ich habe nichts davon gewußt, mein Gebieter. Nimm du die Frau des Seleucus und seine kleinen Kinder, die ich in Verwahrung halte, und räche dich an ihnen. O Antonius, Antonius, warum zweifelst du an mir?«

Da warf Antonius sein Schwert auf den Marmorboden, ließ sich auf den Diwan fallen, schlug die Hände vors Gesicht und stöhnte vor Bitterkeit des Geistes.

Charmion jedoch lächelte zufrieden, denn sie war es gewesen, die heimlich einen Boten zu Seleucus geschickt und ihm geraten hatte, sich sofort zu ergeben, da die Alexandriner nicht kämpfen würden. Und in jener Nacht raffte Kleopatra all ihren Reichtum an Perlen und Smaragden zusammen – jene, die von dem Schatze Menkau-ras übriggeblieben waren – all ihren Reichtum an Gold, Elfenbein, Ebenholz und Zimt, unermeßliche Schätze, und verwahrte sie in dem Mausoleum aus Granit, das sie nach unserer ägyptischen Art auf dem Hügel hatte erbauen lassen, der neben dem Tempel der Heiligen Isis liegt. Dort häufte sie diese

Schätze auf ein dickes Bett von Flachs, so daß, wenn sie es anzündete, alles von den Flammen verzehrt werden und der Gier des beutehungerigen Octavian entzogen werden würde. Und von nun an schlief sie in dieser Grabkammer, von Antonius getrennt; doch während des Tages war sie nach wie vor im Palast mit ihm beisammen.

Eine Weile später, als Octavian mit seiner gewaltigen Streitmacht bereits den kanopischen Mündungsarm des Nils passiert und Alexandria fast erreicht hatte, kam ich zum Palast, wohin Kleopatra mich gerufen hatte. Dort fand ich sie in der Alabasterhalle, königlich gewandet, ein wildes Leuchten in ihren Augen, und bei ihr standen Iras und Charmion, und vor ihr Wachen; und da und dort auf dem Marmorboden hingestreckt lagen die Körper von Männern, alle tot bis auf einen, der noch im Sterben lag.

»Sei gegrüßt, Olympus!« rief sie. »Hier ist ein Anblick, der das Herz eines Arztes höher schlagen lassen muß: tote Männer und sterbenskranke Männer!«

»Was tust du, o Königin?« sagte ich entsetzt.

»Was ich tue? Ich übe Gerechtigkeit an diesen Verbrechern und Verrätern, und, Olympus, ich lerne etwas über das Sterben. Ich habe diesen Sklaven sechs verschiedene Gifte geben lassen und ihre Wirkung mit aufmerksamem Auge verfolgt. Jener Mann ...« – sie deutete auf einen Nubier – »wurde wahnsinnig und schrie nach seiner heimatlichen Wüste und nach seiner Mutter – er glaubte, wieder ein Kind zu sein, der arme Narr! –, und bat sie, ihn fest an ihre Brust zu nehmen und ihn vor der Dunkelheit zu beschützen, die sich nähere. Und jener Grieche dort, er schrie und schrie, und schreiend starb er. Und dieser hier, er weinte und flehte um Gnade und tat seinen letzten Atemzug als Feigling. Doch siehe dir jenen Ägypter an, der noch lebt und stöhnt; als erster nahm er den Trank – den tödlichsten Trank von allen, wie sie mir schworen –, und dennoch hängt dieser Sklave so sehr an seinem Leben, daß er es nicht verlassen will. Siehe, er versucht, das Gift von sich zu geben; zweimal schon habe ich ihm den Becher gegeben, und noch immer ist er durstig. Was für einen Trinker wir hier haben! Mann, Mann, weißt du nicht, daß allein im Tod der Friede gefunden werden kann? Wehre dich nicht länger, sondern tritt in die Ruhe ein!« Und noch während sie so sprach, gab der Mann mit einem lauten Aufschrei seinen Geist auf.

»So!« rief sie, »endlich ist die Farce zu Ende gespielt. Fort mit diesen Sklaven, die ich durch die schwer zu überwindenden Tore des Glückes gezwungen habe!« Dabei klatschte sie in die Hände. Doch als man die Leichen fortgeschafft hatte, trat sie zu mir und sprach so zu mir:

»Olympus, trotz aller deiner Prophezeiungen steht das Ende bevor. Octavian wird siegen, und ich und mein Gebieter Antonius müssen sterben. Deshalb will ich mich jetzt, da das Spiel fast vorbei ist, darauf vorbereiten, von dieser Bühne der Erde auf eine Weise abzutreten, wie es einer Königin zukommt. Aus diesem Grunde nämlich habe ich den Versuch mit den Giften durchgeführt, wohl wissend, daß ich sehr bald jene Agonie des Todes durchstehen muß, die ich heute anderen gebe. Jene Drogen gefallen mir nicht; einige davon reißen einem vor grausamen Schmerzen die Seele heraus, und andere brauchen zu lange, um ihr Werk zu vollbringen. Doch du hast Geschick in den Medizinen des Todes. Also bereite mir einen Trank, der mir schmerzlos das Leben stiehlt!«

Als ich ihr zuhörte, erfüllte ein Gefühl bitteren Triumphes mein Herz, denn nun wußte ich, daß diese verderbte Frau durch meine Hand sterben und ich die Strafe der Götter vollstrecken würde.

»Gesprochen wie eine Königin, o Kleopatra!« sagte ich. »Der Tod wird alle Leiden heilen, und ich werde dir einen Wein brauen, der ihn wie einen plötzlichen Freund hinabziehen und dich in ein Meer des Schlafes versenken wird, aus welchem du auf dieser Erde nie wieder erwachen wirst. Oh! fürchte den Tod nicht; der Tod ist deine Hoffnung, und du wirst sündenlos und rein vor die Augen der Götter treten!«

Sie begann zu zittern. »Und wenn das Herz nicht ganz

rein ist? Sag mir, du dunkler Mann, was dann? Nein, ich fürchte die Götter nicht, denn wenn die Götter der Hölle Männer sind, werde ich auch dort eine Königin sein. Zumindest jedoch werde ich, die ich königlich war, für immer königlich bleiben.«

Und während sie so sprach, ertönte plötzlich vom Palasttor her ein lauter Tumult und freudiges Rufen.

»Was ist geschehen?« sagte sie und sprang von ihrem Diwan.

»Antonius! Antonius!« erscholl das Rufen. »Antonius hat gesiegt!«

Sie wandte sich rasch um und lief hinaus, und ihr langes Haar wehte im Winde. Ich folgte ihr, etwas langsamer, durch die große Halle, über den Hof, zum Palasttor. Und dort traf sie Antonius, der gerade hindurchritt, ein strahlendes Lächeln auf dem Gesicht und in seinen römischen Harnisch gekleidet. Als er ihrer ansichtig wurde, sprang er aus dem Sattel und riß sie, in Waffen, wie er war, an seine Brust.

»Was ist?« rief sie erregt. »Ist Octavian gefallen?«

»Nein, das nicht, aber wir haben seine Reiterei zurückgetrieben, und so wie der Anfang war, wird auch das Ende sein, denn, wie man hier sagt: ›Wohin der Kopf geht, dorthin folgt ihm der Schwanz.‹ Außerdem habe ich Octavian zum Zweikampf herausgefordert, und wenn er sich mir stellt, wird die Welt bald wissen, wer der bessere Mann ist; Antonius oder Octavian.« Und während er so sprach und die Menschen jubelten, ertönte der Ruf: »Ein Bote Octavians!«

Der Herold trat ein, verneigte sich tief, überreichte Antonius ein Schreiben, verneigte sich abermals und ging. Kleopatra riß es Antonius aus der Hand, zerriß das Seidenband und las laut:

»Octavian an Antonius: Sei gegrüßt!

Diese Antwort gebe ich dir auf deine Herausforderung: Kann Antonius keine bessere Art des Todes finden, als unter dem Schwerte Octavians zu sterben? Lebe wohl!«

Und danach jubelten sie nicht mehr.

Die Dunkelheit sank herab, und bevor es Mitternacht war, nach einem Bankett mit solchen Freunden, die heute über sein Leid weinen und ihn morgen verraten würden, ging Antonius zu einer Versammlung der Obersten des Heeres und der Flotte, zu der auch viele andere gekommen waren, darunter ich.

Als alle zusammengekommen waren, sprach er zu ihnen, barhäuptig unter ihnen im Lichte des Mondes stehend. Und dies waren seine Worte:

»Freunde und Waffengefährten, die ihr noch zu mir haltet, und die ich oft zum Siege geführt habe, hört mich an, den, der morgen schon im Staube liegen mag, seines Reiches und seiner Ehre beraubt. Dies ist unser Plan: Nicht länger werden wir mit unbewegten Schwingen über der Flut des Krieges schweben, sondern wir werden steil herabstoßen, um, vielleicht, die Krone des Sieges zu erbeuten, oder aber, sollte das fehlschlagen, um dort zu ertrinken. Wenn ihr nur treu zu mir steht, und zu eurer Ehre, mögt ihr noch immer, als die stolzesten aller Männer, mir zur Rechten im Capitol von Rom sitzen. Wenn ihr mich aber im Stich laßt, so ist Antonius' Sache verloren, und ihr ebenfalls. Die morgige Schlacht wird wahrlich gefährlich werden, doch wir haben viele Male zusammengestanden und größeren Gefahren ins Auge geblickt und, bevor die Sonne versank, große Heere wie Wüstensand vor dem Sturmwind unseres Mutes davongetrieben und die Beute feindlicher Könige gezählt. Was haben wir zu fürchten? Obwohl Verbündete geflohen sein mögen, ist unsere Streitmacht doch noch immer so stark wie die Octavians! Und wenn wir nur Mut beweisen, dann, so schwöre ich euch bei meiner fürstlichen Ehre, werde ich morgen die Köpfe Octavians und seiner Heerführer auf jenes Kanopische Tor stecken!

Ja, jubelt, und jubelt noch einmal! Ich liebe diese martialischen Klänge, die nicht von den gleichgültigen Lippen der Trompeten erschallen, jetzt von dem Atem Antonius', und jetzt von dem Octavians geblasen, sondern aus den Herzen der Männer, die mich lieben. Dennoch – und jetzt werde ich leise sprechen, so wie wir an der Bahre eines geliebten Toten sprechen – dennoch, wenn das Glück sich gegen mich stellen, und wenn, von dem Gewicht der Waffen niedergemacht, Antonius, der Soldat, den Soldatentod sterben sollte, und euch zurückläßt, um ihn, der stets euer Freund war, zu betrauern, so ist dies mein Wille, den ich euch jetzt, nach unseren rauhen Sitten des Lagers, kundtue: Ihr wißt, wo alle meine Schätze liegen. Nehmt sie, teuerste Freunde, und teilt sie, in Erinnerung an Antonius, redlich unter euch auf. Dann geht zu Octavian und sagt zu ihm: ›Antonius, der Tote, entbietet Octavian, dem Lebenden, seine Grüße, und er erbittet, im Namen alter Freundschaft und vieler gemeinsam bestandener Gefahren, diese Gnade: die Sicherheit jener, welche zu ihm gehalten haben, und dessen, das er ihnen gegeben hat.‹

Nein, laßt nicht meine Tränen – denn ich muß weinen – eure Augen überquellen! Es ist nicht männlich! Es ist absolut weibisch! Alle Menschen müssen sterben, und der Tod würde willkommen sein, wenn er nicht so einsam wäre. Wenn ich fallen sollte, so überlasse ich meine Kinder eurer treuen Fürsorge, um sie, vielleicht, vor dem Schicksal der Hilflosigkeit zu bewahren. Doch jetzt genug! Morgen, beim Dämmern des Tages, springen wir Octavian an die Kehle, sowohl zu Lande als auch auf dem Meere! Schwört mir, daß ihr auch in dieser letzten Schlacht zu mir halten werdet!«

»Wir schwören es!« riefen sie. »Edler Antonius, wir schwören es!«

»Es ist gut. Noch einmal leuchtet mein Stern hell auf; morgen mag er, hoch an den Himmel gesetzt, dennoch die Lampe Octavians überstrahlen! Bis dahin, lebet wohl!«

Er wandte sich zum Gehen. Als er das tat, griffen sie nach seiner Hand und küßten sie; und so tief waren sie bewegt, daß einige von ihnen wie Kinder weinten, und auch Antonius konnte seine Gefühle nicht beherrschen, denn im Mondlicht sah ich Tränen über seine zerfurchten Wangen rinnen und auf seine mächtige Brust fallen.

Und als ich dies alles sah, wurde ich sehr bedrückt. Denn

ich wußte: Wenn diese Männer treu zu Antonius standen, mochte für Kleopatra dennoch alles gut ausgehen; und obgleich ich nichts gegen Antonius hatte, mußte er dennoch fallen und bei diesem Fall die Frau mit sich reißen, die sich, wie eine giftige Pflanze, um seine gewaltige Kraft gerankt hatte, bis diese in ihrer Umklammerung erstickte und verfaulte.

Deshalb ging ich, als Antonius den Ort verließ, nicht auch, sondern trat nur in den Schatten zurück und beobachtete die Gesichter der Herren und der Heerführer, als diese miteinander sprachen.

»Dann ist es also abgemacht«, sagte jener, der die Flotte führen sollte. »Und dies schwören wir, einer und alle, daß wir bis zum letzten zu dem edlen Antonius halten werden!«

»Ja!, Ja!« antworteten sie.

»Ja! Ja!« sagte ich aus dem Schatten sprechend. »Haltet zu ihm und *sterbt!*«

Sie fuhren wütend herum und packten mich.

»Wer ist das?« fragte einer.

»Es ist jener schwarzgesichtige Hund, Olympus!« rief ein anderer. »Olympus, der Magier!«

»Olympus, der Verräter!« knurrte ein dritter. »Macht ihm und seiner Magie ein Ende!« Und er zog sein Schwert.

»Ja! Tötet ihn! Er will den edlen Antonius verraten, den zu verarzten er bezahlt wird.«

»Wartet einen Moment!« sagte ich mit langsamer, feierlicher Stimme, »und hütet euch davor, den Diener der Götter zu töten. Ich bin kein Verräter. Was mich betrifft, so werde ich den Gang der Ereignisse hier in Alexandria abwarten, doch zu euch sage ich: Flieht, flieht zu Octavian! Ich diene Antonius und der Königin, und ich diene ihnen treu; aber vor allem diene ich den Heiligen Göttern; und was diese mich wissen lassen, das, ihr Herren, weiß ich. Und ich weiß dieses: Antonius ist zum Untergang verdammt, denn Octavian wird siegen. Deshalb, und weil ich euch ehre, edle Herren, und weil ich mit Mitleid an eure Frauen denke, die verwitwet zurückbleiben werden, und an eure kleinen, vaterlosen Kinder, die, wenn ihr zu Antonius haltet, als Sklaven verkauft werden. Deshalb sage ich euch: Haltet zu Antonius und sterbt; oder geht zu Octavian und lebt! Und dies sage ich euch, weil es von den Göttern so bestimmt ist.«

»Von den Göttern!« knurrten sie, »von welchen Göttern? Schneidet dem Verräter die Kehle durch und unterbindet seine Worte bösen Omens!«

»Laßt ihn uns ein Zeichen von seinen Göttern zeigen, oder er soll sterben! Ich mißtraue diesem Mann«, rief ein anderer.

»Tretet zurück, ihr Narren!« rief ich. »Tretet zurück – laßt meine Arme los – und ich werde euch ein Zeichen der Götter zeigen!« Und da war etwas in meinem Gesicht, das sie ängstigte, denn sie gaben mich frei und traten zurück. Da hob ich meine Hände und suchte unter Aufbietung aller Kraft meiner Seele die Tiefen des Raumes ab, bis mein Geist mit dem Geiste meiner Mutter Isis kommunizierte. Nur das Wort der Macht äußerte ich nicht, so wie es mir befohlen worden war. Und das heilige Mysterium der Göttin antwortete dem Schrei meines Geistes und fiel in schrecklicher Stille auf das Antlitz der Erde. Tiefer und tiefer wurde die schreckliche Stille; selbst die Hunde hörten auf zu heulen, und in der Stadt standen die Menschen reglos vor Angst. Dann ertönte aus weiter Ferne das geisterhafte Klingen des Sistrums. Leise war es zuerst, wurde dann jedoch lauter und lauter und lauter, bis die Luft von dem unirdischen Laut des Schreckens erzitterte. Ich sprach kein Wort, sondern deutete mit meiner Hand himmelwärts. Und siehe! In die Luft gebettet schwebte eine gewaltige, verschleierte Gestalt, die, begleitet von dem anschwellenden Klirren des Sistrums, langsam näherkam, bis ihr Schatten auf uns lag. Sie kam, sie zog vorüber, sie schwebte auf das Lager Octavians zu, bis schließlich das Geräusch verebbte und der schreckliche Schatten von der Nacht verschluckt wurde.

»Es ist Bacchus!« schrie einer. »Bacchus, der den verlorenen Antonius verläßt!« Und als er das sagte, kam ein tiefes Stöhnen der Furcht von den Lippen der anderen.

Doch ich wußte, daß es nicht Bacchus war, jener falsche Gott, sondern die Göttliche Isis, die Khem verließ und über das Ende der Welt hinwegglitt, um ihr Heim im Raum zwischen den Sternen aufzusuchen und von den Menschen nicht mehr gekannt zu werden. Denn obwohl ihre Anbetung noch immer lebt, obwohl sie noch hier ist und auf allen Erden, manifestiert sich Isis in Ägypten nicht mehr. Ich barg mein Gesicht in den Händen und betete, und als ich es wieder hob, siehe! waren sie alle geflohen, und ich stand allein.

## 7

## *Über das Ergeben der Truppen und der Flotte Antonius' vor dem Kanopischen Tor; über das Ende Antonius'; und über das Brauen des Todestranks*

Am Morgen des nächsten Tages, bei Anbruch der Dämmerung, gab Antonius den Befehl, daß seine Flotte die Flotte Octavians angreifen sollte, und daß seine Reiterei die Landschlacht mit einem Angriff gegen Octavians Reiter eröffnen sollte. Demgemäß rückte die Flotte in dreifacher Linie vor, und die Flotte Octavians kam ihr entgegen, um sie zu stellen. Doch als sie aufeinanderstießen, hoben die Männer auf den Galeeren ihre Ruder zum Gruß und gingen zu der Flotte Octavians über, und sie segelten zusammen fort. Und die Reiterei Antonius' sprengte jenseits des Hippodroms, um die Reiterei Octavians anzugreifen; doch als sie auf sie stießen, senkten sie ihre Schwerter und gingen zum Lager Octavians über. Da wurde Antonius wild vor Wut, und er war schrecklich anzusehen. Er schrie seinen Legionen zu, fest zu stehen und den Angriff zu erwarten; und für eine kurze Weile standen sie auch. Ein Mann jedoch – es war jener, der mich in der vergangenen Nacht töten wollte – versuchte zu fliehen; doch Antonius packte ihn, warf ihn mit eigener Hand zu Boden, sprang von seinem Pferde und zog das Schwert, um ihn zu durchbohren. Er hielt sein Schwert erhoben, während der Mann sein Gesicht mit den Händen bedeckte und den Tod erwartete. Doch Antonius ließ sein Schwert sinken und befahl ihm aufzustehen.

»Geh!« sagte er. »Geh zu Octavian und werde glücklich! Ich habe dich einst geliebt. Warum dann sollte ich, unter so vielen Verrätern, gerade dich dem Tode überantworten?«

Der Mann erhob sich und blickte Antonius traurig an. Dann, von Scham überwältigt, stieß er einen lauten Schrei aus, riß seinen Harnisch auf und stieß sich selbst das Schwert ins Herz und fiel tot zu Boden. Antonius blickte lange auf ihn hinab, doch er sagte kein Wort. Währenddessen war die Phalanx der Legionen Octavians herangekommen, und sobald sie die Speere kreuzten, warfen die Legionen Antonius' sich herum und flohen. Die Soldaten Octavians blieben stehen und machten sich über sie lustig; doch wurde kaum ein Mann getötet, denn sie verfolgten sie nicht.

»Flieh, edler Antonius, flieh!« schrie Eros, sein Diener, der als einziger bei ihm geblieben war. »Flieh, bevor du als Gefangener vor Octavian geschleppt wirst!«

Also wandte er sich um und floh, mit gequältem Stöhnen. Ich blieb bei ihm, und als wir durch das Kanopische Tor ritten, wo viel Volks stand und gaffte, sagte Antonius zu mir: »Geh, Olympus! Geh zur Königin und sage ihr: Antonius schickt seine Grüße an Kleopatra, die ihn verraten hat! Kleopatra schickt er seine Grüße und sein Lebewohl!«

Und so ging ich zu der Grabkammer, doch Antonius floh weiter zum Palast. Als ich zu der Grabkammer kam, klopfte ich an deren Tür, und Charmion blickte aus der Luke.

»Öffne!« rief ich, und sie öffnete die Tür.

»Was ist geschehen, Harmachis?« flüsterte sie.

»Charmion«, sagte ich, »das Ende ist gekommen. Antonius ist geflohen.«

»Es ist gut«, antwortete sie; »ich bin müde.«

Und dort, auf ihrem goldenen Bett saß Kleopatra.

»Sprich, Mann!« rief sie.

»Antonius ist geflohen, seine Legionen sind geflohen, und Octavian nähert sich der Stadt. An Kleopatra entbietet der große Antonius seinen Gruß und sein Lebewohl. Seinen Gruß an Kleopatra, die ihn verraten hat, und sein Lebewohl.«

»Das ist eine Lüge!« schrie sie; »ich habe ihn nicht verraten! Du, Olympus, wirst sofort zu Antonius gehen und ihm dies antworten: Antonius, welchen sie nicht verraten hat, entbietet Kleopatra ihren Gruß und ihr Lebewohl, Kleopatra ist nicht mehr.«

Und so ging ich, meine Aufgabe verfolgend. In der Alabasterhalle fand ich Antonius, der auf und ab schritt und seine Hände himmelwärts erhob, und bei ihm Eros, denn von allen Dienern war Eros allein bei dem gestürzten Mann geblieben.

»Edler Antonius«, sagte ich, »die Königin Ägyptens entbietet dir ihr Lebewohl. Die Königin Ägyptens ist durch eigene Hand gestorben.«

»Tot, tot!« flüsterte er. »Die Königin Ägyptens ist tot? und dieser herrliche Körper jetzt der Fraß von Würmern? Oh, was für eine Frau war sie! Selbst jetzt schreit mein Herz nach ihr! Soll sie mich am Ende beschämen, mich, der ich einst so groß war? Soll ich so klein sein, daß eine Frau meinen Mut übertrifft und dorthin geht, wohin ich ihr nicht zu folgen wage? Eros, du hast mich von Kindheit an geliebt – denkst du noch daran, wie ich dich verhungernd in der Wüste fand und dich reich gemacht habe, dir Position und Wohlstand gab? Komm, tu nun du etwas für mich! Zieh das Schwert, das du an deiner Seite trägst, und mache Antonius' Leid ein Ende.«

»O Herr«, schrie der Grieche, »das kann ich nicht! Wie könnte ich dem göttergleichen Antonius das Leben nehmen?«

»Widersprich mir nicht, Eros, wenn ich in der äußersten Bedrängnis des Schicksals dies von dir verlange! Also tu, was ich dir befehle, oder geh und laß mich ganz allein! Ich will dein Gesicht nie wiedersehen, du ungetreuer Diener!«

Nun zog Eros sein Schwert, und Antonius kniete sich vor ihn auf den Boden, bot ihm seine Brust dar und wandte den Blick himmelwärts. Doch mit dem Schrei: »Ich kann es nicht! Oh, ich kann es nicht!« stieß Eros das Schwert ins eigene Herz und fiel tot nieder.

Antonius erhob sich und starrte auf ihn hinab. »Das war eine noble Tat, Eros«, sagte er. »Du bist größer als ich, und ich habe deine Lehre verstanden!« Er kniete nieder und küßte ihn.

Dann erhob er sich mit einem entschlossenen Ruck, riß das Schwert aus dem Herzen Eros', stieß es sich in den Leib und fiel stöhnend auf den Diwan.

»Oh, Olympus!« rief er; »diese Schmerzen sind mehr, als ich ertragen kann! Mach ein Ende mit mir, Olympus!«

Ich zog das Schwert aus seinem Körper, stillte das herausströmende Blut und rief jenen, die herbeikamen, um Antonius sterben zu sehen, zu, sie sollten Atoua von meinem Hause beim Palasttor herbeiholen. Kurz darauf kam sie und brachte ihre Kräuter und lebenspendenden Mixturen mit sich. Diese verabreichte ich Antonius und befahl Atoua, so schnell ihre alten Beine es ihr erlaubten, zu der Grabkammer zu gehen und Kleopatra von dem Zustand Antonius' zu berichten.

Also ging sie, und nach einer Weile kam sie zurück und sagte, daß die Königin noch lebe und verlange, daß Antonius zu ihr gebracht werde, um in ihren Armen zu sterben. Mit Atoua kam Diomedes. Als Antonius dies hörte, kehrte seine verebbende Kraft zurück, denn er sehnte sich danach, Kleopatras Angesicht wiederzusehen. Also rief ich die Sklaven – die durch Vorhänge und zwischen den Säulen hervorstarrten, um diesen großen Mann sterben zu sehen – und gemeinsam und unter großen Mühen trugen wir ihn hinaus und gelangten bis zum Mausoleum.

Doch Kleopatra, die Verrat befürchtete, wollte das Tor

nicht öffnen, sondern ließ von einem Fenster ein Seil herab, das wir unter Antonius' Armen verknoteten. Dann begann Kleopatra, welche die ganze Zeit über bitterlich weinte, gemeinsam mit Charmion und der Griechin Iras, mit aller Kraft an dem Seile zu ziehen, während wir von unten nachschoben, bis der sterbende, laut stöhnende Antonius über unseren Köpfen pendelte und das Blut aus seiner klaffenden Wunde herabtropfte. Zweimal wäre er beinahe herabgestürzt, doch Kleopatra hielt ihn, unter Aufbietung all der Kräfte, die Liebe und Verzweiflung ihr verliehen, fest, bis sie ihn endlich durch das Fenster ziehen konnte. Und alle, die Zeugen dieses entsetzlichen Vorgangs waren, weinten bitterlich und schlugen sich an die Brust – alle, außer mir und Charmion.

Als er hineingezogen war, wurde das Seil erneut herabgelassen, und unter einiger Mithilfe Charmions kletterte ich in die Grabkammer und zog das Seil herauf. Dort fand ich Antonius auf dem goldenen Bett Kleopatras liegend. Sie kniete, mit entblößter Brust, tränenüberströmtem Gesicht und wirrem Haar, neben ihm und küßte ihn und wischte mit ihrem Gewand und ihrem Haar das Blut von seiner Wunde.

Und nun laßt mich das ganze Ausmaß meiner Schande niederschreiben: Als ich so stand und sie anblickte, erwachte noch einmal die alte Liebe in mir, und eine wilde Eifersucht zerriß mir das Herz, denn obwohl ich diese beiden vernichten konnte – vermochte ich doch nicht, ihre Liebe zu vernichten.

»O Antonius! Mein Geliebter, mein Ehegemahl und mein Gott!« stöhnte sie. »Grausamer Antonius, hast du das Herz, zu sterben und mich meiner einsamen Schmach zu überlassen? Ich werde dir eilends ins Grab folgen. Antonius, erwache! erwache!«

Er hob den Kopf und rief nach Wein, den ich ihm reichte, nachdem ich zuvor wieder etwas von einer Mixtur hineingeträufelt hatte, die seine Schmerzen lindern würde, denn diese waren groß. Dann wurde Antonius wieder zum Manne, denn unter Hintansetzung seiner eigenen Misere und seiner Schmerzen riet er ihr, an ihre eigene Sicherheit zu denken; doch davon wollte sie nichts wissen.

»Die Zeit ist kurz«, sagte sie; »laß uns von unserer großen Liebe sprechen, die so lange währte und über die Ufer des Todes hinaus währen mag. Denkst du noch an jene Nacht, als du mich zum ersten Mal in die Arme schlossest und mich ›Geliebte‹ nanntest? Oh, welch eine glückliche, glückliche Nacht! Allein jene Nacht erlebt zu haben, war das Leben wert – selbst sein bitteres Ende!«

»Ja, Kleopatra, ich erinnere mich gut und lebe in ihr, obwohl von jener Stunde an Fortuna sich von mir abgewandt hat, da ich mich in die Tiefe meiner Liebe zu dir verlor, du Schönste. Ja, ich erinnere mich«, sagte er keuchend; »in jener Nacht hast du in übermütiger Spielerei die Perle getrunken, und dann rief dieser, dein Astrologe seine Stunde aus: ›Die Stunde des Fluches von Menkau-ra.‹ Die ganze Zeit hindurch haben diese Worte mich verfolgt, und auch jetzt, wo das Ende gekommen ist, klingen sie in meinen Ohren.«

»Er ist seit langem tot, mein Geliebter«, flüsterte sie.

»Wenn er tot ist, so bin ich ihm nahe. Was meinte er damit?«

»Er ist tot, jener verfluchte Mann! – kein Wort mehr über ihn! Oh! Wende dich um und küsse mich, denn dein Gesicht wird bleich. Das Ende ist nahe!«

Er küßte sie auf die Lippen, und so blieben sie bis zum Augenblick des Todes, und murmelten einander Worte ihrer Leidenschaft ins Ohr, wie neuvermählte Liebende. Selbst für mein eifersüchtiges Herz war es eine seltsame und überwältigende Szene.

Schließlich sah ich die Veränderung des Todes über sein Gesicht ziehen. Sein Kopf sank zurück.

»Lebe wohl, Kleopatra; lebe wohl! – ich sterbe!«

Kleopatra stützte sich auf, starrte mit wildem Ausdruck in sein bleiches Gesicht, und dann, mit einem lauten Schrei, sank sie ohnmächtig zusammen.

Doch Antonius lebte noch, obwohl die Sprache ihn verlassen hatte. Nun trat ich näher, kniete mich neben ihn und tat so, als ob ich ihn versorge. Und dabei flüsterte ich:

»Antonius«, flüsterte ich, »Kleopatra war meine Geliebte, bevor sie von mir zu dir ging. Ich bin Harmachis, jener Astrologe, der in Tarsus hinter deinem Diwan stand; und ich bin es, der deinen Untergang herbeigeführt hat.

*Sterbe, Antonius! – der Fluch Menkau-ras ist herabgefallen!«*

Er richtete sich auf und starrte in mein Gesicht. Er konnte nicht sprechen, doch hilflos brabbelnd deutete er auf mich. Dann stöhnte er qualvoll auf, und sein Geist verließ ihn.

So erlangte ich meine Rache an dem Römer Antonius, dem Welt-Verlierer.

Danach brachten wir Kleopatra aus ihrer Ohnmacht ins Bewußtsein zurück, denn noch wollte ich nicht, daß sie stürbe. Und, nachdem wir die Erlaubnis Octavians eingeholt hatten, sorgten ich und Atoua dafür, daß Antonius nach unserem ägyptischen Brauche sorgfältig einbalsamiert wurde und man ihm eine goldene Maske aufs Gesicht legte, die nach den Zügen seines Antlitzes gestaltet war. Außerdem schrieb ich auf seine Brust seinen Namen und seine Titel, und malte seinen Namen und den Namen seines Vaters auf die Innenseite des Sarges, und die Gestalt der Heiligen Nout, wie sie ihre Schwingen um ihn faltete.

Dann legte Kleopatra ihn mit großem Pomp in jene Grabkammer, die sie geschaffen hatte, und in einen Sarkophag aus Alabaster. Dieser Sarkophag war so groß gehalten, daß in ihm Raum für einen zweiten Sarg war, denn Kleopatra wollte bei ihrer letzten Ruhe neben Antonius liegen.

Diese Dinge also geschahen. Und nur wenig später erhielt ich eine Botschaft von einem gewissen Cornelius Dolabella, einem vornehmen Römer, der zu Octavians Gefolge zählte, und der, bewegt von der Schönheit, welche die Seelen aller anrührte, die sie erblickten, Mitleid mit dem Leid Kleopatras hatte. Er beauftragte mich, sie zu warnen – denn als ihr Arzt hatte ich die Erlaubnis, ungehindert in dem Mausoleum, in welchem sie wohnte, ein- und auszugehen – daß sie in drei Tagen nach Rom verbracht werden würde, gemeinsam mit ihren Kindern – bis auf Caesarion, den Octavian sofort hatte töten lassen –, um sie dort in seinem Triumphzug mitzuschleppen. Also ging ich hinein und fand sie, wie jetzt immer, in einem tranceartigen Zustand sitzend, vor sich die blutdurchtränkte Robe, mit der sie die Wunde Antonius' bedeckt hatte. Denn daran labte sie ständig ihre Augen.

»Siehe, wie blaß sie werden, Olympus«, sagte sie, hob ihr Gesicht und deutete auf die rostfarbenen Flecken, »und er ist doch erst seit so kurzer Zeit tot! Aber Dankbarkeit verblaßt noch schneller. Was für Nachrichten bringst du dieses Mal? Übles steht mit großen Lettern in deine dunklen Augen geschrieben, die mich immer an etwas erinnern, das ich vergessen habe.«

»Die Nachricht ist wahrlich übel, o Königin«, antwortete ich. »Sie kommt von den Lippen Dolabellas, der sie direkt von Octavions Schreiber hat. In drei Tagen will Octavian dich und die Prinzen Ptolemaios und Alexander und die Prinzessin Kleopatra nach Rom bringen lassen, damit die Augen des römischen Mobs sich an euch delektieren, wenn ihr im Triumphzuge Octavians zum Capitol geführt werdet, wo du einmal deinen Thron errichten wolltest.«

»Niemals, niemals!« rief sie und sprang auf die Füße. »Niemals werde ich in Ketten in Octavians Triumphzug mitgeführt werden! Was soll ich tun? Charmion, sage du mir, was ich tun kann!«

Charmion erhob sich, trat vor sie hin und blickte sie durch die langen Wimpern ihrer gesenkten Augen an.

»Königin, du kannst sterben«, sagte sie ruhig.

»Ja, wahrlich, das hatte ich vergessen. Ich kann sterben. Olympus, hast du das Gift?«

»Nein; aber wenn die Königin es verlangt, kann es bis morgen früh gebraut sein – ein Gift, das so stark und so schnell wirksam ist, daß sogar die Götter selbst denjenigen, der es trinkt, nicht vom Schlaf des Todes zurückhalten könnten.«

»Dann mach es bereit, du Herr des Todes!«

Ich verneigte mich und ging hinaus; und in jener Nacht arbeiteten ich und die alte Atoua bis zum Morgen an der Destillation der tödlichen Mixtur. Schließlich war sie fertig, und Atoua goß sie in eine Kristallphiole und hielt diese gegen das Licht des Feuers, denn die Flüssigkeit war so klar wie reinstes Wasser.

*»La! La!«* sang sie mit ihrer schrillen Stimme; »ein Trunk für die Königin! Wenn fünfzig Tropfen meines Gebräus über ihre roten Lippen geronnen sind, bist du wahrlich an Kleopatra gerächt, o Harmachis! Ah, ich wollte, ich könnte dort sein, um ihr Verderben zu sehen. *La! La!* Das wäre schön zu sehen!«

»Die Rache ist ein Pfeil, der oft die Brust des Schützen selbst durchbohrt«, antwortete ich, als ich mich an Charmions Worte erinnerte.

## 8

*Über das letzte Abendmahl Kleopatras; über den Gesang Charmions; über das Trinken des Todestranks; über die Enthüllung Harmachis'; über das Herbeirufen der Geister durch Harmachis; und über den Tod Kleopatras*

Am nächsten Tag suchte Kleopatra, nachdem sie die Erlaubnis Octavians eingeholt hatte, die Grabkammer Antonius' auf und klagte dort weinend darüber, daß die Götter Ägyptens sie verlassen hätten. Nachdem sie den Sarg geküßt und ihn mit Lotusblumen bedeckt hatte, kam sie zurück, badete und salbte sich, legte ihre kostbarsten Gewänder an, und nahm, gemeinsam mit Iras, Charmion und mir, das Abendessen ein. Während des Essens glühte ihr Geist wild auf, so wie der Himmel vom Abendrot funkelt, und noch einmal lachte und sprühte sie, wie zu vergangenen

Zeiten, berichtete uns von Banketten, an denen sie und Antonius teilgenommen hatten. Niemals war sie mir schöner erschienen als in jener letzten Nacht der Vergeltung. Und so schweiften ihre Gedanken zu jenem Bankett in Tarsus, wo sie die Perle getrunken hatte.

»Seltsam«, sagte sie, »seltsam, daß die Gedanken Antonius' ausgerechnet zu jener Nacht zurückkehrten, und zu den Worten Harmachis'. Charmion, erinnerst du dich noch an Harmachis, den Ägypter?«

»Gewiß, o Königin«, antwortete sie langsam.

»Wer war denn dieser Harmachis?« fragte ich, denn ich wollte wissen, ob sie meine Erinnerung betrauerte.

»Ich will es dir sagen. Es ist eine seltsame Geschichte; doch jetzt, da alles gesagt und getan ist, mag sie erzählt werden. Jener Harmachis war ein Abkömmling der uralten Rasse der Pharaonen, und er wurde, nachdem er heimlich in Abydus gekrönt worden war, hierher, nach Alexandria, entsandt, um ein großes Komplott durchzuführen, das gegen die Herrschaft von uns, die königlichen Lagidae geplant worden war. Er kam und erlangte Zutritt zum Palast als mein Astrologe, denn er war sehr gelehrt in aller Magie – ganz so, wie du es bist, Olympus –, und er war ein sehr gut aussehender Mann. Und dies war der Plan: daß er mich töten und selbst zum Pharao ernannt werden sollte. Ehrlich gesagt, war es ein sehr guter Plan, denn er hatte viele Anhänger in Ägypten, und ich hatte nur wenige. An jenem Tage, als er seinen Plan durchführen wollte, ja, in letzter Stunde, kam Charmion zu mir und enthüllte ihn mir, indem sie sagte, daß sie zufällig davon erfahren habe. Doch zu späterer Zeit – obwohl ich mit dir nur sehr wenig darüber gesprochen habe, Charmion –, begann ich stark an deiner Geschichte zu zweifeln; denn – bei den Göttern! – bis zu dieser Stunde glaube ich, daß du Harmachis liebtest und ihn verraten hast, weil er dich zurückwies, und aus eben diesem Grunde bist du auch bis heute Jungfrau geblieben, was unnatürlich ist. Komm, Charmion, sag es uns; denn jetzt, am Ende, kommt es nicht mehr darauf an!«

Charmion erschauerte und antwortete. »Es ist wahr, o Königin; und ich gehörte auch zu den Verschwörern, und nur weil Harmachis mich zurückwies, verriet ich ihn; und auch wegen meiner großen Liebe zu ihm bin ich unverehelicht geblieben.« Sie sah zu mir auf und traf meinen Blick, dann senkten sich ihre demütigen Wimpern wieder über ihre Augen.

»So! Ich habe es mir doch gedacht. Wahrlich, seltsam sind die Wege der Frauen! Dieser Harmachis hatte wirklich keinen Grund, dir für deine Liebe zu danken. Was sagst du dazu, Olympus? Ah, also du warst auch ein Verräter, Charmion? Wie gefährlich doch die Pfade sind, auf denen Monarchen wandeln! Nun, ich vergebe dir, denn seit jener Stunde bist du mir stets treu ergeben geblieben.

Doch zurück zu meiner Geschichte. Harmachis wagte ich nicht zu töten, damit seine Anhänger sich nicht in Wut erheben und mich von meinem Throne stürzen würden. Und dies war die seltsame Situation: Obwohl Harmachis mich töten mußte, liebte er mich insgeheim, und das war mir klar geworden. Ich hatte ein wenig versucht, ihn an mich zu ziehen, da ich seine Schönheit und seinen Geist mochte; und um die Liebe von Männern hat Kleopatra sich nie vergebens bemüht. Als er nun, den Dolch im Gewande, zu mir kam, um mich zu töten, setzte ich meine Reize gegen seinen Willen, und da wir beide jung waren, und er ein Mann und ich eine Frau, brauche ich wohl nicht zu sagen, auf welche Weise ich gesiegt habe. Oh, niemals werde ich den Blick in den Augen dieses gefallenen Prinzen und eidbrüchigen Priesters, dieses um seine Krone gebrachten Pharaos vergessen, als er, verloren in einem mit Mohnsaft vermischten Weine, in einen schandbaren Schlaf sank, aus welchem er nicht mehr in Ehren erwachen würde! Und danach – bis ich schließlich seiner und seines traurigen, gelehrten Geistes müde wurde, denn seine schuldige Seele ließ ihn nicht fröhlich werden – begann ich, ihn ein wenig gern zu haben, wenn auch nicht zu lieben. Er jedoch – der mich liebte – klammerte sich an mich, wie ein Trinker sich an den Becher klammert, der ihn in sein Verderben reißt. In dem Glauben, daß ich ihn ehelichen würde, verriet er mir das Geheimnis des versteckten Schatzes der Pyramide *Her* – denn zu jener Zeit brauchte ich dringend Geld – und gemeinsam trotzten wir den Schrecken jenes Grabes und holten ihn heraus – ja, aus der Brust des toten Pharao. Seht, dieser Smaragd war Teil davon!« – sie deutete auf den großen Skarabäus, den sie vom heiligen Herzen Menkau-ras genommen hatte.

»Und wegen dessen, was in der Grabkammer geschrieben stand, und wegen jenes *Dings,* das wir in der Grabkammer sahen – ah, die Pest darauf! Warum verfolgt mich die Erinnerung daran gerade jetzt? – und auch aus Gründen der Politik, denn ich hätte gerne die Liebe der Ägypter gewonnen, hatte ich vor, diesen Harmachis zu ehelichen und seinen Status und seine Abstammung der Welt zu erklären – ja, und mit seiner Hilfe Ägypten gegen die Römer zu halten. Denn Dellius war gekommen, um mich zu Antonius zu rufen, und nach langem Nachdenken hatte ich mich entschlossen, ihn mit scharfen Worten zurückzuschicken. Doch an demselben Morgen, als ich mich für den Hof ankleidete, kam Charmion zu mir, und ich berichtete ihr davon, da ich sehen wollte, wie sie die Dinge beurteilte. Nun siehe, Olympus, die Macht der Eifersucht, jenes winzigen Keiles, der die Kraft hat, den Baum eines Imperiums zu stürzen, jenes geheimen Schwertes, welches das Schicksal von Königen formen kann! Dies konnte sie nicht ertragen – leugne es, Charmion, wenn du das kannst, denn jetzt ist es mir klar! –, daß der Mann, den sie liebte, mir als Ehegemahl gehören sollte – mir, die *er* liebte! Und deshalb überredete sie mich, mit mehr Geist und Geschick, als ich es zu beschreiben vermag, dazu, dies nicht zu tun, sondern zu Antonius zu reisen, und dafür, Charmion, danke ich dir, nun, da alles gesagt und getan ist. Und um ein Geringes neigten ihre Worte meine Waagschale gegen Harmachis, und ich ging zu Antonius. So kam es durch die Eifersucht jener schönen Charmion, und durch die Leidenschaft eines Mannes, auf der ich spielte, wie auf einer Leier, daß alle diese Dinge geschahen.

Deshalb sitzt Octavian heute als Herrscher in Alexandria; deshalb ist Antonius ohne Krone und tot; und deshalb muß auch ich heute nacht sterben! Ah! Charmion! Charmion! Du hast dich für vieles zu verantworten, denn du hast die Geschichte der Welt verändert, aber dennoch, selbst heute, würde ich es nicht anders gewollt haben.«

Sie schwieg eine Weile und bedeckte ihre Augen mit der Hand, und als ich aufblickte, sah ich, daß große Tränen über Charmions Wangen rannen.

»Und dieser Harmachis?« fragte ich. »Wo ist er jetzt, o Königin?«

»Wo er ist? In Amenti vermute ich – wo er vielleicht seinen Frieden mit Isis macht. In Tarsus sah ich Antonius und liebte ihn; und von dem Augenblick an haßte ich den Anblick des Ägypters und schwor, mit ihm ein Ende zu machen; denn ein Liebhaber, mit dem man fertig ist, sollte ein toter Liebhaber sein. Und da er eifersüchtig war, sprach er bei dem Bankett der Perle ein paar Worte bösen Omens, und ich wollte ihn noch in jener Nacht töten, doch bevor es dazu kam, war er fort.«

»Und wohin ist er gegangen?«

»Das weiß ich nicht. Brennus – er gehörte zu meiner Garde und ist in jenem Jahre nach Norden gesegelt, um wieder bei seinem Volke zu sein – Brennus beschwor, er habe ihn zum Himmel emporschweben sehen; doch in dieser Sache mißtraue ich Brennus, denn ich glaube, er liebte diesen Mann. Nein, sein Schiff ist bei Zypern zerschellt, und er ist ertrunken; vielleicht kann Charmion uns sagen, wie er auf jenes Schiff gelangen konnte?«

»Ich kann dir nichts sagen, o Königin; Harmachis ist verloren.«

»Und das ist gut so, Charmion, denn er war ein gefährlicher Gegner – ja, obwohl ich ihn besiegt habe, sage ich das. Er hat meinen Zwecken sehr gut gedient, aber geliebt habe ich ihn nicht, und ich fürchte ihn selbst heute noch, denn es schien damals, als ob ich seine Stimme hörte, die mich durch den Lärm der Schlacht von Actium zur Flucht aufforderte. Dank sei den Göttern, daß er, wie du es sagst, verloren ist und nicht wiedergefunden werden kann.«

Ich, der ich diesem allem zuhörte, rief meine ganze Kraft zusammen und warf, mittels der Künste, die ich beherrsche, den Schatten meines Geistes auf den Kleopatras, so daß sie die Gegenwart des verlorenen Harmachis spürte.

»Was ist das?« rief sie. »Bei Serapis! Ich bekomme Angst! Mir ist so, als ob ich Harmachis hier spürte! Seine Erinnerung überwältigt mich wie eine Flutwelle, und das, obwohl er seit zehn Jahren tot ist! Oh! Zu einer solchen Zeit ist das unheilig!«

»Nein, o Königin«, antwortete ich, »wenn er tot ist, dann ist er überall, und gerade zu einer Zeit wie dieser – der Zeit deines Todes – mag sein Geist hierherkommen, um den deinen beim Fortgehen willkommen zu heißen.«

»Sprich nicht so, Olympus! Ich will Harmachis nicht wiedersehen; die Rechnung zwischen uns ist zu hoch, und in einer anderen Welt als dieser mögen unsere Kräfte vielleicht ausgeglichener sein. Ah, der Schrecken vergeht! Es war nur eine Nervenschwäche. Nun, die Geschichte dieses Narren hat uns dazu gedient, die schwerste unserer Stunden zu verkürzen, die Stunde, die mit dem Tod endet. Singe für mich, Charmion, singe, denn deine Stimme ist sehr lieblich und wird meine Seele in den Schlaf wiegen! Die Erinnerung an jenen Harmachis hat mich seltsam aufgewühlt! Sing also das letzte Lied, das ich von deinen Lippen hören werde, die so viele Gesänge kennen, das letzte von so vielen Liedern.«

»Es ist eine traurige Stunde für ein Lied, o Königin!« sagte Charmion, nahm aber dennoch ihre Harfe und sang. Und so sang sie, sehr sanft und sehr leise, das Klagelied des Syrers Meleager:

*Tränen für meine tote Liebe,*
*Heliodore!*
*Salzige Tränen und bitter zu weinen,*
*Wieder und wieder;*

*Gehet, ihr Tränen und beklaget leise*
*Den Abschied von ihrem Grabe,*
*Gehet dorthin, wohin meine Liebe ging,*
*Hinab in das Dunkel –*
*Seufzer für meine tote Liebe,*
*Und Tränen schicke ich ihr nach,*
*Liebe, lange erinnert,*
*Geliebte und Freund!*
*Traurig sind die Lieder, die wir singen, und*
*Die Tränen, die wir vergießen;*
*Leer sind die Gaben, die wir bringen –*
*Gaben für die Tote!*
*Ah, um meine Blume, meine Liebe*
*Die der Hades mir genommen hat,*
*Ah, um den irdischen Staub,*
*Der verstreut und verweht ist!*
*Mutter der Pflanze und des Grases,*
*Erde an deiner Brust*
*Wiege sie, die sanft war,*
*Sanft in den Schlaf.*

Der Klang der Stimme erstarb, und sie war so lieblich und traurig, daß Iras zu weinen begann und selbst in Kleopatras stürmischen Augen Tränen standen. Nur ich weinte nicht; meine Tränen waren längst vertrocknet.

»Das ist ein schwermütiges Lied, Charmion«, sagte die Königin. »Nun, wie du richtig sagtest, ist dies eine traurige Stunde für ein Lied, und deine Elegie paßt zu dieser Stunde. Sing sie noch einmal, wenn ich tot liege, Charmion. Und nun sag der Musik Lebewohl und weiter, dem Ende zu. Olympus, nimm dieses Pergament und schreib, was ich dir sagen werde!«

Ich nahm das Pergament und das Schilfrohr, und dies schrieb ich in der römischen Sprache:

»Kleopatra an Octavian: Sei gegrüßt!

Dies ist der Zustand eines Lebens: Schließlich kommt die Stunde, da man, anstatt jene Bürde, die einen niederdrückt, noch länger zu tragen, lieber dem Körper entsagt und in das Vergessen flieht. Octavian, du hast gesiegt. Doch in deinem Triumphzug kannst du Kleopatra nicht mitführen. Wenn alles verloren ist, müssen wir gehen, um die Verlorenen zu suchen. So ernten in der Wüste der Verzweiflung die Tapferen Entschlußkraft. Kleopatra war einst groß, so wie Antonius groß gewesen ist, und ihr Ruhm soll durch die Art ihres Todes nicht geschmälert werden. Sklaven leben fort und ertragen ihr Unrecht, Fürsten jedoch, die mit festeren Schritten auftreten, durchschreiten das Tor des Unrechts zum königlichen Heim der Toten. Nur dies erbittet die Königin Ägyptens von Octavian: daß er ihr erlaube, im Grabe Antonius' zu ruhen. Lebe wohl!«

Dieses schrieb ich nieder, und nachdem Kleopatra die Rolle gesiegelt hatte, befahl sie mir, hinauszugehen, einen Boten zu suchen, um sie Octavian zuzustellen, und dann sofort zurückzukehren. Als ich das getan hatte, standen die drei Frauen schweigend in der Kammer, Kleopatra an den Arm Iras' geklammert, und Charmion, ein Stück abseits, beobachtete die beiden.

»Wenn du wirklich entschlossen bist, ein Ende zu machen, o Königin«, sagte ich, »so wird es Zeit, denn sehr bald wird Octavian in Beantwortung deines Briefes seine Diener schicken.« Damit zog ich die Phiole mit dem glasklaren, tödlichen Gift hervor und stellte sie auf den Tisch.

Sie nahm sie in die Hand und blickte sie an. »Wie unschuldig sie wirkt«, sagte sie, »und dennoch ist mein Tod darin. Seltsam.«

»Ja, Königin, und der Tod von zehn anderen Menschen. Es ist nicht nötig, einen so tiefen Schluck zu nehmen.«

»Ich habe Angst«, sagte sie mit zitternder Stimme »– woher soll ich wissen, daß es mich sofort töten wird? Ich habe so viele durch Gift sterben sehen, und nicht einer davon war sofort tot. Und manche ... – ah, ich kann nicht an sie denken!«

»Fürchte nichts«, sagte ich, »ich bin ein Meister meiner Kunst. Oder, wenn du dich dennoch fürchtest, so schütte das Gift fort und lebe. In Rom magst du dennoch dein Glück finden; ja, in Rom, wo du in Octavians Triumphzug mitgehen wirst, während das Lachen der hartäugigen lateinischen Frauen das Rasseln deiner goldenen Ketten übertönt.«

»Nein, ich will sterben, Olympus. Oh, wenn mir nur jemand den Weg weisen könnte.«

Nun löste Iras ihre Hand und trat vor. »Gib mir den Trank, Arzt«, sagte sie. »Ich werde meiner Königin vorangehen.«

»Es ist gut«, antwortete ich; »doch es komme auf dein Haupt!« Und ich goß etwas von dem Inhalt der Phiole in einen kleinen goldenen Kelch.

Sie hob ihn auf, verneigte sich tief vor Kleopatra, trat dann auf sie zu und küßte sie auf die Stirn; und auch Charmion küßte sie. Als das getan war, zögerte sie keinen Moment, betete auch nicht, denn Iras war Griechin, sondern trank; und sofort preßte sie die Hand an den Kopf, fiel zu Boden und war tot.

»Du siehst«, unterbrach ich die Stille, »daß es schnell wirkt.«

»Ja, Olympus, deine Todesdroge ist meisterlich gemacht! Komm nun, mich dürstet; füll mir den Kelch, damit Iras nicht zu lange beim Tor auf mich warten muß!«

Also goß ich wieder etwas von dem Gift in den goldenen Kelch; doch dieses Mal, unter dem Vorwand, ihn zu spülen, vermischte ich etwas Wasser mit dem Gift, denn sie sollte nicht sterben, bevor sie wußte, wer ich war.

Nun nahm die königliche Kleopatra den Kelch in die Hand, richtete den Blick ihrer wunderbaren Augen himmelwärts und rief laut:

»O ihr Götter Ägyptens! Die ihr mich verlassen habt, nicht länger werde ich zu euch beten, denn eure Ohren sind meinem Schreien verschlossen, und eure Augen blind für mein Leid! Deshalb flehe ich zu jenem letzten Freund, den die Götter bei ihrem Fortgang den hilflosen Menschen zurückgelassen haben. Komm zu mir, Tod, dessen samtene

Schwingen die Welt überschatten, und leih mir dein Ohr! Komm zu mir, du König der Könige, der du mit gerechter Hand das Haupt des Glücklichen auf dasselbe Kissen mit dem des Sklaven bettest und durch deinen geistigen Atem den Trug unseres Lebens von dieser Hölle der Erde bläst! Verberge mich, wo keine Winde wehen und wo die Wasser aufhören zu fließen; wo es keine Kriege gibt und die Legionen Roms nicht marschieren können! Bring mich zu einem neuen Reich und kröne mich zur Königin des Friedens! Du bist mein Herr, o Tod, und in deinem Kuß habe ich empfangen. Ich bin schwanger mit einer Seele: siehe, neugeboren steht sie am Rande der Zeit! Jetzt – jetzt – geh von mir, Leben! Komm zu mir, Schlaf! Komm zu mir, Antonius!«

Und mit einem Blick zum Himmel trank sie und schleuderte den Kelch zu Boden.

Nun endlich war der Augenblick meiner lange aufgestauten Rache gekommen, und der Rache der beleidigten Götter Ägyptens, und jener der von Menkau-ras Fluch.

»Was ist dies?« rief sie. »Mir wird kalt, aber ich sterbe nicht! Du dunkler Arzt, du hast mich betrogen!«

»Sei still, Kleopatra! Bald wirst du sterben und den Zorn der Götter kennenlernen! *Der Fluch Menkau-ras ist auf dich gefallen!* Es ist zu Ende! Sieh mich an, Frau! Sieh auf dieses zerstörte Gesicht, auf diese verkrüppelte Gestalt, auf diese lebende Masse des Leides! *Sieh! Sieh! Wer bin ich?*«

Sie starrte mich wild an.

»Oh! Oh!« schrie sie plötzlich und warf die Arme empor, »endlich erkenne ich dich! Bei den Göttern, du bist Harmachis! – Harmachis, der von den Toten zurückgekehrt ist!«

»Ja, Harmachis, der von den Toten zurückgekehrt ist, um dich zum Tode und zur ewigen Verdammnis herabzuziehen! Siehe du, Kleopatra! *Ich* habe dein Verderben herbeigeführt, so wie du das meine herbeigeführt hast! Im Dunkeln wirkend und mit Hilfe der zornigen Götter bin ich die geheime Feder deines Leides gewesen! Ich war es, der bei Actium dein Herz mit Furcht erfüllte; ich war es, der die Ägypter daran hinderte, dir zu helfen! ich war es, der Antonius' Kräfte ausgezehrt hat; ich war es, der deinen Heerführern die Zeichen der Götter zeigte! Durch *meine* Hand stirbst du endlich, denn ich bin das Werkzeug der Rache! Ich zahle dir Verderben für Verderben heim, Verrat für Verrat, Tod für Tod! Komm her, Charmion, Partnerin meines Planens, die du mich verrietest, doch, bereuend, Teilhaberin meines Triumphes bist; komm her und sieh diese gefallene Buhle sterben.«

Kleopatra hörte und sank auf das goldene Bett zurück. »Also auch du, Charmion«, stöhnte sie.

Einen Moment lang saß sie reglos, doch dann flammte ihr königlicher Geist ein letztes Mal vor ihrem Tode auf.

Sie taumelte vom Bett hoch, und mit ausgestreckten Armen verfluchte sie mich.

»Oh! Wenn ich doch nur noch eine Stunde Leben hätte!« rief sie, »eine kurze Stunde, um dich darin auf eine solche Weise sterben zu lassen, wie du sie nicht einmal zu erträumen vermagst, dich und jene, deine falsche Metze, die sowohl dich als auch mich verriet! Und du hast mich geliebt. Ah! *da* halte ich dich noch immer fest! Sieh her, du hinterhältiger, intrigierender Priester« – und sie riß mit beiden Händen die königlichen Gewänder von ihrem Busen – »sieh, auf dieser schönen Brust war einst Nacht für Nacht dein Kopf gebettet, und du schliefst in diesen Armen. Nun schiebe die Erinnerung daran fort – *wenn du es kannst!* Ich lese es in deinen Augen: Du kannst es nicht! Keine Folter, die ich mag ertragen müssen, kann, in ihrer Summe, dem Sturm in deiner tiefen Seele gleichkommen, wenn sie von Verlangen zerrissen wird, die niemals, *niemals* Erfüllung finden können! Harmachis, du Sklave der Sklaven, aus den Tiefen deines Triumphes raube ich dir einen noch tieferen Triumph, und als Besiegte siege ich! Ich spucke auf dich – ich trotze dir – und sterbend verdamme ich dich zu der Qual deiner unsterblichen Liebe! O Antonius! Ich komme, mein Antonius! – Ich komme in deine liebenden Arme! Bald werde ich bei dir sein, und zusammen werden wir, von einer unsterblichen und göttlichen Liebe umfangen, durch alle Tiefen des Raumes schweben, und, Lippen an Lippen, und Auge in Auge, von jenen Verlangen trinken, die mit jedem Schluck köstlicher werden! Doch wenn ich dich nicht finden sollte, so werde ich in Frieden in tiefen Schlaf versinken, und der Busen der Nacht, an dem ich sanft gewiegt werde, wird mir wie deine Brust vorkommen Antonius! Oh, ich sterbe! – komm zu mir, Antonius – und gib mir Frieden!«

Selbst in meiner Wut hatte ich unter ihrer Verachtung gezittert, denn die Pfeile ihrer Worte hatten ihr Ziel nicht verfehlt. Ach und ach! es war die *Wahrheit!* Die Pfeile der Rache hatten meine Brust durchbohrt; nie zuvor hatte ich sie so geliebt, wie ich sie jetzt liebte. Meine Seele wurde von furchtbaren Qualen zerrissen, und so beschloß ich, daß sie nicht so sterben sollte.

»Frieden?« rief ich, »welchen Frieden gibt es für dich? Oh! Ihr Heiligen Drei, höret jetzt mein Gebet. Osiris, lös du die Bande der Hölle und schick mir jene, die ich rufen werde! Komm, Ptolemaios, von deiner Schwester Kleopatra vergiftet; komm, Arsinoë, im Allerheiligsten des Tempels von deiner Schwester Kleopatra ermordet; komm, Sepa, von Kleopatra zu Tode gefoltert; komm, Göttlicher Menkau-ra, dessen Körper Kleopatra aufriß, und dessen Fluch sie auf sich nahm, um ihre Gier zu stillen; kommt her, ihr alle, die ihr von der Hand Kleopatras gestorben seid! Eilt von der Brust Nouts herbei und grüßet jene, die euch ermordet hat! Durch das Band mystischer Vereinigung, durch das Symbol des Lebens, ihr Geister, rufe ich euch!«

So sprach ich die Beschwörungsformel, während Charmion sich verängstigt an mein Gewand klammerte, und die sterbende Kleopatra, auf ihre Hände gestützt, sich langsam hin und her wiegte und mit leeren Augen starrte.

Dann kam die Antwort. Die Mauer klaffte auf, und mit klatschenden Flügeln flog jene riesige weiße Fledermaus herein, welche ich zuletzt am Kinn des toten Eunuchen hängend in der Pyramide *Her* gesehen hatte. Dreimal flatterte sie ihm Raum umher, schwebte zuerst einen Moment

über der toten Iras, und flog dann auf die sterbende Frau zu. Zu ihr flog sie, und an ihrer Brust ließ sie sich nieder, an den Smaragd geklammert, den Kleopatra vom Herzen des toten Menkau-ra gerissen hatte. Dreimal stieß der graue Schrekken einen lauten Schrei aus, dreimal schlug er klatschend mit seinen Lederschwingen, und dann – siehe! – war er verschwunden.

Nun tauchten plötzlich in jener Kammer, die Gestalten des Todes auf. Da war Arsinoë, die Schöne, so, wie sie unter der Klinge des Schlächters gestorben war. Da war der junge Ptolemaios, sein Gesicht verzerrt durch den Gifttod. Da war die Majestät Menkau-ras, mit dem Uräus gekrönt. Da war der ernste Sepa, sein Fleisch zerrissen von den Haken der Folterknechte. Da waren jene vergifteten Sklaven. Und da waren weitere ohne Zahl, schattenhaft, und entsetzlich anzusehen! die sich nun in der engen Kammer drängten und ihre glasigen Augen auf das Gesicht jener richteten, die sie getötet hatte!

»Siehe, Kleopatra!« sagte ich. »Sieh deinen Frieden und sterbe!«

»Ja!« rief Charmion. »Sieh und sterbe! du, die du mir meine Ehre geraubt hast, und Ägypten seinen König!«

Sie blickte auf und sah die schrecklichen Gestalten – und ihr dem Fleische entfliehender Geist konnte vielleicht Worte hören, für die meine Ohren taub waren. Dann verzerrte sich ihr Gesicht vor Entsetzen, ihre großen Augen wurden fahl, und mit einem lauten Schrei fiel Kleopatra zu Boden und starb – um in der schrecklichen Gesellschaft zu dem ihr vorbestimmten Ort zu gehen.

So also befriedigte ich, Harmachis, den Rachedurst meiner Seele, erfüllte ich die Gerechtigkeit der Götter, und war doch bar jeder Freude darüber. Denn obwohl das, was wir anbeten, uns Verderben bringt, und die Liebe gnadenloser ist als der Tod, zahlen wir doch all unser Leid zurück und müssen dennoch anbeten, dennoch unsere Arme nach unserem verlorenen Verlangen ausstrecken und unser Herzblut auf den Altar unseres entthronten Gottes vergießen.

Denn die Liebe ist des Geistes und kennt den Tod nicht.

## 9

### *Über den Abschied Charmions; über den Tod Charmions; über den Tod der alten Frau Atoua; über das Kommen Harmachis' nach Abouthis; über seine Beichte in der Halle der Sechsunddreißig Säulen; und über die Erklärung der Verdammung Harmachis'*

Charmion gab meinen Arm frei, an den sie sich vor Entsetzen geklammert hatte.

»Deine Rache, du dunkler Harmachis«, sagte sie mit belegter Stimme, »ist schrecklich anzusehen! O tote Kleopatra, trotz aller deiner Sünden warst du wahrlich eine Königin! Komm, Prinz, laß uns diesen armen Lehm aufs Bett legen und ihn königlich bedecken, auf daß er die Boten Octavians zur stummen Audienz so empfange, wie es der letzten von Ägyptens Königinnen gebührt.«

Ich sprach kein Wort, denn mein Herz war sehr schwer, und nun, da alles getan war, fühlte ich mich unendlich müde. Gemeinsam hoben wir also den Leichnam auf und legten ihn auf das goldene Bett. Charmion setzte die Uräus-Krone auf das Haupt der Toten, kämmte das nachtschwarze Haar, das nicht einen einzigen Silberfaden zeigte, und schloß zum letzten Mal jene Augen, in denen alle Schönheiten des Meeres geglänzt hatten. Sie faltete die kalten Hände über der Brust, aus der der Atem der Leidenschaft entwichen war, richtete die gebeugten Knie unter der bestickten Robe aus und legte Blumen neben den Kopf. Dort lag nun Kleopatra, schöner in der kalten Majestät des Todes als in der reichsten Stunde ihrer lebendigen Schönheit!

Wir traten zurück und blickten auf sie nieder, und dann auf die tote Iras zu ihren Füßen.

»Es ist getan«, sagte Charmion, »wir sind gerächt, und wirst du ihr jetzt auf demselben Wege folgen, Harmachis?« Sie deutete auf die Phiole auf dem Tisch.

»Nein, Charmion. Ich werde fliehen – ich fliehe zu einem schwereren Tod! Nicht so leicht mag ich meine Zeit irdischer Buße beenden.«

»So sei es, Harmachis! Und ich, Harmachis, werde gleichfalls fliehen, doch auf schnelleren Schwingen. Mein Spiel ist gespielt. Auch ich habe Buße getan. Oh! Was für ein bitteres Schicksal das meine ist, daß ich Unheil auf alle gebracht habe, die ich liebte, und, am Ende, ungeliebt sterbe! Dir gegenüber habe ich gebüßt; meinen erzürnten Göttern gegenüber habe ich gebüßt; und jetzt gehe ich, um einen Weg zu finden, Kleopatra gegenüber zu büßen, in jener Hölle, wo sie jetzt ist, und die ich mit ihr teilen muß! Denn sie hat mich sehr geliebt, Harmachis, und nun, da sie tot ist, glaube ich, daß ich sie, nach dir, am meisten liebte. Also werde ich aus ihrem Becher und aus dem Becher Iras' trinken!« Und sie nahm die Phiole und goß mit ruhiger Hand den darin verbliebenen Rest des Giftes in den Kelch.

»Überleg es dir, Charmion!« sagte ich. »Du magst noch viele Jahre vor dir haben, die dich dieses Leid vergessen machen könnten.«

»Ja, das mag sein, doch ich will sie nicht! Als Opfer so vieler Erinnerungen zu leben, als Quelle einer unsterblichen Schmach, die sich Nacht für Nacht, wenn ich schlaflos liege, aus meinem leidgeprüften Herzen ergießt! – einer Liebe zerrissen zu leben, von der ich mich nicht befreien kann! – allein zu stehen, wie ein sturmgebeugter Baum, Tag um Tag zu den Winden des Himmels zu stöhnen und auf die Wüste meines Lebens zu starren, während ich auf das Niederfahren des Blitzes warte – nein, das werde ich nicht tun, Harmachis! Ich wäre schon längst gestorben, habe jedoch weiter gelebt, um dir dienen zu können; jetzt aber brauchst du mich nicht mehr, also werde ich gehen. Oh, lebe wohl! Lebe wohl für immer! Ich werde dich nicht wiedersehen, denn wohin ich gehe, dorthin gehst du nicht! Denn du liebst mich nicht, der du noch immer jene königliche Frau liebst, die du zu Tode gehetzt hast! Sie wirst du nie erringen, und ich werde dich nie erringen, und dieses ist das bittere Ende des Schicksals! Höre, Harmachis, ich erbitte noch eine Gunst, bevor ich gehe und für dich auf ewig nichts mehr sein werde, als eine Erinnerung der Schande. Sag mir, daß du mir vergibst, soweit es an dir ist, zu vergeben, und zum Zeichen dafür küsse mich – nicht mit einem Kuß der Liebe, sondern küß mich auf die Stirn und sag mir, daß ich in Frieden gehen soll.«

Und sie trat auf mich zu, mit ausgestreckten Armen und zitternden Lippen, und blickte in mein Gesicht.

»Charmion«, antwortete ich, »wir sind frei, Gutes oder Böses zu tun, aber dennoch glaube ich, daß es ein Schicksal über unserem Schicksal gibt, das, von irgendeinem fremden Ufer wehend, die kleinen Segel unseres Wollens auf seinen Kurs zwingt – wir mögen sie setzen, wie wir wollen – und uns in den Untergang treibt. Ich vergebe dir, Charmion, so wie ich hoffe, selbst Vergebung zu finden, und durch diesen Kuß, den ersten und den letzten, besiegle ich unseren Pakt.« Damit berührte ich mit meinen Lippen ihre Stirn.

Sie sprach nicht mehr; sie stand reglos und blickte mich mit traurigen Augen an. Dann hob sie den Kelch und sagte: »Königlicher Harmachis, mit diesem tödlichen Kelch trinke ich dir zu! Ich wollte, daß ich ihn geleert hätte, bevor ich dein Antlitz erblickte! Pharao, der du, wenn deine Sünden abgegolten sein werden, dennoch in vollkommenem Frieden über Welten herrschen wirst, die ich nicht betreten darf, der du dennoch ein königlicheres Zepter schwingen magst, als ich es dir geraubt habe. – Lebe wohl, für immer!«

Sie trank, warf den Kelch zu Boden und stand einen Moment mit den weit geöffneten Augen einer, die den Tod erwartet. Dann kam Er, und Charmion, die Ägypterin, sank tot zu Boden. Und ich stand allein mit den Toten.

Ich kroch zu Kleopatra, und jetzt, da niemand mehr da war, der mich beobachten konnte, setzte ich mich auf das Bett und bettete ihren Kopf auf meine Knie, auf denen er in jener Nacht des Sakrilegs im Schatten der unvergänglichen Pyramide schon einmal geruht hatte. Dann küßte ich ihre kalte Stirn und verließ das Haus des Todes – gerächt, doch mit tiefer Verzweiflung geschlagen!

»Arzt«, sagte der Centurion der Wache, als ich das Tor passierte, »was geschieht in jenem Mausoleum? Ich glaubte, von dort Geräusche des Todes gehört zu haben.«

»Nichts geschieht dort – es ist alles schon geschehen«, antwortete ich und ging weiter.

Und als ich in die Dunkelheit schritt, hörte ich laute Stimmen und die eilenden Schritte von Octavians Boten.

Ich lief zu meinem Haus und fand Atoua bei seinem Tor wartend. Sie zog mich ins Haus und schloß die Tür.

»Ist es getan?« fragte sie und wandte mir ihr runzeliges Gesicht zu, und das Licht der Lampe fiel auf ihr schneeweißes Haar. »Doch warum frage ich? Ich – ich weiß doch, daß es getan ist!«

»Ja, es ist getan, und es ist gut getan, alte Frau! Alle sind sie tot! Kleopatra, Iras und Charmion – alle außer mir!«

Die alte Frau richtete ihren gebeugten Körper auf und rief: »Dann laß mich in Frieden gehen, denn ich habe gesehen, was ich mir ersehnt habe: deine Rache an den Feinden Khems. *La! La!* – nicht vergebens habe ich über ein Menschenalter hinaus gelebt! Ich habe die Erfüllung meines Verlangens gesehen – ich habe den Tau des Todes eingesammelt, und deine Feindin hat davon getrunken! Gestürzt ist jene stolze Stirn! die Schmach Khems liegt im Staub! Ah, wenn ich doch hätte dabeisein können um zu sehen, wie jene Buhle starb!«

»Schweig, Frau! Schweig! Die Toten sind zu den Toten versammelt worden! Osiris hält sie fest, und immerwährendes Schweigen versiegelt ihre Lippen! Verfolg nicht die gestürzten Großen mit Beleidigungen! Auf! Laß uns nach Abouthis fliehen, auf daß alles getan werde!«

»Fliehe du nach Abouthis, Harmachis! – Harmachis, fliehe! – Ich aber werde nicht fliehen! Zur Erreichung dieses Zieles bin ich so lange auf der Erde geblieben. Jetzt löse ich den Knoten des Lebens und lasse meinen Geist frei! Lebe wohl, Prinz! Ich bin am Ziel; meine Pilgerreise ist getan – und sie war lang! Harmachis, seit deiner Geburt habe ich dich geliebt, und ich liebe dich noch immer! – doch nicht mehr in dieser Welt kann ich dein Leiden teilen – denn ich bin erschöpft. Osiris, nimm du meinen Geist auf!« Und ihre zitternden Knie knickten ein und sie sank zu Boden.

Ich lief zu ihr und blickte sie an. Sie war bereits tot, und ich war allein auf der Erde, ohne einen Freund, der mich trösten mochte.

Da verließ ich das Haus und ging fort, und niemand hielt mich auf, denn die Stadt befand sich in hellem Aufruhr, und verließ Alexandria in einem Boot, das ich dafür bereitgestellt hatte. Am achten Tag landete ich und ging, in Verfolgung meines Zieles, zu Fuß über die Felder zu den Heiligen Schreinen von Abouthis. Dort war, wie ich wußte, die Anbetung der Götter in letzter Zeit in dem Tempel des Göttlichen Sethi wieder aufgenommen worden; denn Charmion hatte Kleopatra dazu gebracht, ihr Dekret der Rache zurückzunehmen und die von ihr beschlagnahmten Ländereien zurückzugeben, doch die Schätze gab sie nicht wieder heraus. Und nachdem der Tempel durch neue Weihen gereinigt worden war, hatten sich jetzt, zum Feste der Isis, alle Hohepriester der alten Tempel Ägyptens eingefunden, um die Heimkunft der Götter in ihr altes Heiligtum zu feiern.

Ich erreichte die Stadt. Es war dies der siebente Tag des Isis-Festes. Als ich eintraf, zog die Prozession durch die altvertrauten Straßen. Ich schloß mich der ihr folgenden Menge an, und verstärkte mit meiner Stimme den Chor des feierlichen Gesanges, als wir durch die Pylone in die unvergänglichen Hallen traten. Wie gut ich diese heiligen Worte kannte:

*»Behutsam schreiten wir, unsere gemessenen Schritte*
*Fallen nieder auf den Boden des Siebenfach Heiligen;*
*Sanft rufen wir dem Toten, der am Leben ist, zu:*
*›Kehre zurück, Osiris, aus dem Königreiche der Kälte!*
*Kehre zurück zu denen, die dich von Anbeginn anbeteten!‹«*

Und dann, als die heilige Musik verstummt war, wie früher, beim Untergehen des majestätischen Ra, hob der Hohepriester die Statue des Lebendigen Gottes und hielt sie hoch über die Köpfe der Menge.

Und mit einem jubelnden Schrei:

*»Osiris! unsere Hoffnung, Osiris! Osiris!«*

rissen die Menschen die schwarzen Tücher von ihren Kleidern und enthüllten die weißen Roben, die sie darunter trugen, und dann verneigten sie sich gemeinsam vor dem Gott.

Danach zerstreuten sie sich, um, jeder in seinem Hause, festlich zu tafeln. Ich jedoch blieb im Hofe des Tempels stehen.

Kurz darauf näherte sich ein Priester des Tempels und fragte mich, was ich hier wolle. Und ich antwortete ihm, daß ich von Alexandria gekommen sei und vor den Rat der Hohepriester gebracht werden wolle, denn ich wußte, daß die Heiligen Priester sich versammelt hatten, um die Nachrichten aus Alexandria zu besprechen.

Darauf ging der Mann, und als die Hohepriester von ihm erfuhren, daß ich von Alexandria gekommen war, befahlen sie, daß ich sofort zu ihnen in die zweite Säulenhalle gebracht würde – und so wurde ich dorthin geführt. Es war bereits dunkel, und zwischen den gewaltigen Säulen standen Lampen, wie in jener Nacht, als ich zum Pharao des Oberen und Unteren Reiches gekrönt worden war. Und auch die lange Reihe der Würdenträger war da, die auf denselben geschnitzten Stühlen saßen und sich untereinander berieten. Alles war dasselbe: dieselben kalten Gemälde von Königen und Göttern starrten mit denselben leeren Augen von den unvergänglichen Wänden. Ja, und unter den Versammelten befanden sich auch fünf der Männer, die, als Führer des großen Komplotts, hier gesessen und gesehen hatten, wie ich gekrönt worden war, die einzigen Verschwörer, die der Rache Kleopatras und der auslöschenden Hand der Zeit entkommen waren.

Ich nahm meinen Platz an der Stelle ein, an der ich einst gekrönt worden war, und machte mich, mit einer so großen Bitterkeit im Herzen, daß man sie nicht beschreiben kann, bereit für den letzten Akt der Schmach.

»Wahrlich, es ist der Arzt Olympus«, sagte einer von ihnen. »Er, der als Einsiedler in den Gräbern von Tapé gelebt hat und bis vor kurzem zum Haushalt Kleopatras gehörte. Ist es also wahr, Arzt, daß die Königin tot ist, und durch ihre eigene Hand?«

»Ja, ihr heiligen Herren, ich bin jener Arzt; doch Kleopatra ist durch *meine* Hand gestorben.«

»Durch *deine* Hand? Wie denn das? Doch ist es wahrlich gut, daß sie tot ist, diese sündige Buhle!«

»Mit eurer Erlaubnis, ihr Herren, werde ich euch über alles berichten, denn zu diesem Zwecke bin ich hergekommen. Vielleicht sind unter euch einige – ich glaube, ein paar zu erkennen –, die vor fast elf Jahren in dieser Halle versammelt waren, um heimlich einen gewissen Harmachis zum Pharao von Khem zu krönen?«

»Das ist wahr!« sagten sie; »doch woher weißt du von diesen Dingen, Olympus?«

»Von jenen dreißig-und-sieben Edlen fehlen dreißig-und-zwei«, fuhr ich fort, ohne auf die Frage zu antworten. »Einige von ihnen sind gestorben, wie Amenemhat gestorben ist, einige sind ermordet worden, wie Sepa ermordet wurde, und einige fronen vielleicht noch immer als Sklaven in den Minen oder leben in fernen Ländern, da sie die Vergeltung fürchten.«

»So ist es«, sagten sie, »ach, so ist es. Harmachis, der Verfluchte, hat das Komplott verraten und sich Kleopatra verkauft!«

»Es ist so«, fuhr ich fort und hob den Kopf. »Harmachis hat das Komplott verraten und sich Kleopatra verkauft; und heilige Herren: *Ich bin jener Harmachis!*«

Die Priester und Würdenträger starrten mich verblüfft an. Ein paar von ihnen erhoben sich und sprachen, andere sagten nichts.

»Ja, ich in jener Harmachis! Ich bin jener Verräter, dessen Verbrechen ein dreifaches ist: Ich habe meine Götter verraten, ich habe mein Land verraten, und ich habe meinen Eid gebrochen! Ich bin gekommen, um euch zu sagen, daß ich dies getan habe: Ich habe die göttliche Rache an ihr vollstreckt, die mich ins Verderben gestürzt und Ägypten an den Römer gegeben hat. Und jetzt, da dies, nach Jahren der Arbeit und geduldigen Wartens, durch meine Weisheit und die Hilfe der zornigen Götter getan ist, trete ich mit all der Schande auf meinem Haupte vor euch hin, um mich als das zu erklären, was ich bin, und um den Lohn eines Verräters in Empfang zu nehmen!«

»Kennst du den Lohn eines, der den Eid gebrochen hat, der nicht gebrochen werden darf?« fragte jener, der als erster gesprochen hatte, mit schwerer Stimme.

»Ich kenne ihn«, antwortete ich; »und ich ergebe mich jenem schrecklichen Tod.«

»Erzähl uns mehr von dieser Sache, du, der du einst Harmachis warst.«

Also legte ich mit kühlen, klaren Worten meine ganze Schande offen und hielt nichts zurück. Und während ich sprach, sah ich ihre Gesichter immer härter werden und wußte, daß es für mich keine Gnade gab, und ich bat auch nicht um Gnade.

Als ich schließlich zu Ende gekommen war, führten sie mich für eine Weile beiseite, während sie untereinander berieten. Dann brachten sie mich wieder heran, und der älteste unter ihnen, ein sehr alter und würdiger Mann, der Priester des Tempels der Göttlichen Hatschepsut zu Tapé, sprach mit eisiger Stimme:

»Harmachis, wir haben über diese Sache nachgedacht. Du hast die dreifache Todsünde begangen. Auf deinem Haupte liegt die Bürde des Leidens von Khem, das jetzt von Rom versklavt ist. Isis, das Mutter-Mysterium, hast du tödlich beleidigt, und du hast deinen heiligen Eid gebrochen. Für jede dieser Sünden gibt es, wie du weißt, nur eine Strafe, und diese wirst du erhalten. Und es kann die Waagschale unseres Urteiles nicht beeinflussen, daß du jene, welche die Ursache deines Strauchelns war, getötet hast; und auch nicht, daß du gekommen bist, um dich als der gemeinste Mensch zu enthüllen, der jemals zwischen diesen Mauern stand. Auf dich muß außerdem der Fluch Menkau-ras fallen, du falscher Priester! du meineidiger Patriot! du schandbarer Pharao ohne Krone! Hier, an dieser Stelle, wo wir die Doppelkrone auf dein Haupt gesetzt haben, verurteilen wir dich zu deinem Tode! Geh in dein Verlies und erwarte das Fallen des Schwertes! Geh und denk daran, was du gewesen sein könntest, und was du heute bist, und mögen die Götter, die durch deine Missetaten vielleicht sehr bald in diesen heiligen Tempeln nicht mehr angebetet werden, dir die Gnade erweisen, die wir dir verweigern! Bringt ihn hinaus!«

Also ergriffen sie mich und brachten mich hinaus. Gesenkten Kopfes und ohne aufzublicken ging ich, aber dennoch spürte ich die Blicke ihrer Augen auf meinem Gesicht brennen.

Oh! Wahrlich, von all meiner Schmach war dies die schwerste!

# 10

## *Über das letzte Schreiben von Harmachis, des Königlichen Ägypters*

Sie brachten mich in die Gefängniszelle, die in dem hohen Pylonenturm ist, und hier erwarte ich nun mein Ende. Ich weiß nicht, wann das Schwert des Schicksals fallen wird. Woche reiht sich an Woche, und Monat an Monat, und noch immer zögert es. Doch es zittert unsichtbar über meinem Kopf. Ich weiß, daß es fallen wird, doch nicht, wann das sein wird. Vielleicht werde ich zu irgendeiner mitternächtlichen Stunde erwachen, um die Schritte der Henker zu hören und fortgeschleppt zu werden. Vielleicht sind sie schon jetzt auf dem Wege zu mir. Dann werden sie in diese geheime Zelle treten! Das Grauen! Der namenlose Sarg! Und schließlich wird es vorüber sein! Oh, laß es geschehen! Laß es rasch geschehen!

Es ist nun alles geschrieben; ich habe nichts zurückgehalten – meine Sünde ist begangen – meine Rache ist vollbracht. Nun enden alle Dinge in Dunkelheit und Asche, und ich bereite mich darauf vor, dem Schrecken gegenüberzutreten, die in einer anderen Welt als dieser kommen werden. Ich gehe, doch gehe ich nicht ohne Hoffnung; denn, obwohl ich Sie nicht mehr sehe; denn, obwohl Sie meine Gebete nicht mehr beantwortet, bin ich der Heiligen Isis doch stets gewahr, die auf ewig bei mir ist und der ich dennoch einst wieder Angesicht zu Angesicht gegenüberstehen werde. Und dann, endlich, an jenem weit entfernten Tage, werde ich Vergebung finden; dann wird die Bürde meiner Schuld von mir rollen und wird die Unschuld zurückkommen und mich umhüllen und mir heiligen Frieden bringen.

Oh! Geliebtes Land Khem, wie in einem Traume sehe ich dich! Ich sehe, wie eine Nation nach der anderen ihre Standarten an deine Ufer pflanzt und sein Joch auf deine Schultern legt! Ich sehe neue Religionen ohne Ende ihre Wahrheiten an den Ufern des Sihor verkünden und die Menschen zu ihrer Form der Anbetung rufen! Ich sehe deine Tempel – die heiligen Tempel – zu Staub zerfallen; das Staunen in den Augen noch ungeborener Menschen, die in deine Gräber starren und die Großen deiner Geschichte entweihen werden! Ich sehe deine Mysterien zum Gespött der Unwissenden werden, und deine Weisheit zerrinnen wie die Wasser im Wüstensand! Ich sehe die römischen Adler zusammensinken und sterben, ihre Schnäbel noch rot von Menschenblut, und das Funkeln von Licht auf den barbarischen Speeren, die ihnen folgen! Und dann, schließlich, sehe ich dich zu neuer Größe erstehen, wieder frei, und wieder im Besitze des Wissens deiner Götter – ja, deiner Götter, zwar mit veränderten Antlitzen, und bei anderen Namen gerufen, aber dennoch deiner Götter!

Die Sonne sinkt über Abouthis. Die roten Strahlen Ras flammen über Tempeldächer, über grüne Felder, und über das breite Wasser von Vater Sihor. Wie einst als Kind sehe ich zu, wie Ra versinkt; genauso berührte sein letzter Kuß auch damals die gerunzelte Stirn der letzten Pylone; genau derselbe Schatten fiel auch damals auf die Gräber. Alles ist unverändert! Nur ich – nur ich bin verändert – so sehr verändert – und dennoch derselbe!

Oh, Kleopatra! Kleopatra, du Verderberin! Wenn ich nur dein Bild aus meinem Herzen reißen könnte! Von all meinem Leiden ist dies das schwerste – und dennoch muß ich dich lieben! Dennoch muß ich diese Schlange an meinem Busen nähren! Dennoch muß in meinem Ohr immer wieder jenes leise Lachen des Triumphes klingen – das Murmeln des Brunnens – das Lied der Nachtigall ...

*(Hier endet die Schrift auf der dritten Papyrusrolle abrupt. Es hat fast den Anschein, als ob der Schreiber in diesem Augenblick von jenen unterbrochen wurde, die kamen, um ihn dem Tod zu überantworten. – Herausgeber)*